지은이 | 화연 윤희수
펴낸이 | 권순남
펴낸곳 | (주)마야 · 마루출판사

1판1쇄 인쇄일 | 2019년 1월 25일
1판1쇄 발행일 | 2019년 1월 31일

등록일자 | 2008년 1월 7일
등록번호 | 제310-2008-00001호

주소 | 서울시 노원구 상계 1동 1049-25 신영산업 BD 602호
대표전화 | 02-2091-0291
팩스 | 02-2091-0290
이메일 | marubooks@hanmail.net

978-89-280-9482-0(04810)
978-89-280-9481-3(set)

값 9,000원

• 저자와 협의하여 인지를 붙이지 않습니다.
• 잘못된 책은 교환하여 드립니다.

「이 도서의 국립중앙도서관 출판시도서목록(CIP)은 서지정보유통지원시스템 홈페이지(http://seoji.nl.go.kr)와 국가자료공동목록시스템(http://www.nl.go.kr/kolisnet)에서 이용하실 수 있습니다.」
(CIP제어번호:CIP2019001988)

목차

서장 ...007

1. 신탁 ...019

2. 암습 ...083

3. 요사스런 별 ...137

4. 달갑지 않은 존재 ...183

5. 백사에 부는 바람 ...239

6. 살아 움직이는 별 ...297

7. 불가피한 결정 ...351

서장

青海

 하얀 뼛가루를 뿌려 놓은 듯하다 하여 백사(白沙 하얀 모래) 혹은 백사(魄死 달의 죽음)라 불리는 사막 위로 그림자 하나가 길게 드리워졌다. 소하였다.
 사락, 사락.
 모래 위를 걷는 소하의 발걸음이 무거웠다.
 툭, 툭.
 새하얀 모래 위로 검붉은 피가 방울져 떨어져 내렸다. 피로 물든 모래를 발에 차인 모래가 뒤덮기를 반복했다. 피의 근원은 천으로 질끈 동여매고 손으로 짓눌러 출혈을 억제하고 있는 오른쪽 하복부였다.
 몸을 녹여 내릴 듯 강렬하게 쏟아지는 햇살과 숨이 턱턱

막히는 열기가 공기 중을 떠돌며 사방에서 옥죄어 왔다. 발아래 모래마저 늪처럼 그의 발을 물고 늘어져 발걸음을 무겁게 만들었다.

발이 멈추자 모래 위로 선명한 핏자국이 남겨졌다. 붉게 물든 모래 위로 또 다른 핏방울이 더해졌다.

별다른 조치를 취하지 못하고 천으로만 상처를 감싼 탓에 출혈이 계속 이어졌다.

얼마나 많은 피를 흘렸을까?

시야가 흐릿해지고 사방이 어지럽게 흔들렸다. 둔해진 몸이 땅으로 꺼질 듯 무겁게 짓눌렸다. 물주머니의 물은 이미 고갈된 지 오래였다. 메말라 갈라진 입술의 틈사이로 거친 숨결이 흘러나왔다.

타들어 갈 듯 온몸이 뜨겁게 달아올라 퍼석거렸다. 피마저 다 빠져나가면 이대로 영영 사막의 망자가 되어 떠돌고 말 것이다.

'가야 한다. 반드시 살아서 돌아가야만 한다.'

그가 이를 악물고 힘겹게 발을 움직여 보지만 좀체 말을 듣지 않았다. 풀썩. 마른 풀잎처럼 모래 위로 무릎이 떨어졌다. 새하얀 모래가 운무처럼 허공으로 떠올랐다. 그 모래 너머로 아지랑이처럼 흐릿한 형체가 보였다.

딸랑, 딸랑.

작은 방울 소리가 환청처럼 은은히 공기 중으로 흩어졌다.

가물거리는 소하의 시선 안에서 몽환의 형체가 물결처럼 넘실거리며 거리를 좁혀 왔다.

"백사의 사자인가······."

소하는 자신이 목도한 것이 죽음의 문턱에서 만난다는 사자일 거라 생각했다. 비록 몸이 의지대로 움직이지 않아 무릎은 꿇었으나, 죽음 앞에 무기력하게 목숨을 내어 주고 싶진 않았다.

그가 허리에 차고 있던 검을 빼내 다가서는 사자를 향해 겨누었다. 더 이상 다가오지 말라는 경고였다. 하나, 사자는 멈추지 않았다. 외려 어울리지 않는 청아한 방울 소리와 함께 서서히 거리를 좁혀 오고 있었다.

"멈추···어라······."

바싹 마른 목에서 쇠를 긁는 듯한 탁한 소리가 흘러나왔다. 소하의 칼끝이 닿을 듯 말 듯한 거리에서 사자가 걸음을 멈췄다. 사자의 새하얀 옷깃이 바람에 나붓이 흩날렸다. 가만히 소하를 지켜보던 사자가 품에서 뭔가를 꺼내 들었다. 그에 검을 쥔 소하의 손에 힘이 들어갔다. 하나 곧 그 검 끝이 파르르 떨렸다. 의지와 달리 몸이 말을 듣지 않았다. 미간을 한껏 찌푸린 채 날 선 시선으로 경계하던 소하의 검을 사자가 무언가로 툭 밀쳤다.

"하아."

겨우 그 작은 반격에 휘청거린 것이 믿기지 않는지 소하가 단말마의 신음을 토해 냈다. 말라비틀어진 신음이 서걱거렸다. 검을 모래 위에 꽂아 흔들리는 몸을 지탱하며 그가 자신 앞으로 한 걸음 더 다가서는 사자를 노려보았다.

"마셔."

얼굴을 가린 천 사이로 맑은 목소리가 흘러나왔다. 죽음을 몰고 오는 사자의 것이라고는 믿기 어려운 목소리였다.

"싫어?"

가죽으로 만든 주머니를 흔들며 사자라 생각한 자가 재차 물었다. 주머니 속에서 물소리가 들렸다. 순간 소하의 눈동자가 반짝 빛을 발했다. 상처를 짓누르고 있던 손과 검을 쥔 손. 그 둘 중 무엇을 내밀어야 할지 선뜻 판단을 내리지 못하고 그가 머뭇거렸다. 그의 짙고 푸른 눈동자가 예리하게 움직였다. 상대의 의중을 파악하기 위해서였다.

사막에서 물은 생명과 직결되는 것이었다. 그 귀한 것을 누가 저리 손쉽게 내어 줄 수 있을까. 일면식도 없는 자에게, 그것도 상처를 입고 피를 흘리며 언제 죽어도 이상하지 않을 것 같은 수상한 자에게 말이다.

하지만 의심보다는 물을 취하는 것이 먼저였다. 가죽 주머니 속에 든 것이 정말 물이라면 마다할 이유가 없었다.

아직 놈에 대한 경계가 완전히 풀리지 않았다. 그러니 검을 포기할 수는 없었다. 그가 아물지 않은 상처에서 손을 거둬 조심히 앞으로 내밀었다. 가죽 주머니에 소하의 손이 닿을 듯 말 듯 가깝게 다가갔다.

 조금만 더 뻗으면 물을 취할 수 있을 터인데. 검을 쥐고 있던 손에서 힘이 빠져나가며 중심을 잃고 흔들린 그의 몸이 풀썩 모래 위로 무너졌다.

"쿨럭. 컥."

 마른기침에 비릿한 혈향이 묻어났다. 입술 끝으로 가는 선혈이 흘러내렸다. 생에 대한 강렬한 집념이 담긴 눈으로 소하가 끈질기게 가죽 주머니를 좇았다. 파르르 떨리는 소하의 손끝을 가죽 주머니를 든 자가 무심히 내려다보았다.

 백사에 대해 제대로 알지 못하고 들어선 자들 중 대부분이 이렇게 길을 잃고 헤매곤 한다. 걷다 보면 마을이 나오지 않을까 하는 안이한 생각이 결국은 죽음의 문턱으로 그들을 이끈다. 그때서야 그들은 자신의 무지를 깨닫는다. 하지만 그 모두가 때늦은 후회였다.

 운이 좋아 누군가를 만나 도움을 받지 않는 이상 그들은 결국 목숨을 잃고 만다.

 한데, 이번 경우는 좀 의아했다.

 검상을 입은 자가 스스로 백사로 걸어 들어오는 일은 거의 없었다. 애초에 백사를 죽을 장소로 생각해 작정하고 온 것이 아니라면 말이다.

 피를 토하며 쓰러진 자의 눈빛은 생에 대한 강한 집착을 담아내고 있었다. 죽을 생각으로 백사를 찾은 건 아닌 듯했다.

소하가 백사의 사자라 착각했던 자는 백사의 유일한 마을 사호(沙狐 사막여우)를 다스리는 족장 후룩의 딸, 예아였다.

그렇게 살고 싶다면 살려 줘야지. 그것이 백사를 지키는 사호족의 의무니까. 쓰러진 소하의 곁으로 바짝 다가선 예아가 다리를 굽혀 그의 상태를 확인했다.

"마실 수 있겠어?"

가죽 주머니의 입구를 봉인했던 나무 마개를 떼어 내며 예아가 물었다. 소하가 입술을 작게 움직였지만 목소리가 제대로 나오지 않았다. 예아가 상체를 숙여 그의 입술 가까이 귀를 가져다 댔다. 귀를 가리고 있던 천을 거둬 내고 그의 목소리에 귀를 기울였지만 거친 숨소리만 들릴 뿐이었다.

고개를 들어 그의 얼굴을 자세히 살핀 예아가 주머니의 입구를 그의 입술에 가져다 댔다. 그러곤 조심스럽게 주머니를 기울였다. 입술이 젖어 들 만큼만 살짝 물을 흘려 넣고 잠시 기다렸다. 그가 갈구하듯 입술을 달싹이며 몸을 뒤채자 예아가 타이르듯 말했다.

"급하게 마시면 위험해. 조금씩 천천히."

예아의 말을 이해한 듯 그가 움직임을 멈췄다. 그의 입술에 조금 더 물을 흘려 넣은 예아가 피로 얼룩진 하복부로 시선을 옮겼다. 상처를 감싼 천은 피로 범벅이 되어 있었고 더 이상의 지혈은 기대하기 어려운 상태였다.

예아가 자신의 얼굴을 감싸고 있던 천을 풀어냈다.

사라락. 천에서 벗어난 새하얀 머리카락이 물결치듯 일렁거렸다. 고운 목소리에 비해 무뚝뚝한 말투가 아직 어른이 되지 못한 소년인가 했었다. 하지만 뜨거운 햇살 아래 드러난 얼굴은 백사를 닮은 그녀의 머리카락만큼이나 희고 고왔다. 작은 얼굴에 오밀조밀하게 자리한 눈, 코, 입은 뚜렷한 이목구비를 만들어 내 소녀 같은 외모에 아름다움을 더했다.

 아담한 체구에 앳된 얼굴이 많아 봐야 열다섯이나 열여섯쯤으로 보였다.

 자신의 얼굴을 모래바람으로부터 보호해 주던 천이었다. 그것을 예아는 망설임 없이 그의 상처 부위를 동여매는 데 사용했다. 자신보다 큰 체구의 사내를 치료하는 건 생각보다 버거운 일이었다. 그의 몸을 거의 껴안다시피 하며 용을 써야 했다.

 "으윽."

 격한 움직임에 상처가 벌어졌는지 소하가 신음을 토해 냈다.

 "하아, 하아. 좀 참아."

 거친 숨을 몰아쉬며 예아가 건조하게 말했다. 머리 위로 뜨거운 햇살이 작렬하게 쏟아져 내리고 있었다. 사막여우의 후예답게 땀을 잘 흘리지 않는 그녀였지만, 이번만큼은 예외였다. 송골송골 이마 위로 땀이 맺혔다. 힘겹게 천을 묶어 매듭을 지은 뒤 손등으로 땀을 톡톡 닦아 내며 예아가 혼잣말을 중얼거렸다.

"이 정도면 됐나?"

단단히 조여 맨 천을 확인한 예아가 다시 물주머니를 집어 들었다. 물이 들어가자 그의 목울대가 천천히 움직였다. 타들어 가던 입 안의 갈증이 조금은 해소되는 듯했다. 이 정도면 되었다 싶었는지 예아가 물주머니를 닫아 품 안에 갈무리하고 몸을 일으켰다.

본능적으로 소하가 예아의 옷깃을 붙잡았다. 이대로 혼자 남게 되면 쥐도 새도 모르게 죽게 될 것이다. 그리되면 어느새 죽음의 냄새를 맡고 날아와 머리 위를 떠도는 저 거대한 독수리의 먹이가 되어 흔적도 없이 사라져 버릴지도 몰랐다.

가녀린 몸의 예아 혼자 자신을 구해 내는 것은 어렵다는 것을 소하도 잘 알고 있었다. 해서 누군가 도움을 줄 만한 사람을 데려와 달라 부탁할 요량이었다.

옷깃을 꽉 부여잡고 사력을 다해 자신을 올려다보는 소하를 예아가 무덤덤하게 내려다보았다. 그녀의 입술이 달싹거렸다.

"걱정 마. 안 죽어."

그녀가 시선을 들어 하늘 위를 응시했다. 머리 위를 맴돌며 기회를 노리고 있는 독수리에게 그녀의 시선이 머물렀다.

"사호족은 백사에서 만난 사람을 외면하지 않아."

다정하진 않았으나 꽤 믿음직한 말이었다. 예아가 목에 걸고 있던 작은 뿔피리를 입에 물었다.

삐이이.

하늘 위로 길게 뻗어 나간 피리 소리에 독수리가 회전을 멈추고 아래로 하강하기 시작했다. 정확히 예아와 소하가 있는 곳을 향해 내려오고 있었다.

"란(鸞)이야."

애정이 가득 담긴 눈으로 독수리를 바라보며 예아가 말했다. 예아가 시선을 내려 그를 보았다. 한낱 독수리에게 천자의 수레를 뜻하는 란이란 이름을 붙인 발칙함이 그녀의 얼굴에 고스란히 묻어났다. 빙긋이 말아 올린 예아의 입술이 밉살스럽게 오물거렸다.

"겁먹을 필요 없어. 널 잡아먹진 않을 테니까."

그녀의 뒤로 그림자를 만들며 란이 내려앉고 있었다. 거대한 독수리의 날갯짓에 거센 바람이 일 것이라 예상했지만, 모래는 아무런 미동도 없이 고요했다.

"적어도 내가 허락하기 전까진 말이야."

장난스런 예아의 마지막 말을 끝으로 란의 그림자가 소하의 몸을 덮쳤다.

예아,
그날,
우리는 만나지 말았어야 했다.

1. 신탁

青海

 푸른 달의 기운이 가장 강력해지는 칠석의 만월.

 신의 소리를 가장 가까이에서 듣고 전해 주는 이들이 기거하는 신주국 황궁의 천운성. 그곳을 관장하는 천관 을평이 재단 앞에 앉아 기도를 올리고 있었다. 평온히 감겨 있던 그의 눈이 움찔거렸다. 적막 속에 들리는 어떤 소리를 쫓아 그의 귀가 예민하게 반응했다.

 꿈틀거리던 미간이 좁아지며 그의 눈이 번쩍 뜨였다. 가빠진 호흡만큼이나 그의 혈색 또한 파리해져 있었다. 자리에서 벌떡 몸을 일으킨 을평이 급히 창으로 달려갔다. 굳게 닫힌 격자 창호 문을 밀어 열어젖힌 그의 시선이 곧장 하늘로 향했다.

평소와 다름없는 만월이었으나 을평에겐 달리 보였다. 마치 살아 꿈틀거리는 푸른 용의 안광처럼 신이하게 빛나고 있었다. 만월을 우러르던 을평의 입에서 기어이 억눌린 신음이 새어 나왔다.

"흐음."

오래도록 비어 있던 황태자의 자리에 누가 오를 것인지를 결정지을 유일무이한 방법인 신탁이 지금 내려진 것이다. 참으로 오래 기다려 온 신탁이었다.

작금의 신주국에는 모태가 다른 여섯 황자와 두 공주가 있었다.

모태의 서열은 황태자가 되는 것에 아무런 영향을 끼치지 못했다. 언제 내려질지 모르는 신탁은 황후가 낳은 제일 황자인 서여로부터 올해 다섯이 되는 가비의 아들 마오까지 모두에게 동등한 자격이 주어진다.

단, 성인이 되는 열다섯이 지나야만 신탁에 응할 수 있었다. 어떠한 신탁이 내려질지 알 수 없으나 그것이 필시 목숨을 걸어야 할 정도로 위험한 것임을 알기에 제한을 두는 것이다. 이미 성인식을 치른 황자들은 되도록 빨리, 아직 성인이 되지 못한 사 황자를 비롯한 그 아우들은 더 늦게 신탁이 내려지길 바라고 있었다. 오늘 신탁이 내려졌으니 열다섯이 지나지 않은 황자들에겐 황태자의 자격이 주어지지 않는다. 안타까우나 어쩔 수 없는 일이었다.

"어찌 이런 것을……."

자신이 받은 신탁을 곱씹으며 을평이 신음 같은 말을 토해 냈다.

그러나 이대로 탄식만 하고 있을 수는 없었다. 시급을 다투는 일이었다. 즉시 달려가 황제에게 신탁이 내려졌음을 고해야 했다.

천운성을 나선 을평의 발걸음에 초조함이 묻어났다. 짙은 어둠이 내려앉은 황궁의 차가운 밤, 그는 황제가 있는 침전을 향해 지체 없이 내달렸다. 평소 느긋하게 걷는 것이 몸에 배어 있던 을평이었다. 그의 호흡이 점점 거칠어졌다.

"누구냐!"

침전의 입구를 지키던 황군이 느닷없이 들이닥친 을평의 앞을 가로막았다. 제 앞을 막고 있는 창을 그가 서슬 퍼런 눈으로 노려보았다. 그가 노기 띤 음성으로 황군을 향해 일갈했다.

"당장 치우지 못할까! 감히 누구 앞을 막아서는 것이야!"

"황제의 침전이다. 누구든 함부로 드나들 수 없는 것이 원칙임을 모르는가."

황군 또한 지지 않고 맞섰다. 맞는 말이긴 하나 예외라는 것이 있었다. 천관은 그 어디든 시간에 구애받지 않고 황제를 알현할 수 있었다. 그에 대해 눈앞의 황군은 제대로 인지하지 못하고 있는 듯했다. 을평의 복색을 보고도 물러서지 않는 것을 보면 말이다.

"네 이놈!"

"천관님."

을평의 노성에 그를 알아본 황군대장이 즉시 다가와 읍하며 창을 치우라 눈짓으로 명했다. 창이 거둬지기 무섭게 을평이 인사도 받지 않고 그대로 황군대장을 지나 침전을 향해 뛰어갔다. 그런 을평의 뒤로 황군대장의 예리한 시선이 뒤따랐다.

처음 보는 모습이었다. 을평의 느긋하기 이를 데 없는 걸음은 늘 구름 위를 걷는 신선에 비유되곤 했었다. 불이 나도 유유자적 천하태평일 거라던 을평이 이런 시각에 황제를 알현하기 위해 저리 급히 달려왔다는 것은 딱 한 가지 이유밖에 없었다.

신탁이 내려졌다.

"때가 온 것인가."

그의 눈빛이 날카롭게 빛났다. 황군대장이 나열해 서 있던 황군 중 하나에게 은밀한 손짓을 해 보였다. 다가온 황군에게 그가 귓속말로 명령을 내렸다.

"지금 즉시 황후마마에게 달려가 기다리시던 소식이 왔노라 전하거라."

"예."

황후전이 있는 곳으로 이동하는 부하를 잠시 지켜보던 황군대장이 고개를 돌려 침전의 내관과 함께 안으로 들어서는 을평을 바라보았다. 이제 을평은 침소에 든 황제를 깨워 알현한 후 자신이 받은 신탁에 대해 고할 것이다.

무려 사십육 년 만에 내려진 신탁이었다. 작금의 황제가 열아홉에 신탁을 받은 것에 비하면 일 황자인 서여가 스물여섯이니 매우 늦은 감이 있었다. 무작정 기다리는 입장에선 속이 새까맣게 타들어 가 재가 되고도 남을 시간이었다. 해서 신탁이 내리기를 애타게 기다리던 이들에겐 천관 을평의 움직임 하나하나가 매우 중요했다. 모두가 촉각을 세우고 은밀히 그를 살피고 있었다.

그가 전하는 신탁의 내용은 이제 곧 삼시간에 온 궁 안에 퍼져 나갈 것이다. 짙은 어둠 속, 곳곳에 심어 놓은 쥐새끼들이 침전에서 벌어지는 은밀한 대화를 잽싸게 물어다 나를 터이니. 굳이 황제가 직접 신탁이 내렸음을 공포하기를 기다릴 필요도 없었다.

"하나, 가장 중요한 것은 신탁의 내용이 아니라, 그것이 내려졌다는 을평의 한마디임을 알아야 살아남을 수 있을 터."

황후와 서여 황자가 신탁을 기다린 것은 그것을 통과하여 황태자에 오르기 위함이 아니었다. 그들에게 신탁은 전혀 다른 의미였다. 이제 마음 놓고 신탁을 빌미 삼아 눈에 거슬리던 황자들을 제거할 수 있음을 뜻했다.

그 첫 대상은 아마도 이 황자인 소하가 될 것이다. 현재로서는 그가 서여에게 가장 거슬리고 위협적인 존재였다. 물론, 이전에도 여러 번의 암살 시도가 있었다. 하지만 매번 실패하고 말았다. 눈에 띄지 않게 없애야 했기에 신중을 기할 수밖에 없었다. 게다가, 소하가 매사에 무척 조심스럽기도 했었고, 그를 호위하는 자들의 실력이 출중하기도 해서 일이 쉽게 풀리지 않았다.

하지만 이번은 다를 것이다. 기필코 황후는 제가 낳은 아들을 황태자의 자리에 올려놓을 것이다. 그를 위해선 모든 거슬리는 것들을 수단과 방법을 가리지 않고 제거해야 했다. 애초에 그 자리는 자신의 아들을 위해 존재하는 것이었다. 하니, 그 누구도 욕심을 내어서는 아니 된다는 것이 황후의 생각이었다.

황후와 서여에게 신탁은 좋은 기회였다. 신탁을 위해 그동안 희생된 신주국의 황자가 적지 않았다. 황제 사가 역시 죽을 고비를 넘기며 신탁을 통과했으며, 그 과정에서 형제인 두 명의 황자를 잃고 황태자의 자리에 올랐었다. 신탁으로 인해 목숨을 잃는 것은 어쩔 수 없는 일. 그 과정에서 소하나 다른 황자가 죽는다 해도 달리 의심을 살 일은 없을 것이다.

이제부터 황궁에 신탁으로 인한 피바람이 불 것이다. 그것이 얼마나 잔혹한 일이 될지는 불을 보듯 뻔한 것이었다.

황군대장은 자신이 황후의 손을 잡은 것은 무척 탁월하고 현명한 선택이었다고 다시 한번 확신했다.

침수에 들었던 황제가 을평의 알현 요청에 자리에서 일어났다. 을평이 찾아온 연유를 알기에 달리 토를 달지 않았다. 안으로 들어서는 을평을 바라보는 황제의 얼굴에 긴장감이 서렸다. 차분한 걸음으로 황제 앞으로 다가서는 을평의 표정 또한 그에 못지않았다.

"온 것인가."

두서없는 황제의 하문이 예를 올리기 위해 바닥에 엎드려 고개를 숙인 을평의 머리 위로 던져졌다. 황제의 목소리에 다급함이 묻어났다. 고개를 들며 을평이 답했다.

"예, 폐하."

"어서 말해 보라."

황제의 재촉에 을평이 마른침을 삼키며 다시 입을 열었다.

"요산의 불괴에게서 화검을 가져오는 자가 진정한 청주가 될 것이다."

을평의 입을 통해 흘러나온 신탁에 황제의 미간이 꿈틀거렸다. 혹여 잘못 들은 것은 아닌가 하여 제 귀를 의심했다. 요산이라 하면 고대 일곱 용의 전설이 만들어지던 시절 마물 중 하나인 불괴가 살던 곳이었다. 청룡의 손에 불괴가 소멸되고 요산 또한 흔적도 없이 사라져 버렸다. 화검은 불괴가 쓰던 마구였으나, 어찌 되었는지는 아무도 알지 못했다.

그럴진대, 존재 여부조차 불분명한 요산을 찾아 이미 소멸된 불괴로부터 화검을 가져오라니. 가당키나 한 일이던가. 하니, 신탁에 대한 황제의 의구심은 당연한 것이었다.
"제대로 들은 것이 맞는가?"
"예, 폐하."
 황제의 시선을 받은 을평의 눈빛에는 한 치의 흐트러짐도 찾아볼 수 없었다. 자신이 들은 신탁에 대한 확고함이 그의 얼굴에 깃들어 있었다. 신탁에 대한 번복은 있을 수 없는 일. 그리 내려진 것이라면 요산도, 불괴도, 화검 또한 존재한다고 보아야 했다.
 대체 그것들을 어떻게 찾는단 말인가.
 모든 것은 황자들에게 달려 있었다. 진정한 신주국의 주인, 다시 말해 청룡의 주인이 되기 위해서는 신탁을 통과해야만 한다. 신탁이 그 주인 된 자를 이끌 것이다. 비록, 그 과정에서 지옥보다 더한 고통을 겪어야 할 테지만, 결국은 자신의 것을 찾아 돌아오리라.
"흐음, 마물들이 나타나기 시작한 때가 두 해 전부터였던가."
"두 해 전 첫 번째 만월이 떠올랐을 때부터 기미가 보였사옵니다."
 을평의 말에 황제가 근심 가득한 얼굴로 고개를 끄덕였다.
"필시, 신탁과 연관이 있을 터."

"신도 그리 생각하옵니다. 신주의 건국 이래로 마물이 나타난 것은 처음이옵니다. 천지의 기운이 심상치 않다 여겼사온데, 신탁이 내려진 것을 보니 이 모두가 불괴 때문이 아닌가 생각되옵니다."

을평이 조심스럽게 자신의 생각을 아뢰었다.

황제 또한 같은 생각을 하고 있었다. 신탁에 불괴가 거론된 것은 필시 그것이 존재하기에 화검을 가져오라 명한 것일 터. 불괴를 소멸시킨 것이 아니라 잠재웠던 것인가. 해서 다시 깨어날 조짐을 보여 마물들이 움직인 것이라면.

"그 불괴란 것을 진정 황자들이 상대할 수 있을까."

또다시 마물들이 나타나 요산으로 가는 길목을 막아선다면 황자들이 목숨을 잃는 일이 생길 수도 있었다. 이럴 줄 알았다면 조금 더 일찍 황자들에게 무예를 익히게 할 것을. 서로가 서로를 죽이는 일이 없도록, 그저 자기 목숨 하나 지킬 수 있게 활과 검 중 하나만 겨우 배울 수 있게 해 둔 것이 이리 후회스러울 줄은 몰랐다.

그나마 마물들의 등장으로 나라가 혼란스러워지고 호연국에 파병을 요청하면서 황자들에 대한 무예 금지령도 풀어 주었다. 하나, 고작 두 해 만에 무엇을 얼마나 배울 수 있었을까. 이런 상황이니 황자들은 신탁을 위해 결국 자신들의 호위무사에게 명줄을 쥐여 주고 사지로 걸어 들어가야만 하는 운명에 놓이게 되었다.

"청주가 되실 분은 오직 한 분이십니다."

고뇌에 잠긴 황제를 일깨우듯 을평이 말했다. 행여 황자들 중 누군가가 목숨을 잃는다 해도 신주국의 황태자가 될 자는 반드시 살아 돌아올 터이니 걱정하지 말라는 뜻이었다. 잔인하다 할 수 있으나 이는 청룡의 핏줄을 타고난 자의 피할 수 없는 운명이기도 했다.

일곱 용 중 가장 용맹했던 청룡이었다. 그렇기에 청룡이 세운 신주국의 황제 자리는 혹독한 시련을 거쳐야만 오를 수 있었다. 그것은 수세기를 지나는 동안 변치 않고 지켜져 온 율법이었다. 죽음의 강을 건넌 황자도 많았으나 을평의 말대로 꼭 하나는 살아남아 황태자가 되었고 황제의 자리에 오르게 되었다.

"그렇지. 천관의 말이 맞네. 본시 황태자의 자리는 타고나는 것이지."

모든 것은 하늘의 뜻이니 그대로 따를 수밖에. 더 고심해 본들 달리 방법이 있는 것도 아니었다.

"날이 밝는 대로 공포를 할 것이니, 그리 알고 준비하시게."

"예, 폐하."

그만 물러가도 좋다 손짓하는 황제에게 읍하며 자리에서 일어난 을평이 뒷걸음으로 침소를 나섰다. 그가 복도에 발을 딛기 무섭게 내관에게 명을 내리는 황제의 목소리가 들려왔다.

"신탁이 내려졌으니 조회에 모두 참석하라 대신들에게 이르라."

"명 받들겠나이다."

을평이 다녀간 황제의 침전에 긴박함이 감돌았다. 날이 밝기 전 모든 대신들의 거처에 파발이 갈 것이다. 신탁이란 말에 자다가도 기함하며 벌떡 일어날 것은 불을 보듯 뻔한 일이었다.

작금의 신주국에서 이보다 더 중요한 일은 없었다. 다음 황제를 결정짓는 일이었다. 어느 줄을 어찌 잡아야 할지, 혹은 자신의 가문과 직결된 황자가 황태자가 될 수 있게 해야 한다는 생각에 신탁이 내려지기만을 간절히 기다려 오던 터였다.

하니, 소식을 듣는 즉시 입궐 전 그 방도에 대해 고심하느라 밤을 지새울 것은 뻔한 일.

이 밤, 신주의 도읍은 잠들지 못하고 뜨겁게 불타오를 것이다.

밤이슬을 맞으며 누군가 다급히 소하의 처소인 연호(蓮湖)궁으로 찾아들었다. 연통도 없는 갑작스러운 방문이었다. 하나, 소하는 이미 알고 있었던 듯 여유롭게 문을 열고 들어서는 모친 정비를 맞았다.

"밤기운이 찹니다. 고뿔이라도 드시면 어쩌시려고요."

찬 기운을 가득 머금은 정비의 몸을 살피며 소하가 다정하게 말했다. 정비가 그의 손을 끌어 의자에 앉혔다. 탁자를 사이에 두고 마주 앉은 정비의 얼굴에 긴장과 흥분을 비롯한 여러 감정들이 뒤섞여 있었다.

"들었느냐?"

"예."

앞뒤 없이 무턱대고 묻는 말에 소하가 엷은 미소를 지어 보이며 고개를 끄덕였다. 자신의 복잡한 심사와 달리 소하의 태연한 모습에 정비의 고운 미간이 좁아졌다. 신탁이 내려졌음을 알고도 어찌 이리 평온할 수가 있는지. 혹여 자신의 질문을 제대로 알아듣지 못해 그런 것은 아닌가 하여 정비가 가까이 다가가 그의 얼굴을 면면히 살폈다.

"신탁이 내려졌다 들었습니다."

무어라 정비가 입을 열기도 전에 궁금해하는 것이 무엇인지 아는 듯 소하가 차분히 입을 열었다. 그의 입가에는 여전히 미소가 자리하고 있었다. 그에 정비의 의아함이 더 깊어졌다.

"정녕, 알고 있었단 말이냐. 한데 어찌 이리 태연한 게야."

"언젠가는 내려질 신탁이 아닙니까."

"그게 오늘이라 하지 않느냐."

"늘 기다리며 준비했던 일이라 그런지 오히려 소자는 마음이 편합니다."

소하의 답에 정비가 미간을 좁히며 고개를 저었다.

"어찌 편할 수가 있어. 목숨을 걸어야 하는 일이라 하지 않느냐? 돌아오지 못할 수도 있는 험한 길이다. 행여 불순한 의도를 가진 자가 너의 목숨을 해할 수도 있는 일. 한데 어찌 두렵지 않을 수가 있어."

소식을 듣자마자 정비가 다급히 달려온 이유가 바로 여기 있었다. 오래도록 목이 빠져라 기다렸던 신탁이라 반갑기도 했으나, 한편으로는 걱정이 앞섰다. 그 길에 행여 소하에게 좋지 못한 일이 생길까 하여 마음이 몹시 불안했다. 그 원인 중 하나가 호시탐탐 소하의 목숨을 노리는 자들의 암살 시도였다. 필시 신탁을 빌미로 또 소하를 죽이려 들게 뻔한 일. 그것을 알면서도 어찌하지 못하고 이대로 소하를 보내야 한다는 게 정비는 무섭고 두려웠다.

근심 어린 표정으로 옷을 쥐고 바들거리며 불안에 떠는 정비의 손을 소하가 부드럽게 감쌌다. 지그시 눈을 맞추고 포근한 미소를 지어 보이며 소하가 입을 열었다.

"어머니, 절 믿으세요. 여태껏 잘 해 오지 않았습니까. 소자 꼭 살아 돌아와 황태자 자리에 오를 것입니다."

"…황자."

심지가 굳은 아이였다. 나서부터 줄곧 속을 썩인 일 한번 없이 잘 자라 주었다. 뛰어나고 명석한 자질 탓에 시기와 질투의 대상이 되었고, 온갖 시련이 뒤따랐다. 죽을 고비를 넘긴 것도 여러 번. 누구의 짓인지 알고는 있었으나 증좌가 있어도 쉬이 처벌하지 못하는 자들이라 억울함을 가슴에 묻고 숨죽여 지낼 수밖에 없었다.

언제 내려질지 모를 신탁 때문에 불안해진 황후가 살수를 보내고, 궁인들을 시켜 독살하려 했다는 것을 정비와 소하는 잘 알고 있었다.

그 강도는 소하가 열다섯이 되던 해부터 심해졌다. 신탁에 참여할 수 있는 나이가 되니 마음이 급해졌을 것이다.

하나, 소하도 그리 호락호락하지 않았다. 실패의 횟수가 거듭되고 눈치채는 사람의 수가 많아지면서 황후 쪽에서도 신중을 기하기 시작했다. 황제의 신임이 소하 황자에게 기울기 시작한 후로 시기와 질투에 화가 치밀었으나, 겉으로 드러낼 수는 없었다. 황자들 간의 우애를 중시하는 황제였다. 행여 서여 황자가 황제의 눈 밖에 나지 않을까 염려하여 보는 눈이 많은 곳에서는 늘 조심하였다.

문제는 신탁이었다. 황후는 이 기회를 결코 놓치지 않을 것이다. 돌아와 황태자 자리에 오르는 것은 서여 황자여야만 했다. 그것을 위해 그들은 온갖 수단과 방법을 다 쓸 것이다. 황자를 죽이는 일 또한 망설이지 않을 터였다. 그 첫 번째 제거 대상이 소하가 될 것임은 명백한 사실이었다. 모든 것은 신탁에게 돌리면 그뿐. 더 이상 조심할 이유가 그들에겐 없었다.

신탁을 위해 떠나는 날부터 소하의 목숨은 위험한 상황에 놓이게 될 것이다.

"황태자가 될 자는 절대 죽지 않는다 하지 않습니까. 그 무수한 고비에서도 온전히 살아난 제가 아닙니까. 앞으로도 그럴 것입니다. 하늘이 내린 청주입니다. 소자는 신탁을 통과해 황태자가 되고 후에 신주국의 주인이 될 것입니다, 어머님."

소하를 바라보는 정비의 눈동자가 흔들렸다. 단 한 번도 이런 말을 입 밖으로 내뱉은 적이 없는 소하였다. 황후와 서여의 멸시와 횡포에 늘 조용히 숨죽여 지내던 아이였다. 그것이 자신 때문임을 정비는 잘 알고 있었다. 황자의 서열이 황태자 자리에 크게 상관이 없는 것과 달리 황실 여인들의 서열은 엄격했다.

황제의 총애를 받는다는 이유로 황후가 말도 안 되는 빌미를 만들어 정비를 괴롭히고 벌한 것이 한두 번이 아니었다. 정비 또한 꿋꿋이 그 모진 수모를 다 이겨 냈다. 소하의 뒤에 자신이 버티고 있어야 한다는 생각에서 견뎌 낸 것이다.

그렇다고 베갯머리송사를 할 정도의 약은 성정도 못 되었다. 그녀는 말과 행동에 기품이 흐르는 사람이었다. 해서 황제가 깊이 신뢰하며 마음을 두는 것인지도 몰랐다. 그런 정비의 성정을 소하가 그대로 이어받았다.

열다섯이 되기 전엔 말수도 적고 매사 품위를 지키며 행동하던 그가 어느 순간부터 달라지기 시작했다. 허허실실 웃으며 쓸데없는 농을 건네는가 하면 능글맞게 행동할 때가 많았다. 꼭 실없는 위인으로 보이려고 작정을 한 사람처럼 말이다.

하지만 그에 속아 넘어가서는 안 되었다. 중요한 순간에 허를 찌르며 공격해 들어오는 것 또한 소하 황자의 바뀐 행동 중 하나였다. 소하 황자는 상대가 자신을 우습게 여기고 방심한 사이에 정곡을 찔러 단박에 치고 들어가곤 했다. 그래서 더 무서운 것임을 머리가 있는 자들은 알고 경계하며 조심하였다.

"살아만 돌아와 다오. 그것이 진정 이 어미가 바라는 것이다."

진심을 담아 정비가 당부했다. 굳이 황태자가 되기 위해 애쓰지 않아도 좋으니 제발 목숨만은 부지하라는 뜻이었다.

"어머님, 황태자가 되지 못한다면 살아 돌아올 의미가 없습니다."

고개를 저으며 덧붙인 소하의 말에 정비의 안색이 어두워졌다. 그사이 시종이 차를 내어 주고 물러났다. 차를 따라 정비에게 건네며 소하가 살갑게 말했다.

"목련차입니다. 몸도 마음도 따뜻이 녹여 줄 것입니다."

"소하 황자……."

자신의 앞에 놓인 찻잔을 가만히 내려다보던 정비가 걱정스럽게 소하를 불렀다. 제 몫의 차를 따라 찻잔을 들어 올리던 소하가 입술 끝을 살짝 올려 미소를 머금었다.

"어머니도 아시지 않습니까? 제가 황태자가 되지 못하면 목숨을 부지해 돌아온다고 해도 결국 죽으리라는 걸."

이래 죽으나 저리 죽으나 마찬가지란 소하의 말에 정비가 짙은 한숨을 내쉬었다.

소하의 말이 옳았다. 그래서 소하가 열다섯이 되기 이전에 신탁이 내려지기를 간절히 바랐고, 이후에는 소하가 살길은 황태자가 되는 길뿐이라는 것도 알고 있었다. 자신이 지금 하고 있는 당부가 얼마나 부질없는 짓인지도 잘 인지하고 있었다. 하나, 신탁을 위해 소하가 길을 떠나면 이대로 아들을 영영 못 보는 것은 아닐까 하는 어미 된 자의 근심 어린 마음이 어리석은 말을 내뱉게 만들었다.

"소자는 살아 돌아올 것입니다. 신탁의 증표를 손에 쥐고. 반드시."

나직이 확신이 담긴 말을 흘려 내며 소하가 찻잔을 입으로 가져갔다. 차를 기울이는 소하의 자태에서 범접할 수 없는 기품이 느껴졌다.

그런 소하를 지켜보던 정비도 찻잔으로 손을 옮겼다. 따스한 온기가 손바닥을 타고 몸으로 전해지는 듯했다. 찻잔을 기울여 한 모금을 음미한 정비가 작게 고개를 끄덕이며 소하의 말에 수긍했다.

"그렇구나. 따스함이 몸과 마음을 녹여 주는구나."
"달빛이 밝아 운치를 한층 더해 주는 듯합니다."

평소와 다름없이 담소를 나누듯 소하가 열린 창으로 보이는 푸른 달을 돌아보며 말했다. 정비의 시선이 그를 따라 창밖의 하늘로 향했다. 유달리 크게 느껴지는 만월이 하늘 가득 은은히 신비로운 기운을 흘려 내고 있었다.

"그런 듯하구나."

시선을 거둔 정비가 다시 찻잔을 기울였다. 오늘의 만월을 아무렇지 않게 마주할 자신이 없었다. 저 달빛이 암시하는 것이 너무나 거대하고 두려워 차마 깊이 들여다보고 있을 수가 없었다.

신탁을 품은 달이다.

누군가를 신주국의 황제에 오르게 할 달이며, 또 누군가를 죽음으로 몰고 갈 달이었다.

후자가 소하가 아니기를 기원하며 정비가 지그시 두 눈을 감았다. 그러곤 달 기운을 담아낸 듯 일렁이는 찻잔 속의 목련차를 천천히 입 안으로 머금어 삼켰다.

부디 모든 불행은 자신에게 돌아오고 소하에게는 좋은 기운만이 함께하기를 간절히 바랐다.

⌘

신탁에 대한 황제의 공포가 내려졌다.

믿을 수 없는 신탁의 내용에 온 나라가 들썩이며 술렁이기 시작했다. 요산의 불괴라니! 건국에 대해 기록한 고서에나 등장하던 말이 어찌 신탁에 포함되어 있는 것인지.

처음 신탁에 대해 듣는 이들의 반응은 한결같았다. 의아함 뒤에 이어진 불안과 두려움.

작금의 신주에서는 찾아볼 수 없는 것들이 왜 신탁에 거론된 것일까? 신탁이 잘못된 것이 아닌가 하는 의구심을 가지는 이들도 일부 있었지만, 대다수는 혼란과 함께 공포심부터 느꼈다.

그들이 느끼는 불안과 두려움에는 나름의 이유가 있었다.

이 년 전, 국경 지역을 쑥대밭으로 만들었던 마물들이 그 원인이었다. 그때 마물들을 직접 겪어 보지 못했다면 절대 그것들의 존재를 믿지 못했을 것이다. 말로 형용키 어려운 기기묘묘하며 흉악한 모습은 꿈에 나올까 무서울 만큼 끔찍했다. 그것들은 여태 보지 못했던 인간도 짐승도 아닌 전혀 다른 존재였다.

쉬이 죽일 수도 없었다. 철갑보다 더 두꺼운 가죽으로 이뤄진 몸은 그 어떤 것으로도 뚫을 수 없었다. 몸에서 가장 약한 부분인 목을 쳐서 분리시키는 것밖에는 달리 죽일 방도가 없어 그것들을 몰살하는 데 어려움이 뒤따랐다.

그로 인해 참혹한 죽음이 이어지고 국경 지대는 피폐해졌으며 점차 마물들의 영역으로 변해 갔다. 호연국의 도움이 없었다면 결코 마물들을 처단하고 말살시키지 못했을 것이다. 그때의 참혹했던 경험으로 신주국은 마물의 존재를 믿게 되었다. 그리고 또 그런 일이 생기지 않을까 내심 두려워하고 있었다.

그런 와중에 이런 신탁이 내려지니 민심이 흔들리는 것은 당연한 일이었다.

더군다나, 마물의 최상위에 군림하던 불괴가 거론되었다. 신탁의 내용이 사실이라면 마물이 나타났던 것은 어쩌면 더 엄청난 일이 일어나리라는 경고 같은 것이 아니었을까. 태초에 있었던 대혼란의 시대가 다시 오는 것은 아닌가 하는 추측이 난무하며 백성들의 두려움을 증폭시켰다.

불안에 떠는 민심을 안정시키기 위해 황궁에서는 불괴의 존재를 부정하는 방편을 선택했다. 불괴는 현세에 존재하지 않으며 신탁은 오직 사라진 화검의 행방을 찾아 태평성대를 확고히 해 줄 진정한 청주를 세우는 일임을 강조한 것이다.

하나, 그것만으로 들끓는 민심을 잠재우기에는 역부족이었다. 백성들은 황자들 중 누군가 빨리 신탁을 통과해 이 모든 불안을 없애 주기를 바랐다.

황제의 명을 받은 천운성이 서둘러 황자들의 채비를 도왔다. 황궁을 떠나는 황자에겐 각각 천운성의 신관이 한 명씩 배정되었다. 그들은 하늘의 흐름을 읽고 황자들을 신탁에 명시된 요산이 있을 만한 곳으로 인도하는 일을 맡았다.

가장 하늘 길에 밝은 신관을 자신의 곁에 두기 위한 황자들의 치열한 물밑 작전은 신탁 이전부터 있어 왔었다.

하지만 모든 것이 자신들의 뜻대로 되리라 생각했던 황자들의 계획은 완벽하게 틀어졌다. 노력이 무색하게도 신관의 배정에 천관 을평이 직접 나선 것이다. 그는 황자들의 사주와 가장 합이 잘 맞는 신관을 우선으로 배정하였다.

신탁이 치러지는 동안 신관과 황자는 생사고락을 같이해야 했다. 서로에게 해가 되는 상극은 피하고 득이 되는 자를 뽑는 것은 당연한 이치였다.

떠날 채비를 하던 소하의 거처에도 신관이 찾아왔다. 신관 고유의 하늘빛 복색을 한 자가 연호궁 앞에서 서성거리며 조심히 안을 살피는 것을 궁인이 발견하고 다가갔다.

"무슨 일이십니까?"

자신에게 말을 걸어 준 것이 반갑기도 하고 놀랍기도 했던지 신관이 움찔하며 눈을 크게 떴다. 마른침을 꿀꺽 삼킨 그가 어렵게 입을 열었다.

"천운성에서 온 신관입니다."

"어인 일로······."

신관인 것은 알았으나 설마 이자가 연호궁에 배정이 되었을까 싶어 확인차 궁인이 물었다. 신관의 복색과 주눅 들린 듯한 태도에 꺼림칙한 시선으로 궁인이 신관의 몸을 훑어 내렸다.

"신탁과 관련하여 온 것입니다."

 신관의 말에 궁인의 미간이 좁혀졌다. 믿을 수 없다는 눈치였다. 뒤이어 실망한 듯한 얼굴로 내뱉는 궁인의 한숨에 신관의 마음이 더 움츠러들고 초조해졌다. 예상한 반응이었으나 이리 빨리, 그것도 궁인에게 받을 줄은 몰랐다. 소맷자락 안에 감춰진 손에 땀이 배었다.

"이쪽으로 오시지요."

 궁인이 낙담한 투로 말했다.

 궁인의 뒷모습을 바라보는 신관의 마음이 무겁게 내려앉았다. 신관은 궁인의 마음을 이해할 수 있었다. 제가 모시는 상전의 운명이 고작 이런 초라하기 그지없는 초짜 신관 나부랭이에게 달렸다니 얼마나 참담할 것인가. 그 심경을 알겠기에 신관의 표정 또한 무척 어두워졌다. 그의 고개가 아래로 푹 숙여졌다.

 뜰을 가로질러 한참을 걷던 궁인의 발걸음이 멈췄다. 따라 우뚝 멈춘 신관의 시선이 궁인의 뒤꿈치에 머물렀다. 그의 귀로 차분한 궁인의 목소리가 들려왔다.

"전하, 천운성에서 사람을 보냈사옵니다."

 문밖에서 고하는 말에 소하가 잠시 말을 멈췄다. 그는 자신의 심복인 호위무사 현과 밀담을 나누고 있었다.

"들라 하게."

소하의 명이 떨어지자 문이 열리고 다소곳이 서 있던 신관이 문턱을 넘어 안으로 발을 들였다. 신관의 허리에는 견습생임을 뜻하는 자색의 띠가 둘러져 있었다. 긴장으로 굳은 듯 서 있는 신관의 뒤로 문이 닫혔다.

"저것은······."

 보통의 사내보다 왜소한 것도 그렇거니와 분위기에 압도당해 움츠러든 보잘것없는 신관의 모습에 현의 미간이 불쾌하게 일그러졌다. 게다가, 자색의 허리띠라니.

 그가 발끈해 무어라 말을 하려던 찰나에 소하가 손을 들어 제지했다. 주군의 명에 입을 꾹 다물긴 했으나 현의 차가운 시선이 곧장 신관을 향해 날카롭게 쏟아졌다. 그의 살기 어린 시선이 닿자 신관이 불현듯 파르르 몸을 떨었다. 그에 현이 소리 없이 혀를 찼다.

 이런 것조차 제대로 견뎌 내지 못하는 자를 어찌 소하에게 배정하였는지 기가 찰 노릇이었다. 당장 천관 을평에게 달려가 따져 묻고 싶은 심정이었다. 이것은 필시 자신의 주군인 소하를 업신여겨 그런 것이다. 그렇지 않고서는 도저히 눈앞의 신관이 소하에게 배정된 사실이 설명이 되지 않았다.

"그대에게도 무척 험난한 길이 되겠구나."

 한껏 주눅이 들어 고개조차 들지 못하고 문간에 서 있는 신관의 모습을 가만히 바라보며 소하가 말했다. 농인 듯 아닌 듯 그리 가볍지도, 기를 누르는 억압적인 목소리도 아닌 친

근함이 물씬 묻어나는 소하의 말에 신관이 저도 모르게 고개를 번쩍 들어 올렸다.

신관의 놀라 커진 눈과 시선이 마주치자 소하가 싱긋이 입꼬리를 올려 웃었다. 그에 굳었던 신관의 표정이 슬며시 풀어졌다.

"예를 갖추시게."

차갑게 날아든 현의 지적에 신관이 흠칫해 바로 머리를 떨구며 낮게 허리를 숙였다. 너무 긴장해 황자에 대한 예를 올리지 않은 것을 뒤늦게 깨달은 탓이었다.

"황자 전하를 뵙습니다. 소인 신관 이우라 하옵니다."

"이우, 혹여 견우성 자리에 태어난 것인가?"

혼잣말처럼 자신의 이름을 읊조리며 하는 소하의 말에 이우가 놀란 듯 눈을 부릅떠 올렸다.

"어찌 아셨습니까?"

이우의 멍청히 묻는 말에 현의 인상이 구겨졌다. 못마땅함이 가득한 현과 달리 소하는 입술 끝을 더 끌어 올려 웃으며 탁탁 자신이 앉아 있는 탁자 위를 두드렸다. 이우의 눈이 자신의 손끝으로 향하자 소하가 자리를 권했다.

"이리 와 앉으시게."

"예?"

이번엔 놀란 듯 이우가 눈을 크게 떠 올리고 소하와 그가 가리키는 곳을 번갈아 보았다. 황자와 나란히 앉는다는 건 전혀 상상도 못 한 일이었다.

이우와 같은 하급 신관에게는 황자를 가까이서 볼 수 있는 기회조차 흔치 않았다. 그래서 자신이 소하 황자에게 배정되었다는 말을 들었을 때도 쉬이 믿지 못했다. 지명서가 잘못되었다고만 생각했었다. 재차 확인을 하느라 다른 신관들보다 늦게 황자의 처소로 출발했다.

아직 얼떨떨함이 채 가시지도 않았는데 눈앞의 소하 황자가 자신의 옆자리를 가리키며 앉으라고 하니, 이우는 정말 자신이 지금 꿈을 꾸고 있는 것은 아닌가 하는 생각까지 하게 되었다. 화를 내도 모자랄 판에 따스하게 맞아 줄 뿐 아니라 동석을 허하다니. 이건 말이 되질 않는다.

이우는 소하 황자의 처소로 오면서 내쫓겨도 할 수 없다고 마음을 다잡았었다. 어느 누가 보잘것없는 신입 신관을 신탁의 길잡이로 받아들일 수 있을까? 정작, 배정을 받은 이우 자신도 제가 뭘 해야 하는지 전혀 감을 잡지 못하고 있었다. 하늘 길을 읽어 황자에게 신탁으로 가는 길을 인도해야 한다는데, 이우는 그에 대해 아는 바가 전혀 없었다.

천문 수업을 받은 건 겨우 두 번 정도였다. 그것으로 뭘 어찌할 수 있을 리가 없었다.

이건 뭔가 잘못되었다고, 자신이 아닐 거라고 확인하러 간 이우에게 을평은 천문 책자 하나를 건넸다.

'거기 다 있으니 걱정하지 말고 다녀오너라.'

그 말을 끝으로 을평은 이우를 천운성 밖으로 내몰았다. 그 길로 터덜터덜 무거운 발걸음으로 연호궁을 찾았다. 쫓겨날 거라고만 생각해 잔뜩 주눅이 들었었는데 소하 황자의 반응은 이우의 예상을 완벽하게 벗어나고 있었다.

"거참, 말 더럽게 못 알아먹네."

거친 말투를 툭 내뱉으며 현이 성큼성큼 이우의 곁으로 다가섰다. 자신의 어깨를 잡아끄는 현의 손길에 이우가 히익 소리를 내며 놀란 숨을 삼켰다. 종잇장처럼 힘없이 흔들리는 이우를 끌어다 현이 소하가 가리킨 자리에 앉혔다.

"주군이 앉으라면 앉는 것이 신하 된 도리거늘. 쯧쯧."

혀를 차며 원래의 자리로 돌아가는 현을 이우가 바짝 긴장해 굳은 채로 바라보았다. 현은 소하 황자에게서 한 걸음 떨어진 곳에 선 채로 팔짱을 꼈다. 그러곤 찌를 듯 날카로운 눈으로 이우를 쏘아보았다. 그 눈빛에 이우가 움찔하며 얼른 시선을 내렸다.

"간덩이가 생기다 말았나."

현이 혼잣말처럼 툭 내뱉은 말이 꽤 컸다. 들으라고 일부러 한 말이었다. 안 그래도 한껏 위축이 되어 있던 이우의 몸이 더 움츠러들었다.

"그만. 앞으로 생사고락을 함께할 우리 사람이다. 따뜻이 맞아 주어야 하지 않겠느냐."

 반은 장난기가 묻어나는 목소리로 소하가 현을 나무랐다. 그에 푹 숙이고 있던 이우의 고개가 조금 들렸다. 그가 힐끔 소하를 곁눈질하곤 꿀꺽 마른침을 삼켰다. 가까이서 보니 얼굴에서 빛이 나는 듯 눈이 부셨다. 소하 황자의 용모가 수려하여 보는 이로 하여금 말을 잊게 만든다더니, 과연 헛소문이 아니었다.

 청룡의 핏줄을 이어받은 황가에서도 푸른 바다색을 닮은 머리카락도, 눈동자도 극히 드물었다. 몇 대에 걸쳐 한둘 나올까 말까 한 아주 귀하디귀한 색을 이리 눈앞에서 직접 볼 수 있으리라곤 정말 꿈에도 생각지 못했다. 가만히 보고 있노라면 신비로운 빛깔이 마치 깊고 깊은 심연을 보는 듯하여 그대로 빨려들어 갈 것만 같았다. 그러다 보니 또 저도 모르게 넋을 놓고 빤히 황자의 얼굴을 쳐다보고 말았다.

 옆얼굴이 뚫릴 듯 서슬 퍼런 시선으로 날카롭게 노려보는 현의 눈빛이 아니었다면, 이우는 아마 시선을 떼지 못하고 계속 그렇게 소하 황자를 직시하고 있었을 것이다.

 감히, 하급 신관 주제에 황자의 얼굴을 마주 대면하다니. 경을 치고도 남을 일이었다. 또다시 실수를 저지른 것을 인지하고 이우가 황급히 시선을 내렸다. 그의 가슴이 조마조마하게 뛰어 댔다. 이러다가 궁을 나서기도 전에 목이 달아나는 것은 아닌지 걱정이 되어 가슴이 좁아들어 숨조차 제대로 내쉬지 못할 지경이었다.

"앞으로 어찌해야 할지 안 그래도 현과 이야기를 나누고 있던 참이었네. 자네가 이리 와 주었으니 이제부터 좀 더 본격적으로 계획을 세울 수 있겠군."

소하 황자의 목소리가 긴장한 이우의 귓속을 파고들었다. 그의 목소리에 노기는 없었다. 이우의 무례함을 전혀 신경 쓰지 않는 듯 소하 황자는 비교적 밝은 목소리로 현을 돌아보며 말했다.

"감와차가 맛이 좋더군. 그걸로 준비해 달라고 하지."

"저번에 마셨던 그것 말씀하시는 겁니까?"

돌아오는 현의 목소리에 약간 꺼려하는 기미가 보였다. 감와차가 그다지 끌리지 않는 모양이었다. 감와차의 맛을 떠올린 듯 현의 미간이 살짝 구겨졌다.

"음, 머리 회전에 그만큼 도움이 되는 차가 없다더군."

싱긋이 입가를 끌어 올리며 소하가 현을 돌아보았다. 가늘게 늘인 눈의 꼬리가 살짝 휘었다. 웃는데 그냥 웃는 것이 아니다. 나긋한 저 웃음 뒤에 숨겨진 뜻을 알기에 현이 뒷말을 붙이지 않고 구겨진 미간을 슬쩍 검지로 펴며 걸음을 옮겼다.

차마 고개는 들지 못하고 귀만 곤두세우고 있던 이우의 앞으로 얼마 있지 않아 찻잔 하나가 내밀어졌다. 어느새 우려 낸 차를 가지고 들어온 궁녀가 탁자 위에 내려놓은 것이다.

여러 번 조금씩 음미하며 마시는 차의 특성상 찻잔은 보통 손안에 들어올 정도의 작은 것을 선호한다. 한데, 이우의 앞에 놓인 찻잔은 크기가 조금 달랐다. 김이 모락모락 피어오르는 은은한 갈색의 차가 담긴 찻잔은 대접만 한 크기였다.
 이우가 멀뚱히 눈을 들어 탁자 위에 올려진 다른 찻잔을 확인했다. 모두가 같은 크기였다. 저만 일부러 큰 것을 준 게 아니었다.
 스읔. 옆에서 의자를 뒤로 끌어 앉는 소리가 들렸다. 힐끔 이우의 눈동자가 자신과 얼마 떨어지지 않은 곳에 앉는 현에게 닿았다. 조금 더 시선을 올리자 현의 얼굴이 보였다. 찻잔 속에 담긴 감와차를 내려다보는 현의 표정이 예사롭지 않았다. 마치 사약을 눈앞에 둔 사람처럼 뭔가 복잡 미묘했다.
 '대체 이것이 어떤 차이기에 저자가 저런 표정을 짓는단 말인가.'
 천하에 무서울 것이 없을 것처럼 기세등등하던 자가 고작 찻잔을 앞에 두고 저런 비장함을 드러낸다는 것이 의아했다. 궁금증에 감와차를 유심히 내려다보던 이우의 귀에 차를 권하는 소하 황자의 목소리가 들려왔다.
 "어서 들게."
 "아, 예. 전하."
 얼떨결에 답하며 이우가 찻잔을 두 손으로 들어 올렸다. 사기그릇에 가득 차가 담겨 무게감이 있었다. 실수라도 하면 큰일이라 온 신경을 집중해 조심조심 찻잔을 입으로 가져갔다.

그런 이우를 소하 황자와 현이 말없이 지켜보았다. 둘의 시선이 부담스러웠지만 이우는 내색 없이 차분하게 행동했다. 적당한 온기가 느껴지는 차를 벌컥 들이켜는 순간 이우의 얼굴이 와락 구겨졌다.

"윽."

놀라 까무러치며 얼른 찻잔을 내려놓는 이우의 모습에 현이 그답지 않게 키득거리며 웃었다. 겁도 없이 감와차를 냉큼 들어 입으로 가져가는 것이 의외다 싶었더니, 아무것도 모르는 무지가 그런 행동을 하게 만들었구나 싶어 가소롭고 우스웠던 모양이다.

하긴, 하급 신관 따위가 감와차에 대해 알 리가 없지. 속으로 한껏 이우를 비웃는 것이 현의 얼굴에 고스란히 드러났다.

"자넨 뭐 하나?"

"예?"

소하 황자의 물음에 현이 그를 돌아보며 되물었다. 소하 황자가 눈짓으로 현의 앞에 놓인 감와차를 가리켰다. 따라 시선을 옮긴 현의 얼굴에서 순식간에 웃음이 사라졌다. 그의 미간이 심각하게 좁아지며 꿈틀거렸다.

"회의 전에 머리를 좀 맑게 해야 하지 않겠는가."

그리 말하며 소하 황자가 먼저 찻잔을 한 손으로 가볍게 들어 올렸다. 입술 앞으로 찻잔을 가져가며 그가 말을 이었다.

"그래야 그나마 쓸모 있는 대화를 할 수 있을 것 같은데. 안 그런가?"

입술 끝을 야릇하게 말아 올린 소하 황자가 찻잔을 입에 대고 기울였다. 감와차가 입 안으로 들어가 목구멍으로 넘어가는 순간까지 소하 황자의 표정은 전혀 변하지 않았다. 평온함 그 자체였다.

그에 이우가 또다시 멍한 눈빛으로 소하 황자를 쳐다봤다. 소하 황자가 감와차를 머금는 순간 이우의 얼굴이 한껏 구겨졌다. 아직도 입 안에 남아 있는 감와차의 쓰디쓴 맛이 되살아나서였다.

차라면 이우도 꽤 많이 음미하며 마셔 본 터였다. 원래도 차를 즐겨 마셨고 수업 중 하나에 다도도 있어 천운성에 들어온 후로도 자주 차를 접했었다. 그런데 이름도 생소한 감와차는 처음 맛보는 것이었다. 머리를 맑게 해 주는 차 중에 쓰기로 정평이 나 있는 고삼차라는 것이 있는데 감와차는 그것보다 더 쓴맛이었다.

"후우."

소하 황자에게 정신이 팔려 있던 이우가 숨을 깊이 내쉬는 소리에 반사적으로 고개를 돌려 현을 쳐다봤다. 그는 무척 심오한 표정으로 감와차가 든 찻잔을 들어 올리고 있었다. 꼭 극도의 무술 훈련을 하기 전 준비 자세를 갖추는 것처럼 보였다.

'저자도 이런 정도의 쓴맛은 아무렇지 않게 마실 수 있는 것인가?'

자신만 수련이 부족해 감와차의 쓴맛을 견디지 못하는 것인가 생각하던 이우의 입이 다음 순간 반사적으로 씰룩거렸다. 감와차를 입으로 가져간 현의 입술이 파르르 경련을 일으키는 것 같더니, 이어 입 안으로 차가 들어오자 그가 눈을 질끈 감고 코를 급히 틀어막았다. 그러곤 에라 모르겠다 하는 심정으로 벌컥거리며 차를 들이켰다.

"어으."

찻잔을 내려놓는 현의 얼굴이 아주 많이 고단해 보였다. 극악의 훈련을 마친 사람처럼 혈색이 없어진 현의 얼굴에 이우가 저도 모르게 큭 하고 웃음을 터트렸다. 즉시 현이 차가운 시선으로 그를 돌아보았다. 시선이 마주치자 이우가 얼른 웃음기를 지우고 고개를 돌렸다.

"첫 만남에 이리 화기애애한 것을 보니 앞으로의 행보 또한 즐거울 것 같으이. 기대가 많이 되는군."

호랑이 앞에 고양이 같은 둘의 모습을 기분 좋게 감상하며 소하 황자가 찻잔을 다시 입으로 가져가 기울였다. 입에 맞는 차를 마시듯 여전히 평온하기 그지없는 그의 얼굴이 신기한 듯 이우가 고개를 기울이며 묘하게 바라보았다.

"마저 들지. 우리의 논의는 차를 다 마신 후에나 할 수 있을 터이니. 천천히 음미하며 마셔 보시게."

"…아."

절로 벌어진 입을 다물지 못한 채 이우가 제 찻잔을 내려다보았다. 찻잔 가득 담긴 차를 보며 이우가 흠칫 몸을 떨었다. 그가 눈동자를 굴려 현을 힐끗거렸다. 그 또한 자신 못지않은 심각한 표정으로 찻잔을 응시하고 있었다.

"흐음."

기합을 넣는 것처럼 크게 숨을 들이켠 현이 찻잔을 번쩍 들어 올렸다. 한 치의 망설임도 없이 입으로 가져가 벌컥벌컥 마셔 대는 현의 모습에 이우의 눈이 화등잔 만하게 커졌다. 과연 충신은 주군의 말에 죽고 산다고 하더니 저 쓴 것을 저렇게 과감하게 들이부을 줄이야.

현에게 탄복한 이우가 반듯한 자세로 찻잔을 기울이는 소하 황자를 돌아보곤 가만히 고개를 끄덕였다. 이곳으로 배정된 이상 자신도 소하 황자의 사람이다. 하니, 소하 황자를 위해 할 수 있는 모든 것을 다 동원해, 아니 그 이상의 노력을 기울여 그를 도와야 한다.

마음가짐을 새롭게 한 이우의 눈이 반짝 빛을 발했다. 그가 찻잔을 덥석 잡아 올렸다. 그러곤 현이 그랬던 것처럼 감와차를 과감하게 들이켰다.

"우웁."

입 안 가득 머금은 감와차는 쉬이 목구멍으로 넘어가지 못하고 다시 밖으로 배출되었다. 다행히 후다닥 자리에서 일어난 이우가 급히 창을 열고 허리를 숙여 실내를 더럽히진 않았다. 목을 부여잡고 고통스런 신음을 토해 내는 이우의 모습에 소하가 엷은 미소를 머금었다.

"쯧쯧, 그것 하나를 못 삼키고 뱉어 내나 그래."

타박하듯 퉁명스레 말을 하면서 자리에서 일어난 현이 물주전자를 들고 이우의 곁으로 다가갔다. 그의 입가에도 웃음이 머금어져 있었다. 처음 하급 신관인 걸 알고는 그리 빈정대며 구박을 해 대더니 감와차 한잔에 없던 우애가 생겨난 모양이다.

쓰디쓴 감와차를 마시며 고통스러움을 나누다 보니 이심전심이 통한 것인가?

현이 가져다준 주전자를 받아 입을 헹구며 이우가 연신 감사하다 인사를 해 댔다. 이우의 눈가에 맺힌 눈물을 본 현이 또 놀리듯 손가락질을 하며 웃어 댔다. 소매 끝으로 눈물을 닦아 내며 이우 또한 웃고 말았다.

"거, 신고식 한번 호되게 했다고 치시오."

이우의 손에서 주전자를 받아 들어 저도 물을 마셔 쓴 기운을 지워 내며 현이 말했다. 적개심 가득하던 말투가 어느새 다소 부드러워져 있었다. 이왕 이리 된 거 소하 황자의 말처럼 운명을 같이할 사이니 서로 도와야지 어찌 도리가 없다는 생각이 든 모양이다.

"역시 감와차가 머리 회전에는 도움이 많이 된다니까."

둘의 모습을 느긋이 바라보며 소하 황자가 남은 감와차를 머금었다. 늘 그렇듯 그의 찻잔에는 다른 찻잔에 담긴 감와 잎과는 다른 잎이 주재료로 쓰였다. 감초의 달달함이 소하 황자의 입 안을 기분 좋게 물들였다.

신탁을 위한 황자들의 출궁은 제일 황자인 서여로부터 시작하여 며칠을 두고 차례로 이뤄졌다. 각자의 방식대로 준비를 끝낸 황자들이 먼저 궁을 나섰다. 신관이 별을 보고 길을 잡아 주면 그 방향으로 움직였다.

저마다의 목적지는 달랐다. 별을 얼마나 잘 읽어 내느냐 하는 신관의 능력치에 따라 정해지는 것이라 어디로 어떻게 가게 될지는 아무도 몰랐다.

하나, 자신의 능력을 과신하는 상급 신관들조차도 이번엔 확신을 할 수가 없었다. 자신들이 찾아야 하는 것이 실존하는 곳인지 아닌지도 명확지 않기에 무엇을 어찌해야 하는지 가늠이 되지 않았다.

하늘이 알려 줄 것이니 자신을 믿으라는 천관의 말은 아무런 힘이 되지 않았다. 시일이 얼마나 걸릴지 어떤 일이 벌어질지도 모를 길을 그냥 무작정 가야만 했다. 자신을 향한 수많은 사람들의 부담스러운 시선을 받으면서.

해서, 신관들은 신중에 신중을 기해 길을 잡았다. 그 와중에도 누구든 먼저 신탁이란 것을 통과해 주기를 은근히 속으로 바랐다. 빨리 이 모든 것이 끝나야 속 편히 잠을 잘 수 있을 터이니.

소하 일행은 가장 늦게 궁을 나섰다. 신관 이우가 쩔쩔매며 길을 못 잡은 탓도 있었지만, 소하가 서두르지 않았다. 등을 떠미는 손길에 쫓기듯 무턱대고 나서 생고생할 필요가 없다는 게 그 이유였다.

맞는 말이긴 하나 사방에서 보내오는 눈총에 온몸이 뚫릴 지경이라 현은 어서 빨리 궁은 물론 도성도 벗어났으면 싶었다.

"어느 방향으로 갈지 길은 정했나?"

이우를 찾아온 현이 문을 벌컥 열어젖히며 물었다. 이틀 전부터 이우는 연호궁 안에 자리를 마련하여 별들을 관찰하고 있었다. 천운성과 연호궁을 오가며 진을 빼는 것이 안타까워 소하가 그리하라 명한 것이다.

'보안 유지를 위하여'란 거창한 이유를 붙여 소하가 이우의 기를 살려 준 것에 반해, 현은 견습생을 누가 견제나 하겠냐고 하여 풀이 죽게 만들었다. 소하가 감와차를 대령하라 하자 그제야 실책을 깨닫고 이우에게 타고난 능력은 다를 수 있으니 열심히 해 보라 등을 토닥였었다.

그 뒤로는 아무리 답답하여도 이우를 찾지 않았었다. 한데,

모두가 다 궁을 떠나 버리자 마음이 조급해져 더는 기다리지 못하고 달려온 것이다.

문을 연 채로 멈춰 선 현의 인상이 와락 구겨졌다. 난장판도 이런 난장판이 없었다. 대단한 전쟁이라도 치른 듯 방이 엉망진창이었다. 책상 위는 물론이요 바닥까지 온통 서적과 종이들로 수북했다. 어디 한 군데 발 디딜 곳이 없었다.

"아, 오셨습니까?"

피곤에 찌든 얼굴로 책상 밑에서 이우가 불쑥 머리를 들어 인사를 건넸다. 대체 그 밑에서 뭘 하고 있었단 말인지. 머리며 의복이며 죄다 흐트러져 있었다. 쓰고 있던 두건은 어디에 벗어 둔 것인지 단정하던 매무새를 찾아볼 수가 없었다.

"흐음, 정리는 다 되어 가나?"

"그것이······."

뜸을 들이며 시선을 피하는 이우의 모습에 현의 눈썹이 못마땅하게 치켜 올라갔다. 아직도 결론이 나지 않았단 말인가.

"대충대충 방향만 잡으면 되잖아."

참다못해 현이 역정을 냈다. 더는 지체할 수가 없었다. 어차피 다른 신관들도 처음부터 제대로 길을 잡아 떠났을 거라곤 생각지 않았다. 가다 보면 길이 나오는 것이지, 신탁에 나오는 요산이 어딘지 모르기는 모두가 매한가지였다. 현의 생각에 상급 신관이라고 해서 그것을 명확히 아는 이는 없을 것 같았다.

"하, 하지만."

"하지만은 뉘 집 개 이름이야. 어디 봐."

성큼성큼 바닥에 널브러진 것들을 밟고 안으로 들어선 현이 이우가 들고 있던 지도를 뺏어 들었다. 지도 위에 무수히 많은 점들이 찍혀 있었다. 그것들을 이리저리 연결했다가 지우기를 반복한 자국들이 난무했다.

현이 지도를 이리저리 돌려보며 고개를 갸웃했다. 대체 어느 게 진짜인지 알 수가 없었다.

"여기야? 여기?"

"거기는 아니고. 그쪽은 긴가민가하고."

"이건?"

"거긴 물 기운이 가득한 것이 불과는 또 상극이라."

이우가 심각한 얼굴로 현이 짚어 내는 점들을 보며 주저리주저리 설명을 늘어놓았다. 그럴수록 현의 미간이 좁아졌다가 꿈틀거리기를 반복했다. 하는 것을 보니 더 두고 볼 필요도 없었다. 예서 며칠을 더 늘인다고 해도 딱히 결론이 나올 것 같지는 않았다.

그렇다면 방법은 한 가지뿐이다.

현이 책상 위를 훑다가 종이 고정용으로 쓰는 작은 돌멩이를 들어 이우에게 건넸다. 이우가 의아한 표정으로 현을 돌아보았다. 현이 뚜벅뚜벅 책상에서 몇 걸음 떨어졌다. 그리고 척하니 지도를 양손으로 펼쳐 들었다.

"던져."

"예?"

"던지라고."

"이걸요?"

이우가 맹하니 현이 쥐여 준 것을 들어 보이며 물었다. 현이 단호하게 고개를 끄덕이자 이우가 돌멩이를 지도를 향해 던졌다.

툭. 지도에 맞고 떨어진 돌멩이가 난잡한 바닥 위를 구르다 서적과 서적 사이로 자취를 감췄다.

현이 돌멩이가 맞은 부분을 똑똑히 보았다가 그 부분에 있던 점을 손끝으로 콕 찍었다.

"여기로 출발."

"예?"

"뭘 자꾸 예, 예, 거려. 어차피 수시로 바뀔 거 그냥 이쪽으로 방향 잡고 먼저 출발하자고. 거, 그쪽 낮잡아 보고 하는 말 아니니까 기죽을 필요 없어. 다른 신관들도 똑같을 거라고 내 장담하지."

돌멩이를 던지라 한 이유를 알아채곤 시무룩해지는 이우의 등을 현이 답지 않게 다정하게 토닥였다. 이 초짜 신관이 울적해진 이유가 또 자신 때문이란 걸 소하가 알게 되면 곤란해진다. 감와차가 눈앞에 어른거리자 현이 냉큼 이우를 설득하고 나선 것이다.

"그러니 일단 우리 이쪽으로 한번 가 보세. 나가서 보아야 별이 더 잘 보이지 않겠나. 시야도 넓어지고 말일세."

들어 보니 틀린 말도 아니었다. 자신이 아무리 머리를 싸매고 끙끙거려 봤자 뾰족한 수가 나오는 것도 아니었다. 모두가 출발하고 소하 황자만 남은 상황에서 더 시간을 끌 수도 없었다. 소하 황자는 얼마든지 기다려 주겠다고 괜찮다고 했지만, 이우에게는 그것조차도 부담이었다. 은연중에 그가 느끼는 압박감도 컸다.

자료 조사를 위해서 천운성을 찾을 때 저를 보는 다른 신관들의 눈초리가 꼭 저를 비웃는 것만 같았다. '네까짓 게 할 수 있는 것이 뭐가 있다고.' 마주치는 모두가 저를 향해 그런 말을 하고 있는 듯했다. 그것을 견디기가 참 버거웠는데, 현의 말을 듣고 보니 그럴듯하여 이우도 얼른 궁을 나갔으면 하는 마음이 들었다.

"그, 그러는 것도 하나의 방법이긴 한 것도 같은……."

"그래그래. 이걸로 낙점. 야아, 이쪽이 풍수가 좋아. 그럼 난 얼른 가서 출궁 준비를 서두르겠네. 자넨 저하께 방향을 찾았다 고하시게."

현이 지도를 대충 접어 이우의 품에 덥석 안겼다. 서둘러 문으로 걸어가는 그를 이우가 멍하니 쳐다보았다. 문을 열고서 나서는 현을 보고서야 뒤늦게 이우가 팔을 뻗어 올렸다.

"잠시만……."

쾅. 현의 흥겨운 뒷모습을 마지막으로 문이 닫혀 버렸다. 갈 곳을 잃고 허공에 머문 이우의 손이 부들거렸다.

꿀꺽. 그의 목으로 마른침이 넘어갔다. 그가 손을 내려 품에 안긴 지도를 펼쳤다. 돌멩이로 선택된 방향을 물끄러미 내려다보며 이우가 짙은 한숨을 내쉬었다.

수많은 하늘 길 중 하나이긴 하나 명확한 것이 아니어서 뭔가 찝찝하였다. 과연 이곳으로 방향을 잡아도 될 것인가. 곰곰이 생각하던 이우가 결심을 굳히고 지도를 차분히 접었다. 현이 나간 문으로 결의에 찬 표정의 이우가 당차게 걸어갔다.

⌘

마을의 경계를 넘어 백사의 높은 언덕 위로 머리 하나가 불쑥 올라왔다. 바람에 머리에 두른 두건의 긴 천이 너풀거렸다. 날다람쥐같이 모래 언덕 위를 가볍게 뛰어오른 예아가 머리를 젖혀 하늘을 올려다봤다.

저 멀리 드높은 하늘 위로 새 한 마리가 맴을 돌며 날아다니고 있었다. 거대한 독수리였다. 독수리를 발견한 예아의 입이 빙긋이 말려 올라갔다.

그녀가 옷 속에서 작은 뿔피리 하나를 꺼냈다. 목걸이 형태로 만들어진 그것을 입으로 가져가 불자 하늘 위에서 맴을 돌던 독수리가 방향을 틀었다. 예아는 자신을 향해 날아오는 독수리에게서 시선을 떼지 못했다.

퍼득, 퍼득.

독수리가 요란한 날갯짓 소리를 내며 다가왔다. 그리 큰 소리가 나는데도 그녀 주변의 모래는 흐트러짐 없이 고요했다. 참으로 신묘한 일이었다.

"란."

바닥으로 내려앉은 독수리의 이름을 부르며 예아가 반갑게 달려갔다. 독수리에게 팔을 뻗자 머리를 아래로 기울였다. 예아가 손을 뻗어 독수리의 머리를 부드럽게 쓰다듬었다. 기분이 좋은지 란이 머리를 가볍게 흔들었다.

란은 보통의 독수리와는 크기부터가 달랐다. 사람 열 명은 붙여 놓아야 비슷할 정도로 엄청난 크기를 자랑했다. 사호족 사람들은 란이 그리 큰 것은 모두가 예아 때문이라고 했다. 그녀가 너무 많이 먹여 몇 배로 불림을 당한 것이라 놀려 대곤 했다.

그래도 예아는 마냥 좋았다. 백사에서 그 무엇도 란을 이길 동물은 없으니 그것만으로도 그녀는 흡족했다. 처음 란을 발견했을 당시엔 어미에게 버림을 받아 볼품없는 행색으로 죽어 가고 있었다. 예아가 정성껏 돌본 덕분에 하늘을 호령하는 가장 용맹한 독수리가 된 것이다.

"예아!"

누군가 자신을 부르는 소리에 예아가 마을 쪽으로 고개를 돌렸다. 언니 모아가 손을 크게 휘젓고 있었다. 어서 빨리 돌아오라는 재촉의 손짓이었다. 자리를 비운 지 얼마 되지도 않았는데 어떻게 알아챘는지 모르겠다.

"난 얌전히 앉아서 옷 만드는 거 너무 싫은데."

입술을 삐죽 내밀며 예아가 란의 몸을 쓰다듬었다. 그녀는 가만히 앉아서 글을 읽거나, 음식이나 옷을 만드는 건 영 성격에 맞지 않았다. 차라리 백사의 드넓은 모래사장 위를 뛰어다니거나 란과 함께 노는 것이 좋았다.

언젠가 란을 타고 하늘 높이 올라가 보고 싶다고 했다가 핀잔을 들은 적이 있었다. 여자애가 겁도 없이 어떻게 그런 생각을 하느냐며 나무랐다. 다치는 게 문제가 아니라 죽을 수도 있다며 절대 꿈에도 생각지 말라는 말까지 들었다.

그 후로 예아가 란과 함께 있는 것을 보면 언니인 모아가 깜짝깜짝 놀라며 저렇게 빨리 오라 재촉을 해 댔다. 괜한 말을 한 것 같다. 후우. 길게 한숨을 내쉬며 예아가 란을 톡톡 두드려 주었다.

"나중에 봐."

더 지체했다가는 잔소리가 길어질 듯하여 예아가 발길을 돌렸다. 모래언덕을 미끄러지듯 빠르게 내려간 예아가 마을을 향해 뛰었다. 그 모습을 지켜보던 란이 서서히 날갯짓을 하며 위로 몸을 띄웠다.

푸드득, 푸드득. 아까부터 상공을 날아다니는 새 한 마리가 거슬리던 참이었다. 란이 하늘로 맹렬히 날아올랐다. 마을 안으로 들어서던 예아가 하늘을 올려다보곤 란에게 소리쳤다.

"힘없는 애 괴롭히는 거 아니야."

란이 움찔하느라 날개가 휘청거렸다. 그게 지금 맹금류인 독수리에게 할 말이냐고. 괴롭힐 거 아니고 먹을 거니까 상관없을 거라 생각하며 다시 새를 향해 다가가던 란의 뒤통수로 예아의 목소리가 날아들었다.

"아무거나 막 먹고 그럼 배탈 나는 거 알지?"

그럼 굶으란 소린가? 란의 머리 위 근육이 치켜 올라갔다. 근방에서 보지 못한 새였다. 사막은 생명체가 살기 힘든 곳이었다. 시체를 뜯어먹고 사는 종들도 굶어 죽기 딱 안성맞춤인 곳이 바로 백사였다.

그런 곳에 어떻게 흘러들어 온 것인지 새는 갈피를 잡지 못하고 맴을 돌며 혼란스러워하고 있었다. 다가서는 란을 발견한 새가 혼비백산하며 달아나려 했지만 그보다 란이 빨랐다. 한 발에 낚아챈 그것이 길게 울음을 토했다.

끼이이.

힘없는 구슬픈 소리에 란의 입맛이 사라졌다. 잠시 고민하던 란이 새를 백사의 경계 가까이로 데리고 갔다. 그러곤 버리듯 놓아주곤 미련 없이 돌아섰다. 낙하하던 새는 자신이 살았다는 것을 깨닫고 미친 듯이 날갯짓을 해 백사 밖으로 날아갔다.

먹어 봤자 간에 기별도 가지 않는 조그만 것이었다. 무엇보다 예아의 말처럼 맛이 많이 간 것 같아 배탈이 나지 싶어 버렸다. 제 영역에서 시끄럽게 울어 대는 게 듣기 싫어 경계 밖으로 갖다 버린 것뿐이다.

나름의 이유를 덧붙이며 란이 유유히 사호족의 마을이 있는 곳으로 돌아갔다.

"너 수는 다 놓은 거야?"

모래 먼지를 탈탈 털어 대는 예아를 보며 모아가 묻다가 입을 막고 눈살을 찌푸렸다. 뿌연 먼지가 예아의 주변으로 떠올랐다. 한 걸음 뒤로 물러선 모아가 손으로 집을 가리켰다.

"들어가서 씻어. 옷도 갈아입고."

"뭘 그렇게나 해. 탈탈 털면 되지. 사막에서 모래 묻는 건 일상이잖아."

"일상은 무슨. 너처럼 외부에 안 나가면 괜찮아. 얼른 가서 씻어."

"에이, 괜찮다니까."

"하나도 안 괜찮아."

은근슬쩍 자리를 뜨려는 예아의 몸을 잡아 돌린 모아가 집 쪽으로 그녀를 떠밀었다. 행동거지나 말투만 봐서는 영락없는 사내아이였다. 하지만 예아는 분명 사호족 마을을 다스리는 족장의 둘째 딸이었다.

억지로 욕탕으로 들어간 예아가 어쩔 수 없다는 듯 머리에 두른 두건을 풀었다. 두건에 꽁꽁 싸여 있던 머리가 출렁이며 아래로 흘러내렸다. 백사를 닮은 새하얀 빛깔의 머리를 예아가 손으로 아무렇지 않게 쓸어 넘겼다.

오밀조밀 예쁜 얼굴로 입을 삐죽이며 옷을 툭툭 벗어 던지자 문밖에서 금방 잔소리가 들려왔다.

"먼지 날리니까 조심해서 벗어."

"알았어."

어떻게 귀신같이 잘 알지? 하고 예아가 속으로 구시렁거리다가 쿡 하고 웃었다. 하긴 한두 번이라야지.

옷을 훌렁훌렁 벗어 얌전히 바닥에 톡 내려놓았다. 그러곤 물을 받아 놓은 욕조로 걸어가 풍덩 하고 몸을 던지다시피 안으로 들어갔다. 사막에서 물은 귀한 것이었다.

하지만 축복받은 땅인 사호는 백사에서 유일하게 물이 풍족하게 나오는 곳이었다. 해서 백사를 지나는 이들은 꼭 사호에 들러 물을 얻어 가곤 했다. 길을 아는 이들은 수월히 사호에 당도할 수 있었고, 그렇지 못한 자는 길을 잃고 헤매다 죽기 직전에 이르러서 마을 사람들에게 발견되어 구조되기도 했다.

백사는 제대로 알지 못하는 이들에겐 자비롭지 못하다. 오랜 세월 그곳에 터전을 잡고 살아온 사호족에게만 우호적이었다. 백사의 어느 곳을 가더라도 사호족은 그들의 마을을 쉽게 찾을 수 있었다.

고운 백옥의 살결 위로 끼얹은 물이 주르륵 몸을 따라 흘러내렸다. 백사의 태양은 뜨거웠다. 드러난 모든 것들을 태워 버릴 듯이 강렬하게 내리쬐었다. 하나, 예아의 피부는 한 번도 새하얀 빛깔을 벗어나 본 적이 없었다.

워낙에 몸을 옷가지와 두건으로 꽁꽁 싸매고 다닌 이유도 있었지만, 좀처럼 햇볕에 타는 경우가 없었다. 그녀를 이루는 모든 것이 새하얬다. 마치 그녀 자체가 백사인 것처럼.

그녀가 태어났을 때 사호족의 모든 이들이 함께 기뻐하며 축복했다. 본시 사호족의 조상인 사막여우는 흰 눈과도 같은 빛깔을 가지고 있었다고 한다. 고서에서만 보아 온 터라 실제로 목도한 이는 아무도 없었다.

예아는 사호족 시조의 현신이라 추앙받으며 온 마을 사람들의 귀여움을 독차지하며 자랐다. 귀한 존재인 그녀는 어릴 때부터 백사를 제집처럼 마음껏 자유롭게 뛰어다녔다. 그러다 종종 다 죽어 가는 외지인들을 끌고 오곤 했다.

맛난 걸 주웠다며 란을 시켜 마을 광장에 던져 놓아 한 번씩 사람들을 기함하게 만들기도 했었다. 그녀는 장난으로 한 것이지만 갑자기 사람이 하늘에서 툭 떨어지니 기겁할밖에. 그러다 진짜 죽으면 어쩌려고 하느냐고 몇 번 혼이 나고는 그런 장난은 관두었다.

란이 던진 건 죽지 않는다고 말했지만 아무도 믿지 않는 눈치였다. 정말인데.

바깥이 소란스러웠다. 익숙한 목소리가 들리자 예아가 욕조에서 벌떡 일어나 창가로 달려갔다. 바깥에선 안을 볼 수 없는 구조로 난 창은 완전히 열리지 않고 밑쪽을 조금 들어 올려야 했다. 예상했던 인물이 사람들의 환영을 받으며 광장으로 들어서고 있었다.

"파타!"

예아가 창밖으로 팔을 내밀어 마구 흔들어 댔다. 소리가 들린 쪽으로 시선을 돌려 위를 바라본 사람들의 얼굴에 경악이 떠올랐다.

"어머나!"

"아이고! 예아 아가씨!"

"허허, 이런."

예아의 팔이 나온 곳이 어딘지 알기에 그런 것도 있었고, 그녀의 새하얀 팔이 나풀거리는 걸 보아 그녀가 지금 어떤 상태인지 알 것 같기에 더 놀라 소리를 쳤다.

뚝뚝. 바닥에 떨어지는 물을 보며 파타가 미간을 찌푸렸다. 저러다 또 혼나지.

"미쳤어. 너 당장 거기서 안 떨어져?"

안쪽에서 영락없이 모아의 목소리가 들려왔다. 모아가 사람들이 외치는 소리를 듣고 욕탕 문을 열어젖힌 모양이다. 예아의 팔이 안으로 사라지고 창문이 요란한 소리를 내며 닫혔다. 이어진 모아의 잔소리에 사람들이 웃음을 터트렸다.

"예아 아가씨는 못 말린다니까."

"네가 온 게 무지 반가우신가 보다."

"그럴 만도 하지. 근 한 달 보름 만에 돌아온 것이니."

백사의 수호자로 통하는 파타는 마을 사람들과 한 번씩 멀리 사냥을 떠나곤 했다. 식량을 구한다기보다 일종의 정찰과 훈련이라고 봐야 했다. 그는 조를 짜서 백사를 돌아다니며 수상한 것이 없는지, 혹은 길을 잃고 헤매는 사람은 없는지 살폈다. 그에 더해 끝없이 펼쳐진 백사의 새하얀 세상을 겨냥해 활 쏘는 훈련도 했다.

그는 꽤 훌륭한 활솜씨를 가지고 있었다. 그 어떤 생명체라도, 아무리 작아도 움직임만 포착되면 절대 놓치는 법이 없었다. 칭찬하는 마음으로 예아가 궁신 파타라고 부르자, 그가 불퉁하게 병신 파타라 들린다며 거부했다. 그때 붉게 달아오른 귓불을 예아에게 들키지 않은 게 천만다행이었다. 그럼 정말 작정하고 부끄러워하는 거냐며 놀려 댔을 테니.

예아와 그는 신분의 차이가 있었다. 그녀가 마을을 다스리는 족장의 딸인 반면 파타는 천민에 가까웠다. 그의 뛰어난 재능과 기지를 높이 산 족장 후륵이 경비대장으로 승격시키지 않았다면 격차는 더 벌어졌을 것이다.

촉촉이 젖은 채로 옷을 대충 걸치고 모아의 잔소리도 귓등으로 넘기며 뛰쳐나오는 저 유별난 아씨의 얼굴을 마주 보지 못할 만큼 말이다. 그랬다면 이리 말을 주고받을 수도 없었겠지.

"그러다 넘어지십니다."

자빠지겠다는 말이 목구멍까지 밀려 올라왔다가 삼켜졌다. 사람들의 이목이 집중된 곳에선 예의를 지켜 말해야 했다. 둘은 어린 시절부터 티격태격하며 자라 온 사이였다. 물론, 예아의 신분을 모르던 때라 파타도 함부로 말하고 대했었다. 둘이 있는 것을 본 사람들이 그녀를 아씨라 부르며 귀히 여기는 것을 보고서야 자신과는 다른 세상의 사람이란 것을 알았다.

"어땠어?"

바짝 다가선 예아가 그의 얼굴을 빤히 올려다보며 물었다. 슬며시 웃음이 나려는 걸 참고 뒤로 한 발짝 물러서며 파타가 시치미를 뗀 채 무뚝뚝하게 되물었다.

"뭘 말입니까?"

그녀의 뒤로 모아와 시종들이 달려오는 것이 보였다. 파타가 뒤로 조금 더 물러섰다.

"머리도 말리지 않으시고 뛰어나가시면 어쩝니까?"

"어휴, 정말 말을 어찌 이리 안 듣는지 몰라."

유모와 모아가 그녀의 곁에 달라붙어 젖은 머리를 닦아 내고 옷매무새를 다듬었다. 그러든 말든 예아의 시선은 줄곧 파타에게 고정되어 있었다. 파타 또한 다르지 않았다. 예아의 티끌 하나 없는 새하얀 얼굴이 햇살에 반짝반짝 빛났다.

"백사 끝까지 가 봤어? 이번엔 뭘 쏘아 맞혔는데?"

자신의 머리카락을 만지든 말든, 얼굴이며 목 등 드러난 부위를 닦는 손길에 아랑곳없이 예아가 물었다. 늘 같은 질문이다. 파타가 사냥을 명목으로 나갔다 돌아오면 매번 저리 묻는다. 백사의 끝에 자신도 가고 싶으나 가지 못한 것이 아쉬워서, 이번엔 또 얼마나 작은 것을 얼마나 정확히 명중을 시켰는지 자세히 듣고 싶어 눈이 초롱초롱하다.

"아가씨, 이것 좀 걸치시고."

유모가 옆에 시종이 들고 있던 겉옷을 받아 예아의 팔에 끼우려 했다. 예아가 보지도 않고 대충 팔을 끼웠다.

"됐지?"

그러곤 냉큼 파타의 앞으로 성큼성큼 다가섰다. 더는 기다려 주지 않겠다는 듯 파타의 눈을 직시하며 눈에 힘을 주더니 그의 팔을 낚아챘다. 파타가 놀라 움찔하며 팔을 빼려는 것을 예아가 쑥 하며 엄한 표정을 지어 제지했다.

"어딜. 나한테 다 털어놓을 때까진 아무 데도 못 가."

아직 덜 마른 머리를 출렁거리며 예아가 파타를 끌고 걸음을 옮겼다. 목적지는 마을의 음식점이었다. 먼 길을 떠났다 돌아왔으니 맛있는 밥이라도 먹이며 들어야지. 공복엔 사람

성정만 까칠해져 이야기도 잘 나오지 않는다.

예아가 그랬다. 배가 고프면 다른 건 아무것도 눈에도 귀에도 들어오지 않았다. 먹을 걸 앞에 둬야 술술 풀어낼 맛이 났다.

"아휴, 저 막무가내를 어쩌면 좋아."

사람들의 시선 따위 안중에도 없이 사내의 팔을 덥석 잡아끌고 가는 예아의 모습에 모아가 외려 얼굴을 붉혔다. 어릴 때는 뭣 모르고 그랬다곤 해도 이젠 둘 다 성인인데 저러면 곤란했다.

마지못해 끌려가는 파타도 머쓱해하며 사람들 눈치를 보는데 대책 없는 예아는 전혀 그런 것에 신경 쓰지 않았다. 남녀관계에 무신경해도 너무 무신경했다.

"정인을 만나면 또 달라지지 않겠어요? 아직 마음이 가는 사내를 못 만나 그런 것이지, 때가 되면 변할 것입니다. 걱정 마세요."

"후우, 부디 그래야 할 텐데."

걱정과 안타까움을 담아 한숨을 토해 내는 모아의 얼굴을 유모가 빤히 응시했다. 시선을 느꼈으나 모아는 유모를 돌아보지 않았다. 그녀의 입에서 무슨 말이 나올지 알기에 그런 것이다.

"아까 놓다 만 수나 놓아야겠다."

냉큼 돌아서 집 안으로 들어가는 모아의 모습을 지켜보던 유모가 절레절레 고개를 저었다. 정작 중요한 건 예아가 아니라 모아였다. 혼기가 꽉 찼음에도 불구하고 모아는 도통 혼인을 할 생각을 하지 않고 있었다.

예아를 낳고 몸이 허약해져 일 년을 앓다가 죽은 어머니를 대신해 가정의 대소사를 돌봐야 한다는 책임감 때문인 것 같았다. 그러지 않아도 된다고 집안 걱정일랑 하지 말고 마음 편히 혼인을 하라고 그리 설득을 해도 말을 듣지 않았다.

"그놈의 똥고집은 이 집안 내력인 게지."

혼잣말을 하며 모아가 들어간 집으로 발걸음을 옮기던 유모가 고개를 돌려 예아가 사라진 방향을 쳐다봤다.

"흐음, 예아 아가씨 먼저 보내 버리는 게 나으려나?"

어느 쪽이든 제발 위해 주는 사내 만나 행복하게만 살아 줬으면 원이 없겠다고 유모가 속으로 한탄하며 다시 시선을 돌렸다.

"우리 마주(사호족 전통주)랑 닭조림."

음식점으로 들어선 예아가 자리에 앉기도 전에 주문부터 했다. 익숙한 풍경에 점주가 웃으며 그들을 맞았다.

"아가씨 오늘 기분이 아주 좋아 보이십니다."

"아까는 별로였는데 지금은 좋아."

먼저 예아에게 인사를 건네고 점주가 파타의 곁으로 슬쩍 다가가 물었다.

"오자마자 잡혀 오는 거야?"

"보시다시피."

파타가 잡히지 않은 손을 들어 보였다. 힘이 없어 뿌리치지 못한 게 아니라 원하는 걸 듣기 전까지 귀찮게 할 게 뻔하니 어쩔 수 없이 끌려와 준 거라는 표정이 곁들여졌다. 그 이유가 아니더라도 저리 꽉 붙들고 있는 예아의 손을 모질게 떼어 낼 수는 없었을 것이다.

저리 행복한 표정을 짓고 있는 사람에게 어찌 그럴 수 있을까. 저도 그리는 못 할 거라 생각하며 주인이 입을 열었다.

"술 먼저?"

파타가 고개를 끄덕이자 알겠다며 주인이 주방 쪽으로 걸음을 옮겼다. 백사에 오래도록 있다가 돌아왔으니 목이 칼칼하니 술이 고프기도 할 것이다.

예아가 빈자리에 파타와 마주 앉았다. 그녀는 눈을 빛내며 파타의 얼굴을 빤히 바라보았다. 너무 가깝게 다가온 얼굴이 부담스러워 파타가 상체를 뒤로 물리며 미간을 좁혔다. 그가 탁자 위에 올려진 제 손을 들어 보였다.

"이제 이것 좀 놓지?"

둘만 있으니 파타가 자연스럽게 말을 편히 했다. 그에 개의치 않는 듯 예아가 히죽 웃으며 그의 손을 놓아주었다. 손을 탁자에서 내린 파타가 예아가 잡았던 부위를 주물거렸다. 아파서가 아니라 손목에 남은 느낌 때문이었다.

"여기 마주 대령이오."

때마침 주인이 마주와 잔을 들고 다가왔다. 내려놓기가 무섭게 예아가 주병을 들어 잔을 채웠다. 잔 두 개를 채워 하나를 파타 앞으로 밀어 주었다. 그러곤 제 몫의 잔을 냉큼 들어 올렸다. 입으로 잔을 가져가는 그녀의 손목을 이번에는 파타가 붙잡았다.

"안 됩니다."

"한 잔만."

"절대 안 돼요."

"에이, 한 잔은 괜찮아."

잔 하나를 두고 실랑이를 벌이는 둘을 보고 주인이 웃으며 돌아섰다. 저 모습 또한 익숙한 것이었다. 파타가 왜 극구 말리는지 알기에 웃음을 참을 수가 없었다.

예아는 자신의 주량이 꽤 세다고 생각하지만 절대 그렇지 않았다. 저 한 잔이 시작이었다. 얘기를 하다 보면 어느새 두 잔을 넘어갈 것이고, 그러면 해죽해죽 웃고 있는 예아를 발견하게 될 것이다.

그때부터가 시작이다. 했던 얘길 또 물어보고 또 물어보고. 그러다가 예아가 잠이 들면 들쳐 업고 가는 건 영락없이 파타의 몫이었다.

거기서 끝나면 다행이지. 환장할 일은 그다음 날 예아가 어제 들은 게 하나도 기억이 안 난다며 이야기를 다시 해 달라

쫓아다닌다는 것이다.

그러니 오늘 하루로 끝나려면 아예 초장에 술을 못 마시게 해야 했다.

"마시기만 해 봐. 그때부터 한마디도 안 할 테니까."

파타의 엄포에 예아의 고운 미간이 찌푸려졌다. 마주가 마시고 싶긴 했지만 한번 한다면 하는 성질의 파타인지라 이야기를 들으려면 그의 말을 따라야 했다.

"알았어."

아쉬운 입맛을 다시며 예아가 잔을 내려놓았다. 그녀가 미련을 갖지 못하게 파타가 즉시 잔을 가져가 술을 제 입에 털어 넣었다. 그가 빈 잔을 내려놓는 것을 예아가 한숨을 내쉬며 지켜보았다.

"매번 똑같은 얘길 뭘 그렇게 듣고 싶어 안달이야."

혼잣말처럼 파타가 중얼거렸다.

"똑같긴, 들을 때마다 다른데."

예아가 척하니 검지를 세워 그의 눈앞에서 흔들며 단호하게 말했다. 피식. 낮게 웃으며 파타가 그녀의 손을 슬쩍 밀어냈다.

"백사는 여전해. 생명이 살 수 없을 만큼 뜨거운 열기로 가득하고 메마른 적막에 휩싸여 있지."

"그래서 아름답고 경이롭지."

덧붙여 오는 예아의 말에 파타가 작게 고개를 끄덕이며 수

궁했다. 닭조림이 나왔다. 맛깔스러운 닭조림 한 점을 입으로 가져가 오물오물 맛나게 먹는 예아의 모습을 파타가 두 눈 속에 담아냈다.

"이번엔 사람은 못 봤나 봐?"

입술에 묻은 것을 혀로 핥으며 그녀가 물었다. 파타가 시선을 내려 제 잔을 들어 올리며 어깨를 으쓱했다.

"그 비슷한 건 봤지."

"비슷한?"

"백골."

"…아."

어디서라고 묻지 않은 건 알아봤자 아무 소용이 없기 때문이었다. 이미 죽어 백골이 되었다면 그는 머지않아 백사에의 일부가 될 것이다. 얼마나 헤매다 그리된 것일까. 들어오지 말지. 그는 백사는 자신을 모르는 자들에게 자애롭지 못한 땅임을 진즉에 알아야 했다.

"이번엔 거미를 쐈어."

파타가 화제를 전환시켰다.

"얼마나 멀리에서?"

"오 리 정도 되지 싶은데."

"오 리?"

예아의 눈이 커졌다. 오 리는 말도 안 된다. 그 정도 거리면 거미가 눈에 보이기는커녕 말이 거미로 보일 정도로 멀었다. 그 거리에서 말을 쐈다고 하면 믿겠다. 한데 거미라니.

"왜. 안 믿겨?"

"응."

고개를 끄덕이는 예아를 보며 파타가 술잔을 기울였다. 그가 빈 잔을 내려놓으며 엷게 웃었다.

"안 속네."

그가 젓가락을 들어 닭조림으로 가져갔다. 예아가 가장 도톰하고 먹음직스러운 부위를 그의 젓가락 앞에 놓아주었다.

"지금은 아니지만 언젠간 할 수 있을 거라 생각해. 파타라면."

무심한 듯 흘려 낸 말이지만 거기에 자신을 향한 강한 믿음이 담겨 있음을 파타는 잘 알고 있었다. 그가 닭조림을 집어 입에 넣었다. 달콤 짭조름한 맛이 일품이었다. 백사에서 먹던 육포와는 비교도 안 될 만큼 훌륭했다.

하지만 그보다는 예아를 다시 보게 된 것이, 그녀를 마주 보고 앉아 있는 이 순간이 그는 가장 좋았다. 그런 마음을 숨겨야 하는 것이 힘들었지만, 그래도 이제는 제법 능숙해졌다. 처음 자신의 마음이 우애가 아닌 다른 쪽으로 변했다는 것을 깨달은 후, 한동안은 그녀를 피해 숨어 다닌 적도 있었다. 예아만 보면 자꾸만 마음이 묘하게 요동을 쳐서, 그것이 제 마음대로 조절이 되지 않아서 무척 곤란했었다.

절대 품어서는 안 되는 마음이었다. 알지만 그게 어디 마음대로 되는 것인가. 그가 몇 년 사이 더 자주 백사에 나가는 이유가 거기에 있었다. 마음을 숨기고 다스리는 법을 배우기 위해서.

가끔 그 노력이 부질없어질 때가 있다. 딱 지금처럼.

예아는 자신의 마음을 보이는 데 거리낌이 없었다. 그래서 안다. 그녀가 자신을 친구로 믿고 의지하고 있다는 것을. 자신과 같은 감정이 아님을.

"당연하지. 사호족 제일가는 궁사인데."

자만심 가득한 말을 툭 뱉어 내며 그가 예아가 젓가락으로 집어 가는 닭조림을 뺏었다.

"어어."

"대접하려면 제대로 해야지. 제일 큰 걸 집어 가냐?"

"와아, 그걸 또 어떻게 알았데?"

예아가 혀를 날름 내밀었다. 싱글거리며 다른 고기를 집어 냉큼 입에 넣었다. 혹여 또 그가 뺏어 갈까 봐 잽싸게 움직인 것이 귀여워 그가 저도 모르게 낮은 웃음을 터트렸다.

"훗."

"왜?"

"어?"

"나 뭐 묻었어?"

그가 갑자기 웃는 이유가 뭔지 몰라 그녀가 물었다. 제 입술을 혀로 핥고 손으로 얼굴을 쓸어내리면서. 그 아무렇지 않은 행동이 사람의 마음을 얼마나 설레게 하는지도 모른 채 그렇게 파타를 빤히 쳐다보며 다가온다.

"어디?"

"…여기."

툭. 파타가 그녀의 콧등을 살짝 건드렸다가 즉시 손을 거뒀다. 아무것도 묻어나지 않은 손을 그가 제 옷에 문질렀다.

"양념이 튀었나?"

예아가 콧잔등을 찡그리며 별스럽지 않게 넘겼다. 그러곤 이내 그래서 정말 얼마나 먼 거리에서 거미를 쏜 건지, 명중을 시켰으면 형체가 남아 있긴 했는지, 이런저런 궁금한 것들을 마구 쏟아 냈다.

쫑알쫑알 참 쉼 없이도 움직인다.

그녀의 입술에 파타의 시선이 붙박였다. 그걸 인지하곤 또 아닌 척 시선을 내려 술잔을 채웠다. 하지만 잠시만 방심하면 그의 눈은 여지없이 그녀의 입술을 담아내고 있었다. 언제쯤이면 그녀의 모든 것을 아무렇지 않게 마주할 수 있을지.

"후우."

길게 한숨을 내쉬는 파타를 보곤 예아가 말을 멈췄다. 갑자기 조용해진 그녀를 파타가 의아해 쳐다보았다. 그녀가 불퉁한 눈으로 그를 보고 있었다.

"왜?"

"나야말로 왜냐고 묻고 싶은데?"

"어?"

"왜 갑자기 한숨을 내쉬는 건데? 내 질문이 그렇게 한심했나?"

"아, 미안. 갑자기 딴생각을 좀 하고 있었어."

"뭐야. 지금 나랑 얘기하면서 다른 생각을 했단 거야?"

믿을 수 없다는 듯 예아가 눈을 부릅떴다. 그의 입술이 장난스럽게 말려 올라갔다.

"술을 안 마셔도 했던 말을 또 하고 또 하니까. 사실 좀 지루했거든."

짓궂은 그의 말에 발끈한 예아가 젓가락 든 손을 들어 올렸다.

"너!"

"그걸로 때리려고?"

"아니. 찌르려고."

"에헤이. 내가 또 그렇게 호락호락한 상대는 아니지."

그가 자신을 향해 다가오는 그녀의 젓가락을 제 젓가락으로 막았다. 마치 철부지 아이처럼 젓가락으로 칼싸움을 하는 둘을 점주가 흐뭇한 표정으로 바라보았다. 어릴 때부터 쭉 보아 온 모습에 아무도 둘을 이상하게 여기지 않았다.

마을을 다스리는 족장의 딸과 천민 출신의 경비대장이라는 신분의 차이는 우정이라는 명분 앞에서만 평등하게 유지

되고 있었다.

이렇게 예아와 오래도록 격 없이 지내려면 자신의 감정을 끝까지 감춰야 한다는 걸 파타는 잘 알고 있었다. 남자가 아닌 친구로 백성으로 그녀 곁에 머물러야 했다.

그 틀을 깨는 순간, 둘의 관계도 무너져 버리고 마는 것이다.

"누가 데려갈지 참 고생문이 훤하겠다."

"걱정 마. 너더러 데려가란 말은 안 할 테니까."

"눈물 나게 고맙네."

피식 웃는 그의 입술 끝이 어쩐지 서글펐다.

2. 암습

青海

도성의 외곽 지역.

외부로 나가는 길목의 위쪽에 서여의 임시 막사가 지어졌다. 출궁을 한 후 곧장 이곳으로 와 막사부터 지었다. 그는 애초에 멀리까지 갈 생각이 없었다. 어차피 요산이니 화검이니 하는 것들에 대해 자세히 아는 자는 없었다. 그러니 고서에 나오는 것을 바탕으로 화검을 만들어 속여도 그것이 가짜인지 진짜인지 알 수 있는 자 또한 없을 것이다. 서여에게 있어 그것은 그리 중요한 것이 아니었다.

보다 중한 것은 따로 있었다.

내내 거슬리던 소하를 없애는 것이 최우선이었다. 도성에서 외부로 나가는 모습을 훤히 볼 수 있는 위치에 자리를 잡은 것은 모두 소하를 감시하기 위해서였다. 그가 준비를 마치고 궁을 나서면 즉시 뒤를 쫓아 기회를 엿볼 참이었다.

처음엔 막사까지 지을 생각은 없었다. 하나, 다른 황자들은 궁을 나서는데 자신을 곧 뒤따라 나올 거라 예상했던 소하 쪽에선 아무런 움직임이 없었다. 하루가 지나고 이틀이 되자 잘 곳은 있어야겠기에 임시로 서여의 막사만 짓고 다른 이들은 야영을 했다.

"신탁을 할 생각이 있는 거야, 없는 거야."

나흘째 꿈쩍도 않는 소하 때문에 서여가 결국 참지 못하고 분통을 터트렸다. 대체 언제까지 궁에만 처박혀 있을 셈인지. 아예 신탁을 할 생각이 없는 건 아닌지. 갑갑함을 넘어 이제는 초조해지고 있었다. 소하를 죽이지 못하게 될까 봐.

"어, 저기 소하 황자님 일행입니다."

"뭐? 어디."

망원경을 통해 궁을 살피던 신관의 말에 서여가 황급히 시선을 돌렸다. 다른 황자들에 비해 단출하기 그지없는 행렬이 궁을 나서고 있었다. 선두에 선 이의 형체가 눈에 익었다. 자세히 보지 않아도 풍기는 분위기로 소하임을 알 수 있었다.

"이쪽으로 옵니다."

"준비해."

서여의 말에 뒤에 있던 그의 호위무사가 다른 자들에게 손짓으로 지시를 내렸다. 시비들이 일사불란하게 막사를 걷는 동안 무사들은 자신의 짐을 챙겼다. 행동이 빠른 자들이 선발대로 소하 일행의 뒤를 밟을 것이다.

그들이 서여와 함께 움직이는 후발대를 위해 알아보기 쉽게 가는 길목마다 표식을 남겨 놓을 것이다. 그러다 소하 일행이 야영을 위해 멈추면 그들은 근처에서 잠복을 시작한다. 서여가 표식을 보고 그곳으로 올 때까지 기다리는 것이 선발대의 임무였다.

밤이 깊어지면 서여의 지시에 따라 이미 짜 놓은 각본대로 움직이게 될 것이다. 첫 번째로 몇몇의 살수들이 소하의 막사를 습격해 암살을 시도하게 될 것이다. 혹여 들켜서 실패하게 된다고 해도 실망할 필요는 없었다. 그건 일종의 간보기이며 경고에 불과한 것이니까.

처음은 궁에서 나온 이상 살아 돌아갈 방법은 없다는 것을 소하에게 일깨워 주기 위해 가볍게 시작할 생각이다. 서여에게 이것은 사냥놀이에 불과했다. 소하를 기다리고 있는 건 신탁이 아니라 죽음일 것이다. 무슨 수를 쓰든 몇 번의 시도를 하든 상관없었다. 결국, 소하는 서여의 손에 죽게 될 테니까.

이리저리 굴려 가며 궁지로 몰아 아주 처참하게 죽여 놓을 것이다. 그동안 자신을 농락했던 것에 대한 대가를 서여는 아주 철저히 받아 낼 생각이었다.

"쫓아."

준비를 마친 선발대를 향해 서여가 지시를 내렸다. 마침 소하의 행렬이 바로 아래 길을 지나고 있었다.

사사삭. 선발대 셋이 바람을 가르듯 날렵하게 움직여 소하 일행의 뒤를 쫓았다.

시야에서 멀어지는 소하를 보며 서여가 비릿하게 입술 끝을 치켜 올렸다. 이제부터가 시작이었다. 그동안 이런저런 눈치를 보느라 제대로 솜씨 발휘를 하지 못했다. 얼마든지 죽일 수 있었음에도 혹여 황제의 귀에 들어갈까 싶어 몸을 사려야 했다. 형제간의 참극이 벌어질까 염려되어 황자들의 무술 수련도 금지시켰던 황제였다. 그런 황제가 의문스런 황자의 죽음을 그냥 두고 볼 리 없었다. 완벽에 완벽을 기해야 했다. 해서 어려웠고 늘 실패로 끝이 났다. 하지만 이번은 달랐다.

"네 마지막 숨통은 반드시 내가 끊어 주마."

서여의 얼굴에 음산한 살기가 드리워졌다.

⌘

목적지를 정하긴 했으나 이우의 마음은 내심 불안했다. 명확하게 여기다! 라고 특정지은 것이 아니라 얼렁뚱땅 현의 말에 넘어가 결정된 것이라 더 그러했다. 소하 황자에게 거짓을 고해 죄를 짓는 기분이라고 해야 하나. 마음이 무거워 자꾸만 땅으로 시선이 내려가 고개를 들 수가 없었다.

"가다 보면 또 길이 나오겠지. 그렇게 위축될 필요 없어. 어깨 쫙, 등 쭉 펴고 자신감 있게 시작하자고."

땅이 꺼져라 한숨만 푹푹 내쉬는 이우의 곁으로 현이 다가와 호탕하게 말했다. 그러면서 이우의 등을 철썩 두드렸다. 딴에는 가볍게 툭 친 것이라곤 하지만 굳은살이 박인 솥뚜껑만 한 손이었다. 어찌나 매운지 등에 불이 난 것처럼 화끈거려 이우가 깜짝 놀라 저도 모르게 앞으로 휘었던 등을 폈다.

"으앗!"

이우가 짧은 비명 같은 외마디를 내질렀다. 그가 등에 양손을 가져다 대며 아픈 부위를 만지려 했지만 손이 잘 닿지 않았다. 이우가 꿈틀거리며 울상을 짓자 뭐가 그리 우스운지 현이 크게 웃음을 터트렸다. 현의 웃음소리에 뒤돌아 둘을 보던 소하의 얼굴에도 미소가 번졌다.

함께하는 내내 앙숙처럼 물고 뜯고 다툴 것 같더니, 감와차 효과가 좋았던지 그날 이후로 붙어 웃는 것이 종종 보였다. 비록 둘 사이가 고양이와 쥐 같아 보이긴 했으나, 그래도 제법 합이 잘 맞는 것 같았다. 긴 여행이 될 터였다. 얼마나 험한 여정이 될지는 알 수 없었다. 고된 시간들을 버티려면 서로가 서로에게 힘이 되어야만 한다.

현이 겉으론 무뚝뚝하고 험악해 보이나 속정은 깊었다. 한 번 정을 주면 가족처럼 잘 보살피니 이우도 시간이 갈수록 편해질 것이다.

"요산이라."

시선을 하늘로 옮긴 소하가 혼잣말을 중얼거렸다. 하늘 길에 능숙한 신관들도 요산의 위치는 명확하게 알지 못한다. 해서 궁을 나선 황자의 일행들이 저마다 뿔뿔이 다른 방향으로 흩어진 것이다.

소하가 제일 마지막까지 남아 유유자적 시간을 보낸 것이 마냥 헛된 것은 아니었다. 그는 알게 모르게 황자들이 어떤 경로로 움직이기 시작했는지 파악해 그 주변 일대에 무엇이 있는지 조사하고 있었다.

신관이 지정해 준 방향이 제각각인 것으로 봐선 그들의 개인적인 능력 차이라기보단 애초에 요산이란 것에 대해 종잡을 수 없음이 그 원인인 듯했다.

그리고 무엇보다 중요한 한 가지. 서여 황자의 현황. 아마 그는 자신이 완벽하게 모두를 속이고 있다고 생각하고 있을 것이다. 제일 처음 궁을 나서 맹렬하게 지금 소하가 지나는 길을 달려가는 모습을 모두에게 보여 주었으니, 그 누구도 의심하지 않으리라 확신하고 있을 터.

소하의 예리한 귀로 느긋하게 움직이는 일행들의 소음이 아닌 이질적인 소리가 잡혔다. 서여의 정찰조에 속하는 자들이 민첩하게 자신들의 뒤를 쫓고 있음을 소하는 이미 감지하고 있었다.

현 역시 소하와 다르지 않았다. 마물들과의 치열하고 끔찍한 전쟁을 치른 그들이었다. 제아무리 뛰어난 궁의 무사들이라 해도 현실적인 참혹한 전쟁을 치러 본 적은 없는 자들이었다. 현을 속이고 이길 수 있는 자는 적어도 작금의 신주국 안에는 없을 것이라 소하는 확신했다.

 서여 황자 쪽에선 아직도 소하와 현의 실력이 신주국 내에서 손에 꼽힐 정도로 뛰어남을 인지하지 못하고 있었다. 마물과의 전쟁에서 공을 세우며 살아 돌아온 것도 모두가 호연국의 도움 때문이라고만 믿고 있었다. 자신이 궁 안에서 편안히 생활하는 동안 소하가 어떤 시간을 보내고 살아 돌아왔는지 서여는 전혀 알지 못했다. 그저 거기서 죽기만을 바라고 있었을 뿐.

 하나, 소하도 현도 자만하지 않았다. 그들은 궁으로 돌아온 이후, 자신들의 실력을 감추고 살아왔다. 마물과의 전쟁을 기점으로 황자들의 무술 금지령도 풀렸다. 소하와 현은 인연을 맺은 호연국의 실력자들에게 무술을 익혔다. 물론, 그 모든 것은 아무도 모르게 은밀히 진행되어 왔다.

 이번 출궁이 서여에게 어떤 의미인지 소하는 잘 알고 있었다. 그가 어디에서 자신을 기다리고 있는지도.

 "죽일 수 있으면 어디 한번 죽여 보라지."

 혼잣말을 중얼거리며 소하가 엷게 웃었다. 입술 끝에 매달린 웃음의 의미가 모호했다. 비웃음이라 보기도 어려웠고,

서글픔이라 보기도 어려웠다. 자만심이 동반된 미소는 곧 그의 얼굴에서 자취를 감췄다.

"이쪽이라고 했던가?"

소하가 지도를 품에서 꺼내 들었다. 첫 번째 방향을 지정한 이우가 소하에게 건네준 것이었다. 잠시 말을 멈추고 지도를 살피는 소하의 곁으로 현이 다가왔다. 그가 지도를 함께 들여다보며 방향이 표시된 곳을 손가락으로 짚었다.

"그림자가 붙은 듯합니다."

현이 지도와는 전혀 상관이 없는 엉뚱한 말을 했음에도 소하는 수긍하듯 고개를 끄덕였다.

"셋 정도 되어 보이는데. 맞나?"

이번엔 현이 고개를 위아래로 움직였다.

"네. 셋입니다."

"그럼 이제 본격적으로 재미있는 꼬리잡기놀이를 시작해 볼까?"

"전 숨기놀이가 더 좋던데 말입니다."

시답잖은 이야기를 주고받는 둘의 표정이 무척 진지했다. 둘의 모습은 마치 목적지에 대한 의견을 나누고 있는 것처럼 보였다.

멀리서 둘의 모습을 노심초사하며 지켜보던 이우는 자신이 저 사이에 끼어야 할지 말아야 할지 망설이고 있었다. 둘의 표정이 심각한 것이 자신에 대한 험담을 하며 지정해 준 방향은 아무리 생각해도 아닌 것 같다고 말하고 있는 것처럼 보였다. 지레 찔려 그런 것이다.

이우는 이러지도 못하고 저러지도 못한 채 눈치만 보며 둘의 분위기만 살폈다. 그런 이우는 안중에도 없는 듯 둘은 여전히 심각한 얼굴로 목소리를 낮춰 은밀하게 대화를 나누고 있었다.

"둘은 제가 맡겠습니다."

"무슨 소리. 나 쫓아온 건데 내가 둘은 처리해야지."

"제가 황자님 호위 아닙니까. 이건 호위무사의 의무입니다."

"나도 내 몸 하난 지킬 수 있어."

"전하를 지키는 건 소신의 일입니다. 믿고 맡겨 주십시오."

절대 물러설 수 없다는 듯 현이 굳은 의지를 드러내며 눈에 한껏 힘을 주고 소하를 직시했다. 오랜만에 검을 휘두르려니 신이 나는 모양이었다. 훈련 말고 실전에서 검술을 펼치게 되는 건 마물과의 전쟁 이후 처음이었다.

그동안은 서여의 사주를 받은 살수며 궁인들이 워낙 음지에서 조용히 움직였던 터라 현이 끼어들 틈이 없었다. 모두 소하가 알아서 처리했었다. 굳이 남의 손을 빌리지 않고도 소하 혼자서 충분히 해결할 수 있는 문제들이었다.

몸이 근질근질하던 차에 아주 잘되었다 신이 난 참인데 그마저도 소하에게 뺏길 것 같으니 현이 안달이 날 수밖에 없었다. 셋 다는 안 된다 하여도 둘은 꼭 자신이 처리하고 싶었다. 결연하게 자신의 의지를 표출하는 현의 표정에 소하가 피식 웃고 말았다.
"하는 김에 그럼 남은 놈까지 부탁해."
"헉."
소하의 말에 현이 놀란 듯 눈을 부릅떴다.
"왜. 싫어?"
"아, 아닙니다."
그럴 리가. 좋아 죽겠는데 티를 내지 못할 뿐이다. 자꾸만 말려 올라가려는 입술 끝을 억지로 끌어 내리며 현이 심각한 표정으로 고개를 끄덕였다. 멀리서 보이지도 않을 텐데 참 열심이다.
"어디쯤이 좋을까."
소하가 지도를 보며 혼잣말처럼 중얼거렸다. 현이 말없이 지도의 한 지점을 손끝으로 콕 찍었다. 그에 소하의 한쪽 눈썹이 치켜 올라갔다. 그가 의미심장한 눈으로 현을 돌아보았다. 시선이 마주치자 현이 주먹을 불끈 쥐어 보였다. 저만 믿으라는 뜻이었다.
"그럼 이제부터 속력을 좀 내야겠군."
"예, 전하."
지도를 접어 갈무리하는 소하에게 답하며 현이 뒤를 돌아 손을 한 번 휘저었다. 그를 신호로 먼저 소하가 말의 속력을 높이며 달려 나가고 이어 현이 따랐다. 모두들 일사불란하게 움직였다. 단 한 사람, 뭐가 뭔지 모르겠는 이우를 제외하고.

"달리십시오."

그의 곁을 지나치며 무관 하나가 말했다. 분위기에 휩쓸려 이우의 말도 다른 말들과 함께 속도를 높이고 있던 참이었다. 이우는 비록 현의 수신호를 알아보지 못했으나 그가 탄 말은 달랐다. 잘 훈련된 병사처럼 뒤처지지 않고 올라탄 자의 말보다는 다른 말들과의 합을 중시하며 움직였다.

"으어. 어어."

자칫 잘못했다간 낙상을 할 수도 있었다. 이우가 자세를 한껏 낮추고 말의 고삐를 잡은 채로 목에 매달리다시피 바짝 붙었다. 지금 그가 할 수 있는 건 이것밖에 없었다.

흙먼지를 일으키며 갑자기 속도를 높이는 소하 일행 때문에 뒤쫓던 자들의 걸음이 빨라졌다. 들킬세라 말도 없이 맨몸으로 숨소리까지 죽여 가며 쫓아가던 참이었다. 소하가 급작스레 말을 달리는 바람에 서여의 정찰조도 허둥지둥 땅을 박차고 달리기 시작했다.

달리는 것에 일가견이 있는 자들이긴 했으나 말의 속도를 따라가기엔 조금 버거운 것이 사실이었다. 벅차오른 호흡을 가다듬을 틈도 없었다. 그들은 거친 숨소리를 토해 내며 소하 일행을 놓치지 않으려 안간힘을 쓰며 달리고 또 달렸다.

중간중간 표식으로 남겨 두던 것도 어느 지점에 이르자 칼로 나무를 긁고 지나는 수준에 이르렀다. 표식이 정확하지 못했다. 후발대가 그것을 용케 알아채고 따라와 주면 감사할 정도였다.

"헉헉."

선두에 선 자가 갑자기 걸음을 멈추었다. 뒤따르던 자들도 거친 숨을 몰아쉬며 멈춰 섰다.

"어디로 간 거지?"

방금 전까지 분명 시야에 들어오던 소하 일행의 모습이 감쪽같이 사라져 버렸다. 사방을 휘둘러 살피며 그들의 흔적을 찾았다. 하나, 시야에 들어오는 것은 아무것도 없었다.

아래로 내려가 바닥을 살폈다. 길에 난 말의 발자국이 좌측 숲속으로 이어지고 있었다. 해가 아직 중천인데 설마 자리를 잡고 쉬려는 건 아닐 터. 대체 숲에는 왜 들어간 것일까?

"저쪽."

지름길을 택한 것일 수도 있었다. 말발굽 소리가 크게 들리지 않는 것으로 봐선 숲길로 들어서며 속도를 줄였거나, 근방에 멈춰 휴식을 취하고 있거나 둘 중 하나일 듯싶었다. 그렇다면 얼마 멀지 않은 곳에 있을 터.

잘되었다 싶어 이참에 정찰조도 한숨을 고르며 제대로 표식을 남겼다. 방향까지 정확히 표시한 후 소하 일행을 쫓아 숲으로 들어섰다.

바닥에 남겨진 흔적을 따라 조심조심 걸음을 옮겼다. 얼마

안 가 그들의 걸음이 또 멈췄다. 이번엔 말발자국이 양쪽으로 갈라져 있었다. 일행 중 하나가 따로 떨어져 나간 듯했다. 정찰조가 서로 눈짓을 주고받았다.

"둘은 저쪽. 난 이쪽."

일행이 많은 쪽에 둘을 보내고 하나가 떨어져 나간 쪽을 맡기로 했다. 누가 왜 따로 행동하는 건지 확인은 해야 했다. 그게 소하 황자일 수도 있었다. 어쩌면 뜻하지 않게 좋은 기회를 잡을 수도 있었다. 후발대를 기다릴 필요도 없었다. 바로 정찰대가 암살을 시도해도 무관했다. 잡아 서여가 도착할 때까지 숨통이 끊어지기 직전까지만 살려 두면 되니 어려울 것 없었다. 그리되면 이쪽에서 공을 세우는 것이다.

"유인하는 것일 수도 있잖은가."

"설마, 저쪽에서 우릴 알아챘다고 생각하는 건가? 그럴 리 없어."

"유인이 아니더라도 혹시 모를 일이니 함께 행동하는 것이 낫지 않겠어?"

많은 일행 쪽을 맡게 된 자가 이견을 제시하자 혼자 움직이려던 자의 미간이 찌푸려졌다. 혹시 모를 일이라는 말에 담긴 뜻이 위험이 아니라 혼자만 공을 세우려는 것을 견제한 것임을 알아챈 까닭이었다.

"그럼 같이 움직이는 걸로 하세. 이러다 둘 다 놓치겠어."

둘 사이에 조용히 있던 자가 끼어들었다.

"어느 쪽?"

"저쪽."

하나를 확인하고 다른 일행을 쫓는 것이 나을 것 같았다. 따로 행동하는 이유도 알아야겠고 다른 이들은 달리지 않는 이상 금방 찾아낼 수 있으니 하나가 먼저였다. 모두 수긍하며 곧장 발을 움직였다.

느긋하게 말의 고삐를 나무에 매어 놓고 현이 볼일을 보는 척 다가오는 이들에게서 등을 돌렸다. 그의 입가가 슬쩍 비틀려 올라갔다. 기척이라도 숨길 것이지 아주 나 여기 있소, 하고 표를 내고 있었다. 마른 땅을 밟는 소리, 나뭇가지를 스치는 소리가 현의 귀에는 명확하게 들렸다.

안타까운 일이지만 아직 신주국 무사들의 실력은 호연국을 따라가려면 한참은 멀었다. 황자들의 무술 수련이 금지된 것이지 병사들의 훈련이 그리된 것은 아닌데, 어찌 저다지도 실력이 모자란 것인지. 한심스럽기가 그지없었다.

그래도 일곱 용 중 가장 용맹하다는 청룡의 후예가 세운 나라인데, 그 명성에 먹칠을 아주 제대로 하고 있었다.

"흐음, 그냥 다른 놈들을 맡겠다고 할 걸 그랬나?"

검을 휘두를 생각에 마음이 앞서 정찰대를 처리하겠다고 나선 것이 약간 후회스러웠다. 저런 놈들보다 살수를 상대하는 것이 훨씬 재미있을 텐데. 그때는 소하가 쉬이 내어 주지 않을 터였다. 그래도 고집을 한번 부려 봐야겠다 생각하며 현이 검의 손잡이를 잡았다.

정찰조가 자신을 공격하려 다가올 거라는 건 이미 예상한 바였다. 소하를 죽이기 위해선 가장 걸림돌이 되는 현을 없애는 것 또한 필수였다. 기회가 좋으니 셋이 힘을 합쳐 현을 처리하자고 의견을 모았을 것이다.

아직 현의 실력이 어느 정도인지 모르는 자들이 많았다. 그와 함께 마물의 전쟁에서 생사고락을 함께한 자들도 그 이후 현의 실력이 얼마나 늘었는지 알지 못했다. 검술은 소하와 함께 몰래 연마한 것이라 둘만 서로의 실력을 알고 있었다.

돌아섬과 동시에 현이 검으로 날아오는 암기를 막아 튕겨 냈다. 암기의 끝이 검은 것으로 보아 독을 묻혀 놓은 것이 틀림없었다. 죽일 작정을 하고 날린 독침이었다. 이젠 그 누구의 눈치를 볼 것도 없으니 죽일 수만 있다면 수단 방법을 가리지 않을 작정인 모양이다.

그래도 이건 좀 아니지. 너무 비겁하잖아.

"이것들이 장난하나."

현과 가까운 곳의 낮은 풀숲에 몸을 숨기고 있던 정찰대들이 그의 뇌까린 목소리에 마른침을 삼켰다. 현이 자신의 목핏줄이 도드라진 부위를 손으로 가리켰다.

"정확히 여기 꽂아야 한 방에 죽지, 다른 데 꽂음 너희들이 죽어. 지금처럼 근처도 못 오고 발각돼도 뒈지고."

그의 시선이 정확히 정찰대가 숨어 있는 풀숲으로 향했다.

자박자박 한 치의 망설임도 없이 곧장 자신들을 향해 다가오는 현의 서슬 퍼런 모습에 당황해 정찰조 중 하나가 다시 독침을 입으로 가져갔다. 이번엔 정확히 그가 가리킨 부위를 맞힐 생각이었다. 다른 곳을 맞혔다간 현이 지옥의 야차처럼 독침을 뽑아 들고 자신들에게 달려들 것만 같았다.

후욱.

초점을 맞춰 입으로 암기를 불어 날렸다. 다른 건 몰라도 암기술 하나는 자신 있었다. 단 한 번으로 끝내리라 생각하며 날린 암기가 허공을 스치며 바닥으로 곤두박질쳤다. 그것을 멍하니 보다 얼굴로 드리워지는 그림자에 고개를 들었다. 독침을 맞고 쓰러져야 할 현이 눈 깜빡할 사이에 자신들의 코앞으로 다가와 있었다.

"더럽게 말 못 알아 처먹네."

그가 놀라 마른침을 삼키며 저를 올려다보고 있는 셋 중 하나의 머리를 덥석 붙잡았다. 암기를 날린 자였다. 현이 들고 있던 검을 땅에 꽂았다.

"여기라고 여기."

"허엽."

암기를 쥐고 있던 남자의 손이 바들거렸다. 부릅뜬 눈의 동공이 흔들렸다. 생각지 못한 상황에 당황하기는 다른 자들도 마찬가지였다. 찰나였다. 눈을 버젓이 뜨고 있었음에도 그가 다가오는 것을 보지 못했다. 어떻게 이럴 수가 있지?

현이 자신의 머리를 쥐어 흔들고 있음에도 사내는 쉬이 믿을 수가 없었다. 날아가는 암기보다 빠른 움직임이라니!

"왜 반응이 없어. 뭐라도 해 봐. 그래야 손봐 주는 맛이라도 나지. 안 그래?"

무감각하게 툭 내뱉는 현의 말이 그들의 귀에는 예정된 죽음을 알리는 음산한 사자의 목소리처럼 들렸다. 그의 말대로 뭔가 해야 한다는 건 알겠는데 몸이 말을 듣지 않았다. 흡사 꼼짝하지 말라는 암시에라도 걸린 것처럼 요지부동이었다.

기에 눌린 탓이었다. 현이 은연중에 흘려 내는 기에 눌려 압사당할 것만 같았다. 사술에 당한 것이다. 그렇지 않고서야 이렇게까지 무력할 수는 없었다.

눈만 피하면 몸이 움직여 주지 않을까. 사내 하나가 질끈 눈을 감았다. 하나, 온몸을 옥죄어 오는 날카로운 현의 기를 피할 수는 없었다.

"이러면 내가 아주 많이 실망하게 되잖아."

정말 현의 목소리엔 실망감이 가득했다. 그래도 보잘것없겠지만 반항이라도 할 줄 알았다. 살짝 살기를 흘려 낸 것뿐인데 이 정도로 힘을 못 쓸 줄은 몰랐다. 호기롭게 다가오기에 그래도 약간의 기대는 했었건만. 이거 실망이 이만저만이 아니었다.

"시간 낭비만 했네. 쯧."

현이 머리를 쥐고 사내를 향해 주먹을 내질렀다. 소리 한번 지르지 못하고 저만치 나가떨어진 사내를 남은 둘이 돌아보았다. 그러다 시선을 주고받더니 미친 듯이 땅을 박차고 내달리기 시작했다. 꽁지가 빠져라 달아나는 놈들을 보며 현이 콧방귀를 뀌었다.

"그놈의 다리는 뜀박질에만 소질이 있나 보네."

비릿하게 입가를 끌어 올린 현이 발을 움직였다. 그는 땅이 아닌 나무와 나무를 밟아 이동했다. 허공을 날듯이 그렇게 뒤를 쫓은 지 얼마 되지 않아 놈의 옆에 당도했다. 그가 낚아채듯 놈의 뒷덜미를 잡고 그대로 달려 나갔다.

다른 쪽으로 죽어라 달아나고 있는 사내를 향해 놈을 끌고 다가갔다. 현이 놈의 옆을 지나 앞으로 치고 나갔다. 그러면서 잡고 있던 놈을 앞으로 내던졌다. 퍽 소리와 함께 놈이 굵은 나무기둥에 부딪히며 단말마의 비명을 터트렸다. 나무가 충격에 크게 흔들렸다. 땅으로 추락한 놈은 죽은 듯 미동도 하지 않았다.

현이 제 앞에 멈춰 서는 것을 보며 눈을 부릅뜬 사내가 급히 방향을 선회하였으나 이미 때는 늦어 있었다. 사내의 뒤통수로 현의 발이 날아들었다.

"허억!"

앞으로 날아간 몸이 그대로 바닥으로 곤두박질쳤다. 바르작거리는 사내의 등을 현이 밟아 눌렀다. 맞은 건 뒤통순데

입과 코에서 피가 흘러나왔다. 바닥에 부딪히며 찢기고 부러진 모양이었다. 나약하기 그지없는 모습에 현의 미간이 와락 찌푸려졌다.

목각인형도 아니고 어찌 이리 잘 망가지는지. 발에 힘을 주자 빠각하며 뭔가가 부서지는 소리가 들렸다.

"으아악!"

사내가 처절한 비명 소리를 토해 내며 몸부림을 쳤지만 이내 사지를 떨며 축 늘어졌다. 갈비뼈가 서너 개는 기본으로 나갔을 것이다. 그것이 몸에 어떤 작용을 할지는 현이 신경 쓸 바가 아니었다.

죽고 살고는 놈의 운에 맡겨야지.

"살수는 이보다는 낫겠지."

상대할 가치도 없는 놈들이었다. 차라리 위치가 노출되게 그냥 둘 걸 그랬다는 생각마저 들었다. 싱거워도 너무 싱거워서 외려 기분만 잡쳤다.

"이럴 줄 알고 날 보내신 게야. 하여튼 약았다니까."

자신의 주군인 소하를 곱씹으며 현이 몸을 돌렸다. 검을 꽂아 둔 곳으로 걸어가 바닥에 널브러진 놈을 힐끔 노려봤다. 죽은 듯 꼼짝 않고는 있으나 아직 살아 있다는 것을 놈의 간헐적인 숨소리로 알 수 있었다. 죽은 척 연기를 하는 것이다. 현이 제발 그냥 지나가 주기를 바라면서.

말에 올라탄 현의 입술이 비틀려 올라갔다. 알면서도 모른 척하며 놈들을 살려 둔 것은 현 나름의 계산이 있어서 그런 것이다. 현은 놈들이 부디 더 강한 놈들을 데리고 와 주기를 바랐다. 그래야 검이라도 제대로 한번 뽑아 써 볼 것 아닌가.

따그닥따그닥, 일부러 말발굽 소리를 선명하게 들리게 내며 현이 소하 일행이 있는 곳으로 이동했다. 갈림길까지는 놈들이 표식을 남겨 놓았을 터이니 정신을 차리고 그 뒤부터 쫓으면 머지않아 또 만나게 되리라.

현이 완전히 자리를 뜨고도 한참이 지난 후에야 바닥에 죽은 듯 누워 있던 자가 천천히 눈을 떴다. 사방을 살피는 눈이 매우 신중했다. 아무도 없는 것을 확인하고서야 사내가 안도의 한숨을 내쉬었다.

"커억."

자리에서 일어나려다 뭔가 울컥하는 것이 있어 뱉어 냈다. 피와 함께 이 몇 개가 입 밖으로 튀어나왔다. 일격을 맞고 쓰러진 것뿐인데 머리는 아직도 웅웅거렸고 입 안은 엉망이 되어 있었다.

자신들이 생각했던 것 이상으로 현의 실력은 월등했다. 셋이면 충분히 제압할 수 있을 거라 여겼는데 그건 오만이었다. 암기를 썼음에도 불구하고 그의 털끝 하나도 건드리지 못했다. 혀를 내두를 정도로 민첩한 그의 움직임이 사내는 아직도 이해가 가지 않았다.

"생긴 것은 둔한 곰인데, 어찌 저리 가볍고 빠를 수가 있단 말인가."

몸을 움직일 때마다 휘청거림이 이어지고 신음이 새어 나왔다. 다른 곳으로 도망간 자들도 저와 별반 다르지 않을 거라 생각하며 사내가 걸음을 옮겼다. 혼자 서여 앞에 나설 수는 없었다. 셋이 함께 결정하고 움직였으니 머리도 셋이 같이 굴려 그럴싸한 변명이라도 만들어 내야 했다. 말이라도 맞추어야 벌을 면할 수 있지 않을까.

"이 새끼들은 대체 어디까지 도망친 거야."

나무를 잡고 간신히 발을 움직이며 사내가 다른 자들을 욕했다.

갈림길에서 멀지 않은 곳에 소하와 일행이 머물러 있었다. 말을 쉬게 하고 간단히 여장을 풀어 요깃거리를 준비하느라 분주했다.

느긋이 차를 마시고 있던 소하가 고개를 돌렸다. 머지않아 현이 모습을 드러냈다. 소하의 입가에 옅은 미소가 자리했다. 표정이 좋지 않은 것으로 봐선 갔던 일이 뜻대로 풀리지 않은 모양이다.

아니, 양껏 실력 발휘를 하지 못해 울화가 치밀었다는 게 맞을 성싶다.

소하의 곁으로 다가가지 못하고 멀찍이서 그가 차를 마시는 것을 지켜보고 있던 이우가 말발굽 소리에 벌떡 자리에서 일어섰다. 무슨 연유에선지 갑자기 정해진 길이 아닌 숲으로 들어서더니 현만 따로 떨어져 나간 것이 내내 마음에 걸렸었다. 혹여 자신이 길잡이를 잘못하여 그런 것인가 싶어 마음이 조마조마했었다. 그러던 중에 현이 돌아오니 반가워 몸이 먼저 반응을 보인 것이다.

"어딜 다녀오시는 겁니까?"

말에서 내리는 현의 곁으로 냉큼 달려간 이우가 물었다. 힐끔 그를 돌아본 현이 시큰둥하게 반응하며 어깨를 으쓱했다. 별일 아니니 신경 쓸 필요 없다는 뜻이었으나, 소심한 이우는 그것을 또 참견하지 말라는 의미로 받아들였다.

"후우."

성큼성큼 걸음을 옮기는 현의 뒤로 고개를 푹 숙인 이우가 짙은 한숨을 푹 내쉬었다. 이우를 돌아본 현이 의기소침해 있는 그의 모습에 고개를 갸웃거렸다. 왜 저러나 싶었던 것이다.

"무슨 일 있었어?"

별달리 일이 있을 것도 없었지만 이우의 행동이 이상해서 물은 것이다. 그의 물음에 이우가 눈을 들어 그를 바라보았다. 그 질문은 자신이 현에게 하고 싶었던 것이다. 대체 무슨 일이기에 혼자 자리를 뜬 것인지. 혹여 그것이 자신 때문은 아닌지 몹시 궁금했다. 머뭇거리다가 이우가 어렵게 다시 입을 열었다.

"흠. 그, 혹시 저 때문에 나갔다 오신 건지 궁금해서……."

이건 또 무슨 말이야? 이우의 말을 알아듣지 못한 현이 미간을 찌푸렸다. 그것을 또 이우가 제 말이 맞아 그런 거라 오해했다.

"제 실력이 모자라 여러모로 불편을 끼치는 듯합니다. 믿음을 드리지 못해서 그저 송구스러울 뿐입니다."

말 속에 미안함과 함께 서운함도 담겨 있었다. 이우가 손을 꼼지락거리며 연신 한숨을 내쉬었다. 물끄러미 그 모습을 내려다보며 곰곰이 이우가 한 말을 곱씹어 보던 현이 실소를 터트렸다. 그에 이우가 놀란 듯 흠칫 몸을 떨었다. 제 추측이 맞구나 싶어 그런 것이다.

덥석. 현이 이우의 한쪽 어깨를 두툼한 손으로 붙잡았다. 부릅떠진 이우의 눈을 직시하며 현이 입을 열었다.

"대체 이 머리통 속엔 뭐가 들었기에 별 시답잖은 소릴 지껄이고 있어."

"네?"

"누가 뭐라는 사람 아무도 없는데 혼자 왜 궁상이냐고."

"아니, 그게."

"별일 아니었다고 하면 척 알아들어야지. 내가 소피 보러 가는 것도 일일이 말해야 하나?"

"예?"

"소피 보러 갔다가 큰 것도 나오기에 같이 봤는데. 그것도 의심스러우면 같이 가서 확인시켜 줘?"

 현이 하는 말이 무슨 소린지 단박에 알아채곤 이우가 얼굴을 붉혔다. 자신이 현에게 실수를 했다는 걸 깨달은 탓이었다. 굳이 말하고 싶지 않은 것을 털어놓게 만든 것이다. 소피가 마려워 남들 시선 피해 따로 떨어진 것인데, 그에 대해 꼬치꼬치 캐물으며 저 때문이냐 의기소침해 구시렁거렸으니 얼마나 어처구니가 없었을까.

"죄, 죄송합니다. 전 그저……."

 이우가 손을 흔들며 그럴 의도가 아니었다고 미안해 어쩔 줄 몰라 했다.

"쯧. 그 하등 쓸모없는 잡생각으로 가득 찬 머릿속 비우는 김에 간도 좀 키우든가. 누가 뭐라 하는 것도 아닌데 왜 혼자서 궁상이야."

"하아, 저도 그러고 싶은데 참, 마음처럼 쉽지가 않습니다. 실력이 워낙 미천하여……."

"다른 신관들도 그다지 좋아 보이진 않더니만 뭘 그리 혼자서 유난이야."

"예?"

"다들 모르기는 마찬가지라고. 상급 신관이든 하급 신관이든. 실존하는지도 모르는 요산에 대해 잘 아는 게 더 이상한 거 아닌가?"

"아, 그렇긴 하지만."

맞는 말이었다. 신관들 중 아무도 요산에 대해 아는 자는 없었다. 천관인 을평조차도 그랬다. 현이 고개를 주억거리는 이우의 등을 툭툭 두드렸다.

"그러니까 혼자 끙끙거릴 필요 없다고. 같이 찾고 같이 헤매고 그러는 거지."

"…네. 그리 말씀해 주셔서 감사합니다."

"뭘 또 감사씩이나."

얼굴을 붉히며 감사하다 말하는 이우의 모습에 괜히 머쓱해진 현이 머리를 긁적이며 몸을 돌렸다.

"난 황자님께 볼일이 있어서. 흠."

자리를 뜨는 현의 뒷모습을 이우가 감격한 얼굴로 바라보았다. 현은 생긴 것과 다르게 참 마음이 따스한 사람이었다. 새삼 그것을 느끼며 이우가 한껏 움츠렸던 어깨를 폈다. 그의 말대로 혼자 전전긍긍할 필요가 없다는 생각이 들었다. 모르면 배워 나가면 된다던 을평의 말도 떠올랐다.

급하고 초조해하던 건 일행 중 자신이 유일했다. 정작 신탁을 행해야 하는 당사자인 소하 황자는 느긋했다. 지금도 그는 다가서는 현을 지켜보며 우아한 자태로 유유자적 차를 머금고 있었다.

차를 들이켜는 소하의 모습에 이우의 미간이 살짝 찌푸려졌다. 소하에게 다가서지 못하고 멀찍이 떨어져 있었던 이유 중 하나가 저 차에 있었다. 그가 아무렇지 않게 마시고 있는 것이 혹여 감와차는 아닐까 싶어서, 눈이라도 마주치면 같이 마시자 권할 듯하여 내내 시선을 피해 숨다시피 하고 있었던 것이다.

소하 황자가 앉아 있는 곳에서 두어 발 떨어진 위치에 현이 발을 멈췄다. 그에 이우의 눈썹이 휘었다. 그답지 않게 주춤거리는 발을 보고 이우가 쿡 하고 낮게 웃었다. 그도 자신과 같은 생각을 하며 쉽사리 소하 황자에게 다가서지 못하고 있는 것임을 알아챘다.

"그것이 참 쉽지 않지요."

혼잣말을 중얼거리며 이우가 슬그머니 발길을 돌렸다. 자신 때문이 아님을 알았으니 마음 놓고 둘이 대화하도록 두어야겠다. 하늘 길 읽는 법이나 공부해 볼까. 조금 가벼워진 발걸음으로 이우가 자신의 짐이 있는 곳으로 되돌아갔다.

"별 재미를 못 본 모양이군."

소하가 싱긋이 웃으며 말했다. 그가 내려놓는 찻잔이 빈 것을 확인하며 현이 속으로 안도의 한숨을 내쉬었다. 차를 다 마셨으니 같이 들자는 말은 하지 않겠지. 냉큼 다가선 현이 그와 얼굴을 마주 보고 섰다.

"말도 마십시오. 검 한번 제대로 뽑아 보지 못했습니다."

"정찰대 아닌가. 실력이 좋을 리 만무하지."

"허어, 그것을 알고 저한테 떠넘기신 겁니까?"

"말은 바로 해야지. 내가 떠넘긴 것인가? 혼자 다 하게 해 달라고 자네가 사정사정해서 마지못해 그리하라 한 것이지."

웃으면서 사람 복장 터트리는 데에는 일가견이 있는 소하였다. 틀린 말은 아니었으나 뻔히 결과를 알면서도 모른 척 능청스레 시치미를 뗐던 것이 얄미웠다. 흥분해 검 휘두를 것만 생각했던 자신의 모습이 얼마나 우스웠을까 생각하니 낯이 다 뜨거워졌다.

"흠, 뭐 그렇긴 합니다만."

현이 아쉬움을 가득 담은 채 뒷말을 감췄다. 제가 하고픈 말이 무엇인지 소하는 알고 있으리라 생각했다. 그러니 다음엔 좀 더 실력을 발휘할 수 있게 그럴싸한 놈을 맡겨 달라는 뜻이 내포되어 있음을 말이다.

"여기서 야영을 하며 느긋하게 기다리면 되려나?"

역시. 현의 속내를 읽어 낸 소하가 서여 일행의 습격이 용이하게 이곳에서 여장을 풀자는 제의를 했다. 현이 정찰대를 살려 보낸 것도 이미 눈치채고 있음이 분명했다. 그 연유가 자신들을 쉬이 쫓아올 수 있도록 기회를 준 것임도 알고 있을 것이다.

"그놈의 손맛 제대로 느끼게 해 주지 않으면 또 무슨 엉뚱한 짓을 할지 모르니."

짧게 혀를 차며 소하가 고개를 절레절레 흔들었다. 그가 찻잔을 들어 보이자 시종이 다가와 차를 따라 주었다. 적당한 온기가 느껴지는 찻잔을 입으로 가져가며 소하가 현에게 물었다.

"자네도 한잔할 텐가?"

꼭 술을 권하는 듯하나 들고 있는 것은 분명 찻잔이었다. 술이라면 당연히 응했을 텐데 아쉽게도 아니었다. 그 안에 든 것이 어떤 차인지는 모르나 맛이 좋을 것 같지는 않았다. 현이 손사래를 치며 뒤로 한 걸음 물러섰다.

"아닙니다. 전 막사 짓는 것도 도와야 하고 좀 바빠서 이만."

미련 없이 돌아서 황급히 다른 일행들 쪽으로 걸어가는 현의 뒷모습을 보며 소하가 찻잔을 기울였다. 은은한 녹차 향이 입 안 가득 번졌다.

"으음, 이 좋은 것을 마다하다니. 아직 날도 훤한데 막사 짓는 것이 뭐가 그리 급하다고."

싱긋이 올라간 소하의 입매에 짓궂음이 담겼다. 찻잔을 내린 그의 시선이 하늘을 향했다. 날이 맑았다. 푸른 나뭇잎 사이로 보이는 드높은 하늘이 청명한 빛으로 물들어 있었다. 햇살이 나뭇잎 위로 쏟아지며 보석처럼 찬란한 빛 무리를 만들어 냈다. 오늘따라 유독 눈이 시리게 아름답다는 생각이 들었다.

"이번엔 또 얼마를 보내려나."

그가 나직이 혼잣말을 읊조렸다. 매번 실패를 하면서도 포기를 못 하는 것은 언젠가는 기필코 죽이고 말리라는 굳은 의지가 담겨 있음일 터. 그리도 못마땅했던가. 죽은 듯 없는 듯 거슬리지 않게 숨죽여 살던 어린 때에도 서여와 황후는 소하를 없애지 못해 안달이었다. 어머니 정비를 보아 참았었다. 하나, 참는 것만이 능사가 아님을 깨달은 후엔 온 힘을 다해 그들의 암살 시도에 맞섰다.

결코 원하는 대로 쉬이 죽어 주지는 않으리라.

"내 기필코 황태자가 되어 드리리다."

그리하여 그들의 위에 우뚝 설 것이다. 더는 함부로 나대지 못하게. 기를 꺾어 버릴 것이다. 그것이 여의치 않으면…….

"어쩔 수 없이 먼저 보내 주어야지. 그들이 날 보내려 했던 곳으로."

그의 눈빛이 서늘한 빛을 띠었다. 어머니를 위해서, 자신이 살기 위해서 소하는 기필코 황태자의 자리에 올라야만 했다. 그 전에, 서여가 보내는 살수들을 어느 정도는 손을 봐 주어야겠지. 실력을 드러내어 함부로 덤비지 못하게 겁을 주는 것도 좋겠다.

그래야 앞으로의 행보가 편해질 터였다. 신탁을 통과하는 과정에서 어떤 위험한 일과 마주칠지도 모르는데, 서여 때문에 괜한 시간 낭비를 할 수는 없었다. 애초에 그가 첫 암살을 시도했을 때 확실한 본보기를 보여 줌으로써 신중에 신중을 기해야 함을 일깨워 주리라.

실력 차에 겁을 먹고 물러나 몸을 사리면 더욱 좋고.

그럼 조금이나마 편히 신탁에만 전념할 수 있을 터이니.

어쩌면 모든 것이 천운이었는지도 모를 일이었다. 소하가 끊임없이 이어진 암살 시도에도 불구하고 이렇게 멀쩡히 살아 있는 것도, 마물의 출몰로 호연국에 도움을 청하러 갔었던 것도, 그것을 인연으로 그들에게 무예를 배워 익힌 것 모두가 소하에게는 운명적으로 다가와 준 절호의 기회였다.

신탁 또한 그러했다. 만반의 준비가 끝난 지금 신탁이 내려진 것 또한 소하는 자신을 위해 하늘이 움직여 준 것이라 생각했다. 모든 것이 소하로 하여금 반드시 황태자가 되어야 한다고 말해 주고 있었다.

"구름이 심상찮습니다."

얼마큼 떨어진 곳에서 하늘을 살피던 이우가 중얼거렸다. 그의 시선이 닿은 먼 쪽 하늘로 소하의 시선이 옮겨 갔다. 머리 위 청명한 하늘과 달리 그곳엔 비를 품은 먹구름이 가득했다. 범위를 넓혀 소하 일행이 있는 곳까지 온다면 저녁쯤에는 모두가 빗속에 있게 될 터였다.

어둠과 비를 틈타 습격해 올 살수들의 모습이 그려졌다. 하늘도 자신들을 돕는다고 생각하겠지. 하나, 내리는 비가 누구에게 유리할지는 두고 보아야 알 일.

"빗속의 혈투라, 그것도 좋지."

찻잔을 들어 올리며 나직이 읊어 낸 소하의 말을 듣기라도 한 듯 이우가 그를 돌아보았다. 산속에서 비와 마주치게 되면 그리 좋을 것이 없었다. 땅도 질척하게 될 것이니 바닥에 야영을 할 수도 없는 노릇이라 막사를 여럿 지어야 했다.

 불을 피우기도 용이치 않아 산짐승들이 접근해 올 위험도 있었다. 이래저래 불편할 터였다. 그런데 어째 하늘을 보며 차를 머금는 소하의 얼굴은 평온하기 그지없었다. 멀뚱히 소하를 바라보던 이우가 다시 고개를 돌려 먹구름이 몰려 있는 방향을 올려다보았다.

 아무래도 오늘 밤은 별을 읽을 수 없을 듯싶었다.

 처음 소하의 막사만 지으려던 것이 비가 올 것이라는 이우의 조언을 받아 원형으로 몇 개 더 세웠다. 막사 작업을 끝내고 간단히 요깃거리를 만들어 나눠 먹으며 이런저런 이야기를 나눴다. 대부분이 신탁에 관한 것이었다.

 궁을 나서 얼마 되지 않아 멈춰 막사까지 짓고 쉬는 것에 대해 그 누구도 토를 달지 않았다. 시작과 동시에 멈춘 것과 다름이 없는데 그를 이상하게 여긴다거나, 이러다 늦어 신탁을 빼앗기는 것이 아니냐는 반론을 제기하는 자가 단 하나도 없었다. 주군에 대한 무조건적인 신뢰가 일행들의 밑바탕에 깔려 있었다.

 가족처럼 화기애애한 분위기에 이우의 마음도 점점 편안해졌다. 신탁을 이행하다 목숨을 잃을 수도 있다는 말을 들었기에 무척 긴장을 하고 있었다. 여태 쉬운 신탁은 하나도 없었다. 실제 수십이 신탁 때문에 죽어 갔고 그에 황자라고 예외는 없었다. 그 모두가 사실이라는 것이 이우에게 엄청난 중압감을 가져왔었다.

자신이 읽어 낸 하늘 길을 따라 움직일 사람들이었다. 결국 그들의 목숨이 제 눈과 손에 달려 있다는 뜻이었다. 자칫 길을 잘못 읽어 이들을 죽음의 구렁텅이로 몰아넣을 수도 있는 일이 아닌가. 그 무게감에 내내 편치 못했었는데 이들과 함께하니 그것이 조금씩 덜어지는 것 같았다. 저도 소하를 믿고 따르면 모든 것이 술술 풀릴 것만 같은 그런 기분이 들었다.

"아."

그릇을 반쯤 비웠을 때 빗방울이 떨어졌다. 똑, 똑. 그릇과 마른 바닥을 두드리던 비가 굵은 빗줄기로 바뀌는 것은 그리 오래 걸리지 않았다.

"벌써 비님이 오시나 그래."

"먹을 거나 다 먹고 나면 내리지."

이미 자신의 그릇을 다 비우고 치우던 자가 이우의 그릇을 보고 한 말이었다. 행동이 느려 다른 이들이 다 먹고 난 후에도 이우는 아직 수저를 들고 있었다.

"막사 안에 들어가서 마저 드시지요."

자신을 향해 정중히 말하는 사내를 향해 이우가 고개를 끄덕이며 감사함을 대신 표했다. 그릇에 비가 들이치지 않게 상체로 감싸고 서둘러 자리를 옮겼다. 후다닥 막사로 들어가는 이우의 모습을 보며 현이 혀를 끌끌 찼다.

"저리 깨작거리니 몸이 말라비틀어진 장작 같은 게지."

"천천히 곱씹어 먹는 것이 몸엔 좋다지 않나. 모두가 자네처럼 소화력이 좋은 건 아니야."

막사의 입구에 서서 밖을 내다보고 있는 현을 향해 소하가 말했다. 힐끔 뒤를 돌아본 현이 잠깐의 틈을 두고 어깨를 으쓱했다. 뭐, 그리 틀린 말은 아닌 듯싶었다. 눈 깜짝할 사이에 밥 한 그릇을 뚝딱 비워 내는 그를 따라 허겁지겁 밥을 삼키다 탈이 나는 부하들을 몇몇 보았던 터라 딱히 부정은 하지 않았다.

"슬슬 움직일 때가 되었지 싶습니다."

비가 내리는 숲으로 시선을 옮겨 훑어 살피며 현이 말했다. 그리 먼 거리도 아니었고 선발대도 몸을 움직일 정도는 되게 손을 봐 두었으니 서여 일행이 당도하기까지 시간이 많이 걸리지는 않았을 것이다.

먹구름이 산을 에워싼 탓에 어둠이 훨씬 빨리 찾아들었다. 이쯤이면 이미 계획도 다 세웠을 것이고 모두가 잠든 틈을 타 숨어들 살수들이 대기하고 있을 터였다.

"갑자기 내린 비에 당황해하고 있겠군."

"막사를 칠 수도 없으니 참 불편하겠습니다."

둘이 피식 싱거운 웃음을 흘려 냈다. 그들의 이야기 속에 드러나지 않은 주체는 서여 황자였다. 다른 자들이야 비를 맞는 것에 그리 신경을 쓰지 않을지 모르나 서여는 달랐다. 귀하게 자라 불편한 것을 참지 못하는 서여가 과연 이 비를 감내할 수 있을지가 의문이었다.

"막사라도 지으려면 서둘러야 할 터인데. 빗줄기가 갈수록 억세어지니 큰일 아닙니까. 자칫 흠뻑 젖은 생쥐 꼴을 면치 못하게 생겼습니다."

자신들에게 들이닥칠 살수는 전혀 안중에도 없는 듯 그들은 비에 흠뻑 젖을 서여 황자만을 입에 올렸다. 고뿔에만 걸려도 큰일이 나는 줄 아는 그가 이 쏟아지는 억수같은 비를 고스란히 맞고 있을 리 없었다. 부하들을 닦달하며 얼른 막사를 치라고 소리를 치고 있겠지.

예까지 소리가 들리지 않는 것으로 봐선 그나마 이쪽을 조금은 신경 쓰고 있는 모양이었다. 절대 발각되면 안 된다며 소리를 낮추고 눈빛으로 살벌하게 명령을 내리고 있는지도 모를 일이다.

선발대의 몰골을 보면 이미 글렀다는 것을 알아채야 할 텐데. 그런 쪽으로는 그리 영민한 편이 못 되었다. 선발대가 제대로 보고를 하지 않고 산짐승에게 당한 것이라 둘러댄다면 서여 황자는 아마 멍청한 것들이라 욕을 하면서도 소하 일행을 놓치지 않았으니 그냥 넘어갈 것이다.

그의 모든 관심사는 오로지 소하를 죽여 없애는 것에 있으니. 한데 그리 간과한 것들이 죄다 암살 실패의 원인이 된다는 것을 그는 인지하지 못하고 있었다. 현이 볼 때, 서여 황자는 자신보다 훨씬 더 머리 회전이 안 되는 사람이었다.

그나마 황후가 뒤에서 조정을 할 때에는 나은 편이었으나, 이렇게 혼자 떨어져 행동을 하면 멍청함이 두드러졌다. 하나는 알고 둘은 모르며 무작정 들이밀기만 하고 주변을 휘둘러 살필 줄 모르는 그 아둔함에 가끔 현은 혀를 내둘렀다.

저런 자가 신주국의 황태자가 되고 황제가 되는 것 이상으로 끔찍한 것은 없을 터였다.

그것만은 막아야지. 사람 목숨을 파리보다 못하게 여겨 아랫것들이 마음에 들지 않으면 가차 없이 죽여 버리는 자였다. 그 어미에 그 아들이라 잔악성이 그대로 빼닮았다. 모친인 정비와 소하가 황제의 총애를 받지 않았다면 아마 이미 죽어 없어졌을 것이다. 그랬다면 지금처럼 괴롭힘 따위로 그치지 않았을 테니.

"자네도 그만 막사에 가서 쉬지 그러나."

"전 오늘 예서 잘 것입니다."

현이 딱 잘라 말했다. 자신에게 배정된 막사가 아닌 소하의 막사에서 함께 밤을 지새울 참이었다.

갑자기 뒤통수를 찔러 오는 시선에 현이 뒤를 돌아봤다. 소하가 시린 시선으로 저를 쏘아보고 있었다. 대체 왜?

의아한 눈빛으로 마주 보자 소하가 못마땅한 투로 입을

열었다.

"내 취향은 자네 같은 덩치가 아니네."

"예?"

그 무슨 뚱딴지같은 소리인가 싶어 현이 되물었다.

"자넬 끌어안고 자고 싶은 마음은 추호도 없다는 뜻이네."

"허억! 무슨 그런 끔찍한 말씀을."

이제야 소하의 말뜻을 알아듣고 현이 진저리를 치며 말했다.

"그러니 하는 말일세. 그 끔찍한 일을 나도 겪고 싶지 않으니 부디 자네의 막사로 갔으면 싶은데."

"누가 끌어안고 자겠다고 했습니까? 그냥 같이 있겠다는 것이지요."

"굳이 밤을 사내와 같이 내 막사에서 함께 보내고 싶은 마음은 없네만."

"아니, 그러니까. 밤을 보낸다는 것이 잠을 자겠다는 뜻이 아니라."

"난 잘 걸세. 옆에 누가 있다면 꼭 껴안고."

"예?"

"내 잠자리 습관일세."

"…언제 그런 습관이 생겼답니까?"

두 해 전 함께 마물과의 전쟁을 치르는 동안에는 전혀 보지 못한 습관이었다.

미심쩍은 눈으로 쳐다보는 현을 향해 소하가 입 끝을 야릇하게 말아 보였다. 그가 눈썹을 들썩이며 의미심장하게 입을 열었다.

"근래에 생긴 습관이네. 마음이 허해 그런지, 건장한 사내라 그런 것인지 옆에 있는 것은 무조건 안고 자는 일이 잦아졌다네."

자리에서 일어난 소하가 겉옷의 여밈을 슬쩍 매만지며 자신의 침상이 있는 곳으로 걸어갔다. 간이 침상이라 무척 좁았다. 저도 모르게 그곳에 자신이 소하와 겹쳐 누워 있는 엄한 상상을 하다 현이 격하게 도리질을 쳤다.

"아이고, 참. 쫓아내는 방법도 고약하십니다."

"농이 아니래도. 나도 내 마음대로 되질 않아 요즘 아예 베개를 큰 것으로 만들어 침소에 들이라 했다네. 꼭 껴안고 잘 수 있도록 말일세."

그리 말하며 소하가 은근하게 눈을 내리깔아 분위기를 묘하게 만들었다. 현이 미간을 찌푸리자 소하가 뭔가를 끌어안는 시늉까지 곁들였다.

"헉."

놀란 숨을 삼키며 현이 진저리를 쳤다. 살수가 올 때까지 기다리려고 했는데 아무래도 그른 것 같았다. 뭘 저렇게까지 해서 쫓아내려는지. 함께 살수를 처리해도 될 터인데 굳이 혼자서 하려고 없는 말까지 지어낸다. 지어낸 것이 맞겠지? 의구심이 담긴 그의 눈썹이 꿈틀거렸다.

"흐음. 그럼 쉬십시오, 전하."

현의 막사도 그리 멀지 않은 곳에 있어서 이쪽의 동태를 살피는 데에는 어려움이 없었다. 다만, 억수같이 쏟아지는 비 때문에 밖으로 나서고 싶지 않았을 뿐이다. 소하가 하는 것을 보니 차라리 옷 좀 젖고 마는 게 나을 성싶었다.

예를 올리고 막사를 나선 현이 빗속으로 뛰어드는 모습이 잠시 보였다가 입구가 닫히며 사라졌다. 요란한 빗소리가 고요를 뚫고 막사 안으로 들이쳤다. 인기척이 줄어들 때까지는 이런 상태가 유지될 것이다.

소하가 팔을 내리고 침상 위에 놓아둔 단검을 집어 들었다. 검을 빼어 내자 예리한 칼날이 차갑게 빛을 발했다. 피를 묻힌 적이 있는 검이었다. 거대한 마물의 목과 머리에 수없이 찔러 넣었던 것이다.

이것을 이번에는 사람에게 써야 할지도 몰랐다.

"수법이 이젠 좀 더 잔인해지려나."

서여 쪽에서도 손속에 사정을 두지 않을 테니 이쪽에서도 그에 맞는 대응을 해야 할 터. 될 수 있으면 한 번에 많이 들이닥쳤으면 싶었다. 최대한 빨리 처리하고 더는 덤벼들 생각을 못 하게 해 놓아야 신탁에 집중할 수 있을 것이니.

차라리 먼저 이쪽에서 손을 쓸까 하는 생각도 했었다. 하나, 서여 황자와 같은 비열한 인간으로 추락하기는 싫었다.

대신 자신의 목숨을 앗으러 오는 족족 철저하게 응징해 줄 것이다. 다시는 그런 생각을 할 엄두도 내지 못하게.

"부디, 형님께서 제대로 알아들어야 할 터인데."

그러길 바라지만 아닐 확률이 더 높았다. 종내에는 서여 황자의 목에 검을 겨눠야 할지도 몰랐다. 누구 하나가 죽기 전에는 끝나지 않을 전쟁이었다.

단검을 갈무리해 베개 아래 넣어 두었다. 놈들이 들이닥치려면 아직 여유가 있으니 차나 한 잔 더 마시며 기다릴 참이었다. 차를 즐기는 그를 위해 막사 안에는 모든 것이 갖추어져 있었다. 소하에겐 직접 찻물을 우려내는 것이 익숙했다.

모락모락 피어오르는 찻잔을 들어 입으로 가져갔다. 빗소리가 운치를 더했다. 느긋이 차를 머금는 소하의 눈동자가 서늘한 빛을 띠었다. 서여가 본격적으로 살기를 드러냈으니 소하도 이제 저를 드러낼 차례였다.

숨김없이 모든 것을 보여 주리라. 그리하여 그 누구도 함부로 낮잡아 보지 못하게 하리라.

시간이 지나도 빗소리는 잦아들지 않았다. 우기에 접어든 것처럼 거센 빗줄기가 쉴 새 없이 쏟아져 내렸다. 그 빗줄기 사이로 인기척을 줄인 살수들이 숨어들었다.

젖은 바닥을 빠르게 밟아 막사들 사이를 오가며 살피는 살수들의 움직임을 소하는 이미 간파하고 있었다. 현도 기척을 느끼고 자신의 막사에서 대기하고 있을 것이다.

"아무리 그래도 죽일 대상의 막사 정도는 미리 알아 두는 정성은 보여야지."

침상에 누우며 소하가 중얼거렸다. 이왕 맞이하는 거 그들이 원하는 자세를 취해 줄 요량이었다. 잠든 틈을 타서 습격해 암살을 시도하려는 게 원래 계획일 테니 안심하고 안으로 들어올 수 있게 이런 정도의 배려는 해 주어야지.

자박자박. 숨어 움직이는 신중한 발소리와 다른 조심성 없는 발소리가 들려왔다. 그에 눈을 감은 소하의 눈썹이 꿈틀거렸다. 살수 외에 누군가가 자신의 막사로 다가오고 있었다.

"이런."

탄식 같은 말이 소하의 입에서 흘러나왔다.

"전하, 주무십니까?"

나직하게 들려오는 목소리는 이우의 것이었다. 왜 안 자고 이리 갑작스레 찾아온 것인가. 하필이면 지금.

눈을 뜬 소하가 한숨을 내쉬며 자리에서 일어났다. 살수들의 기척은 가까이 있는 현의 막사 근처에서 멈췄다. 이우덕분에 소하의 막사를 알게 되었으니 잘된 일인 것도 같고.

"무슨 일인가?"

"급히 아뢸 것이 있습니다. 들어가도 될는지요."

"들어오게."

어서 빨리 용무를 끝내고 돌려보내는 게 나을 성싶어 소하가 이우를 들였다. 막사의 입구를 들추며 이우가 모습을 드러냈다. 조심히 안으로 들어서는 이우의 얼굴이 한껏 상기되어 있었다.

"뭘 찾은 모양이군."

소하의 말에 반색하는 것을 보니 뭔가를 발견하고 기뻐 달려온 것이 맞는 듯했다. 우비를 걸치는 것도 잊을 만큼 대단한 그것이 무엇인지 들어나 보아야겠다.

제 앞으로 다가온 이우를 향해 소하가 엷은 미소를 지어 보였다. 이우는 몹시 소심하여 마음을 편히 해 주어야 말을 제대로 내뱉을 수 있는 인물이었다.

"제가 책을 보다가 알아낸 것이 있사온데……."

이우의 짐 대부분이 천운성의 서고에서 가져온 책이었다. 틈만 나면 서적을 들척이더니 그중에 제법 쓸 만한 것이 있었던가 보다. 무엇이든 신탁에 도움이 된다면 들어 보아 나쁠 건 없었다.

"말해 보게."

"예."

머뭇거리며 눈치를 살피던 이우가 크게 심호흡을 했다. 만면에 미소가 번졌다. 반짝 빛을 발하는 이우의 눈을 마주 보며 소하가 고개를 끄덕였다. 들을 준비가 되었으니 이제 그만 입을 열어 보라는 뜻이었다.

"제, 제가."

감격에 겨운 목소리가 울컥 떨리고 있었다.

"고대 요산 위에 떠 있던 별이 무엇인지 알아냈사옵니다!"

격양된 이우의 목소리가 높아졌다. 소하가 급히 자신의 입술에 검지를 세워 댔다. 혹여 밖에 숨어 있는 살수들이 들을까 싶어서였다.

이우가 놀란 눈을 하고 입을 꾹 다물었다. 그의 목으로 마른침이 삼켜졌다. 제가 뭘 잘못했나 싶어 금방 불안하게 눈동자가 흔들렸다.

소하가 가만히 바깥의 기척에 귀를 기울였다. 아무런 움직임이 느껴지지 않는 것을 보니 다행히 빗소리에 묻혀 이우의 목소리가 잘 들리지 않은 모양이다.

요산이란 말이 가지는 파장은 컸다. 수습 신관의 입에서 나온 말이라고 무시할 수도 있으나, 저쪽에서 어떻게 받아들일지는 알 수 없는 노릇이었다.

자칫 이우의 신변이 위험해질 수도 있었다. 요산에 대해 뭔가를 알아냈다는 것 자체가 서여 황자의 기분을 나쁘게 만들 수 있었다. 거슬리는 것은 그냥 두는 법이 없는 서여였다. 그가 이우를 해하지 않으리란 확신은 없었다. 그러니 미리 조심을 하는 것이 좋았다.

"가까이."

소하의 손짓에 이우가 한 걸음 앞으로 바짝 다가섰다.

"요산 위에 뜬 별이 아직 있단 말인가?"

"예. 별이란 것이 본시 쉬이 사라지는 것이 아니니 아직 현존하고 있을 것입니다."

소하의 목소리가 낮아져 저도 거기에 맞추며 이우가 조곤하게 말을 이었다.

"흐음, 그러면 일단은 그 별이 지금은 어디에 뜨는지부터 알아봐야 하겠군."

"제가 살펴본 바로는 서북쪽 변방이 아닌가 싶습니다."

"서북쪽이라."

서북 변방은 척박하여 사람이 살지 못하는 황무지였다. 듣고 보니 어쩐지 불괴가 살던 땅이 그와 비슷하지 않았을까 싶다. 날이 밝으면 일단 그쪽으로 다시 방향을 잡아 가 보아야겠다.

사사삭. 기척이 없던 바깥에서 소리가 들렸다. 사람이 들어오는 것을 보고서도 소하의 막사를 향해 다가온다는 것은 이우까지 죽여 없애겠다는 의미였다.

"성급하긴."

차갑게 뇌까린 소하의 말에 이우가 눈을 동그랗게 떴다.

"그, 그것이 제가 너무 성급하긴 했사온데."

소하의 말이 자신에게 한 것이라 여긴 듯 이우가 당황해 말을 더듬었다. 소하 황자가 편히 쉬고 있는 와중에 괜스레 마음이 급해 달려온 저를 나무라는 것이라 여겼다. 하긴, 날이 밝은 뒤에 전해도 될 말이었다.

"자네한테 한 말이 아닐세."

"예?"

그럼 누구한테 한 말이란 것인지. 이우가 어리둥절해하며 주변을 휘둘러보았다. 그런 이우의 팔목을 소하가 덥석 붙잡아 끌어당겼다.

"그리 서 있지 말고 이리 앉게."

이우를 자신의 곁에 앉힌 소하가 한쪽 입매를 비스듬히 끌어 올렸다. 소하가 잡았던 손목을 놓았다. 그가 반대편 손으로 베개 밑에 감춰 두었던 단검을 잡았다.

황자의 침상에 나란히 앉다니! 이우의 눈이 놀라 부릅떠졌다. 자의는 아니었다고 하나 법도에 어긋나는 일이라 이우가 벌떡 일어섰다.

"그대로 있게."

"어엇."

이번엔 상체가 뒤로 아예 젖혀져 침상에 벌러덩 눕는 꼴이 되어 버렸다. 당황해 멍하니 천장만 바라보는 이우의 가슴을 소하가 툭툭 가볍게 두드렸다.

"거기서 잠깐 눈이라도 붙이든지, 쉬고 있으시게. 난 불청객을 상대해야 해서 좀 바쁠 듯싶으니. 나머지 얘긴 끝난 후에 듣도록 하지."

소하가 자리에서 일어섰다. 뒤따라 일어나려던 이우의 귀에 휘장이 들춰지고 누군가 막사 안으로 들어서는 소리가 들렸다. 소하가 말한 불청객인 모양이었다.

그들의 등장으로 막사 안 공기의 흐름이 바뀌었다. 서늘한 한기가 이우의 몸으로 스며드는가 싶더니 이내 오소소 소름이 돋았다. 이우는 지금 자신이 느끼는 것이 살기라는 것을 깨달았다. 그의 몸이 저도 모르게 얼어붙었다.

"기다리는 김에 조금만 더 기다리지 그랬나?"

막사 안으로 들어선 살수 셋을 향해 소하가 말했다. 마치 아는 이를 만난 듯 말이 살가웠다. 기척은 다섯인데 셋이 들어선 것을 보면 만약을 대비해 둘은 막사 밖에서 망을 보고 있는 듯했다.

"저희가 볼일이 급하여 그럽니다, 전하."

깨어 있는 것을 알고도 들이닥쳤으니 정체를 들키는 것에 연연하지 않겠다는 뜻이 명백했다. 말하는 투에 빈정거림이 뒤섞여 있는 것은 소하를 쉽게 보아 그런 것이다. 하긴, 황자가 할 수 있는 무예라는 것이 고작 취미 삼아 배운 활쏘기 정도라고 생각하고 있을 테니 실력을 낮잡아 보는 것도 이해는 갔다.

막사 안을 휘둘러보던 살수 중 하나가 멀찍이 떨어져 있는 활을 발견하고 그쪽으로 재빨리 움직였다. 그에 소하의 눈썹이 한쪽만 들썩였다.

나름은 반격을 못 하게 미리 손을 쓰는 것인 듯한데, 활은 좁은 공간 안에선 그다지 큰 위력을 발산하지 못하는 물건이라 소하는 애초에 활을 쏠 생각조차 하지 않고 있었다.

"그쪽으로는 가지 않는 것이 좋을 듯한데."

활을 챙긴 자가 침상 위에 누워 있는 이우를 보곤 다가가려 하자 소하가 웃음기를 지우고 차게 말했다. 하나, 그의 경고에도 놈은 콧방귀를 뀌며 발을 움직였다. 저를 향해 다가오는 기척을 느꼈는지 이우의 손이 달달 떨리고 있었다.

"내가 분명히 말했을 텐데."

소하가 손에 들고 있던 단검을 집에서 분리시켰다. 그를 보고 앞에 서 있던 살수가 피식 웃었다. 그따위 것으로 뭘 하려고? 하는 비아냥거림이 놈의 얼굴에 고스란히 담겨 있었다.

소하가 그를 보며 우아하게 입술을 그어 올렸다. 그들은 알지 못했다. 소하가 살기를 품었을 때 가장 아름다운 미소를 지어 보인다는 것을.

"거긴 아니라고."

사삭. 방금 자신의 눈앞에 있던 소하가 눈 깜빡할 사이에 침상으로 다가서는 자의 앞으로 이동한 것을 의아하게 여기며 놈이 고개를 갸웃거렸다. 자신이 뭔가를 잘못 본 것이 아닌가 싶어서였다.

"말을 제대로 들어먹지 못하는 귀는 달고 다닐 필요가 없지 않은가."

검이 곧장 살수의 귀를 찔러 들어갔다.

"으악!"

놀라 비명을 지르다 놈이 뒤로 재빨리 물러서며 검을 빼들고 휘둘렀다. 단검과 장검이 부딪쳤다. 당연히 밀릴 줄 알았던 단검이 오히려 장검을 밀어내고 놈의 가슴을 가로질렀다. 피가 흩뿌려지자 놀란 다른 살수가 끼어들어 소하에게 검을 겨눴다.

"뭐야."

"몸이 빠른데?"

소하의 주변을 에워싼 살수들이 당황한 기색으로 말을 뱉어 냈다. 이것은 생각지 못한 변수였다. 검을 쓰는 소하의 손놀림이나 몸의 움직임이 예사롭지 않았다. 몇 해 전만 해도 이렇지는 않았다.

"과연 몸만 빠를까?"

그들의 대화를 끊으며 소하가 물었다. 놈들의 미간이 좁아지는 것을 보며 소하가 입매를 더 짙게 끌어 올렸다. 그가 검을 고쳐 잡았다. 눈앞으로 검을 잡은 손을 가져갔다. 그의 서슬 퍼런 눈동자가 예리한 칼날 위로 반사되었다.

스앗. 사악.

한 발에 한 놈씩 그의 검에 살이 베여 나갔다. 피가 사방으로 튀었으나 놈들은 물러서지 않고 공격을 감행했다. 아직도 셋이 한꺼번에 덤비면 승산이 있으리라 어리석은 생각을 하고 있는 모양이었다.

"살 기회를 줬음에도 마다하니 나도 이젠 어쩔 도리가 없군."

팔과 상체에만 공격을 가하던 소하의 검이 이번엔 놈들의 목을 향해 날아들었다. 사정을 두지 않은 소하의 검이 정확히 그들의 목을 가로질렀다. 그럴듯한 놈들을 보내지 않을까 내심 기대했던 것이 실망으로 바뀌었다. 제대로 된 공격 한번 해 보지 못하고 한 놈씩 꺼억 소리를 내며 바닥으로 쓰러졌다.

"대체 서여 황자님은 우릴 어찌 보고 이런 허접한 것들만 보낸답니까?"

불손한 말을 서슴없이 입에 담으며 현이 막사 안으로 들어섰다. 그의 손에는 정신을 잃은 것인지 죽은 것인지 모를 축 늘어진 사내 둘이 잡혀 있었다. 현이 소하의 앞에 널브러져 있는 놈들 위로 사내들을 내던졌다.

"좀 놀아 보려나 했더니 손맛도 보기 전에 끝나 버렸지 뭡니까."

"피차일반일세."

"이런 실력으로 살수를 할 생각을 했다니, 어이가 없습니다."

"태평성대가 그리 좋은 것만은 아니라는 생각이 드는 건 나만 그런가?"

"마물과의 전쟁도 치른 나랍니다. 온전한 태평성대는 아니었습지요."

"그런데도 실력이 이 모양이면 문제가 좀 심각한 듯한데."

"나중에 군사 훈련을 아주 빡세게 시켜야겠습니다."

"살수한테 말인가?"

"아, 참. 이것들 살수였지."

피로 엉망이 된 공간에서 죽은 사체를 두고 나누는 대화라고 보기 어려운 말을 둘이 주고받았다.

죽은 듯 꼼짝 않고 침상에 반쯤 누워 있던 이우가 현의 목소리에 슬그머니 눈을 떴다. 들이닥쳤던 사내들의 모습은 보이지 않았다.

"근데 저자는 왜 저기 누워 있습니까?"

눈만 동그랗게 뜬 채 일어나 앉지 못하고 꼼지락거리는 이우를 발견하고 현이 물었다. 소하가 침상을 돌아보며 피식 웃었다. 이우가 허우적거리며 일어나다 바닥에 널브러진 시신들을 발견하곤 흠칫 놀라 발을 끌어안는 것이 보였다. 많이 놀란 모양이다.

"심심하던 차에 찾아왔기에 침상에 누워 도란도란 정겹게 담소를 나누려던 참이었는데 갑자기 불청객이 찾아들었지 뭔가."

능청스러운 소하의 말에 현이 의미심장한 눈빛으로 고개를 끄덕였다.

"어허, 이런 나쁜 놈들이 있나. 두 분의 즐거운 시간을 방해하다니. 죽어 마땅한 놈들 아닙니까."

"해서 죽였지. 감히 나의 즐거움을 방해하려 하다니."

둘이 저를 보며 주고받는 대화에 이우의 얼굴이 붉게 달아올랐다.

"아닙니다. 절대 그런 것이 아닙니다. 저는 단지 요산에 대해 알아낸 것이 있어서 그것을 아뢰려고 들른 것뿐입니다."

극구 부인하며 벌떡 몸을 일으킨 이우가 재빨리 침상에서 떨어졌다. 자신이 침상에 누워 있던 것 때문에 현이 더 오해를 하는 것 같아서였다.

"그렇지. 거기에 대해서 아주 더 들을 것이 남았는데. 아무래도 여기선 좀 곤란할 듯싶고."

사방이 피로 물들어 있는 데다가 시체까지 다섯 구나 발아래 있었다. 소하와 현은 상관없으나 사체를 보고 동공 지진을 일으키며 사색이 되고 있는 이우는 아무래도 안 될 것 같았다.

"자리를 옮기도록 하죠."
"그래야겠지? 어디가 좋을까."

둘의 시선이 동시에 이우에게 집중되었다. 혼란과 공포에 휩싸여 정신을 못 차리던 이우가 따끔하게 날아든 시선에 둘을 돌아보았다. 시선이 맞닿자 둘이 입술을 말아 올렸다.

"이우 신관이 편하게 말을 할 수 있는 곳이 좋겠지요."
"그게 좋겠군."

의견 일치를 본 둘이 이우에게 성큼 다가섰다. 저도 모르게 이우가 뒤로 주춤 한 발 물러섰다. 그런 이우의 팔을 양쪽에서 덥석 붙잡았다.

"허엇. 왜, 왜 이러십니까?"

놀란 숨을 삼키며 이우가 물었다. 둘에게 달랑 들린 이우의 발이 허공에서 허우적거렸다.

"이우 신관의 막사가 아마 저쪽이었지?"

"거긴 왜."

"둘 다 막사가 엉망이라 자네 막사가 이야기를 나누기에 가장 적합할 듯하여 그리 가는 것일세."

소하가 다정한 말투로 차분히 설명했다. 굳이 오늘 얘기를 하지 않아도 되는데. 이우가 뭐라 벙긋거리려 입을 열려는 찰나 막사 하나가 눈앞에 나타났다. 말릴 사이도 없이 셋이 어느새 이우의 막사 안으로 들어서고 있었다.

피 묻은 옷이라도 갈아입든지. 들고 있는 검이라도 놓고 오든지. 자신의 막사마저 피로 범벅이 되지 않을지 이우의 얼굴이 금방 울상이 되었다.

그는 피를 몹시 싫어했다. 아니, 무서워한다는 것이 더 맞을 성싶다. 피의 역겨운 냄새와 시뻘건 색이 이우는 너무 끔찍했다. 하나, 자신이 앞으로 함께해야 할 자들에겐 그것이 아무렇지 않은 모양이다. 피 묻은 단검을 대충 옷에 닦아 내는 소하나 현이 그에 대해 별스럽게 생각하지 않는 것을 보면 말이다.

"그럼 이제 어디 제대로 얘기를 들어 볼까?"

소하가 간이 침상에 앉으며 싱긋이 웃어 보였다. 피 묻은 그의 옷가지가 침상 위에 내려앉았다. 현은 앉을 곳이 마땅치 않아 막사의 기둥에 기대섰다. 왜 그의 등에 피가 묻어 있는지는 모르겠으나 그 부위가 지금 기둥에 맞닿아 있었다. 신탁을 하는 내내 이우가 써야 할 막사였다. 피는 잘 지워지지도 않을 텐데. 이우가 걱정스럽게 소하와 현을 힐끔 쳐다보았다.

그들이 입매를 한껏 끌어 올려 웃었다.

어쩐지 이들과 함께하는 앞날이 평탄치 않을 성싶었다. 외부의 요인보다는 정확히 이 둘 때문에 말이다.

눈을 감으면 보이는 것이 암흑이라면 눈을 뜨고 보이는 저 능청스럽게 웃는 낯들은 뭐라고 칭해야 할까. 환히 웃는데 왜 그 낯을 보고 자꾸만 먹구름이 낀 하늘이 연상되는지 모를 일이었다.

"하아."

이우가 저도 모르게 짙은 한숨을 내쉬었다.

3. 요사스런 별

青海

 사호족 마을이 떠들썩해졌다. 분주히 움직이는 사람들의 면면에 웃음꽃이 피어오른 것이 잔치라도 벌어질 모양이었다. 단 한 사람, 불퉁하게 입을 내밀고 자신의 방에 앉아 시녀들의 손길을 받고 있는 예아만 빼고.

"아이고, 어찌 이리 고우신지. 꼭 하늘에서 내려온 신녀 같습니다."

 시무룩한 표정으로 축 처져 있는 예아의 기분을 북돋아 주려는 듯 시녀 하나가 그녀의 모습을 칭송했다. 다른 시녀들도 더불어 어여쁘다 입이 마르도록 말을 덧붙이는데도 예아의 반응은 영 시큰둥했다. 치렁치렁 자신의 몸을 휘감은 호사로운 의복도 마음에 안 들지만 평소에 하지 않던 화장과 머리치장이 너무 갑갑하고 거추장스러웠다. 그녀가 길게 늘어져 나풀거리는 소맷자락을 들어 흔들며 말했다.

"꼭 이런 걸 입어야 되는 거야? 대충 하고 끝내면 안 돼?"

예아의 불평에 모아가 단호하게 고개를 끄덕였다.

"당연하지. 일생에 단 한 번뿐인 성년식인데 대충이 어디 있어. 예법에 맞게 입어야지."

"나이 먹는 게 뭐 좋은 거라고 축제까지 벌이나 몰라."

"그냥 나이 먹는 게 아니잖아. 소녀에서 어른이 되는 건데 성대하게 치러 줘야지."

모아의 말에도 예아의 입술은 들어갈 기미가 보이지 않았다. 그에 모아가 구제 불능이라는 듯 고개를 저으며 한숨을 푹 내쉬었다.

"하긴, 넌 성년식을 치러도 계속 철이 안 들어 아이보다 못할 성싶긴 해."

"언니!"

발끈해 따지고 들듯 예아가 모아를 부르며 돌아보았다. 빤히 올려다보는 것이 또 한 성깔 드러내겠구나 싶었는데 싱긋이 웃는다. 이건 또 무슨 의도인가 싶어 모아의 미간이 살짝 찌푸려졌다.

"역시 언닌 날 너무 잘 알아."

"뭐?"

"맞아. 난 아무리 나이를 먹어도 철은 안 들 거야. 어른이 되면 하지 말아야 할 덕목들이 너무 많아지잖아. 난 아직 예의니 법도니 하는 것들에 얽매이고 싶지 않거든."

이리 치장을 하고 성년식을 치른다고 해서 변할 건 없다고 예아가 말하고 있었다. 모아의 말에 대한 반박이 아니라 맞장구를 친 것이다. 그러니 여인이 되어야 한다거나 몸가짐을 조심히 하란 잔소리는 통하지 않을 거라는 통보도 함께 곁들였다.

입씨름으로 어찌 예아를 이길까. 한 살 더 먹으면 다소곳해지려나, 말투라도 고분고분해지려나 싶었으나 그 모두가 헛된 기대였음을 모아는 매해 느끼며 거듭 실망했다. 귀한 존재라 너무 오냐오냐 키운 것이 아닌가 싶긴 했으나, 예아의 천진난만함이 또 그리 싫은 것만도 아니었다.

세상만사 힘들고 어려운 것을 굳이 예아가 알 필요가 있을까. 좋은 배필 만나 혼인을 하기 전까지는 저 살고픈 대로 살아도 좋을 듯싶었다.

"그러는 언닌 언제 혼인할 건데?"

"응? 뭐?"

잠시 다른 생각에 빠져 있던 모아가 갑작스런 예아의 질문에 당황했다. 고개를 정면으로 돌려 소매 끝자락에 달린 작은 방울을 만지작거리며 예아가 다시 입을 열었다.

"좋아하는 사람도 있잖아."

예아의 머리에 장식을 꽂던 모아의 손이 멈칫거렸다. 그녀의 얼굴이 붉게 물드는 것을 예아가 제 앞에 있는 거울을 통해 살폈다.

"흠, 아니야. 그런 거 없어."

헛기침을 하며 모아가 시치미를 뚝 뗐다. 다시 장식을 가다듬는 모아의 손길이 좀 전보다 더 분주해졌다. 모아의 말과 달리 그녀에게는 몇 년 전부터 만남을 이어 오고 있는 사내가 있었다. 사호족 내의 귀족 가문 중 하나인 문동가의 장남 차주가 바로 그 사람이었다.

모아는 족장의 장녀이나 계승자는 아니었다. 하니, 마음만 있으면 언제든지 혼인을 할 수 있었다. 차주 또한 모아가 자신과 혼인해 주기를 바라며 기다리고 있었다. 모아가 승낙만 하면 혼인은 일사천리로 이뤄질 수 있었다.

그럼에도 불구하고 모아가 극구 차주의 존재를 부인하는 이유는 단 하나였다. 예아가 차기 족장에 맞는 자질을 갖추고 좋은 배필을 만나 사호족을 잘 이끌어 갈 수 있도록 보살펴 주는 것이 지금 모아에겐 가장 중요한 일이었다.

다음 사호족의 계승자는 예아였다. 날 때부터 그녀는 고대 사호족의 신비로운 특징을 지니고 있었다. 예아의 탄생은 새로운 사호족의 시작을 의미하는 것과도 같았다. 그녀가 이끄는 사호족은 지금과는 또 다른 모습으로 백사의 수호족다운 삶을 영위할 것이라 모두 의심치 않았다.

해서 장녀인 모아를 두고도 예아가 계승자가 되는 것에 이의를 제기한 자는 아무도 없었다. 모아 또한 당연하게 그것을 받아들였다.

하나, 성년식을 치르는 오늘까지도 이리 철없는 모습을 유지할 거라곤 생각지 못했다. 언젠간 괜찮아질 것이라 여겼던 것에 요즘 들어 점점 의구심이 생기고 있었다. 진정 그리 될 수 있을까 하는.

"오늘은 제발 좀 차분히 있어."

또 자신의 혼인 얘기를 들먹일까 싶어 모아가 얼른 화제를 돌렸다.

"축젠데 가만히 있는 건 말이 안 되지. 그것도 날 위한 거잖아. 제일 신나게 즐겨 줄 거야."

조금 전과 달리 예아의 표정이 한껏 밝아졌다. 이왕 이렇게 된 거 자신도 축제를 즐겨 보자 싶었다. 마음에 들지 않는다고 마냥 인상 쓰고 불퉁하게 있는 것도 예아의 성격에 맞지 않았다.

축제는 해가 지는 초저녁 즈음 시작된다.

달과 별의 기운이 넘실거리는 하늘 아래 등불과 모닥불을 피워 사방을 밝히는 것으로 축제의 서막이 열린다. 먼저 예아가 마을 광장의 중앙으로 나아가 사호족의 춤을 추면서 진정한 성년식이 시작된다. 분위기가 무르익기 시작하면 마을 사람들도 함께 춤에 동참해 흥겨운 축제를 밤새 즐기게 되는 것이다.

거추장스러운 옷과 온갖 치장만 아니라면 참 좋을 텐데.

예아는 약간의 아쉬움이 살짝 남아 있긴 했다. 딸랑딸랑. 그녀가 옷을 휘저을 때마다 방울 소리가 들렸다. 손동작이 많은 사호족의 춤에 안성맞춤인 옷이었다.

"다 됐다."

마지막 손질을 끝내고 모아가 전체적으로 예아의 모습을 한번 쭉 훑어 내리며 점검했다. 그녀의 입가에 미소가 머금어졌다. 자신의 작품이 꽤 마음에 든 모양이다.

"밖엔 어때?"

모아의 물음에 시녀가 창밖으로 내다보며 광장의 분위기를 확인했다.

"준비가 다 끝난 것 같습니다."

"그래. 이제 나가면 되겠다."

고개를 끄덕이며 모아가 예아의 의복을 다시 한번 살폈다. 예아가 자리에서 일어나 성큼 발을 내디뎠다.

"조심."

평소처럼 뛰다시피 빠르게 걸어 나갈까 염려되어 모아가 눈에 힘을 주며 당부했다. 그에 걱정 말라는 듯 예아가 손을 가볍게 흔들어 보였다. 달빛이 은은하게 창으로 스며들었다. 창으로 보이는 아름다운 밤하늘에 잠깐 시선을 두었다가 예아가 시선을 돌려 문으로 천천히 걸음을 옮겼다.

그녀가 문 앞에 거의 도착했을 때였다. 갑자기 벌컥 문이 열렸다. 누군가 열린 문으로 황급히 들어섰다. 유모였다.

"아휴, 늦지 않아서 다행입니다."

거친 숨을 몰아쉬며 유모가 예아의 면전에 무언가를 내밀었다. 예아가 멀뚱히 그것을 내려다보는 사이, 모아가 보자기에 고이 싸인 것을 꺼냈다. 본국에서도 구하기 힘들다는 최고급 면사였다.

"정말 구했네?"

"말도 마십시오. 쇤네가 이거 구한다고 아주 애를 먹었습니다."

"고생했어."

유모의 노고를 칭찬하며 얼른 면사를 예아의 얼굴에 가져다 댔다. 자신의 얼굴 반을 가리는 면사에 예아가 미간을 찡그렸다. 안 그래도 갑갑한데 이것까지 해야 하나? 그냥 생략해도 괜찮을 것 같은데, 하는 마음으로 물었다.

"이건 왜?"

"원래 해야 하는 거잖아. 알면서 뭘 물어."

"이미 얼굴 다 아는데. 그리고 이거 다 비치는 거잖아. 하나 마나 한 걸 왜 하는 거야?"

"기품을 더해 주는 용도라는 걸 몰라 묻는 건 아니지?"

"언니, 이게 정말 내게 기품을 가져다줄 거라 믿는 거야?"

뒤로 슬쩍 물러나는 예아에게 바짝 다가서며 모아가 면사를 그녀의 얼굴에 둘러 뒤쪽에서 갈무리했다. 또 볼이 불퉁하게 나왔지만 이내 풀렸다. 원래 해야 하는 것을 좀 더 귀하고 특별한 것으로 해 주고 싶다고 모아가 유모에게 심부름을 시켜 어렵게 구한 것이었다. 축제가 시작될 시각인데 안 오기에 못 구했나 싶었다. 한데 이리 때를 딱 맞춰 가져오니 하지 않겠다고 떼를 쓸 수도 없었다. 무엇보다 이것을 구해 오느라 고생한 유모의 노고를 무시할 수가 없었다.

"이제 정말 다 된 거지?"

"그래."

면사까지 갖춰지자 모든 것이 완벽했다. 흡족한 미소를 지어 보이며 모아가 고개를 끄덕였다. 자신이 원하던 모습대로 완벽하게 갖춰졌다. 이제야 제 할 도리를 다했다는 듯 모아가 편한 숨을 내쉬며 예아에게 길을 터 주었다.

"휴우."

긴 한숨을 내쉬며 복도로 발을 내딛는 예아의 주변으로 청아하고 은은한 방울 소리가 울려 퍼졌다. 복도를 걸어 아래층으로 통하는 계단을 내려온 예아가 곧장 밖으로 통하는 출입문으로 향했다. 그녀의 뒤를 모아와 유모 시녀들이 따랐다.

족장의 가택 문이 열리자 사람들의 시선이 일제히 그쪽으로 몰렸다. 맨 앞에 선 예아의 아름다운 모습에 모두 넋을 잃은 듯 말을 잇지 못했다. 그녀가 중앙으로 걸어 나오자 그제야 여기저기서 감탄의 말들이 쏟아졌다.

"곱기도 하지. 천상의 선녀도 예아 님보다 못할 거야."

"아이고, 어디 비교할 데가 없어 선녀를 갖다 대는가. 우리 예아 님을 능가하는 미모는 있을 수 없지. 암만."

사람들이 떠들어 대는 소리가 파타에게는 전혀 들리지 않았다. 눈앞을 스쳐 지나가며 저를 향해 한쪽 눈을 찡긋해 보이는 예아의 모습에 이미 온정신을 다 빼앗겨 버린 탓이었다. 저는 장난스럽게 한 것일지는 몰라도 보는 파타의 심장은 심상찮게 요동을 쳐 대고 있었다.

"자, 그럼 이제부터 예아 님의 성년식을 시작하겠습니다."

상석에 앉아 있던 족장 후륵의 신호를 받아 아래에 있던 부족장 여가 축제의 시작을 알렸다. 말이 떨어지기 무섭게 풍악이 울렸다. 여러 악기들이 풍부한 음색을 만들어 냈다. 그 음률에 맞춰 예아가 사호족의 춤을 추며 중앙으로 나섰다.

우아하게 펄럭이며 나부끼는 옷자락이 사막을 달리던 사호의 모습을 연상시켰다. 백사를 닮은 사호는 신비롭고도 묘한 아름다움을 지녔다. 예아의 춤사위는 마치 사호가 눈앞에서 살아 움직이는 듯 황홀했다.

분위기가 무르익자 사람들이 하나둘 자리에서 일어나 함께 춤사위를 벌였다. 한데 어우러져 춤을 추고 술을 마시며 모두가 예아의 성년을 축하했다.

사호족의 성년식은 그리 거창하지 않았다. 엄밀히 따지자면 한 사람에 국한되는 것이 아니라 마을 축제 같은 것이었다.

밤이 깊을 때까지 축제는 계속 이어졌다.

"너무 많이 마시는 것 아닙니까?"

파타가 옆에서 술잔을 기울이고 있는 예아를 못마땅하게 바라보며 물었다. 주변에 사람들이 많아 경어를 쓰고는 있지만 드러난 표정은 무척 거만했다. 면사는 어디에 빼 놓았는지 이미 예아의 얼굴에서 자취를 감추고 없었다.

"오늘은 말릴 생각 하지 마. 진탕 마셔도 되는 날이니까."

"말릴 생각이었으면 벌써 잔부터 뺏었을 겁니다."

"오, 그러네."

배시시 웃으며 술잔을 입으로 가져가는 것이 제법 많이 마신 듯했다. 기분에 취해 흥에 겨워 자신이 얼마나 마신 건지도 제대로 가늠이 안 되는 듯 보였다. 여기서 더 마셨다간 정신을 잃고 쓰러져 잠이 들든지 주정을 부려 대든지 둘 중 하나였다. 추하기는 둘 다 마찬가지였다.

"그것만 마시고 일어나십시오."

"무슨 쏘리. 나 여기 있는 거 죄다 비울 꼬야."

예아 본인은 모르는 모양인데 벌써 혀가 꼬이고 있었다. 상 위에 놓인 술병을 가리키는 손가락도 흔들리고 있었다. 저만 모른다. 제가 취한 줄을.

"안 돼. 그게 마지막이야."

슬쩍 주변을 살피며 파타가 그녀에게만 들릴 정도로 작게 속삭이곤 술병을 들어 병째로 입으로 가져갔다.

"어."

벌컥벌컥 술을 들이켜는 파타를 보고 예아가 놀라 눈을 동그랗게 떴다가 이내 아깝다는 듯 입맛을 다셨다. 입을 삐죽 내미는가 싶더니 자신의 잔을 단숨에 비워 냈다. 그러더니 잔을 내려놓기 무섭게 파타의 손에 들린 술병을 낚아채 제 입으로 가져갔다.

"야."

파타가 당황해 저도 모르게 소리가 크게 나갔다. 곧 자신의 실수를 깨닫고 혹여 들은 사람이 있을까 둘러봤지만, 다행히 소란스러움에 묻혀 버린 듯 아무도 관심을 두지 않고 있었다.

비척거리며 예아가 일어나는 기척에 그녀를 돌아봤다. 예아가 목에 걸린 뿔피리를 꺼내고 있었다.

그건 왜?

의아해 앉은 채로 올려다보는 사이, 그녀가 뿔피리를 입으로 가져가고 있었다.

설마, 아니지?

뿔피리를 불면 무슨 일이 벌어지는지 잘 알고 있는 파타의 낯빛이 금방 어두워졌다. 예아가 뿔피리를 입에 불고 볼을 부풀림과 동시에 파타가 벌떡 일어나 그녀의 입에서 뿔피리를 분리시켰다.

후우.

그녀의 입김이 그의 손등에 닿았다가 흩어졌다.

"어라?"

멀뚱히 파타의 손에 들린 뿔피리를 보다 그녀가 그에게로 시선을 옮겼다.

"왜에?"

왜라니. 그걸 질문이라고 하나?

마주한 파타의 미간이 살짝 찌푸려졌다.

"마을을 아주 쑥대밭으로 만들 작정 아니시면 이건 불지 않는 것이 좋지 않겠습니까?"

"란이도 맛난 거 먹이고 싶단 말이야."

"그래도 이건 아니죠. 마을 밖으로 나가서 부르면 모를까."

말리려 한 말에 예아의 눈이 반짝 빛났다. 파타는 그녀의 눈에서 지금 당장 나가자는 의미를 읽었다. 그는 부디 자신이 착각했거나 잘못 본 것이길 바랐다.

"가자."

예아가 덥석 파타의 손목을 붙잡았다. 파타의 손에서 빠져나온 뿔피리가 그녀의 목에 매달린 채 대롱대롱 흔들렸다. 기분 좋게 발걸음을 옮기는 예아를 멍하니 보다가 파타가 절레절레 고개를 저었다.

휘청휘청. 술에 취해 걸음도 제대로 걷지 못하면서 대체 어딜 가겠다는 건지. 쯧. 짧게 혀를 찬 파타가 성큼 그녀의 앞으로 걸어갔다. 제 앞을 막고 선 파타를 예아가 의아하게 쳐다봤다.

"지금 말고 내일. 내일 가도 안 늦어."

그렇게 말하곤 파타가 예아를 불쑥 안아 올려 어깨에 둘러멨다.

"에엥?"

"아가씨는 이제 들어가서 푹 주무시는 게 좋겠습니다."

"나아 멀쩡해에."

"아닐걸."

무뚝뚝하게 말하며 예아의 거처가 있는 곳으로 걸음을 옮기던 파타의 시선이 저만치에 앉아 있던 모아와 마주쳤다. 그의 발걸음이 멈췄다. 자리에서 일어난 모아가 그들을 향해 다가왔다. 어깨에 매달린 채 버둥거리던 예아가 그사이 잠잠해졌다. 잠이 든 모양이었다.

"밖으로 나가려고 하셔서요."

가까이 다가온 모아에게 파타가 이렇게 된 연유에 대해 설명했다. 모아가 말 안 해도 안다는 듯 미안한 표정을 지어 보였다.

"매번 고생이 많아. 아휴, 술 냄새. 엄청 마신 모양이네."

"날이 날이다 보니, 말린다고 말렸는데……."

"예아를 누가 이겨. 미안한데 집까지 좀 옮겨 줄 수 있겠어?"

내리거나 다른 사람을 시키는 것보단 이대로 예아의 방까지 데려가는 것이 나을 성싶어 모아가 부탁했다.

"예. 그러겠습니다."

"고마워."

모아가 앞서 집으로 향했다. 그 뒤를 파타가 따랐다. 파타가 몰래 낮은 한숨을 내쉬었다. 처음엔 유모나 다른 사람들에게 예아를 떠넘길 생각이었다. 모아가 부탁을 하니 어쩔 수 없이 그녀의 방까지 들어가야 할 것 같았다.

멋모르던 어린 시절이야 그녀의 방에 따라 들어가 놀곤 했지만, 절대 그래선 안 된다는 걸 알게 된 이후엔 발길을 뚝 끊었었다. 그때 처음으로 예아와 자신의 신분 차이를 느꼈었다. 예아의 방은 자신같이 비천한 인간들이 함부로 출입해선 안 되는 공간이었다.

그런 것을 따지지 않는 예아는 괜찮다고 몇 번이나 파타를 데리고 가려 했지만, 파타 스스로가 느낀 좌절감이 한동안 그로 하여금 예아를 피하게 만들기도 했었다.

"거기 좀 눕혀 주겠어?"

"네."

모아가 가리키는 침상 위에 파타가 조심히 예아를 내려놓았다. 정신을 못 차리고 잠투정을 부리듯 옹알거리는 예아를 타박하며 모아가 이불을 덮어 주었다. 오랜만에 들어온 예아의 방은 변한 듯도 아닌 듯도 했다. 그로 인해 익숙하기도 하고 낯설기도 한 모호한 기분이 들었다.

"고생했어."

"아닙니다. 그럼 전 이만."

세월이 흘러가면서 파타는 자신의 감정을 감추는 데 능숙해졌다. 그가 차분한 얼굴로 고개를 숙여 인사를 하고 밖으로 나섰다. 대문을 나서던 그의 시선이 하늘로 향했다. 오늘따라 달이 유독 크고 밝았다. 검은 밤하늘을 가득 채운 별들도 아름답게 빛나고 있었다.

모든 것이 오늘 성년을 맞이한 예아를 축복해 주고 있었다.

"하아."

축제를 즐기는 사람들의 흥겨운 소리가 파타의 귓속을 파고들었다. 좋은데, 슬픈 기분이 드는 건 뭘까?

언젠가 예아도 자신에게 맞는 사내와 혼인을 하게 되겠지. 그게 자신은 아닐 거라는 사실이 파타의 가슴을 아프게 후벼 팠다.

청명하게 맑은 하늘이 그녀의 머리 위에 있었다. 그 하늘을 란이 자유롭게 날아다녔다. 예아가 뿔피리를 길게 불자 란이 맴을 돌다 방향을 틀었다. 그녀를 향해 내려오는 란의 뒤로 하늘빛이 바뀌었다.

순식간에 어둠이 내려앉았다. 예아가 사방을 휘둘러보는 사이 란이 길게 울음을 토해 냈다. 그 소리에 예아가 급히 란을 찾았다. 방금 전까지 자신을 향해 다가오던 란의 모습이 온데간데없이 사라져 버렸다.

"란?"

뿔피리를 있는 힘껏 불었지만 란은 나타나지 않았다. 어둠에 잠긴 백사엔 그녀 혼자뿐이었다. 달마저 어둠에 삼켜 버린 듯 암흑만이 존재했다. 그 가운데 유일하게 빛나는 건 백사를 닮은 그녀의 몸이었다. 예아의 몸에서 은은하게 새하얀 빛이 흘러나오고 있었다.

"이게 뭐지?"

빛나는 자신의 몸을 이리저리 살펴보며 의아해하던 예아가 뭔가를 느끼고 번쩍 고개를 들었다. 검은 하늘 위에 작은 점이 생겼다. 하얀빛을 띠는 그것은 별이었다. 예아와 같은 빛으로 반짝이던 별은 점점 크기를 키워 갔다.

마치 살아 있는 것처럼 존재감을 드러내며 밝게 빛나던 별이 서서히 다른 빛으로 물들어 갔다. 그것도 핏빛으로.

"아."

외마디를 내뱉은 예아의 눈동자에 붉은 별빛이 비쳤다. 별에서 음산하고 요사스러운 기운이 느껴졌다. 전에 보지 못한 별이었다. 고개를 젖혀 별을 바라보던 예아의 눈이 크게 떠지며 동공이 흔들렸다.

별이 그녀를 향해 돌진해 오고 있었다.

"왜……."

움직여야 한다고 생각은 했지만 몸이 말을 듣지 않았다. 가까스로 예아가 몸을 돌렸을 때, 별이 그녀의 오른쪽 어깨 아래 등 부위에 박혀들었다.

"아앗!"

살이 불에 덴 듯 뜨거웠다. 열기가 번져 온몸이 타들어 가는 듯했다.

풀썩. 그녀의 몸이 백사의 모래 위로 무너졌다. 해가 뜬 낮 동안 무서운 열기를 드러내던 백사는 밤이면 서늘한 냉기를 품었다. 짙은 어둠 속 백사는 시리게 차가웠다. 하지만 그녀의 몸을 달구고 있는 열기를 식히지는 못했다.

"허억, 허억."

그녀가 거친 숨을 몰아쉬며 모래 위를 기었다. 집으로 돌아가야 한다는 생각에 발버둥을 쳤지만 여전히 몸은 그녀의 뜻대로 움직여 주지 않았다.

바삭바삭. 예아는 자신이 바짝 말라 버린 마른 장작 같다고 생각했다. 멀리 그녀의 마을이 보였다. 마을을 향해 뻗어 올린 그녀의 손이 파르르 떨렸다.

끼이이. 긴 울음소리가 머리 위에서 들려왔다. 사라졌던 란의 울음소리였다. 예아가 고개를 돌렸다. 거대한 날개를 펄럭이며 란이 그녀의 몸 위를 덮쳐 왔다.

"헉!"

벌떡 몸을 일으킨 예아의 눈동자가 심하게 흔들렸다. 이마에 송골송골 땀이 맺혔다. 등줄기를 따라 또르르 땀이 흘러내렸다. 익숙한 공간이 또렷해진 시야 안으로 들어왔다. 자신의 방이었다.

"꿈이었어?"

너무 현실 같아서 꿈을 꾸고 있다는 생각을 전혀 하지 못했었다. 예아가 거칠어진 호흡을 가다듬으며 이마를 손등으로 쓸었다. 참으로 묘한 꿈이었다. 땀으로 끈적끈적해진 목 뒤의 피부가 왠지 모를 소름에 서늘해졌다.

예감이 좋지 않았다. 꿈에서 본 붉은 별이 자신의 등에 박혀 들던 순간이 떠올라 예아가 흠칫하고 몸을 떨었다. 그녀가 어깨에 걸쳐진 손을 등 쪽으로 내렸다. 온몸을 불태울 듯 강렬한 열기를 뿜어내던 부위가 손끝에 만져졌다.

 매끈했다. 모든 것이 꿈이고 허상이라 말하는 듯 그녀의 손끝에 닿는 살결은 평소와 다름없었다. 그런데 기분이 침잠했다. 기분 나쁜 악몽을 꾸었다고 그저 흘려 넘기기에는 뭔가 석연치가 않았다.

 자리에서 일어난 예아에 무언가에 이끌리듯 창가로 걸어갔다. 창을 열어젖히자 검은 하늘이 펼쳐졌다. 아침이 밝아오기에는 아직 많은 시간이 남아 있었다. 그녀의 시선이 익숙한 하늘을 천천히 살펴 나갔다.

"흐음."

 낮은 한숨이 그녀의 입술 사이를 비집고 새어 나왔다. 어제까지 없던 별이 자신의 마을 위 하늘에 새로이 떠 있었다. 꿈에서 보았던 그 별이었다. 붉은빛을 띠는 요사스러운 기운의 별.

 별의 생성과 소멸은 흔한 일이 아니었다. 왜 갑자기 없던 별이 생겨났으며 그 별이 자신의 꿈에 나온 것인지 알 수 없었다.

 예아는 약간의 두려움을 느꼈다. 예감이 좋지 않았다.

⌘

 소하 일행이 서북쪽으로 방향을 잡고 이동한 지 사흘째 되는 날, 서여 황자가 보낸 두 번째 살수가 찾아왔다.
 처음 보낸 살수가 실패했다는 사실을 뒤늦게 알게 된 서여 황자가 얼마나 광분을 했을지는 불을 보듯 뻔한 일이었다. 대체, 어떻게, 무슨 수로 살수를 그리 깔끔하게 처리한 것인지 선뜻 이해가 가지 않았을 것이다.
 궁에서 나가기만 하면 단번에 소하의 목을 칠 수 있을 것이라 자만했었을 텐데, 그것이 뜻대로 되지 않았으니 얼마나 화가 치밀었을 것인가. 살수 셋이 죽었음에도 소하에게는 아무런 상해를 입히지 못했다는 것에 더 부아가 났을 것이다.
 그런 와중에도 절대 소하 쪽의 실력이 출중하다는 것은 인정하지 못했던 모양인지 연이어 살수를 보내왔다. 여전히 소하는 물론 현의 발끝에도 못 미칠 미천한 실력의 살수들을 말이다.
 이번 살수는 현이 손을 댈 필요도 없었다. 그의 부하들에게 발각되어 대낮에 혈투가 벌어졌고 살수들은 당연한 듯 소하 일행이 지나간 길목에 주검이 되어 널브러졌다.
 "서여 황자께선 화검을 찾을 생각이 없는 듯합니다."
 인가를 찾아보기 힘든 황무지로 들어서는 길이었다. 현이 도통 이해를 할 수가 없다는 투로 말했다. 지금 가장 중요한 것은 신탁을 통과하는 것인데, 서여 황자의 모든 신경은 소하 황자를 없애는 것에 집중되어 있으니 기가 막혀 한 말이었다.

"따로 다 생각이 있으시겠지."

태평한 말이 소하의 입에서 흘러나왔다.

"생각이 있으면 저희 뒤를 쫓을 게 아니라 그쪽 신관이 말하는 방향으로 가야지요. 어제 궁에서 나온 후론 줄곧 저희 뒤꽁무니만 졸졸 따른답니까."

"그 또한 다 계산이 되어 있어 그런 것이 아니겠는가."

짜증스런 현의 말에도 소하는 능청스럽게 답했다. 메마른 황무지의 땅 위로 말을 몰아 들어서는 그의 얼굴이 밝았다. 소하는 현의 반응이 그저 재미있었다. 서여가 보내는 살수들의 실력만 괜찮았어도 현이 이렇게 불만을 터트리는 일은 없었을 것이다. 잔뜩 기대했다가 실망하니 더 짜증이 나는 것이다.

"그나저나 이제부턴 숨을 곳도 없을 텐데 어찌하려나."

사방이 황량한 이곳에서 어떤 습격을 감행할지 그게 궁금하긴 했다. 이젠 뭐, 숨는 것 없이 마구 덤비려나? 먹을 것도 마땅치 않을 것인데 약탈까지 시도하진 않을지. 서여라면 충분히 그러고도 남음이 있긴 했다. 그것에 대해서는 미리 대비를 해야 할 터였다.

"간밤에 저쪽 하늘 끝자락에서 심상찮은 기운이 감도는 것을 보았습니다."

소하의 곁으로 말을 몰아 다가온 이우가 짐짓 심각한 얼굴로 말했다. 자신이 하늘의 기운을 읽었다는 것에 기뻐했으나, 말투에 자신감은 없었다.

"길이 점점 더 험악해질 것 같은데."

이우가 가리킨 곳을 보며 현이 혼잣말처럼 중얼거렸다. 황무지의 끝자락으로 보이는 곳엔 가파른 절벽으로 이루어진 돌산들이 응집해 있었다. 산의 끝은 뾰족했고 아래엔 짙은 운무가 드리워져 있었다. 어느 쪽이든 지나가기 힘들기는 마찬가지일 듯싶었다.

"그, 그렇지요? 아무래도 제가 뭘 잘못 본 게 아닌지……."

괜스레 자신이 이상한 길로만 방향을 잡는 듯해서 안 그래도 마음이 쓰이던 차였다. 현의 말에 이우가 금방 시무룩해지며 고개를 깊이 숙였다. 자신감이 없어진 탓에 말끝도 기어들어 가 제대로 들리지 않았다.

"잘못 봤는지 아닌지는 가 봐야 아는 거고."

"쉬우면 그게 어디 신탁이겠는가. 위험이 사방에 도사리고 있어야 신탁이지. 내 보기엔 아주 잘 가고 있는 듯하네."

쓸데없는 생각 말라는 듯 현과 소하가 연이어 말하며 이우가 가리킨 곳으로 방향을 잡았다. 이우가 찾은 요산의 하늘에 떠 있던 별은 뜻밖의 수확이었다. 그가 설명하며 보여 준 고서는 저자를 알 수 없는 것으로 천운성 서가의 가장 깊숙한 곳에 버려지듯 책들 사이에 끼여 있던 것이었다.

급히 황궁을 떠날 채비를 하며 이것저것 닥치는 대로 넣던 이우의 손에 우연히 다른 책들과 함께 잡혀 딸려 온 것이었다. 낡고 허름한 책의 표지는 손을 대기 거북할 정도였다. 자신이 언제 이런 것을 넣었나 하며 무심히 책장을 넘기던 이우가 책의 내용에 놀라 기함했고, 곧장 자신이 찾은 것을 소하에게 알리게 된 것이다.

책의 내용은 어느 정도 믿음이 가는 것이었다. 정말 그 시대에 살았던 자가 쓴 것인 듯 생동감마저 느껴졌다. 요산에 대한 정보가 아무것도 없던 차에 책은 그들에게 실낱같은 희망을 심어 주었다.

요산이 어딘지는 명확히 알 수 없으나 그 하늘 위에 떠 있던 별을 찾아가다 보면 그곳에 당도할 수 있을 것이다. 책의 내용이 사실인지 아닌지는 가 보아야 알 수 있는 것이었다.

한 가지 걸리는 것은 현의 말대로 서여 황자가 그들의 뒤를 쫓고 있다는 사실이었다. 현에겐 신경 쓰지 말라고 했지만 소하는 그들을 떨쳐 내기 위해 속임수를 써야 할지, 아니면 그냥 무시하고 갈 길을 가야 할지 속으로 무척 고민했다.

앞길에 뭐가 있을지는 소하도 알 수 없었다. 저 짙은 운무 속 음산한 기운으로 가득한 하늘 아래 돌산을 지나다 무엇을 만나게 될지는 모를 일이었다. 알 수 있는 건, 그 와중에도 서여는 포기하지 않고 계속 수없이 암살을 시도하리라는 것이었다.

 소하는 떨쳐 버리려 해도 서여 본인이 포기하고 돌아가지 않는 한은 힘들 거라는 결론을 내렸다. 그러니 엄한 곳에 힘을 빼는 어리석은 짓은 하지 말고 자신 앞에 당면한 일만 생각하자 싶었다.

"어째 기류가 심상찮습니다."

 운무로 넘실거리는 돌산의 입구로 다가가며 현이 말했다. 소하가 고개를 끄덕여 동조하며 앞을 예의 주시했다. 한 치 앞도 분간키 어려운 짙은 운무가 그들을 집어삼킬 듯 아가리를 벌리고 있었다. 괴수의 입 속으로 스스로 걸어 들어가는 기분이었다.

 히이잉, 히잉.

 예민한 말들이 먼저 반응을 보였다. 발목을 휘감는 운무 속으로 들어가기를 두려워하며 울음을 터트리고 발을 동동 굴려 댔다.

"워워. 괜찮아."

 소하가 말의 목을 부드럽게 쓰다듬으며 안정시켰다. 선두에 선 그의 말이 콧바람을 뿜어 대며 제자리걸음을 했다. 다들 말이 차분해질 때까지 기다리며 말을 다독였다. 말들이 이런 반응을 보이는 것으로 봐선 저 운무 속에 뭔가 심상치 않은 것이 있기는 한 모양이었다.

"이제야 제대로 검을 좀 써 보려나 봅니다."

살짝 긴장한 듯 심호흡을 하며 현이 자신의 검을 잡았다. 운무와 가까워질수록 느껴지는 기운이 심상찮음을 감지했다. 흡사 그것은 예전 마물과의 전쟁에서 느꼈던 것들과 몹시 닮아 있었다.

"어디 한번 모험을 시작해 볼까?"

날카로운 시선으로 운무를 꿰뚫어 보던 소하가 품에서 뭔가를 꺼내 말의 머리 위에 붙였다. 그에 다른 일행들도 자신의 말에 야광주를 달았다. 짙은 운무 속에서 혹여 떨어지는 경우가 발생하게 되면 서로를 알아보기 위해서였다.

다그닥다그닥.

땅을 박차고 운무 속으로 들어서는 소하의 말을 따라 하나둘 움직였다. 예상했던 대로 운무는 습한 기운으로 가득했으며 시야가 제대로 확보되지 않았다. 가까운 곳에서 빛나는 야광주가 아니었으면 서로의 위치를 알 수 없었을 것이다.

얼마나 지났을까? 주변을 에워싼 운무에 가려 잘 보이지 않던 돌산이 불쑥불쑥 형체를 드러내며 눈앞에 나타나곤 했다. 조심조심 앞으로 방향을 잡아 나가며 주변에 대한 경계를 게을리하지 않았다.

스스스, 스스.

음산한 소리가 들려왔다. 등골을 서늘하게 만드는 소리에 일행의 발걸음이 멈췄다.

"뭔가 있습니다."

현의 말에 소하가 고개를 끄덕이며 예리하게 주변을 훑었다. 평범하고 익숙한 것의 소리는 아니었다. 무언가 바닥을 느릿하게 기어가며 내는 소리 같기도 했다.

히잉, 히이잉.

소하의 예상이 맞았는지 말들이 발을 들어 올리며 울기 시작했다. 더 지체하는 것은 모두에게 좋지 않았다. 말을 재촉해 아까보다 조금 더 속력을 높였다.

그때였다.

쉬이익, 쉬익. 느릿하게 움직이던 것이 갑자기 빨라졌다.

히이잉! 말 울음소리가 격해졌다고 느낀 순간.

"허억, 크악."

누군가 낙상한 듯 신음과 비명을 연달아 터뜨렸다. 앞서 가던 일행 중 하나가 멈춰 뒤를 살폈다. 야광주가 바닥에 나뒹굴고 있었다. 놀란 말이 벌떡 일어나 빠르게 곁을 스쳐 지나가는 것이 보였다. 말의 등에는 사람이 타고 있지 않았다.

"무슨 일인가?"

사내의 물음에 돌아오는 답은 없었다. 잘 보이지 않는 바닥 아래에 말의 주인이 쓰러져 있는 것이 확실했다. 하지만 아무런 기척이 느껴지지 않았다.

"으악!"

등 뒤쪽에서 또 다른 비명 소리가 들렸다. 사내가 사방을 휘둘러 살피는 사이 앞서갔던 현이 말을 몰아 되돌아왔다.

"다른 이들은?"

"그게. 낙상은 한 듯한데……."

당최 무슨 일이 일어난 것인지 영문을 모르겠다는 듯 사내가 말끝을 흘렸다. 그의 말과 표정 속에는 약간의 두려움이 묻어 있었다. 내색을 하지 않으려 했지만, 자꾸만 예전 마물과의 전쟁이 떠오르며 공포심이 되살아나고 있었다.

"으, 으윽."

갑자기 들려온 신음성에 둘의 시선이 동시에 바닥의 어느 한 지점으로 향했다.

"거기 누군가?"

현이 말에서 내리며 다급하게 물었다. 허리춤에 있던 검을 뽑아 천천히 소리가 들린 쪽으로 다가갔다. 무슨 일이 벌어지고 있는 것인지 알 수가 없었다. 무언가로부터 공격을 받은 것 같은데 그것이 무엇인지도, 떨어진 자의 상태가 어떤지도 가늠키 어려웠다. 큰 부상을 입은 듯한데 이렇다 저렇다 답이 없으니 답답할 노릇이었다.

"엇!"

현을 따라 말에서 내리던 자가 움찔하며 얼굴을 찡그렸다. 운무에 비릿한 혈향이 섞여들었다.

"이게 무슨."

불안으로 사내의 눈동자가 흔들렸다. 바닥에 떨어진 일행에게 안 좋은 일이 생긴 것이 틀림없었다. 하지만 어떻게 무슨 일을 당했는지는 여전히 알 수 없었다. 게다가, 앞선 일행들과도 거리가 꽤 멀어진 듯했다. 가까운 곳에선 자신들의 말 머리에 있는 야광주 외에 빛나는 것을 찾아볼 수 없었다.

스스스. 또다시 들려온 스산한 소리에 사내가 흠칫하며 저도 모르게 몸을 떨었다. 현이 그런 사내의 팔을 잡아 힘을 주었다.

"정신 바짝 차려."

"예."

보이지 않는 적과의 싸움이었다. 바짝 정신을 차리지 않으면 자칫 목숨을 잃을 수도 있는 일이었다. 일행을 살피기 위해 멈췄고 말에서 내리기까지 했다. 위험을 무릅쓴 행동이었다. 지금이라도 말을 타고 자리를 벗어나면 앞선 일행들과 무탈하게 재회할 수도 있을지 몰랐다. 하지만 현도, 사내도 회피가 아닌 정면 돌파를 선택했다.

자신들을 위협하는 존재를 제거하지 않으면 일행에게 무슨 일이 닥칠지 알 수 없는 일이었다. 짙은 피 냄새와 아무런 기척도 내지 않는 낙오된 자들의 생사도 확인해야 했다. 촉은 이미 그들의 숨통이 끊어졌다고 말하고 있었지만 직접 눈으로 확인하기 전엔 자리를 뜰 수가 없었다.

"이쯤에서 소리가 난 듯합니다."

사내가 처음 소리가 들렸던 곳을 가리키며 발을 움직였다. 하지만 현은 사내와 다른 쪽으로 고개를 돌리고 있었다. 정체를 알 수 없는 것의 소리가 그쪽에서 들린 것이다. 현이 보고 있는 방향은 소하 황자가 이동한 길이었다.

"아무래도 우릴 따돌리고 저쪽을 쫓을 생각인 듯한데."

"여긴 제가 맡겠습니다."

"일단 둘부터 확인하고 같이 가세. 저긴 황자님도 있고 다른 일행들도 많으니 조금 늦어도 괜찮을 거야."

"네."

걱정이 되긴 했으나 소하 황자와 일행을 믿었다. 비명을 들었을 테니 한껏 날을 세우고 경계를 하고 있을 터였다. 속도를 높여 운무를 벗어난다면 더 좋긴 하겠지만 끝이 어디쯤인지는 알 수 없었다.

아니, 어쩌면 이곳이 전설 속의 요산인지도 모를 일이었다. 그렇다면 이곳 어딘가에 화검이 있을 수도 있었다. 그럼 그것을 찾을 때까지 여기 머물러야 했다. 그 전에 이 망할 운무라도 좀 걷혀 줬으면 좋으련만.

"여깁니다."

바닥에 떨어진 야광주를 집어 든 사내가 그 근처에 널브러져 있던 자를 찾아냈다. 현이 다가가 자세를 낮춰 한쪽 무릎을 세워 앉았다. 어렴풋이 형체만 보이던 것이 가까이 다가가 살피니 좀 더 선명해졌다.

"죽었군."

굳이 맥을 짚어 보지 않아도 알 수 있었다. 새파랗다 못해

검은색을 띠는 얼굴은 원래의 모습이 어떠했는지 알아볼 수 없을 만큼 바짝 메말라 있었다.

 순식간에 벌어진 일이었다. 자신이 무슨 일을 당하는지도 모르고 죽었을 것이다. 말에서 떨어진 직후에 비명 한번 내지르고 이리되었다. 미처 방비를 할 사이도 없이 죽임을 당한 것이다. 검에 베인 것도 아니고 물어뜯긴 것도 아니었다. 말 그대로 몸의 모든 수분을 빼앗기고 말라 죽었다.

 이런 형태의 주검은 일찍이 본 적이 없었다. 사람의 짓도, 짐승에게 당한 것도 아니었다.

 "마물이 다시 나타난 것인가."

 현의 혼잣말에 곁에 선 사내의 안색이 굳어졌다. 참혹했던 마물과의 전쟁이 떠올랐던 모양이다. 이번에 만난 것이 정말 마물인지는 확실치 않다. 다만, 움직일 때 내는 기이한 소리하며 공격의 형태로 봤을 때 예전과는 다른 마물이 나타난 것이 아닐까 하는 추측을 할 뿐이었다.

 "운무가 조금 옅어진 듯합니다."

 사내의 말에 현이 고개를 들어 주변을 살폈다. 짙게 깔려 있던 운무가 서서히 옅어지고 있었다. 아니, 어딘가로 몰려가고 있다는 표현이 더 맞을 성싶었다.

 현이 운무가 움직이는 방향을 돌아보며 자리에서 일어섰다. 멀지 않은 곳에 발아래 사내와 같은 모습으로 죽어 있는 일행의 모습이 드러나고 있었다.

그리고 들리고, 보였다.

쉬이익, 쉬이, 쉬익.

운무와 함께 재빠르게 움직이는 수십, 수백의 마물들의 소리가 둘의 귀를 파고들었다.

현과 사내의 눈이 동시에 부릅떠졌다. 바닥을 기듯이 움직이는 것들의 흉측한 몰골이 엷어진 운무로 인해 확연히 보였다. 흡사 뱀과도 같이 길게 늘어진 하체와 지네를 닮은 듯한 여러 개의 다리가 달린 상체가 괴이쩍었다.

"저, 저것이 대체……."

놀란 듯 사내가 말을 더듬었다. 심각하게 굳어진 표정의 현이 재빨리 자신의 말을 향해 달려갔다. 그가 말에 오르는 것을 보고 사내도 뒤따라 자신의 말에 올라탔다. 앞서가던 마물들의 모습이 금방 운무 속으로 사라졌다.

"젠장."

한 번 상대해 봤던 마물이라 생각하여 소하가 충분히 상대할 수 있으리라 여겼다. 저리 많은 수가 숨어 있을 거라 예상치 못한 것이 실수였다. 저것들이 운무에 숨어 한꺼번에 공격을 해 온다면 일행들은 속수무책으로 당하고 말 것이다.

"이랴!"

현의 말이 거침없이 움직이는 운무를 향해 내달음질쳤다. 거친 말발굽 소리가 울려 퍼졌다.

소하는 어느 순간부터 자신들을 에워싼 운무의 기운이 달라지고 있음을 느꼈다. 운무의 움직임도 요상해졌다. 이리저리 뭉쳤다가 흩어졌다가를 반복하며 일행들의 주변을 맴돌았다. 뒤에서 들려온 비명 소리에 현이 상황을 알아보겠다며 달려간 이후 얼마 지나지 않아 변화가 찾아왔다.

처음부터 일행의 수는 그리 많지 않았다. 개인 막사를 쓰는 소하와 현, 이우를 제외하고 두 개의 큰 천막을 함께 쓰는 자들의 수가 열둘이었다. 총 열다섯이 소하 일행의 전부였다. 그 가운데 넷이 떨어졌으니 지금 남은 인원은 열 하나였다.

그중 무기를 쓰지 못하는 이우는 누군가가 보호를 해 주어야 했다. 몰려오는 운무에서 풍기는 기운이 예사롭지 않았다. 저 속에 어떤 것이 얼마나 많이 숨어 있을지는 알 수 없었다. 다행이라고 할 만한 것은, 짙어 바로 코앞에 있는 자 외에 구별이 되지 않던 운무가 군데군데 옅어져 사물이 분간이 될 때도 있다는 것이었다.

스스스, 스스, 쉬이익.

"수가 늘어난 것 같습니다."

부하의 말에 소하가 고개를 끄덕였다.

"이우 신관은 내가 맡을 테니, 각자 주변을 좀 더 세심히 경계하며 빨리 움직이도록 하지."

적을 알 수 없는 상황에서는 재빨리 불리한 곳을 빠져나가는 것이 상책이었다. 저 멀리 돌산의 끝자락이 보였다. 소하가 영문을 몰라 어리둥절해하고 있는 이우 신관의 곁으로 다가갔다.

"바짝 붙어서 따라오게."

"예."

상황이 어찌 돌아가고 있는지는 알 수 없으나 무척 심각한 일이 벌어지고 있음을 알아챌 수 있었다. 긴장한 얼굴로 이우가 답하자 소하가 재빨리 말을 몰았다. 이우가 행여 뒤처질세라 있는 힘껏 말고삐를 잡고 그 뒤를 따랐다.

쉬이익, 쉬익.

"으악!"

챙! 챙! 속도를 높이기 무섭게 공격이 감행되었다. 누군가의 비명 소리를 필두로 검을 뽑아 반격을 가하는 소리가 이어졌다. 공격은 무차별하게 이뤄졌다. 수가 얼마나 되는지 모를 정도로 정신없이 가해지는 공격을 막아 내느라 너 나 할 것 없이 치열한 사투를 벌이고 있었다.

"이런."

뭔가가 소하의 앞을 가로막았다. 이미 뽑아 들고 있던 검을 쉬익, 쉬익 소리를 내며 다가오는 놈을 향해 휘둘렀다. 눈앞으로 갈고리 모양의 긴 손톱 같은 것이 들어왔다. 한두 개가 아니었다. 몸 어딘가를 찌르려는 듯 매섭게 쏟아지는 그것들을 검으로 막아 냈다. 검이 부딪칠 때마다 강철 소리가 났다.

마물과의 전쟁에서 하나 배운 것이 있다면, 아무리 상대하기 힘든 거대한 적이라도 어딘가에 반드시 허점이 있다는 사실이었다. 그것만 찾으면 놈을 죽일 수가 있었다. 혈투의 쟁점은 누가 먼저 허점을 찾아 공격에 성공하느냐 하는 것이었다.

가까이 다가온 놈의 형체가 또렷하게 시야에 들어왔다. 놈은 지네와 닮은 흉측한 상체에 강철 같은 피부를 가지고 있었다. 쭉 뻗은 곳을 공격하기보다는 마디를 집중 공격해야 팔을 잘라 낼 수 있을 듯싶었다. 하지만 놈의 팔은 한둘이 아니라 적어도 열 개는 되어 보였다. 그것을 다 쳐 내는 동안 이쪽이 상처를 입지 않으리라는 보장이 없었다.

그렇다면 다른 곳, 단박에 놈을 제압하고 죽여 버릴 수 있는 취약점은 어디일까?

소하가 날아오는 팔 하나의 마디를 기를 실은 검으로 내리쳤다. 그러자 생각대로 팔이 단박에 떨어져 나갔다. 기의 운용이 자유롭지 못한 다른 자들은 이보다 조금 더 힘겨울 것이다.

슈욱. 딱히 머리가 구별이 되지 않던 놈의 상체에서 입이라고 여겨지는 곳이 벌어지며 촉수 같은 것이 뻗어 나왔다. 자신을 향해 날아오는 촉수를 피함과 동시에 소하가 검을 놈의 입을 향해 찔러 넣었다. 울렁거리는 입 속 안의 살은 날카로운 이빨 외에는 다른 보호 수단이 없었다.

"슈아악!"

그의 예상대로 입 안의 살에 검이 쉬이 박혔다. 검을 물어 씹기라도 하려는 듯 놈이 날카로운 이빨을 움직였다. 소하가 재빨리 찔러 넣은 검을 돌려 가로로 그었다. 놈의 얼굴로 생각되는 곳이 입을 경계로 갈라졌다.

"슈악!"

괴이쩍은 비명을 지르던 놈의 몸이 바닥으로 무너졌다. 공격이 용이하지는 않으나 예전 마물보다는 상대하기가 쉬웠다. 단번에 입 속으로 검을 찔러 갈라놓을 수만 있다면 말이다.

소하가 이우에게 손을 내밀며 다급히 소리쳤다.

"말을 버리고 내 뒤로 옮겨 오게!"

떨어져서는 이우를 보호할 수가 없었다. 이우가 서둘러 소하가 내민 팔을 붙잡았다. 자신의 뒤에 이우를 앉힌 소하가 일행들을 향해 외쳤다.

"입이다. 입을 공격해 몸과 분리시켜야 한다!"

"으아악!"

누군가의 비명이 또다시 들려왔다. 멀지 않은 곳에서 허공으로 떠올랐다가 바닥으로 떨어지는 일행의 모습이 목격되었다. 촉수로 보이는 것이 곧장 바닥에 나뒹구는 자의 몸에 꽂혔다. 순식간에 몸이 마른 장작처럼 비틀어 말라 갔다. 곧이어 비릿한 피 냄새가 공기 중으로 흩어졌다. 방금 죽인 자의 피가 놈의 몸 안에서 뿜어져 나오고 있었다.

"촉수를 조심하십시오!"

다급한 외침이 들려왔다. 눈으로 보지 않았다면 믿지 못할 끔찍한 광경이었다. 놈들이 운무 속에서 움직이는 것은 취약점을 들키지 않고 쉬이 상대를 공격하기 위함이었다. 그리하여 상대의 몸에서 생명의 기운을 앗아 가 배를 채우는 것이다.

대체 이것들은 언제부터 이곳에 있었던 것일까? 이 황무지는 사람이 살지 않는 곳이라 나라의 관리도 소홀했다. 해서 이곳에서 무슨 일이 일어나고 있는지 그간은 아무도 알지 못하였다. 인가도 없는 곳에서 이것들은 여태 무엇을 먹고 살았을까?

어쩌면 이렇게 이곳을 우연히 지나는 이들을 잡아먹고 살아온 것이 아닐까. 지금 이것들에게 소하의 일행은 오랜만에 맞이하는 만찬과도 같은 것일 터. 절대 놓치려 하지 않을 것이다. 계속 운무 속에 있으면 이쪽이 더 불리해질 수 있었다.

"누구든 탈출이 가능한 자는 먼저 빠져나가도록 하라!"

소하의 외침이 들렸으나 그에 응할 수 있는 자는 없었다. 마물의 수가 너무 많았다. 힘겹게 한 놈을 죽이면 사방에서 다른 놈들이 달려들었다.

"길을 뚫겠습니다. 먼저 피하십시오, 전하."

멀리서 현의 목소리가 들려왔다. 곧바로 쫓아온 것이다. 앞으로의 전진이 생각처럼 여의치가 않았다. 뒤에서부터 놈들을 상대하며 움직이느라 걸음이 더뎠다. 마침 소하가 놈들의 약점을 말해 주어 그나마 반격을 가하는 것이 수월해졌으나, 문제는 역시 운무였다.

"둘로 흩어지세."

모여 있는 것보다는 그편이 훨씬 나을 듯하여 소하가 먼저 돌산의 서쪽 끝으로 방향을 틀었다.

"어어."

뒤에 탄 이우가 홀로 버려진 자신의 말을 돌아보며 손을 허우적거렸다. 저대로 뒀다가는 마물에게 잡아먹힐 것 같았다. 여태 저를 위해 애써 준 말인데 같이 살려 데려가야 한다는 생각이 앞섰다. 그가 움직이는 통에 둘을 태운 소하의 말이 주춤거렸다.

"함부로 움직이지 말고 꽉 잡으시게."

"아, 예."

소하의 말에 당황하며 얼른 답을 하였으나, 이우의 한 손은 어느새 자신의 말고삐를 향해 뻗어 가고 있었다. 다행한 것은 말이 자신들을 따라 움직이고 있다는 것이었다. 굳이 고삐를 잡을 필요가 없을 것 같았지만 왠지 안심이 되지 않았다.

그의 손끝에 말의 고삐가 닿았다. 조금만 더 손을 뻗으면 잡을 수 있을 것 같았다. 소하의 허리춤을 잡은 채로 몸을 좌측으로 길게 기울였다. 바로 그때였다.

슈슉. 쉬익.

말의 곁을 스치며 앞으로 지나가는 마물의 모습이 이우의 눈에 보였다. 그에 놀란 이우가 휘청거리다가 그만 소하의 몸까지 제 쪽으로 당겨 버렸다. 마물을 상대하려던 소하의 몸이 흔들렸고 마물의 날카로운 팔이 그대로 소하의 배에 박혀 들었다.

"슈악!"

놈의 팔을 붙잡은 채로 소하가 날아오는 촉수를 베어 내며 곧장 입 안으로 검을 찔러 넣었다. 괴성을 지르며 놈이 몸을 뒤흔들었다. 단숨에 그런 놈의 입을 가로로 그어 몸통과 분리시켰다.

"으음."

"이, 이런."

놈이 쓰러지면서 소하의 옆구리에 박혀 있던 팔이 뽑혔다. 그러면서 상처를 더 벌려 놓아 소하의 입에서 낮은 신음이 흘러나왔다. 자신 때문에 소하가 뜻하지 않게 상처를 입은 터라 이우가 적잖이 놀랐다. 어찌할 바를 몰라 하며 소하의 상처에서 눈을 떼지 못하는 이우를 돌아본 소하가 그의 손에 쥐인 말고삐를 보고 낮은 한숨을 토해 냈다.

"옮겨 타게."

"예? 예."

소하의 턱짓에 이우가 얼른 자신의 말로 옮겼다. 여전히 걱정과 미안함을 떨치지 못한 얼굴로 이우가 소하의 눈치를 봤다.

"먼저 가시게."

"아, 그것이……."

"함께 있으면 내가 더 힘들 듯한데."

"…예."

"무사히 빠져나가면 처음 보이는 마을에서 다들 재회하는 것으로 하세."

"예."

더 이상 소하의 짐이 되면 안 되겠다 생각한 이우가 결의에 찬 얼굴로 고개를 끄덕였다. 지금으로선 일행에게서 최대한 멀리 떨어지는 것이 그들을 돕는 일이었다. 이우는 죽을힘을 다해 돌산을 벗어날 생각으로 말을 몰았다.

이우가 멀어지는 소리를 들으며 소하는 다가오는 마물들을 상대하기 위해 다시 검을 고쳐 잡았다. 현의 일행이 반대편으로 달려가는 것이 보였다. 놈들의 움직임도 그에 따라 빨라졌다. 소하를 쫓아온 일행은 총 넷. 저쪽이 그보다 작은 것을 보면 놈들에게 당한 자들이 적어도 다섯은 족히 되는 듯싶었다.

너무 많은 피해를 입었다. 운무 속에 무엇이 도사리고 있을지도 모른다는 생각은 했으나, 충분히 상대할 수 있을 것이라 여겼다. 충분한 방비를 못 한 것이 잘못이었다.

혼신의 힘을 다해 놈들을 상대하며 부하들과 함께 돌산의 끝자락을 향해 내달렸다. 거의 운무를 벗어났을 때에는 모두가 뿔뿔이 흩어진 후였다. 그의 생각대로 놈들은 운무 안에서만 움직였다.

 첫 번째 마을에서 만나자는 말을 소하가 중간중간 외쳐 대긴 하였으나 제대로 들은 자가 있는지는 알 수 없었다.

 "하아."

 소하의 입술 밖으로 짙은 숨이 흘러나왔다. 생각보다 상처가 깊은 듯했다. 벌어진 상처 부위에서 아직 피가 흘러나오고 있었다. 지혈을 해야겠기에 옷을 찢어 대충 허리춤을 동여맸다. 돌산을 벗어났으니 어서 빨리 마을을 찾아야 했다. 가는 길에 일행을 만난다면 더할 나위 없이 좋을 터인데, 아무래도 그 바람은 쉬이 이뤄질 것 같지 않았다.

 터벅터벅 걸어가던 말의 움직임이 더뎌지는가 싶더니 몸이 중심을 잡지 못하고 휘청거렸다. 잠시 말에게 의지하여 눈을 감고 있던 소하가 말의 목을 쓰다듬으며 눈을 떴다. 말의 걸음이 이상해진 것은 바로 아래가 모랫바닥이어서 그런 것이다. 머리 위가 무척 뜨겁다 싶더니, 아무래도 길을 잘못 들어선 모양이다.

 "새하얀 모래라……."

 백사. 그의 머릿속에 새하얀 모래로 뒤덮인 사막, 백사가 떠올랐다. 길을 모르는 자가 들어서면 헤매다 사막의 망자가 될 수도 있다고 했던가. 대체 왜 이곳으로 들어선 것일까? 황무지의 끝과 이곳이 가까웠던 것일까? 하면, 방향을 틀어 되돌아가면 백사를 벗어날 수 있는 것인가?

 여러 생각들이 그의 머릿속에 복잡하게 얽혀들었다.

 상처 입은 오른쪽 하복부에 대고 있던 손이 어느새 흥건하게 젖어 들었다. 최대한 움직임을 줄이고 있으나 상처에서 피가 배어 나오는 것을 완전히 막을 수는 없었다.

"으음."

 말이 푹푹 빠져드는 발을 어찌지 못하고 놀라 크게 몸을 흔들었다. 그에 소하의 입에서 억눌린 신음이 새어 나왔다. 뜨거운 태양빛에 달궈진 모래에 어찌할 바를 몰라 하던 말이 기어이 히이잉, 거친 울음을 토해 내며 앞발을 들어 올렸다.

"아!"

 털썩. 말의 요동에 소하가 낙상을 하고 말았다. 떨어지면서 고삐를 움켜잡았으나 말이 강하게 뒤채며 몸부림치는 통에 놓치고 말았다. 자유로워진 말이 백사를 벗어나려는 듯 모래를 거칠게 박차며 어딘가를 향해 내달렸다.

"하아."

 거친 호흡을 흘려 낸 소하가 힘겹게 바닥을 짚고 몸을 일으켰다. 모래의 열기 때문에 온몸이 타들어 갈 것 같았다. 강렬하게 내리쬐는 해만 아니면 몸을 움직이는 것이 조금은 편했을 것이다. 사방이 새하얀 모래로 둘러싸인 백사를 휘둘러

보는 소하의 눈동자가 혼란을 담아 흔들렸다.

어디로 어떻게 걸어가야 할지 감이 잡히지 않아서였다. 백사는 지도를 통해 보고 들었을 뿐 직접 와 본 것은 이번이 처음이었다. 길잡이 없이 들어서면 살아 나가기가 힘들다고 하던데, 이런 모습으로 갑자기 찾아오게 될 줄은 몰랐다.

이제 어떻게 해야 하나.

눈이 부시도록 강렬하게 내리쬐는 햇빛에 소하가 손으로 눈을 가렸다. 호흡이 점점 거칠어지고 있었다. 이대로는 위험했다. 무엇이든 찾아 움직여야 했다.

"끄응."

바닥을 짚었으나 모래는 그의 몸을 받쳐 줄 힘이 없었다. 몇 번의 헛손질 끝에 겨우 몸을 일으켰다. 생각지 않게 힘을 쓰느라 상처가 벌어진 듯 다시 피가 배어 나왔다. 상처 부위를 손으로 꾹 누르며 소하가 몸을 움직였다.

멀지 않은 곳에 물통과 검이 떨어져 있었다. 말이 떨구고 간 것들이었다. 검과 물통을 거둬 허리춤에 차고 천천히 걸음을 옮겼다. 일단은 걷자. 걷다 보면 뭐가 나오겠지.

얼마나 걸었을까. 몸 안의 피는 또 얼마나 쏟아 냈을까. 시야가 흐릿해지고 다리가 후들거리기 시작했다. 혼미해지는 정신을 억지로 부여잡고 거칠어진 호흡을 내뱉는 소하의 귀에 청량한 방울 소리가 들려왔다.

환청이 들리는 것인가 싶었다. 사막에서 방울 소리라니.

믿을 수가 없었다. 새하얀 백사 위에서 순백으로 나부끼는 그것은 현실 속에 존재하는 것처럼 보이지 않았다. 환영이다. 소하는 죽음의 사자가 자신을 찾아온 것이라 생각했다.

"백사의 사자인가……."

자신을 향해 다가오는 희뿌연 것을 향해 그가 멈추라 명령했다. 하나, 그의 말이 들리지 않는 듯 그것은 점점 더 거리를 좁혀 왔다. 사람의 형체를 한 그것에게 검을 겨눴으나 힘에 겨워 검 끝이 부질없이 흔들렸다.

이제 죽었구나 하는 순간, 그것이 가죽 주머니를 내밀었다. 그 속에 든 것이 물이라는 것은 소리를 통해 알 수 있었다. 꿀꺽. 소하의 입에서 마른침이 삼켜졌다. 자신이 들고 있던 물통은 이미 비어 버린 지 오래였다.

그의 몸이 중심을 잃고 쓰러진 것은 물통으로 손을 뻗으려 한 직후였다. 손 하나 까딱할 수 없을 만큼 그의 몸은 매우 지쳐 있었다. 피를 너무 많이 흘린 탓이었다. 사자라 여겼던 자가 그의 입에 물을 흘려 넣었다.

많이 마시면 안 된다는 말과 함께 입술만 적셔 놓고는 그의 상처를 살폈다. 적은 아닌 모양이다. 자신의 얼굴을 가리고 있던 두건을 풀어 소하의 상처를 단단히 동여매는 것으로 봐선 도움을 청해도 될 듯싶었다.

앳된 얼굴에 여릿한 몸을 가진 여인의 이름은 예아. 백사를 지키는 사호족의 족장 후륵의 차녀였다. 처음으로 아버지에게 허락을 받아 백사를 둘러보기 위해 나온 길이었다. 겸사 겸사 란과 놀기도 하고 한가로이 시간을 보내고 있던 차였다. 란이 울음소리를 길게 내며 이곳으로 날아오지 않았다면 소하를 발견하진 못했을 것이다.

그녀는 살짝 들떠 있었다. 백사에서 길을 잃고 헤매는 외지인을 이리 만나게 될 줄이야. 더군다나 크게 상처를 입고 있었다. 이런 경우는 거의 없었다. 자신이 아니었다면 백사의 망자가 되었을지도 모를 일이었다.

정식으로 백사에 나온 날 사호족의 사명을 행할 수 있다니. 뭔가 대단한 일을 한 것 같아 마음이 벅차고 뿌듯했다.

행여나 예아가 저를 두고 갈까 싶어 소하가 옷자락을 부여잡고 도움을 청했다. 혼자서는 소하를 옮기기 힘들었으나, 그녀에겐 란이 있었다. 뿔피리로 란을 부르자 소하의 눈이 부릅떠졌다. 란이 자신을 해할 거라 생각하는 모양이었다. 그에 예아의 장난기가 발동했다. 싱긋이 웃으며 그녀가 소하를 향해 짓궂은 농담을 던졌다.

"겁먹을 필요 없어. 란이 널 잡아먹진 않을 테니까."

푸드득. 란이 거대한 날개를 퍼덕이며 다가오는데도 이상하게 주변의 모래는 아무런 미동도 하지 않았다. 쏜살같이 다가온 란이 소하의 몸을 덥석 낚아챘다. 그와 동시에 예아의 목소리가 들렸다.

"적어도 내가 말하기 전엔 말이야."

안심을 하라는 건지 말라는 건지 알 수 없는 모호한 말을 던지곤 예아는 유유자적 백사의 뜨거운 모래 위를 사뿐사뿐 걸어 나갔다. 하늘 위에서 바라본 예아의 모습은 마치 백사를 자유롭게 뛰어다니는 순백의 사막여우를 닮아 있었다.

4. 달갑지 않은 존재

靑海

 사호족 마을이 한바탕 난리가 났다. 예아의 지시에 따라 란이 데려온 사내 때문이었다. 백사에서 길을 잃고 헤매는 것을 구해 왔다는데, 한눈에 보기에도 사내의 상태가 심상치 않았다. 짐승의 습격을 받은 것인지 살이 찢기고 깊이 헤집어져 있었다. 출혈도 상당량 있었던 것으로 보였다. 어쩌다 이런 몸으로 백사에 들어왔을까.

 "일단 치료부터 해야 하니 약방에 가서 의원을 모셔 오게."

 족장 후륵의 말에 시종이 급히 밖으로 나섰다. 소하를 눕힌 곳은 입구에서 가까운 방이었다. 일 년에 몇 번 외부에서 오는 객을 위해 마련해 둔 곳이었다.

 "열기를 좀 식혀야겠구나. 물수건을 준비해 오너라."

후륵의 말에 모아가 고개를 끄덕이며 시녀와 함께 문밖으로 나갔다. 후륵이 소하가 입고 있던 상의를 풀어 헤쳤다. 사막의 열기에 달아오른 몸을 물수건으로 닦아 내기 위함이었다. 온전하게 벗겨 내기 위해서는 하복부를 감싼 천부터 거둬 내야 했다. 하지만 행여 그러다 상처가 더 벌어질까 염려되어 우선은 윗부분만 풀어냈다.

"이건……."

뭔가를 발견하고 후륵이 손을 멈췄다. 소하의 쇄골 아래 심장과 가까운 곳에 새겨진 표식 때문이었다. 침상 곁에서 상황을 지켜보던 예아가 슬그머니 다가와 상체를 숙여 후륵이 내려다보고 있는 것을 들여다봤다.

원형의 금색 테두리 안에 푸른 용의 형상이 새겨져 있었다. 무척 정교하게 새겨진 것이 예사 솜씨가 아닌 듯 보였다. 장인이 공을 들여 몸에 새긴 것이 틀림없었다.

"꼭 살아 있는 것처럼 보이네요."

예아의 중얼거림에 후륵이 낮은 신음을 흘려 냈다. 아무래도 표식이 자신이 알고 있는 그것이 맞는 듯싶었다. 황궁의 사람이다. 그것도 무척이나 지체가 높은 황가의 일원 중 하나임에 틀림없었다. 이 표식은 분명 청룡의 핏줄을 이어받은 자만이 몸에 새길 수 있는 것이었다.

"흐음."

예감이 좋지 않았다. 황가의 사람이 상처를 입은 채 백사를 떠돌 확률은 거의 없었다. 게다가, 지금 그는 죽음의 문턱에 발을 걸치고 있었다. 백사가 아닌 이곳 사호족의 마을에서 혹여 명을 달리한다면 문제가 커질 수 있었다. 사호족 전체가 위기에 처할 수도 있는 일이었다.

이대로 다시 이자를 백사에 던져 놓아야 할까? 아니다. 그럴 수는 없다. 그것은 백사를 지키는 사호족의 사명을 거스르는 일이었다.

하면 방법은 단 하나밖에 없었다. 무조건 살려 놓아야 한다.

"의원은 아직인가!"

평소의 후륵답지 않게 밖을 향해 재촉하며 크게 소리쳤다. 곁에 있던 예아가 흠칫 놀라 후륵을 돌아보았다. 후륵의 얼굴이 심각하게 굳어 있는 것을 보고 예아가 고개를 갸웃거렸다. 대체 이 표식이 무엇이기에 아비가 저리 표정을 굳힌 채 바짝 긴장을 하는 것인지 알 수가 없었다.

"이게 무엇입니까?"

궁금증을 참지 못하고 예아가 물었다. 예아를 돌아보는 후륵의 낯빛이 어두웠다. 왜 하필 이런 자를 데리고 온 것인지 원망을 할 만도 한데, 후륵은 그에 대해선 아무런 말도 하지 않았다. 모든 일은 운명이 뜻하는 대로 흘러가는 것이다. 이 또한 운명이 예아를 이끌어 일어난 것이니 딸아이를 탓할 수는 없었다.

"여기 있어서는 아니 되는 것 중에 하나."

"예?"

영문을 알 수 없는 말을 하던 후륵이 밖에서 들려오는 소란스런 인기척에 입을 닫았다. 문을 열고 모아와 의원이 함께 들어섰다. 물이 든 대야와 수건을 든 모아가 후륵의 곁으로 다가왔다.

"거기 두어라."

당장 급하다 시킨 것과 달리 후륵은 모아에게 가져온 것을 바닥에 두고 뒤로 물러나게 했다. 대신 의원을 손짓으로 가까이 불렀다. 의원이 정신을 잃고 있는 소하의 곁으로 다가왔다.

"잘 살펴보시게."

"예."

서둘러 소하의 상처를 동여맸던 천을 풀어내자 피가 흘러내렸다. 천이 흥건하게 젖은 것으로 봐선 이미 제법 피를 많이 흘렸을 것이다. 혈색도 창백했고 손가락 하나 움직일 기력도 없어 보였다. 숨이 넘어가지 않은 것이 용했다.

"출혈이 많았던 것으로 봐선 몸이 차가워야 정상인데 지나치게 뜨겁습니다."

맥을 짚어 보며 의원이 말했다. 몸의 상태가 평범치 않았다. 상처의 모양도 요상했다. 뜯긴 것도 아니고 잘린 것도 아니었다. 살을 꿰뚫고 깊이 박혀 든 무언가가 상처를 헤집어

놓으며 옆으로 찢어발긴 것이 아닌가 싶었다. 사람의 짓이라고는 생각지 못할 만큼 잔인한 손속이었다. 천만다행인 것은 내부 장기는 건드리지 못했다는 것이다.

"우선 지혈부터 하겠습니다."

의원이 가져온 보따리를 풀어 바늘과 실을 꺼냈다. 살을 기워 닫아 놓아야 그나마 출혈을 잡을 수 있을 것 같아서였다. 약초만으로는 다스리기 힘든 상처였다. 찢어 너덜거리는 살을 바늘에 꿰어 집는 것을 보다 모아가 참지 못하고 고개를 돌렸다.

"밖에 나가 있거라."

후륵의 말에 기다렸다는 듯이 모아가 문으로 걸어갔다. 하지만 예아는 밖으로 나가는 대신 더 가까이 다가서 의원이 상처를 꿰매는 것을 지켜보았다. 후륵은 그런 예아를 말리지 않았다. 자신이 데려온 자의 생사가 걱정이 되어 떠나지 못한다는 걸 알아 그런 것이다.

난생처음으로 구조해 온 사람이니 꼭 살리고 싶은 것이겠지.

눈앞에서 일어나고 있는 일들에 후륵의 근심이 깊어졌다. 의원의 이마에 송골송골 맺혀 있는 땀이 말해 주듯 치료가 쉽지 않았다. 약을 지어 달인다고 한들 지금의 몸 상태로 그것을 받아먹을 수나 있을지 그것부터가 걱정이었다.

"봉합은 하였으나 어찌 될지는 지켜보아야 할 것 같습니다."

손등으로 땀을 훔치며 의원이 말했다.

"약을 받아먹을 수 있는 정도가 되어야 회복이 용이할 터인데……."

의원이 후륵의 눈치를 보며 말끝을 흐렸다. 자신이 할 수 있는 것은 모두 다 했으니 남은 것은 소하의 의지에 달려 있다는 말을 하려는 것임을 그의 표정에서 읽을 수 있었다. 후륵이 고개를 끄덕였다.

"약을 지어 보내 주시게. 나머지는 우리가 알아서 함세."

"예."

서둘러 자리를 뜨는 의원의 모습을 예아가 걱정스럽게 바라보았다. 의원의 말과 행동이 더는 손을 쓰기가 힘들어 꼭 도망가는 것처럼 보였다. 살릴 수 있다는 생각으로 데려온 것인데 어째 돌아가는 상황이 자신이 살아 있는 송장을 끌고 온 것같이 느껴졌다.

주르륵. 물이 떨어지는 소리에 예아가 고개를 돌렸다. 후륵이 수건을 물에 적셔 짜고 있었다. 그것으로 직접 소하의 얼굴을 조심스레 닦아 냈다. 시녀들에게 시켜도 될 일이었다. 백사에서 구조해 온 다른 자들을 대할 때와는 사뭇 다른 표정과 태도에 예아의 마음이 괜스레 무거워졌다. 꼭 자신이 뭔가 크게 잘못을 한 것처럼 느껴졌다.

시무룩해져 가만히 지켜보기만 하던 예아가 후륵의 손에서 수건을 가져갔다. 후륵이 돌아보자 어깨를 으쓱하며 그녀가 수건을 다시 물에 적셨다.

"제가 데려온 사람이잖아요. 제가 할게요."

후륵이 고개를 끄덕이며 한 걸음 뒤로 물러섰다. 수건을 짜 물기를 덜어 낸 예아가 소하의 목과 쇄골 부위를 닦아 내는 것을 말없이 지켜보았다. 예아의 손길이 표식이 있는 곳에서 잠시 멈췄다.

"이건 뭘까요?"

혼잣말 같은 물음이었다. 돌아오는 답이 있을 거라곤 생각지 않고 뱉은 말이었다. 한데, 후륵이 입을 열었다.

"황가의 증표다."

"…예?"

후륵의 말을 선뜻 알아듣지 못했던 예아가 뒤늦게 눈을 동그랗게 뜨고 되물었다. 돌아본 후륵의 낯빛이 여전히 어두웠다. 그의 시선이 표식에 머물러 있는 것을 보고 예아도 그곳으로 시선을 내렸다. 섬세하고 아름다운 문양이 예사롭지 않다 여기긴 하였으나, 이것이 황가를 상징하는 것이라곤 생각지 못하였다.

"그럼 이자가……."

"신주국 황가의 자손일 테지. 외양으로 보아 황자 중 하나가 아닐까 싶은데."

"황자요?"

놀란 예아의 목소리가 살짝 높아졌다. 태어나 지금껏 백사를 벗어나 본 적이 없는 예아였다. 사호족 외에 외부인이라 곤 가끔 들르는 상인들과 백사에서 길을 잃고 헤매다 구조 된 자들이 다였다.

백사가 신주국에 속해 있다는 것은 알고 있었으나, 그것을 피부로 느껴 본 적은 단 한 번도 없었다. 해서 자신이 살고 있는 곳이 황제가 다스리는 나라라는 것을 제대로 인지하고 있지 못했다. 황가니 황자니 하는 말들이 예아에게는 어딘가 어색하고 묘하게 들렸다.

현실감이 없다고 해야 할까? 눈앞의 사내가 황자일 수도 있다는 게 예아는 믿기지가 않았다. 그런 자가 다 죽어 가는 몸으로 백사에 홀로 있었다는 것 자체가 말이 되지 않았다.

"잘못 보신 것 아닙니까?"

믿지 못하겠다는 듯 예아가 되묻자 후륵이 고개를 저었다.

"황궁에서 오는 문서에는 모두 저 문양이 새겨져 있다. 잘못 볼 수가 없지."

"제가 구한 사람이 황자라니……."

덜렁덜렁 천방지축인 예아지만, 족장이자 아비인 후륵 앞에서는 그나마 예의를 차리고 의젓하게 굴었다. 그래야 좀 더 빨리 자유롭게 백사를 출입할 수 있다는 나름의 계산이 있어서였다. 그리해서 받아 낸 첫 번째 정식 외출에서 그녀가 한 일은 죽어 가는 황자를 마을로 들인 것이었다.

혹여 황자가 마을 안에서 죽기라도 한다면 어찌 될까?

문득 생각이 거기에 미치자 예아의 등골이 서늘해졌다. 더불어 근심 어린 후륵의 얼굴도 이해되었다. 눈앞에 누워 있는 사내의 생사에 따라 마을의 안위도 달라질 수 있었다. 반드시 살려야만 했다. 황자의 일행이 마을로 들이닥치기 전에.

"예아야."

"예."

"백사의 객이 정신을 차리실 때까지 네가 도맡아 신경 써 보살펴 주어야 할 것 같구나."

지그시 자신을 바라보며 근엄하게 말하는 후륵을 예아가 차분하게 올려다보았다. 후륵이 무슨 뜻으로 하는 말인지 알 것 같았다. 황자임을 알면서도 굳이 백사의 객이라 지칭한 것은 그의 정체가 외부로 새어 나가서는 안 된다는 것을 명시한 것이다. 후륵 외에 소하의 몸에 황자의 표식이 새겨져 있음을 아는 사람은 예아뿐이었다. 둘만 아는 비밀로 남아야 하는 이유도 명백했다.

"그렇게 하겠습니다."

예아가 고분고분 답했다. 자신이 데려왔으니 책임을 지는 것은 당연한 일이라 생각했다.

"다른 사람은 출입을 금하게 할 테니 며칠만 혼자 고생 좀 하려무나."

며칠이란 것이 얼마가 될지는 장담할 수 없었다. 소하가 정신을 차리고 몸을 추스를 때까지 온전히 예아 혼자서 그를 돌봐야 할 것이다. 부디, 그 전에 소하를 찾아 마을로 누군가 들이닥치는 일이 없기만을 바랄 뿐이다.

후륵이 가만히 예아를 응시하다 몸을 돌렸다. 할 일이 많았다. 일단은 백사로 사람을 보내 동태를 살피도록 해야 할 것이고, 의원에게도 좀 더 빨리 몸을 회복할 수 있도록 특별히 신경을 써 약제를 지어라 일러야 했다.

방을 나선 후륵이 모아에게 뭐라 말을 하는 것이 닫히는 문 사이로 보였다. 잠깐, 모아가 예아를 걱정스럽게 쳐다보기도 했다. 완전히 문이 닫히자 예아가 낮은 한숨을 내쉬었다.

"하아."

제가 책임지고 돌보겠다고 말하긴 했으나 솔직히 자신은 없었다. 항상 보살핌을 받기만 했지 반대로 누군갈 돌보는 일은 단 한 번도 해 본 적이 없었다. 해서 뭘 어찌해야 할지 처음엔 갈피를 잡지 못했다.

"아, 수건."

자신의 손에 들린 축축이 젖은 수건이 무슨 용도였는지를 깨닫고는 즉시 소하의 몸을 닦기 시작했다. 지금 당장 그녀가 할 수 있는 건 의원의 말대로 비정상적으로 높은 그의 열부터 떨어트리는 것뿐이었다.

"옷부터 벗겨야 될 것 같은데."

상처를 꿰매고 붕대를 감은 부위를 제외한 몸 곳곳을 닦아 주어야 했기에 풀어 헤치다 만 그의 옷으로 손을 뻗었다. 막상 옷을 벗기려고 하니 어찌해야 할지 난감했다. 몸을 옆으로 돌리기도, 상체를 들어 올리기도 애매했다. 그러다 자칫 상처라도 벌어지면 어쩌나 걱정이 되어 쉽사리 시도를 할 수가 없었다.

"아 참. 팔부터 빼야지."

자신이 옷을 벗을 때를 생각해 보곤 얼른 소하의 소매를 잡았다. 최대한 소하의 신체에 자극이 가지 않게 조심조심 소매를 빼냈다. 생각처럼 잘 빠지지 않아 살피니 어깨 뒤쪽이 무게에 눌려 꼼짝을 못 하고 있었다.

작게 한숨을 내쉰 예아가 소매를 놓고 조금 위로 올라가 어중간하게 걸쳐진 옷깃을 잡았다. 팔뚝을 따라 한쪽을 아래로 밀어내고 다른 쪽을 끌어 내렸다. 이리 갔다 저리 갔다 하느라 금방 진이 빠졌다.

이러다 옷 벗기는 데 하루가 다 가겠다 싶어, 에라 모르겠다 하고 그의 상처보다 아래인 허벅지 위에 올라탔다.

"내가 정말 별짓을 다 한다."

낙타도 아니고 사람을, 그것도 사내의 몸을 타고 오르는 건 난생처음이었다. 단단한 소하의 허벅지와 그녀의 하체가 닿았다. 생소한 느낌과 묘한 자세에 예아의 볼이 화끈거렸다. 예아는 아무것도 아니라고, 사람 하나 살리려 하는 일이라고 속으로 몇 번을 중얼거렸다.

"살다 살다 내가 혼절해 사경을 헤매는 사내의 옷을 벗기게 될 줄이야."

괜스레 민망함을 덜어 내려 그녀가 투덜거리며 양쪽으로 옷깃을 잡아 부지런히 아래로 끌어 내렸다. 끙끙거리며 한참을 씨름한 후에야 겨우 허리춤까지 상의를 벗겨 낼 수 있었다.

"후우."

한시름 놓았다. 예아는 그제야 편한 숨을 내쉬었다. 무심한 그녀의 시선이 소하의 벗은 상체를 담아냈다. 근육이 잘 자리 잡은 몸 여기저기에 흉터가 남아 있었다.

"황자라면서 왜 이렇게 흉터가 많은 거지?"

의아했다. 황자라면 귀히 자랐을 터인데 꼭 전쟁터를 휩쓸고 다닌 무장처럼 어찌 상처를 입고 아문 자리가 있을까 싶었다. 그러다 이내 도리질을 쳤다. 황자는 지금도 원인을 알 수 없는 깊은 상처를 입고 사경을 헤매고 있었다. 이전에도 이와 비슷한 일이 있었을 테지, 그리 생각했다.

"참 골치 아픈 황자님이네."

황궁 제일의 말썽쟁이가 틀림없다 결론 내리곤 고개를 절레절레 흔들었다. 황자라 그런지 저와는 급이 다른 사고를 주로 치는 모양이다. 구제 불능.

"제발 빨리 정신 차려 무탈하게 마을에서 떠나 줬으면 좋겠습니다, 황자님."

모처럼 좋은 일 했다가 날벼락을 맞은 기분이었다. 얄밉게 소하의 얼굴을 흘겨보던 예아가 찰싹 그의 가슴을 때렸다. 이 정도는 맞아도 싸다. 마음 같아서는 아프라고 상처 부위를 한 대 때려 주고 싶었지만 꾹 참았다.

그녀의 시야에 청룡이 새겨진 표식이 다시 들어왔다. 금색으로 화려하게 그려진 테두리며 금방이라도 살아나 꿈틀거리며 포효할 것만 같은 청룡의 모습이 신비롭고 아름다웠다. 딱 한 번만 만져 보자. 생각보다 먼저 손이 움직였다.

살짝 손끝만 대 보았다. 부드럽고 매끄러운 살결이 만져졌다. 피부 위에 새긴 것이라 느낌이 다를 줄 알았는데 그렇지는 않았다. 원래 날 때부터 갖고 태어난 것처럼 맨살의 감촉 그대로였다.

예아가 검지와 중지로 조금 더 대범하게 표식을 매만졌다.

"으응?"

그녀의 손이 스치고 지날 때 표식에서 빛이 난 것 같았다. 이내 원래대로 돌아와 잘못 본 것인가 싶기도 했다. 쓱쓱. 그녀의 손놀림이 빨라졌다가 느려졌다. 잘못 본 게 아니었다. 확실히 그녀의 손이 닿을 때마다 표식에서 빛이 뻗어 나왔다.

"아."

갑자기 오른쪽 날갯죽지에서 열감이 느껴졌다. 예아가 다른 손을 등 뒤로 돌려 화끈거리는 부분을 더듬었다. 꿈에서 붉은 별이 낙인처럼 박혔던 부위였다. 그녀의 미간이 찌푸려졌다. 왜 갑자기 이 부위가 뜨거워진 것인지 의아했다.

똑똑똑.

누군가 문을 두드리는 소리에 죄라도 지은 듯 예아가 화들짝 놀라 소하의 몸에서 황급히 내려왔다. 흐트러진 치마를 대충 손으로 툭툭 다듬으며 그녀가 문으로 걸어갔다.

"무슨 일이야?"

"나야."

모아의 목소리였다. 반가움에 문손잡이를 잡고 벌컥 열려다 주춤했다. 다른 사람이 들어오는 것을 삼가라 했던 후륵의 말이 떠올라서였다. 아주 조금만 문을 열고 예아가 얼굴을 내밀어 물었다.

"왜?"

"이거."

모아의 손에 탕약이 올려진 쟁반이 들려 있었다. 그사이 약을 지어 달이기까지 한 모양이었다.

예아가 손을 내밀어 쟁반을 받아 들었다. 그런 예아를 모아가 근심 어린 얼굴로 바라보았다. 제 몸 하나도 제대로 건사 못 하는 아이가 환자를 잘 돌볼 수 있을지 걱정이 되는 게 사실이었다. 왜인지 모르겠으나, 후륵은 이방인의 치료를 예아 혼자 도맡도록 했다. 그 누구도 도움을 주어서는 안 되며 그리했다가는 크게 벌할 것이라 엄포를 놓았다.

사내의 상처는 꽤 깊었다. 의원도 지켜보아야 알 수 있노라 확신을 하지 못하고 있었다. 그런 자를 저 철부지 예아에게 맡겼다는 것 자체가 이해가 가지 않았다. 대체 무슨 연유로 그러는 것인지 의문이었지만 명확히 말을 해 주지 않으니 알 도리가 없었다. 명이니 따르기는 하겠으나 걱정을 안 할 수는 없었다.

"괜찮아?"

"어?"

"혼자서 괜찮겠어?"

"별로 할 것도 없는데, 뭐. 지켜보고 약 먹이고 그게 다잖아. 걱정할 거 없어."

별일 아니다 말하는 예아를 모아는 쉬이 믿지 못했다. 천방지축이 뭘 안다고. 모아가 쟁반을 들고 있는 예아의 손을 살포시 감쌌다. 예아가 눈을 동그랗게 뜨고 모아를 마주 보았다.

"못 하겠으면 말해. 내가 아버님께 말해 볼게. 정 안 된다 하시면 몰래 도와줄 테니까."

염려가 되어 쉬이 발길이 떨어지지 않는 모양이었다. 예아가 빙긋이 웃어 보였다.

"정말 괜찮아. 이 정도도 못 하면 어떡해. 이래 봬도 사호족 족장의 딸인데. 백사의 수호자가 자신이 구한 사람 하나 못 돌보면 자격이 없는 거잖아. 정신이 들 때까지만 보살피라

하셨어. 그건 나도 충분히 할 수 있는 일이잖아."

자신만 믿어라 호언장담하는 예아를 보며 모아가 마지못해 고개를 끄덕였다. 정 힘들면 도와 달라 먼저 손을 내밀겠지. 지금은 믿고 지켜보는 게 최선인 듯했다.

"그래. 식사도 여기서 하는 건 아니지?"

"아."

모아의 물음에 잠시 망설이던 예아가 답했다.

"여기로 가져다줘."

"네 방에서 먹지 않고?"

"언제 깨어날지 모르잖아. 그때까진 여기서 먹을게."

"…그래. 그럼."

예아답지 않았지만 모아는 자신이 처음 구해 온 자라 책임감 때문에 그러나 보다 단순하게 생각했다. 없던 철이 이번 일로 조금 생기려나 싶기도 했다. 이것을 바라고 후륵이 예아에게 일을 맡긴 것일지도 모른다는 생각도 들었다.

"식사 준비되면 가져올게."

"응."

모아가 돌아서 걸음을 옮기자 예아도 얼른 문을 닫고 안으로 들어섰다. 탕약을 들고 소하의 곁으로 다가간 그녀가 멍하니 눈을 깜빡거렸다.

"이걸 어떻게 먹이지?"

정신을 잃고 누워 있는 사람에게 어떤 방법으로 탕약을 먹어야 할지 난감했다. 기력을 찾으려면 빨리 먹여야 할 텐데. 일으켜 앉힐 수도 없고 탕약을 쏟아부을 수도 없고 어찌해야 좋을지 방도가 떠오르지 않았다.

"숟가락이라도 달라고 해야 하나?"

숟가락으로 떠서 조금씩 입 안으로 흘려보내는 게 제일 나을 듯싶었다.

예아가 문으로 몸을 돌렸다가 주춤했다. 괜히 모아를 번거롭게 해서 자신을 못 미덥게 만들고 싶지 않았다. 금방 자신 있다고 호언장담을 해 놓고 부르기가 좀 그랬다.

"어떻게든 먹이면 되지, 뭐."

자신의 식사가 왔을 때 숟가락 하나를 챙기면 그 이후에는 괜찮을 테니 지금만 잘 넘기면 될 것 같았다. 다시 돌아선 예아가 쟁반을 침상 옆 탁자에 올려놓았다. 그러곤 탕약과 소하를 번갈아 보며 곰곰이 생각했다. 턱을 괴고 한참을 생각하던 예아의 눈이 한껏 가늘어졌다. 그녀의 시선이 소하의 입술에 머물렀다.

"흐음."

제 입술을 살짝 깨물었다 놓으며 예아가 어깨를 으쓱거렸다. 그녀의 눈썹 하나가 의미심장하게 들썩였다. 지금부터 자신이 하려는 일에 그녀는 정당성을 부여했다. 지켜보는 이도 없고, 일부러 범하는 것도 아니고, 그저 생명 하나 살리겠다는 생각으로 하려는 것뿐이다.

그녀가 소하의 옆에 걸터앉아 탕약을 집어 들었다. 사뭇 진지한 얼굴로 탕약을 제 입으로 가져가 한 모금을 머금었다. 그러곤 그대로 상체를 기울여 소하의 입술에 제 입술을 살포시 겹쳤다. 입술로 누르자 그의 입술이 조금 벌어졌다. 그 사이로 예아가 머금고 있던 탕약을 흘려 넣었다.

어찌 될지 몰라 아주 조금만 시험 삼아 입을 통해 먹였는데 밖으로 흘러내리지는 않고 입 안으로 스며들었다. 입술을 떼고 가만히 지켜보니 목울대가 미미하게 움직이는 게 보였다.

"삼켰다."

그녀의 입술에 엷은 미소가 번졌다. 뭔가를 해냈다는 기쁨에 저도 모르게 박수까지 칠 뻔했다. 손에 아직 탕약을 들고 있다는 걸 인지하고 멈춰서 다행이지 안 그랬으면 죄다 쏟아 버렸을지도 모른다.

"이건 절대 입맞춤이 아니라고요. 그건 명확하게 하고 넘어가야 됩니다. 그냥 치료 차원에서 쓰는 도구 그 이상도 이하도 아닙니다."

검지를 세우고 똑 부러지는 말투로 이야기하다 듣지도 못하는 자에게 뭐 하는 짓인가 싶어 머쓱해진 예아가 관자놀이를 긁적였다. 하던 일이나 마저 하자 싶어 그녀가 다시 탕약을 머금었다. 몇 차례 입으로 탕약을 먹이고 나니 제법 익숙해졌다. 남은 탕약을 모두 입에 머금고 그의 입술에 제 입술을 겹쳤다. 조금씩 입술을 벌리고 탕약을 흘려 넣자 제법 잘 받아 삼켰다.

"아."

양이 조금 많았던지 입술 옆으로 탕약이 흘렀다. 그것을 예아가 냉큼 혀로 핥았다. 그러다 그 상태로 멈칫했다. 그녀의 혀가 천천히 입 안으로 사라졌다. 손도 있고 수건도 있는데 왜 하필 혀를 썼을까.

상체를 세운 그녀가 아무 일도 없었던 듯 시치미를 떼며 탕약 그릇을 들고 자리에서 일어났다. 문으로 쪼르르 달려갔다가 다시 돌아와 쟁반을 챙겼다. 그가 보고 느낀 것도 아닌데 쳐다볼 수가 없었다.

문밖에 쟁반을 내놓고 얼른 문을 닫고는 그대로 문에 기대섰다. 얼굴이 화끈 달아올랐다. 그녀의 시선이 힐끔 소하를 향했다가 허공을 떠돌았다. 열기가 느껴지는 볼에 손등을 대고 후우 하고 심호흡을 했다. 아무도 보지 않았음에도 부끄러움이 몰려왔다.

생전 부끄러움이라곤 모르고 살던 예아였다. 이런 식으로 알게 될 줄은 몰랐다. 소하를 만난 후로 이상하게 예기치 않은 일들이 줄지어 일어나고 있었다. 참 여러모로 사람을 당황스럽게 만드는 황자님이었다.

"열기가 나한테 옮겨 온 건가?"

식지 않는 열감에 손부채질을 하며 혼잣말을 중얼거렸다. 제가 한 말이 또 이상한 듯하여 예아의 볼이 더 붉어졌다. 입술과 입술이 맞닿아 옮은 게 열기라니, 망측하기 그지없었다. 예아의 곁에 여태 사내가 없었던 것도 아니고, 격 없이 지내는 파타도 사내이기는 매한가지인데 어찌 황자와 함께하며 겪는 것들은 죄다 생소한 것들뿐이었다.
"환자 돌보는 일이 참 쉬운 게 아니네."
듣는 사람도 없는데 예아는 자꾸만 변명 같은 말을 중얼거렸다. 그래야만 부끄러움이 조금이라도 덜어질 것 같았다. 다음엔 꼭 숟가락을 사용해야겠다고 예아는 속으로 계속 다짐하고 다짐했다.

백사를 둘러보고 오라는 족장 후륵의 명에 따라 파타와 수비대가 함께 마을을 나섰다. 예아가 백사에서 누군갈 구해 란을 시켜 데리고 왔다는 얘기는 들었다. 란의 등장만으로도 사람들의 이목을 끌기에 충분한데 거기에 사람을 내려놓고 갔으니 소문이 퍼지는 건 순식간이었다.
상처가 깊은 듯 의원이 다녀갔다고 하는데 이후에 어찌 되었는지는 알 수 없었다. 예아라도 만나게 되면 물어볼 텐데 그것도 여의치 않았다. 예아는 집 안으로 들어간 이후 나오지 않았고, 후륵의 명을 받은 파타도 즉시 백사로 떠나는 바람에 마주칠 시간이 없었다.
백사는 여느 날과 다름없이 평온했다. 출입을 허가받지 못한 불청객의 모습도 보이지 않았고, 길을 잃고 헤매는 자도 발견하지 못했다. 고요한 정적이 백사를 휘감고 있었다.

 돌아와 후륵에게 보고했으나 별다른 반응을 보이지 않았다. 수고했다, 가서 쉬어라 말하며 입을 닫았다. 족장의 집무실에서 나오는 길에 예아의 방이 있는 곳을 올려다보았다. 자신이 온 것을 알면 당장에 창으로 고개를 내밀고 이름을 불렀을 텐데 아무런 기척도 없이 잠잠했다.

 혹여 예아에게 무슨 일이 생긴 것은 아닌지 걱정이 되었다. 한참을 바라보다 시선을 내리고 그녀와 자주 가던 식당으로 향했다. 그곳에 가면 그녀의 소식을 들을 수 있지 않을까 해서였다. 들고 나는 사람들이 많은 곳이라 마을 여기저기서 벌어지는 일에 대한 소문이 가장 무성했다.

"여어, 백사에 나갔다더니 생각보다 빨리 돌아왔구만."

 주인이 파타를 반가이 맞았다. 항상 앉는 자리에 파타가 앉자 기다렸다는 듯 주인이 다가왔다.

"족장님 만나고 나오는 길이지?"

"네."

"혹시 뭐 들은 거 없어?"

 파타가 할 말을 주인이 먼저 했다. 그가 반문했다.

"뭘 들어요?"

"예아 아가씨가 구해 왔다는 사람이나 아가씨 소식 말이야. 만나지도 못한 거야?"

 궁금증 가득한 얼굴로 눈을 반짝이는 주인을 보니 아직 그녀에 대한 이야기를 물어 나른 자가 없었던 모양이다. 괜히 왔다 싶은 생각이 들었다.

"아무것도요."

"자네도 못 만난 거야? 거참, 별일일세. 예아 아가씨가 벌써 집 밖으로 안 나온 지 나흘이나 됐잖은가. 집에만 있을 성격이 아니신데 당최 무슨 일인지 알 길이 없어. 모아 아가씨도 그렇고 족장님 댁 사람들이 죄다 입을 다물고 있으니, 이것 참 궁금해 미칠 노릇 아닌가 말이야."

"나흘 동안 한 번도 나오지 않았다고요?"

"그렇다니까."

이건 좀 심각한 문제였다. 돌아다니기 좋아하는 성격의 예아가 집 안에만 콕 박혀 있다는 건 도저히 있을 수 없는 일이었다. 어디가 크게 아픈 것은 아닌지 걱정스러웠다. 그 이유가 아니고서는 그녀의 두문불출에 대해 달리 설명할 말이 없었다.

"의원은요? 뭐라 말하는 게 없었어요?"

"의원도 똑같아. 아무 말 안 해. 그러니 궁금증이 더 쌓여만 가지."

"이상하네요."

"그지? 이상하지? 뭔가 일이 생긴 건 같은데 도통 그게 뭔지 모르겠다니까? 다들 예아 아가씨한테 무슨 변고가 있는 건 아닌지 걱정하고 있던 참이야. 자네가 돌아와 족장님 댁에 갔다고 해서 한껏 기대하고 있었지."

파타가 숨기는 것이 있진 않은지 슬쩍 그를 살피며 주인이 말했다. 하지만 기대와 달리 파타의 표정도 여느 사람들과 별반 다를 게 없어 보였다. 아니, 오히려 더 심각했다.

"의원이 날마다 탕약을 달여서 족장님 댁에 넣어 주고 있다는데 아무래도 그게 예아 아가씨 약도 있는 거 아닌가 싶어. 하루에 세 번 꼬박꼬박 지극 정성이야. 여태 백사에서 구해 온 사람들을 그리 보살핀 적은 없었잖아. 심각한 상태였던 자들도 그리 많지 않았고. 그렇게 생각하고 보면 탕약이 예아 아가씨 것이 아닌가 싶다는 거지."

"아프면 아프다 말을 할 텐데, 그걸 숨길 이유가 없잖아요."

파타의 반박에 주인의 입이 다물어졌다. 그것도 생각해 보지 않은 것은 아니었다. 예아가 아픈 게 흔한 일은 아니지만 그렇다고 이렇게 쉬쉬하며 숨긴 적은 단 한 번도 없었다. 사내아이처럼 험하게 놀다 어릴 때 다리를 다친 적이 있었는데 치료하는 와중임에도 발랄하게 마을을 휘젓고 다녔던 예아였다.

예아를 낳고 얼마 후 그의 모친이 생을 달리하였을 때도 모두에게 알려 슬픔을 같이했던 족장이었다. 그런데 이번엔 모두가 입을 다물고 있었다. 이는 족장이 함구령을 내렸기에 가능한 일이었다.

파타가 자리를 박차고 일어났다. 가까이 서 있던 주인이 그 기세에 움찔하며 뒤로 물러섰다.

"밥은 다음에 먹을게요."

"어어, 그래."

들어왔다가 그냥 나가는 것이 미안했던지 몇 발 걷다 돌아보며 파타가 굳은 표정으로 말했다.

식당을 빠져나간 파타는 곧장 족장의 집으로 향했다. 예아에게 무슨 일이 일어나고 있는 것인지 꼭 알아내겠다는 생각으로 그가 족장의 집 대문을 넘어섰다.

"무슨 일인가?"

문지기가 그를 보곤 의아해 물었다. 족장을 만나고 나간 지 얼마 되지 않아 다시 돌아오니 뭔가 빠트린 것이 있는가 하여 물은 것이다.

"아저씨, 혹시 집 안에 무슨 문제라도 있습니까?"

다짜고짜 다가와 묻는 말에 문지기가 놀라며 뒤로 한 발 물러섰다. 말을 안 하면 직접 들어가 알아보기라도 할 기세였다. 이리 무모한 사람이 아닌데 문지기는 파타가 전에 없이 왜 이러나 싶었다.

"문제는 무슨 문제."

"정말 아무 일도 없어요?"

문지기의 말에 파타가 눈을 날카롭게 빛내며 집요하게 되물었다. 거짓말하지 말고 바른대로 말하라고 꼭 취조를 하는 듯한 태도였다. 그에 문지기가 발끈했다.

"이 사람이 왜 이래. 뭘 잘못 먹은 게야? 갑자기 와서 다짜고짜 이게 뭐 하는 짓인가."

"예아 아가씨요."

"…뭐?"

파타의 입에서 예아의 이름이 튀어나오자 문지기가 살짝 당황한 기색을 보였다. 그것을 보고 필시 뭔가 숨기는 것이 있는 것이 분명하다고 파타는 생각했다.

"나흘이나 집에서 나오지 않고 있다던데, 어디가 아픈 겁니까?"

이번엔 바로 답하지 못하고 문지기가 머뭇거렸다. 함구령이 내려져 말을 할 수 없는 게 확실했다. 시선을 피하며 눈동자를 굴리는 것이 둘러댈 말을 찾고 있는 듯했다. 뭔가를 생각할 틈을 주어서는 안 된다 싶어 파타가 계속 몰아붙였다.

"백사에서 구해 왔다는 자와 관련이 있는 건 아닙니까? 그 자에게 병이라도 옮은 겁니까? 아니면 공격이라도 받아서 어디 다치기라도 한 겁니까? 그래서 못 움직이고 있는 거 아닙니까?"

"그런 게 아니라니까."

"그럼 왜 안 나오고 집에만 갇혀 있는 겁니까? 하루라도 집에 얌전히 있을 분이 아닌 거 아저씨도 잘 아시잖습니까."

다그치듯 묻는 말에 문지기의 얼굴에 곤란함이 가득했다.

안 그래도 만나는 이마다 예아에 대해 물어봐서 귀찮아 죽을 지경이었다. 솔직히 자신도 제대로 아는 것이 없었다. 따로 명을 내릴 때까지 예아와 백사에서 온 자에 대해 함구하라는 명만 내려졌을 뿐이었다. 알아도 알려 줄 수 없지만 알지 못해서 더 해 줄 말이 없었다. 그런데 이렇게 몰아붙이면 뭘 어쩌라는 건지, 환장할 노릇이었다.

"나도 몰라. 무슨 일이 있었던 건지 나도 모른다고."

"집 안에서 일어나는 일을 아저씨가 모르는 게 말이 됩니까?"

"말을 안 해 주는 걸 내가 어찌 알아!"

종내에는 문지기도 화가 나 버럭 고함을 질렀다. 자신이 죄인도 아니고 왜 이런 말을 듣고 있어야 하나 싶어 성질이 났다.

둘이 티격태격하는 소리가 복도에 울려 퍼졌다. 탕약을 들고 가던 모아가 그 소리를 듣고 입구 쪽을 돌아봤다. 소란의 원인이 파타임을 확인하고는 모아가 낮은 한숨을 내쉬었다.

그가 백사에서 돌아와 족장을 만나고 갔다는 얘기는 들었다. 어째 예아의 일은 묻지 않았다기에 많이 피곤했던가 보다 생각했다. 백사에만 다녀오면 오두방정을 떨며 그에게 달려가던 예아였다. 그런 그녀가 아무 기척이 없는 것이 궁금하고 의아하지 않을 턱이 없는데 싶었더랬다. 나가 그녀가 오기를 기다리다가 마을 사람들에게 무슨 말을 들어 다시 찾아온 모양이었다.

"예아는 몸이 좋지 않아 제 방에서 쉬고 있네만."

자신이 나서 사태를 수습해야겠다 싶어 모아가 다소 딱딱한 말투로 말하며 입구로 다가갔다. 모아를 보자 파타의 표정이 조금 누그러졌다. 그에 반해 문지기의 얼굴엔 억울한 감정이 드러나 있었다.

"어디가 안 좋은 겁니까?"

"그걸 왜 내가 자네에게 다 말해야 하지?"

다소 차가운 모아의 어투에 파타의 말문이 막혔다. 도도하게 콧대를 세운 모아가 평소 보이지 않던 상전의 자세로 파타를 대하고 있었다. 그녀의 말이 맞았다 굳이 예아의 건강에 대해 파타에게 말해 줄 이유는 없었다. 그래도 뭔가 석연치 않은 것이 남아 있기에 파타는 이대로 물러설 수가 없었다.

"마을 사람들 모두가 걱정하고 있습니다."

차마 제가 너무 걱정이 되어 알아야겠다는 말은 하지 못하고 마을 사람들을 입에 올렸다. 하나, 이미 그의 속을 훤히 꿰뚫고 있는 모아에겐 부질없는 핑계에 지나지 않았다.

그녀가 파타의 면전 아래로 성큼 다가섰다. 흠칫하며 뒤로 물러나려는 파타의 얼굴을 빤히 올려다보며 그녀가 낮은 목소리로 살벌하게 말했다.

"예아가 여자로서 치러야 하는 일을 시작하여 몸이 좋지 않다는 얘기를 굳이 온 마을 사람들에게 알릴 필요가 있을까?"

 선뜻 모아의 말을 알아듣지 못하고 있던 파타의 얼굴이 한순간 화르륵 달아올랐다. 여자로서 치러야 하는 일이란 말에 떠오른 게 있어서였다. 달거리.

 그제야 파타는 자신이 대단히 큰 실수를 저질렀음을 인식했다. 어찌할 바를 몰라 하며 얼굴을 붉힌 채 마른침만 삼키는 파타에게서 모아가 한 걸음 뒤로 물러섰다.

"이제 알았으면 돌아가게. 여기서 소란 떨지 말고."

"…네."

 머뭇거리다 입을 떼 겨우 답하곤 몸을 돌렸다. 예아에게 달리 전해 달라 할 말도 찾지 못했다. 그녀의 달거리는 파타에게도 적잖은 충격을 안겨 준 탓이었다. 그녀가 여자라는 것도 알고 좋아하는 마음도 가지고 있었으나, 정작 이제 정말 그녀가 성숙한 여체가 되었다는 말을 들으니 혼란스러웠다.

 영원히 똑같은 모습으로 자신의 곁에 머물러 있을 거란 생각은 하지 않았으나, 막상 이런 얘기를 들으니 그녀가 언젠가 다른 사내의 여자가 될지도 모른다는 불안감이 엄습해 왔다.

"하아."

 거리로 나선 파타가 하늘을 올려다보며 짙은 한숨을 내쉬었다. 두근두근. 어지러운 마음이 두서없이 뛰어 대고 있었다. 어찌해야 할까, 이 마음을.

예아가 파타에게 가지고 있는 마음은 우애 이상은 아닐지 모른다. 워낙 어릴 때부터 격이 없이 지내기도 했었고, 파타를 사내라 자각해 행동하는 것을 본 적이 없기에 거의 확실하다고 보아야 했다. 그렇다고 그녀가 다른 사내들을 의식한 적도 없었다. 그저 그녀에겐 모두가 똑같은 마을 사람들이었다. 파타는 그보다 조금은 특별한 존재였다.

오늘 그녀가 완전한 여자가 되었다는 것을 알고 나니 파타의 마음이 뒤숭숭해졌다. 설레기도 하고 씁쓸하기도 했으며 무겁게 침체되기도 했다. 그의 시선이 예아의 방이 있는 곳으로 향했다.

두근두근. 또다시 자신의 심장이 요동치는 것을 느끼며 파타가 지그시 왼쪽 가슴을 눌렀다. 숨겨야 할 감정이었다. 선불리 드러내어 들켰다가는 그녀의 곁에 다시는 다가가지 못할지도 몰랐다.

"무탈해야 할 텐데."

그리 말하곤 또 얼굴을 붉혔다. 달거리에 대해 정확하게 아는 것은 없으나 이런 말은 어울리지 않는 것 같았다. 예아를 만나게 되면 무슨 말을 해야 할지. 문득, 왠지 저 혼자 몸 둘 바를 몰라 하며 안절부절못할지도 모르겠다는 생각이 들었다.

"후우."

걸음을 옮기며 파타가 뒷머리를 긁적였다. 예아의 일이라 너무 흥분해서 앞뒤 상황 생각하지 않고 달려든 게 화근이었다. 파타는 예아의 일을 통해 말을 하지 않으면 굳이 몰라도 될 일이 있다는 걸 확실히 알게 되었다.

소하는 꿈인지 현실인지 구분이 모호한 경계를 넘나들고 있었다. 온몸이 열에 들끓었다가 시린 얼음물에 담가진 듯 한기가 엄습해 오기를 반복했다. 검상을 입었을 때와는 증상이 달랐다. 정신이 혼미한 와중에도 소하는 문득문득 몸을 헤집은 놈의 발끝에 독이 묻어 있었던 것은 아닌가 하는 생각을 했었다.

눈을 뜰 수는 없었으나 누군가의 손길은 느낄 수 있었다. 누군가 자신을 돌보고 있다는 것을 알고 소하는 내심 안심했다. 백사의 사막 한가운데 버려져 죽어 가는 것이 아니라면 곧 정신을 차리고 몸을 추스를 수 있을 터. 깨어나면 필히 감사함을 전하리라 다짐했다.

"숟가락."

어딘지 낯익은 목소리가 소하의 귓속으로 스며들었다. 그의 눈썹이 반응해 꿈틀거렸다.

'어디서 들었더라. 청량한 목소리……'

부스럭거리는 소리가 이어졌다. 누군가 지척에서 뭔가를 찾고 있는 듯했다.

"다 치웠나? 아 참, 이럼 곤란한데."

예아가 찾는 것이 없는 듯 볼멘소리로 툴툴거렸다.

소하의 머릿속에 하늘거리던 새하얀 옷자락과 백사를 닮은 머리카락이 떠올랐다. 앳된 얼굴로 맹랑하게 쫑알거리던 여인이 곁에 있었던 기억이 났다.

사락. 예아가 침상 위에 걸터앉았다.

감고 있는 소하의 눈 대신 코가 옅은 꽃향기에 섞인 탕약 냄새를 알아챘다. 약을 먹일 생각인가 보다 했다. 소하의 정신은 어느 정도 돌아온 듯한데 몸이 생각처럼 움직여 주지 않았다.

예아가 다시 입을 열었다.

"이제 그만 정신을 차릴 만도 한데 왜 이렇게 감감무소식일까."

그녀의 목소리에 답답함이 묻어났다.

"어쩔 수가 없어 이러는 겁니다. 절대 오해하시면 안 됩니다."

'무슨 오해?'

"제가 탕약은 꼭 빠지지 않고 꼬박꼬박 챙겨 먹이는 거 아셔야 합니다. 이런 수고로움을 마다 않고 말입니다."

변명처럼 주절주절 늘어놓는 예아의 말을 소하는 전혀 알아듣지 못했다. 그녀가 자신의 곁에 바짝 붙어 앉아 있는 이유도 알 수 없었다. 그저 자신을 살피기 위해 그러는 거라 생각할 뿐이었다.

 상체가 너무 가까이 기운다 싶던 순간, 소하는 자신의 입술에 살포시 와 닿는 부드러운 것을 느꼈다. 맞닿은 것은 입술이 분명했다. 입술이 눌러져 벌어진다 싶더니 탕약이 입 안으로 흘러들었다.

 '왜 이것을 이리 먹이는……'

 소하의 생각은 연이어 입술을 뗐다 붙이며 탕약을 먹이는 예아 때문에 멈춰 버렸다. 몇 번 해 본 듯 먹이는 게 꽤 능숙하다 느껴졌다. 여태 미동조차 하지 않던 그의 손이 꿈틀거렸다. 굳게 닫혀 있던 눈꺼풀의 끝 속눈썹도 파르르 떨렸다. 그는 지금 자신에게 벌어지고 있는 일들이 무척 당혹스러웠다. 그 때문인지는 모르나 조금씩 몸이 그의 의지를 담아내어 반응을 보이고 있었다.

 그녀의 입술이 다시 소하의 입술 위로 내려앉았다. 입 안으로 들어온 탕약을 받아 삼키던 소하의 눈이 번쩍 뜨였다. 그리고 보았다. 대범하게 사내의 입술에 입술을 대고 탕약을 먹이던 예아의 붉게 달아오른 볼을.

 탕약을 먹이는 데에 집중하고 있던 예아의 눈동자가 이상함을 느낀 듯 또르르 움직였다. 그녀의 눈이 소하의 눈과 마주쳤다. 그 순간, 예아의 눈이 부릅떠졌다. 놀란 듯 그녀의 눈동자가 요동쳤다. 입술을 뗌과 동시에 예아가 자리에서 벌떡 일어나며 허우적거렸다.

뒤로 넘어질 뻔한 것을 소하가 팔을 뻗어 그녀의 허리를 휘감아 당겼다. 반사적으로 한 행동이었다. 그 결과 소하의 가슴 위에 예아가 엎드린 채로 다시 침상 위에 눕게 되었다. 잠시 정적이 흘렀다.

먼저 정신을 차린 것은 예아였다. 그녀가 고개를 들고 빤히 그를 올려다보았다. 시선이 마주치자 소하가 그녀의 허리에서 손을 거둬 냈다.

"넘어질까 염려되어."

탕약 덕분인지 며칠 만에 말을 하는 것인데도 목소리가 갈라져 나오지는 않았다. 도우려 한 것인데 어쩐지 겸연쩍어 그가 입을 닫았다.

상체를 일으켜 세우는 예아의 시선은 줄곧 그에게 머물러 있었다. 눈썹이 한쪽만 휘는 것이 뭔가 마음에 들지 않는 눈치였다. 예아의 얼굴을 보고 소하는 그녀가 드러낸 감정이 불쾌함이 아니라 불만스러움이라 다행이라는 생각을 했다.

"정신이 드신 모양입니다?"

예아의 물음에 소하가 가벼이 고개를 끄덕였다.

"언제부터 드셨을지 소녀가 몹시도 궁금합니다만?"

나오는 말투가 그리 곱지는 않았다. 소하가 일부러 눈을 감고 깨지 않은 척했던 것이 아닌지 의심하는 눈치였다.

"입 안으로 탕약이 들어왔을 때인 것 같소."

그 전엔 오락가락했고 명확하게 정신이 든 건 그쯤이라

그리 말했다.

그대로 누워 있기에 뭣해서 그가 천천히 상체를 일으켰다. 등을 기대고 앉을 생각이었는데 하복부에서 통증이 일어 잠시 주춤했다. 그러는 사이 소하의 면전으로 불쑥 예아의 얼굴이 다가왔다. 그의 미간이 움찔거렸다. 소하는 닿을 듯 가까이 머문 그녀의 얼굴이 부담스러웠다.

"왜 이러는 거요."

그의 말에 대답하는 대신 예아는 눈을 가늘게 늘인 채 소하의 눈을 집요하게 살폈다. 거짓말하고 있는지 아닌지 알고자 함인 것 같았다. 그녀가 입술을 삐죽이 내밀었다. 그 입술로 슬쩍 그의 시선이 닿았다가 떨어졌다.

"다행입니다."

뒤로 물러나며 예아가 말했다. 뭔가가 마음에 들지 않는 듯 입을 내밀더니, 갑자기 또 다행이라니. 무슨 의도로 한 말인지 의아해 소하가 물었다.

"뭐가 말이요?"

"몸이 괜찮아 보이시니 다행한 일 아닙니까."

"아."

그러고 보니 깨어나면 고마운 마음을 전하리라 하고는 여태 그에 대해 아무 말도 하지 못했다. 자신을 사막에서 구해주고 또 보살펴 준 것에 대한 인사를 먼저 했어야 했다. 그가 막 입을 열려고 했을 때였다. 그녀가 이번엔 덥석 그의 손을 붙잡았다. 놀라 그의 눈이 크게 뜨였다.

"제가 백사에서 죽어 가는 것을 구해 드린 거 기억하시옵니까?"

그녀의 물음에 그가 고개를 끄덕였다.

"그거 절대 잊으시면 안 됩니다. 그리고 사경을 헤매던 지난 며칠 동안 제가 아주 극진히 보살핀 것 또한 꼭 기억하셔야 합니다."

명심 또 명심하라는 듯 그녀가 잡은 손에 지그시 힘을 주며 그의 눈을 직시했다. 외간 사내의 손을 잡는 것에 어찌 이리 거리낌이 없는 것인지. 게다가, 탕약을 먹이려 입까지 서슴없이 맞추고…….

거기에 생각이 미치자 백사에서 처음 보았던 때가 떠올랐다. 참 맹랑하기도 하였지. 말투며 행동이며 영락없이 사리 분별 못 하는 천방지축 사내아이 같았다.

"말투가 바뀐 것 같은데."

그녀를 보며 이상하다 느꼈던 게 뭔지 깨닫고는 그가 중얼거렸다. 소하가 자신을 빤히 쳐다보자 예아가 슬그머니 시선을 피했다. 그의 몸에 있는 표식을 알아보았다는 말을 해야 하나 말아야 하나 선뜻 판단이 서지 않아 쉬이 입을 열지 못한 까닭이었다.

여태까지의 태도와 달리 그녀가 그를 마주 보지 못하고 괜스레 볼을 긁적이며 딴청을 부리는 것이 영 수상했다. 따박

따박 하대를 하던 그녀가 깍듯이 존대를 하고 있었다. 마치 그가 누군지 알고 있다는 것처럼. 그의 시선이 예아에게서 자신의 몸으로 옮겨 갔다.

"이런."

벗겨진 상체를 그제야 인식했다. 상처를 치료하기 위해 벗긴 듯했다. 그러면서 제 가슴에 있는 표식을 보았을 것이다. 어느 정도의 위치에 있는 자들은 이것이 황가의 표식이라는 것을 알아챌 수 있었다. 하나, 평민이나 천민은 본 적이 없어 알지 못한다. 자신이 누워 있는 방이나 그녀의 차림으로 보아 전자일 가능성이 높았다.

"벗겼으면 입혀 놓는 게 정상일 텐데."

그가 혼잣말처럼 흘려 낸 말에 예아가 즉시 답했다.

"혼자서는 옷 입히는 것이 어렵기도 하고 열을 식히려면 벗겨 두는 게 나을 듯하여……."

말을 하다 그와 눈이 마주치자 꿀꺽 마른침을 삼키며 입을 다물었다. 말을 하다 보니 자신이 벗긴 것을 시인하는 꼴이 되어 버렸다. 의원이 치료차 벗긴 것이라 둘러대도 될 터인데 바보처럼 곧이곧대로 털어놓고 있었다.

모아가 성인이 되었으니 여자처럼 좀 다소곳하고 조신하게 행동하고 말하라고 그리 수도 없이 잔소리를 늘어놓았었는데 또 깜빡하고 말았다. 그가 무시해도 될 만한 사람이라면 이리 신경이 쓰이지는 않을 텐데, 황자라는 것을 알고 있으니 신경이 쓰였다. 자신의 행동 하나하나가 가문의 명예와 직결되기 때문이었다.

"백사와 가장 가까운 마을은 사호라고 들었는데, 맞는가?"

자신의 정체를 알고 있다 여긴 소하가 자연스레 하대를 하며 물었다. 예아가 공손히 고개를 끄덕이며 답했다.

"예. 그렇습니다."

"사호는 족장의 관할하에 있다 하였던가. 그럼 그대는 족장과 관련이 있겠군. 예를 들면 그의 여식이라든가."

그의 거침없는 추론에 놀란 듯 예아가 눈을 동그랗게 뜬 채 그를 멍하니 바라보았다. 그녀의 표정으로 소하는 자신의 생각이 맞다는 것을 확신했다. 백사를 제집처럼 자유롭게 거닐고 아무에게나 하대를 하는 것은 행동에 제재를 받지 않으며 제 아래에 사람들이 많다는 것을 의미함이다. 그것만으로도 충분히 그녀의 위치를 가늠할 수 있었다.

"옷을 좀 입었으면 하는데."

"아, 예."

며칠을 벗은 몸을 보고 있어 의식하지 못했었는데, 소하의 말을 들으니 이제는 그를 제대로 마주 볼 수가 없었다. 문으로 걸음을 옮기던 그녀가 되돌아와 탕약이 들었었던 사발을 가져갔다. 그의 시선이 빈 사발에 닿았다가 등을 돌린 그녀의 뒷모습으로 옮겨졌다.

당황한 기색이 역력했다. 지금과 사뭇 다른 예아의 당돌하던 백사에서의 모습이 떠올라 소하가 쿡 하고 낮은 웃음을 터트렸다. 입 안에서 아직 탕약 맛이 났다. 그가 혀로 입술을 핥았다. 그녀가 남겨 놓은 탕약의 잔해가 혀에 묻어났다.

"후우."

그의 입술 사이로 옅은 숨결이 흘러나왔다. 입술 끝이 보일 듯 말 듯 말려 올라갔다. 첫 만남부터 예사롭지 않은 성격임은 알고 있었지만, 이런 것까지 할 줄은 몰랐다. 덕분에 탕약을 잘 먹어 몸이 빨리 회복한 것 같으니 소하로서는 그저 고마울 따름이었다.

하니, 겁 없이 황자의 입술을 취한 것은 모른 척해 주어야 하겠지.

복도를 뛰어오는 발소리가 들렸다. 발걸음이 가볍고 소란스러운 것을 보니 예아가 돌아오고 있는 것이 분명했다. 곧 그녀의 얼굴이 문 너머로 보였다. 그가 즉시 입가에 머문 미소를 지워 냈다.

"하아, 여기 있습니다."

급히 뛰어오느라 호흡이 가빴던지 거친 숨을 몰아쉬며 그녀가 가지런히 개어 놓은 옷가지를 내밀었다. 피가 묻고 찢겼던 소하의 상의를 깨끗이 빨고 기워 온전한 모습으로 돌려 놓았다. 그가 그것을 받아 들고 상체를 완전히 세워 앉았다.

옷을 입으려 팔을 움직이는 것을 보곤 예아가 움찔거렸다. 도와야 할지 가만히 보고만 있어야 할지 몰라 고민하며 머뭇거리는 것이 보였다. 원래의 성격대로라면 벌써 손이 먼저 움직였을 터. 처음과 확실히 달라진 그녀의 태도에 소하의 입술을 비집고 웃음이 나오려 했다. 그것을 꾹 눌러 참느라 그가 아랫입술을 살짝 깨물었다. 그것을 그녀가 오해한 듯했다.

"잘못된 것이라도 있습니까?"

"아니."

"한데 왜……."

슬그머니 고개를 기울여 살피는 것이 소하가 왜 그런 표정을 지었는지 궁금한 모양이다.

"여기 온 지 며칠이 지났지?"

그가 말머리를 돌려 되물었다.

"나흘 되었습니다."

"나흘이나?"

생각보다 꽤 시간이 지나 있었다. 흩어진 일행들이 자신을 찾느라 동분서주하고 있을 것이다. 이우에게 돌산을 지나 첫 마을에서 보자 하였는데, 왜 여태 감감무소식인가.

"나를 찾는 이는 없었던가."

"이쪽으로 옮긴 이후에 사람을 보내 백사를 다 둘러보았으나 다른 자를 보지는 못했다 합니다."

알겠다는 의미로 그가 고개를 끄덕였다. 옷을 갈무리하고 자리에서 일어나려던 그가 어지러움을 느끼고 휘청거렸다.

가까이 서 있던 예아가 즉시 다가가 그의 몸을 부축했다. 머리가 지끈거리고 상처 부위가 욱신거렸다. 미간을 찌푸린 채로 소하가 제 몸을 껴안다시피 하며 붙어 있는 예아를 내려다보았다.

"나흘 동안 탕약과 물 이외엔 거의 드신 것이 없어 기력이 달릴 것입니다."

그를 침상 위에 다시 앉히며 그녀가 탁자로 걸어갔다. 주전자에서 차를 따른 후 찻잔을 들고 그의 앞으로 돌아왔.

"목부터 축이셔요."

소하가 자신이 내민 잔을 거부감 없이 받아 들고 입으로 가져가자 예아가 몰래 낮은 한숨을 내쉬었다. 누워 있을 때는 그나마 괜찮았는데 깨어난 그에게 경어를 쓰며 대화를 하려니 어색하고 이상해 죽을 맛이었다. 게다가, 챙겨 놓은 숟가락까지 잃어버려 입으로 탕약을 먹이는 것까지 들켜 버렸다. 민망한 상황까지 겹쳐 빨리 벗어나고 싶은 마음이 굴뚝같았다.

"아버님께 깨어나셨다 기별하였으니 곧 이쪽으로 올 것입니다."

거기까지가 자신이 맡은 역할의 끝이라고 예아는 속으로 딱 선을 그었다. 소하를 구했고 책임지고 살려 냈다. 뒷일은 마을의 대표인 자신의 아비 후륵이 알아서 해결할 것이다. 어서 빨리 홀가분하게 손을 털고 자리를 벗어나고 싶은 마음에 예아의 발이 근질거렸다.

"목은 충분히 축인 것 같은데."

차를 마시기 전 그가 혼잣말처럼 중얼거렸다. 그 소리가 작지 않아 예아의 귀에도 들렸다. 그의 말이 제가 탕약을 먹인 것을 뜻함인지 알았지만 모른 척 예아가 문 쪽으로 몸을 돌렸다. 괜한 짓을 했다는 생각에 그녀의 입이 불퉁해졌다. 그냥 주워 오지 말 걸 그랬다. 제가 아니라도 죽을 운이 아니었으면 누군가에게 구조가 되었을 것이다.

"살려 달라 매달릴 때는 언제고."

머릿속에만 머물러야 할 말이 밖으로 튀어나와 버렸다. 순간, 제 목소리가 귀에 들리자 예아가 놀라 흠칫했다. 실수했다. 그녀가 눈을 질끈 감고 아랫입술을 깨물었다. 제발 그가 듣지 않았으면 바라며 슬쩍 곁눈질로 침상 쪽을 살폈다.

"엎."

예아가 저도 모르게 또 소리를 내고 말았다. 시선을 돌린 순간 자신을 보고 있는 그의 눈과 딱 마주치고 말았다. 들었네. 들었어.

"거짓말은 아니지 않습니까."

어쩐지 억울한 생각이 들어 예아가 대뜸 입을 열었다. 은혜도 모르면 사람이 아니지, 하는 마음으로 한 말이었다.

"누가 뭐라 하였느냐."

예의가 없다 꾸지람이라도 들을 거라 예상했었는데 의외

로 돌아오는 대답이 차분하고 단조로웠다.

예아가 반쯤 몸을 돌려 그를 보았다. 차를 머금는 모습이 무척 인상적이었다. 곧은 자세와 손끝에서 고아함이 느껴졌다. 황가의 사람이라더니 확실히 태생적으로 다른 무언가가 있었다. 마치 그에게서 빛이 뿜어져 나오는 것 같았다.

"모두가 그런 색입니까?"

뜬금없는 물음에 그가 찻잔을 내리고 예아를 보았다.

"그러는 그대는?"

"네?"

"그런 머리색이 여기선 흔한 것인가 묻는 것이네."

"아. 아닙니다. 저만 이렇습니다."

예아가 새하얀 머리카락을 만지작거리며 고개를 저었다. 그의 시선이 그녀의 얼굴에 머물렀다 거둬졌다.

"나도 그러하다."

푸른빛을 발하는 머리색은 본 적이 없었다. 해서 신기해 물은 것인데 답을 듣고 보니 괜한 짓을 했다 싶었다. 어린 시절 다른 사람과 다른 머리색 때문에 자신이 혹여 문제가 있는 것은 아닌지, 주워 온 아이는 아닌지 심각하게 고민했던 것이 떠올랐다.

후에 자신이 고대 사호족의 모습을 하고 태어난 귀한 존재라는 것을 알게 되어 안심하긴 했지만, 한동안은 마음고생을 많이 했었다. 그도 어쩌면 그랬을지 모른다는 생각이 들었다. 나는 왜 남들과 다르게 태어난 것일까 혼란스러운 시기를 거치며 힘들었던 때가 있었을 것이다. 아니면 아직도 그러한지도 모르고.

문밖에서 인기척이 들렸다. 문을 두드리는 소리에 예아가 다가가 문을 열어 주었다. 후륵이 한 발 안으로 들어서며 허리를 숙여 예를 갖췄다.

"사호족의 족장 후륵이라 하옵니다."

아직 소하가 자신을 밝히지 않았기에 황자에 대한 언급은 하지 않았다.

"구해 주어 감사하오."

소하가 찻잔을 침상 옆에 올려 두며 말했다. 일어나도 괜찮다는 말을 소하가 이리 대신했다. 그의 의도를 알아차린 듯 후륵이 허리를 세우고 조금 더 안으로 걸어 들어왔다. 후륵이 세심히 소하의 안색을 살폈다. 며칠을 정신을 잃고 있던 것에 비해 피곤해 보이는 것 말고는 외양은 괜찮은 것 같았다.

"몸은 좀 어떠십니까?"

"잘 보살펴 준 덕분에 많이 좋아진 듯하오."

완전한 하대는 아니었으나 말끝을 높이지도 않았다. 자신의 신분을 아는 자에게 굳이 존대를 할 필요는 없어서였다. 그를 후륵도 당연하다는 듯 편안히 받아들였다. 무엇을 어찌하든 그것은 상전인 소하의 마음이었다. 후륵이 바라는 것은 단지 소하가 이곳에 머무는 동안 불편함 없이 지내다 무탈하게 돌아가는 것이었다.

"어디로 연락을 취해야 할지 몰라 아직 소식을 전하지 못하였습니다."

황자인 것을 알았으니 당연히 황궁에 알려야 했지만 후륵은 섣불리 움직이지 않았다. 소하의 상태가 어찌 될지 몰라 그런 것도 있었고, 상처를 입고 백사로 들어온 연유를 모르기에 그가 깨어나기를 기다렸다. 황궁에서 자초지종을 물어 오면 답을 해 줄 수가 없어 곤란한 지경에 처할 수도 있었다.

"백사에 사람을 보내 살펴보았다는 말은 들었소."

"예. 마침 오늘 백사로 나갔던 이들이 돌아와 보고를 받았습니다. 아무도 없었다 하옵니다."

"백사에 들어서기 전 운무에 휩싸인 돌산을 지났었는데 그곳에서 일행과 헤어지게 되었소."

"돌산이라……."

들어 본 적이 없는 곳인 듯 후륵이 고개를 갸웃했다.

"백사를 벗어난 적이 없어 모르는 것이라면……."

사호족은 모래사막인 백사에 둘러싸여 외부와는 소통이 잘 되지 않는 곳이라 어쩌면 돌산에 대해 모르고 있는 것이 아닌가 하여 꺼낸 말이었다. 하나, 말이 끝나기도 전에 후륵이 고개를 저으며 부인했다.

"아닙니다. 신주국 곳곳을 다 가 보지 못하여 잘 알지는 못

하나 백사의 주변은 속속들이 꿰고 있사옵니다. 대륙의 지도 또한 가지고 있사온데, 백사 근방에 돌산은 본 적이 없사옵니다. 수개월 전 오래 알고 지내던 장사치들이 다녀갔을 때에도 그런 이야기는 듣지 못하였습니다."

"그곳에 흉측한 마물들이 살고 있었네."

소하의 말에 후륵의 미간이 좁혀졌다. 그의 상처가 예사롭지 않다 여겼는데 마물에게 당한 것이었던 모양이다. 소하가 자신에게 굳이 거짓을 꾸며 내 말할 리는 없었다.

후륵의 안색이 급격히 어두워졌다. 그가 곁에 선 예아를 돌아봤다. 둘의 대화를 얌전히 듣고만 있던 예아가 후륵과 시선을 맞췄다. 후륵이 갑자기 자신을 응시하는 이유를 그녀는 알지 못했다.

"왜요?"

후륵이 아무 일 아니라는 듯 고개를 저었다. 그가 바닥으로 시선을 옮겼다. 아무래도 예아가 꾸었다는 그 꿈과 관련이 있는 것이 아닌가 싶었다. 돌산도 그러했고 그 안에 살고 있다는 마물의 존재도 급작스러웠다. 핏빛의 붉은 별을 비롯해 모두가 불길했다.

"아무래도 돌산이 근래에 갑자기 생긴 것이 아닌가 싶습니다."

후륵의 말에 소하도 동의했다. 그도 신주국의 지도에서 돌산을 본 적이 없었다. 마물 또한 국정 지대를 초토화시키며 난리를 쳤던 두 해 전과 달리 보고된 바 없었다. 모두가 아직 사람들에게 발견되지 않은 것을 보면 나타난 지 얼마 되지 않은 것이 분명했다.

"마물과 싸우다가 일행들이 흩어져 버렸네. 돌산을 벗어나 첫 번째 마을에서 다시 만나자 했는데 여태 이곳을 찾지 않는 것을 보면 다른 곳에 간 것이 아닌가 싶네."

백사로 들어서기 이전에 마을이 있었던 것은 아닌지, 해서 그곳에서 자신을 찾고 있느라 이곳으로 오지 않는 것은 아닌지. 이우는 돌산을 벗어나는 것을 제가 보았고, 현은 그것들에게 당할 리 없으니 적어도 둘은 살아 자신을 찾을 것이었다. 한데, 자신이 백사에서 구조된 지 벌써 나흘이 지났다고 하니, 이는 필시 중간에 뭔가 어긋난 것이 분명했다.

"백사 밖으로 사람을 보내 알아보겠습니다."

"그래 주면 고맙겠네."

"빈속에 부담이 갈까 하여 부드러운 죽을 준비하라 일렀습니다."

열려 있던 문으로 모아가 모습을 드러냈다. 그녀는 김이 모락모락 피어오르는 그릇이 올려진 소반을 들고 있었다. 후륵이 고개를 끄덕이자 모아가 조신한 발걸음으로 안으로 들어섰다. 소하가 누구인지는 알 수 없으나 제 아비가 깍듯이 존대를 하는 것을 보면 지체가 높은 사람임이 틀림없었다.

모아가 들어오는 것을 보며 예아가 반색했다. 이제 모아에게 모든 것을 맡기고 자신은 이곳을 벗어날 수 있겠다 싶어서였다. 모아가 후륵 옆을 지나쳐 침상 앞에 멈춰 섰다. 소반을 어디에 두어야 할지 잠시 망설이자 예아가 고갯짓으로 소하의 다리 위를 가리켰다.

"지금 드시겠습니까?"

모아가 예아를 못 본 척 소하에게 공손히 물었다.

"저기 올려놓아 주겠는가."

"예."

탁자를 가리키는 소하의 손길을 따라 모아가 소반을 그 위에 올려놓았다. 그를 보고 예아가 입을 삐죽거렸다. 아직 다 회복이 되지 않은 몸이라 움직이는 것이 불편할 듯하여 생각해 그리한 것인데, 둘 다 침상 위에서는 무언가를 먹는 것은 아니라 생각하는 모양이었다.

'제법 살 만한가 보네.'

그럼 더더욱 자신은 필요가 없겠지. 그녀는 물러나는 후륵을 따라 자신도 나가면 되겠다고 생각했다.

"불편하시거나, 따로 필요한 것이 있으시면 말씀해 주십시오. 그럼."

드디어 후륵이 인사를 했다. 모아에게 일러둘 말이 있는 듯 그가 탁자 옆에 선 그녀를 돌아봤다.

"갈아입으실 옷가지도 준비하도록 하고, 시종들에게 세심히 살피라 이르고."

"예."

 둘이 주고받는 말에 예아의 기분이 한껏 들떴다. 나흘 만이었다. 잠깐 자신의 방에 들르거나 몸을 씻는 것 외에 이곳을 벗어난 적이 없었다. 드디어 외출을 할 수 있겠다는 생각에 벌써부터 기분이 좋아졌다.

 골치 아픈 짐짝을 드디어 치워 버렸다는 듯 즐거워하는 그녀의 얼굴을 소하가 곁에서 지켜보고 있는 줄은 전혀 모르고 있는 듯했다. 그게 왜 그냥 두고 보기 싫던지. 모아에게 주의 사항을 일러 주고 있는 후륵을 소하가 불렀다.

"족장."

"예."

"굳이 사람을 바꿀 필요가 있겠는가."

"예?"

 의아해하는 후륵에게 시선을 던지며 소하가 말을 이었다.

"나에 대해 익히 아는 사람이 곁에 있는 것이 더 편할 듯하여 하는 말일세."

 그의 말에 후륵과 모아의 시선이 일제히 뜨악해 있는 예아에게로 향했다.

 그녀의 눈에 쌍심지가 켜졌다. 여태 참고 얌전히 간병에 힘쓴 게 어딘데 어딜 물고 늘어지냐는 속내가 그녀의 얼굴에 고스란히 드러나 있었다. 혹여 거친 말이 쏟아져 나오진 않을까 염려되어 모아가 얼른 달려가 예아의 입을 틀어막았다.

"나흘을 쉬지 않고 보살핀 터라 저 아이에게도 휴식이 필요할 듯하여, 제 첫째 아이에게 잠시 맡기려 하였사옵니다."

생색을 내려던 것은 아니었으나 후륵은 할 수 없이 그동안 고생하였으니 이만 쉬게 해 주는 것이 어떠하냐는 말을 꺼냈다. 예아의 성격상 이 방에 더 가둬 두는 것은 무리가 있음을 알기에 그런 것이었다. 바깥바람이라도 쐬게 해 주어야 그나마 왈가닥 성격을 드러내지 않을 듯싶었다.

"이미 백사에서 다 보았으니 숨길 것 없소."

한쪽 입가를 비식 끌어 올리며 소하가 불만 가득한 눈으로 자신을 쏘아보고 있는 예아를 직시했다. 그의 말에 이번에는 셋의 눈이 동시에 커졌다. 후륵이 말의 뜻을 알아듣고 이마를 탁 쳤다. 그때는 누군지 몰랐을 때이니 하대는 기본이었을 것이다. 정신이 있을 때 란이 낚아챈 것이라면…….

혼절의 이유가 란 때문일지도 모른다는 생각에 이르자 후륵의 눈앞이 아득해졌다.

"볼 거 못 볼 거 다 본 사이니 내 행동하기도 이쪽이 훨씬 편할 듯한데."

덧붙인 말에 예아의 말문이 딱 막혔다. 옷을 벗긴 것이며 입술로 탕약을 먹인 것을 두고 한 말임이 분명했다. 다 저를 위한 것인데 어떻게 그걸 협박하는 용도로 쓸 수 있는 것인지.

옷을 벗긴 것은 다른 사람들도 아는 터라 상관없었다. 처음 풀어 헤친 것이 후륵이기도 했고, 저는 열을 내리기 위해 마저 벗겨 빨래를 맡긴 것이니. 그런데, 탕약을 입으로 먹인 것은 달랐다. 그 누구도 모르는 일이었다. 소하와 자신밖에는.

"옷은 열을 식히기 위해 제가 벗긴 것입니다."

후륵이 예아를 도우려 입을 열었다. 볼 거 못 볼 거 다 본 사이라는 말이 상의를 벗겨 둔 것을 두고 하는 말이라 여겨서였다. 과년한 여식이 엄한 오해를 받을까 염려되는 마음에 나선 것인데, 예아가 갑자기 두 팔을 들어 격하게 흔들었다.

소하의 입이 열리는 것을 보고 그런 것이다. 그에게서 나올 말은 뻔했다. 탕약에 대한 것이겠지. 그는 어떻게 해서든 예아를 곁에 두고 부리려 할 것이다. 며칠 더 고생한다 생각하고 그냥 탈출을 포기하는 게 나을 성싶었다.

"제가 하겠습니다."

입을 막고 있는 모아의 손을 거둬 내고 예아가 체념하며 말을 뱉어 냈다. 후륵과 모아가 의외라는 듯 그녀를 보았다. 예아가 어깨를 으쓱하며 말을 덧붙였다.

"객께서 제가 편하다고 하시니 어찌하겠습니까. 좋은 마음으로 도와 드려야지요."

어쩐지 말 속에 뼈가 있는 듯했다. 객이라는 말 앞에 불청이란 것이 붙어 있는 것처럼 느껴졌다. 행여나 예아가 말을 번복할까 싶어 후륵이 모아에게 눈짓하며 뒤로 슬쩍 물러났다.

"그럼 네가 좀 수고를 해 주어야겠구나."

그리 말하곤 냉큼 몸을 돌려 문으로 걸음을 옮겼다. 그런 후륵을 뒤따라가며 모아가 힐끔 예아를 돌아보았다. 이리 고분고분 나올 예아가 아닌데 이상해서였다. 제가 모르는 것이 소하와 예아 둘 사이에 있었던 것이 분명했으나, 분위기로 보아 물어봐도 대답은 하지 않을 것 같았다. 예아가 소하에게 어떤 실수를 했을 거라는 추측만 할 뿐이었다.

제발 저러다 또 실수하는 일은 없어야 할 텐데.

문을 나서는 모아의 얼굴 가득 근심이 서렸다.

"죽 좀 가져다주지."

탁자 위에 두라고 했던 것을 예아와 둘이 남게 되니 소하가 편하게 침상으로 가져오라고 했다. 어이가 없어 예아가 허 하고 입을 벌렸다가 잘근 깨물었다. 화를 낸들 자신만 손해일 것 같았다.

소반을 들고 그의 곁으로 다가선 예아가 성질을 꾹 누르고 얌전히 소하의 다리 위에 그것을 내려놓았다. 예아가 그를 보며 눈을 가늘게 늘였다.

"천천히 드시지요. 체하면 큰일이니."

꼭 체하기를 바라고 하는 말 같았다. 소하가 고개를 끄덕이며 소반으로 손을 뻗었다. 그의 입매가 비스듬히 말려 올라갔다.

"다행이군. 이번엔 숟가락이 있어서."

혼잣말처럼 흘려 낸 그의 말에 예아의 입이 뜨악해 벌어졌다. 저럴 줄 알았다. 못 하겠다 거부했으면 분명 예아가 입으로 탕약을 먹인 것을 말했을 것이다. 살려 준 은혜도 모르고.

숟가락을 들어 죽을 조금 떠올리는 그의 모습을 한껏 노려보고 선 예아의 손이 불끈 쥐어졌다. 그냥 한 대 쳐서 다시 혼절하게 만들어 버릴까 하는 충동이 일었다. 누구에게 말로져 본 적이 없는데 소하에게는 이상하게 말려드는 기분이 들었다. 괜한 것을 주웠다.

부들거리는 예아의 주먹을 보며 소하가 즐거이 죽을 입으로 가져갔다. 제 주변에선 보지 못한 여인의 모습이라 그런지 모르나, 발끈하는 모습을 자꾸만 보고 싶어져 일부러 그녀를 곁에 두겠다 말했다.

"후우, 후우."

예아가 분을 삭이려는 듯 깊이 숨을 몰아쉬는 소리가 들렸다. 그의 입매가 더 짙어졌다. 죽을 떠올리며 그가 웃음기를 누른 채 말했다.

"이름을 듣지 못한 듯한데."

잠깐의 틈을 두고 그녀의 목소리가 들려왔다.

"여예아라 합니다."

"나는 소하라 한다."

그의 이름을 들을 거라는 생각은 못 했던 듯 부들거리던 그녀의 손이 멈췄다. 원래 황족의 이름은 알아도 부를 수가 없었다. 아는 사람 또한 황족과 황궁에 관련된 사람 외에는 없다 들었다. 그가 왜 자신의 이름을 알려 주는지 예아는 그 속내를 알 수가 없었다. 의아해 고개를 갸웃거리는 예아를 두고 소하는 그녀의 말대로 천천히 죽을 삼켰다.

그와 함께 있는 것이 불편해서라도 예아가 어서 빨리 소하의 일행을 찾아 달라 제 아비인 후륵을 재촉할 것이다. 그가 여기 머무는 것이 모두에게 부담이 될 터. 일행이 어서 자신을 찾아오기를 소하 역시 바라고 있었다.

5. 백사에 부는 바람

青海

 마을로 돌아온 지 얼마 되지도 않았는데 후륵이 다시 파타에게 백사 외곽 지역에 대한 정찰을 명했다. 백사 외부로 나가는 것은 이례적인 일이었다. 특별한 경우가 아니고서는 굳이 먼 길을 나설 이유가 없었다. 전에 없던 돌산이 생겼는지 알아보고 가까이는 가지 말되, 그 주변이나 가까운 곳에 혹여 누군가를 찾고 있는 사람들이 있는지 살펴보고 만나게 되거든 데리고 오라는 게 주된 지시 사항이었다.

 돌산에 관해서는 지형의 변화를 확인하기 위함인 듯했고, 두 번째는 예아가 구해 온 외지인과 관련된 일인 듯했다. 일행이 있었으나 어쩌다 떨어져 나와 백사에서 길을 잃은 모양이었다. 일행을 사호로 데리고 오라는 것은 외지인이 운신이 힘들다는 것을 뜻했다.

나흘이면 기력을 회복하고도 남았을 텐데, 단 한 번을 밖으로 나와 보질 않았다고 했다. 란이 떨어트린 직후 곧장 족장의 집안사람들이 데려가 외지인을 제대로 본 사람은 아무도 없었다. 해서 상태가 어느 정도였는지 알 수 없었다.

보통은 사막에서 길을 잃고 헤매느라 지쳐 탈수 증상으로 쓰러지는 경우가 다반사였다. 한데 아직까지도 밖으로 나올 수 없을 만큼 몸 상태가 안 좋은 거라면 외상을 입었을 가능성이 높았다.

대체 무슨 일이 있었기에.

파타는 돌산 가까이 가지 말라는 후륵의 말에서 그 이유를 찾았다. 그 속에 무언가 있는 것이 틀림없었다. 갑자기 없던 돌산이 생겼을 거라는 것도 그렇고, 아무튼 뭔가가 다 이상했다.

가 보면 알겠지.

후륵이 이유 없이 명을 내리진 않았을 것이다. 백사는 드넓었다. 끝을 알 수 없이 펼쳐진 새하얀 세상이 가도 가도 끝없이 이어지는 느낌이 들 만큼. 길을 잃고 헤매는 자들에겐 신기루가 더해져 더 아득하게 보이기도 했다. 그런 연유로 백사의 외곽으로 나가는 일은 쉬운 것이 아니었다.

외곽도 딱히 어느 방향이라 정해 준 것이 아니라 사방팔방을 뛰어다녀야 할 판이었다. 정말 백사의 사호가 되어야 할

지도 몰랐다.

 백사로 떠나는 길에 파타가 예아의 방이 있는 창문 쪽을 올려다보았다. 정찰대가 떠날 준비를 하느라 소란스러운 것을 들었을 텐데도 예아의 방 창문은 여전히 굳게 닫혀 있었다. 백사에서 돌아왔을 때는 부디 몸이 나아져 마중을 나와 주기를 바라며 파타가 발걸음을 돌렸다.

 창을 통해 들어온 햇살이 예아의 얼굴 위를 침범했다. 감은 눈이 따끔거려 그녀가 부스스 눈꺼풀을 떠 올렸다. 햇살이 눈이 부셨다. 눈을 비비적거리며 그녀가 창을 돌아봤다. 깜빡깜빡 눈을 감았다 뜨기를 반복하던 예아가 벌떡 상체를 일으켰다.
 "해가 왜 이렇게 밝은 거지?"
 이불을 걷어 침상에서 내려온 예아가 창으로 달려가 창문을 열어젖혔다. 해가 중천에 떠 있었다. 이렇게 늦게까지 잠을 자 본 적이 없었다. 언제나 날이 밝기 무섭게 일어나 활동하던 그녀였다. 예아가 고개를 숙인 채 절레절레 흔들었다.
 며칠간을 내내 소하를 보살피느라 불편하게 지내다 오랜만에 제 방으로 와서 잠을 잤다. 그동안 쌓여 있던 피로가 한꺼번에 쏟아진 모양이다. 이리 정신없이 잠을 잔 것을 보면.
 "너무 많이 시달린 탓이야."
 예아의 머릿속에 황자의 얼굴이 떠올랐다. 즉시 그녀의 눈이 가늘게 늘여지고 입술이 삐죽이 튀어나왔다. 망할 황자 때문에 그녀의 자유가 박탈당했다. 드디어 간병에서 벗어날 수 있다고 생각했는데 그가 끼어드는 바람에 헛된 꿈이 되고 말았다.

"깨어나면 편할 줄 알았더니, 더 피곤해졌어."

은혜도 모르는 속 좁고 괴팍한 사내라고 예아는 속으로 그를 곱씹었다. 한숨을 푹 내쉬며 창밖을 내다보다 정신이 번쩍 들었다. 해가 이리 중천이면 끼니때가 한참 지났다는 뜻이었다. 다른 때라면 끼니 한 번 못 챙긴 것에 이리 신경을 쓰지는 않았을 것이다. 제가 먹을 것이니까. 하지만 지금 챙기지 못한 것은 예아 자신의 것이 아니었다.

"누가 대신 챙겼겠지?"

허둥지둥 옷가지를 챙겨 입고 시녀가 가져다 놓은 대야의 물로 세안도 했다. 단장은 원래도 하지 않았지만 오늘은 머리를 다듬는 것도 방을 나서며 대충 손으로 쓸어 넘기는 것으로 대신했다. 문을 박차듯 벌컥 열고 나서자 복도를 지나던 시녀들이 놀라 예아를 돌아보았다.

"객께선 일어나셨는가?"

내달리다시피 소하가 머물고 있는 방 가까이로 걸어온 예아가 때마침 다가오는 시녀에게 물었다. 거친 숨을 몰아쉬며 다급히 묻는 말에 시녀가 놀란 눈을 하고 고개를 끄덕였다. 바로 코앞에서 걸음을 멈춘 예아가 방문을 힐끔거리며 혼잣말처럼 작게 중얼거렸다.

"조반은 이미 드셨겠지?"

"그건 저도 잘……."

"몰라?"

"예. 손님방은 출입이 금지되어 저희들은 들어가지 못하질 않습니까."

"아, 그렇지. 그렇긴 한데 혹시나 누가 나 대신 챙겼나 해서 물어본 거지."

그럴 리 없다는 걸 누구보다 예아 본인이 잘 알고 있었다. 소하의 방에 출입할 수 있는 건 그녀밖에 없었다. 그러니 모든 건 그녀가 책임지고 챙겨야 했다. 물론 음식을 준비하는 이는 따로 있으나 그것을 소하에게 전달하는 건 소하의 몫이었다.

"왜 안 깨웠지."

분명 소하의 식사와 제 것을 챙겨 두었을 텐데 아무도 그녀를 깨우지 않았다. 아무래도 어젯밤 예아가 자신의 방에서 잔 것을 몰랐던 게 아닌가 싶다. 객의 방엔 함부로 들어갈 수가 없고 예아는 나오질 않으니 이러지도 저러지도 못하고 있었던 게 아닐까. 아니면 깨우기 위해 문을 두드렸을 수도 있었다. 예아의 방문이 아닌 눈앞의 바로 저 문을 말이다.

"내 잘못인데 누굴 탓해."

고개를 절레절레 흔들며 한숨을 푹 내쉰 예아가 그만 가 봐도 좋다고 시녀에게 손짓해 보였다. 가던 길로 다시 발걸음 하는 시녀를 두고 그녀가 문을 향해 몸을 돌렸다. 자신이 늦잠을 자는 바람에 소하가 조반을 먹지 못하고 여태 굶고 있을 거라 생각하니 미안한 마음이 앞섰다.

문밖에서 인기척을 낸 후 조심스럽게 문을 열었다. 안에서는 아무런 소리가 들리지 않았다. 어쩌면 그도 자신처럼 이 시간까지 자고 있을지도 모른다는 생각이 들었다. 살그머니 안으로 들어서며 침상 쪽을 살폈다.

"어?"

누워 있을 것이라 생각했던 소하는 침상에 없었다. 텅 빈 침상을 발견하고 예아가 의아해하며 걸음을 옮겼다. 자박자박 침상으로 다가서던 발걸음이 빨라졌다. 후다닥 다가가 이불을 들췄다. 편편하게 깔려 있던 이불 속에 역시 아무도 없었다.

"뭐야. 왜 없어?"

무척 당황스러웠다. 자리에 누워 있어야 할 사람이 온데간데없으니 그럴 수밖에. 침상 주변을 살피던 그녀의 시야에 활짝 열려 있는 창문이 들어왔다. 땅으로 꺼진 것이 아니라면 혹시 하늘로 솟은 건가?

어처구니없는 생각임을 알면서도 예아의 발은 이미 창문을 향해 움직이고 있었다.

창밖으로 상체를 기울여 밖을 살피고 위로 고개를 들었다.

왼쪽 상단에서 무슨 소리가 들렸다. 절로 그녀의 시선이 그쪽으로 돌아갔다. 사선으로 위쪽에는 그녀의 방 창문이 있었다. 누군가 그녀의 창턱을 밟고 지붕 위에서 아래로 내려오고 있었다.

그녀의 눈이 동그랗게 커졌다. 정말 하늘로 솟은 것처럼 위쪽에서 소하가 내려오고 있었다. 가볍고 날렵하게 몸을 움직여 금방 그녀가 있는 창문까지 그가 이동해 왔다. 그의 머리가 그녀의 머리 위로 불쑥 다가왔다. 허공에서 그의 눈과 예아의 눈이 마주쳤다.

"아."

예아가 있을 줄은 몰랐던 듯 그가 급히 동작을 멈췄다. 창을 출입구로 사용한 모양이다.

"정말 하늘로 솟은 거였네."

멍하니 혼잣말을 중얼거리는 예아를 보며 그가 피식 낮게 웃었다. 다시 몸을 움직이는 그를 보고 놀라 예아가 두 팔을 뻗었다. 갑작스런 그녀의 행동에 이번에는 오히려 소하가 당황했다. 자신이 창턱으로 내려서면 당연히 그녀가 뒤로 물러날 것이라 생각하며 발을 내렸는데 예아가 생각과 다르게 행동했던 것이다.

마치 그를 받아 안기라도 하겠다는 듯 창문으로 들어오려는 그를 향해 팔을 벌렸던 것이다. 그의 입꼬리가 호선을 그리며 위로 올라갔다. 하는 행동마다 어찌 이리 엉뚱하고 예

측 불가한 것인지. 자신보다 더 크고 무거운 사내를 받아 안
겠다는 발상 자체가 우스웠다.

아무래도 예아에게 소하는 아직도 보호해 주어야 할 환자
인 모양이었다.

"받을 수 있으려나?"

매혹적인 미소가 그의 입술에 만들어졌다. 그가 작게 입술
을 달싹거리며 훌쩍 창 안으로 뛰어들었다.

예아가 반사적으로 두어 걸음 뒤로 물러났지만 팔을 거두
거나 소하를 피하지는 않았다. 자신을 훨씬 뛰어넘는 신장
때문에 그를 받아 안는 것은 현실적으로 어려웠다. 그저 앞
뒤 잴 것 없이 소하가 다치면 안 된다는 생각에 몸이 먼저 반
응한 것이었다.

그의 몸이 맞닿아 오자 예아의 상체가 뒤로 휘었다. 그를
안기는 했으나 중심이 흐트러졌다. 하마터면 그와 함께 바
닥으로 나뒹굴 뻔하였다. 소하가 그녀의 허리를 감싸 다리로
버티고 서지 않았다면 벌써 그리되었을 것이다.

"마음은 고마우나 다음부턴 생각을 먼저 하고 움직이는 것
이 좋을 것 같소."

그를 껴안은 채 가슴에 얼굴을 파묻듯이 하고 있던 예아의
귀에 조곤조곤 타이르는 목소리가 들려왔다. 말의 뜻을 이해
한 듯 예아의 얼굴이 화르륵 타올랐다.

예아가 팔을 풀고 뒤로 물러나려 했다. 그의 품에 안겨 있

는 자세가 되어 버린 것이 여간 민망스러운 게 아니었다. 하지만 팔을 벌렸음에도 불구하고 그녀의 몸은 자유롭지 못했다. 허리가 여전히 그의 팔에 휘감겨 있어서였다.

"혹여 다치실까 염려되어······. 다음부턴 그렇게 하겠습니다."

그러니 어서 빨리 놓아 달라고 고개를 푹 숙인 채 예아가 말했다. 차마 그의 얼굴을 마주 볼 수가 없었다. 누가 누굴 걱정한 것인지. 그냥 그가 들어올 수 있게 자리만 비켜 주었으면 되었을 텐데 괜한 오지랖을 부린 것이 화근이었다.

놓아줄 때가 되었는데 아무 기척이 없어 그녀가 어쩔 수 없이 고개를 들어 그를 올려다보았다. 소하가 자신의 머리를 가만히 내려다보고 있었다. 정확하게는 그녀의 새하얀 머리카락을 보고 있는 것이었다.

의아해 쳐다보는 그녀의 시선은 느끼지 못한 듯, 그가 허리를 휘감았던 손을 들어 올려 그녀의 머리카락을 살짝 매만졌다. 그에 예아의 미간이 미세하게 꿈틀거렸다.

왜 갑자기 남의 머리카락을 만지고 이러실까? 속으로 구시렁거렸지만 그의 손을 떼어 낼 생각은 하지 못했다. 뭔가 느낌이 묘했다. 머리카락에 감각이 있는 것도 아닐 텐데 참 이상했다.

"설원이 떠오르는 색이로군."

그의 입술이 달싹거렸다. 그 입술을 예아가 가만히 바라보았다. 모두가 그녀의 머리색을 보면 백사를 닮았다고 했다. 눈을 본 적이 없는 사람이 많은 곳이라 그렇기도 했고, 달리 비교할 것이 없기도 했다.

자신의 머리를 보고 설원을 말한 사람이 처음이라 그랬을까? 예아가 그의 입술에서 시선을 떼지 못하며 물었다.

"설원이 눈이 쌓인 세상을 말하는 것이지요?"

그가 고개를 끄덕였다. 예아의 시선이 조금 더 올라가 그의 눈을 마주했다.

"눈은 새하얗다고 하던데, 정말 제 머리색과 똑같습니까?"

벗어나겠다고 할 때는 언제고 이젠 제가 더 바짝 붙어 오며 뒤꿈치까지 들고 섰다.

"햇살에 반사되면 반짝반짝 예쁘게 빛이 난다고 하던데, 정말입니까?"

외지에서 오는 장사치들이 나누는 대화 속에 가끔 등장하는 것만 들었었지 직접 눈이 어떤 것인지 상세히 전해 들은 적이 없었다. 손에 닿으면 사르르 녹아 없어지는 차갑고 새하얀 눈을 언제나 상상만 했었는데 그에 대해 말해 줄 사람을 드디어 만난 것이다.

"하늘에서 내려오는 눈을 손바닥으로 받으면 녹아 없어진다 하던데, 참입니까?"

떨어질 생각은 하지 않고 눈까지 반짝 빛을 내며 질문을 연신 해 대는 예아 때문에 소하가 살짝 당황했다. 머리카락을 만지작거리던 그의 손이 멈췄다. 그녀의 머리카락에 손을 댄 것은 그답지 못한 행동이었다. 자신의 머리색이 그렇듯이 남들과 다른 이색적인 예아의 머리색이 신기하여 저도 모르게 손이 움직인 것이다.

그녀의 머리를 보며 시리도록 차갑고 혹독했던 북성의 설원이 떠올랐다. 해서 한 혼잣말이었다. 그에 예아가 이런 반응을 보이리라고는 생각지 못했다.

그가 뒤로 한 발 물러섰다. 이미 손도 모두 예아에게서 떨어진 후였다. 그런데 예아가 딸려 왔다. 마치 몸이 맞붙은 것처럼.

"손이 시리다는 건 어떤 느낌입니까? 쌓인 눈을 밟을 때는 또 어떠합니까?"

몰아붙이듯 다가서는 것을 피하느라 뒷걸음질 치던 소하의 몸이 창에 닿아 멈췄다. 아무래도 예아는 자신이 여인이라는 자각이 없는 듯했다. 사내와 이리 밀접하게 몸이 맞닿았는데 놀라 떨어지기는커녕 더 붙여 오니 말이다.

소하가 팔을 뒤로 돌려 창틀을 붙잡았다. 밀어내야 하나 말아야 하나 망설여졌던 것은 먼저 그녀에게 짓궂은 장난을 친 것이 자신이라서였다. 몸에 손을 댄 것도 그러했고.

유독 반색하며 자신을 빤히 응시하고 있는 예아를 보니 궁금한 것을 듣기 전에는 물러서지 않을 것 같았다. 그녀의 궁금증에 불을 지핀 것 또한 자신이니 대답은 해 주는 것이 좋을 듯싶었다. 일단은 한껏 들떠 있는 예아를 진정시키는 것부터가 먼저였다.

"어디 좀 앉아서 말을 했으면 싶은데. 옆구리가 아파서."

"아, 네."

다친 곳이 아프다는 말에 예아가 얼른 뒤로 물러났다. 그의 상처가 걱정이 되기는 하는 모양인지 그 와중에도 시선을 내려 다친 부위를 살폈다. 보면 볼수록 독특하고 재미있는 여인이었다. 그의 주변에선 좀체 찾아볼 수 없는 유형이라 더 그러했다.

"다행히 아직 터지진 않은 것 같은데."

괜찮다는 의미로 그가 한 손을 들어 보였다. 그러곤 그 손으로 침상 쪽을 가리켰다. 그쪽으로 옮겨 가자는 뜻이었다. 예아가 고개를 끄덕이며 옆으로 비켜섰다. 자세를 바로 세운 소하가 그녀의 앞을 지나쳐 침상으로 걸어갔다. 그 뒤로 예아가 뒤따랐다.

침상에 걸터앉는 소하를 보고 주변을 두리번거리던 예아가 의자를 끌고 와 그의 앞에 마주 앉았다.

올곧은 자세로 앉아 무릎 위에 가지런히 손을 모으고 소하를 바라보는 예아의 눈빛이 참 정갈했다. 그녀를 알게 된 이후 처음으로 보는 공손함이었다. 이런 모습일 때도 있구나 생각하며 소하가 운을 뗐다.

"눈은……."

그 한마디에 금방 예아의 눈이 초롱초롱 빛이 났다.

"그대의 머리빛깔처럼 새하얗고 솜털처럼 가벼우며 시리게 차갑지."

머릿속으로 그가 한 말을 떠올리며 상상을 하는 듯 그녀의 입술이 고운 선을 만들어 내며 위로 휘었다. 머리에 그려진 것이 제법 어여쁜 모양이다.

"차갑다는 것은 시원하다는 것과는 다른 것이지요? 혹여 얼음을 만졌을 때와 같은 그런 느낌을 말하는 것입니까?"

시리게 차갑다는 것이 어느 정도인지 가늠이 안 되는 듯 그녀가 얼음에 비유하며 물었다. 소하가 느낀 설원은 얼음과는 비교가 되지 않는 지독한 한기 그 자체였다. 그것을 어찌 말해 주면 이해가 쉬울까? 아무리 생각해 보아도 적절한 것이 없었다. 굳이 설원이어야 할까. 하늘에서 내리는 눈송이는 그저 차갑다는 말만으로도 충분했다. 그것은 얼음의 차가움과 비슷하지 않을까.

한참을 말이 없던 그가 고개를 끄덕이자 그녀도 동화된 듯 같이 고개를 주억거렸다. 더불어 해사한 미소가 그녀의 얼굴에 번졌다. 그 미소가 어여뻐 소하가 예아의 얼굴에서 눈을 떼지 못했다.

문득 자신이 너무 그녀의 얼굴을 대놓고 뚫어져라 보고 있다는 것을 인지하고 그가 슬쩍 시선을 돌리며 창 쪽을 돌아봤다.

"한데, 아까 창가엔 왜 서 있었던 것이오."
"아 참."
그제야 제가 그를 찾은 이유가 떠올랐던지 그녀의 눈이 동그랗게 커졌다. 조반을 어찌하였는지, 지금이라도 식사를 준비해서 올려야 할지 그것을 물어야 했는데 쉬이 말이 나오지 않았다. 미안하고 민망하여.
"그곳에 왜 올라가셨던 것입니까?"
이번에는 그녀가 화제를 돌려 물었다. 예아도 창을 응시했다. 난데없이 문도 아니고 창을 통해 나가서 위험하게 지붕 위엔 왜 올라간 것인지. 거기서 무엇을 했는지 묻고 나니 진심으로 궁금해졌다.
"보고 싶어서."
"예? 무엇이 말입니까?"
"아침부터 활기찬 사람들의 목소리가 창을 넘어 들려오기에, 한 번도 와 본 적이 없는 사호가 어떤 곳인지 궁금하여 보고 싶었소. 해서 잘 보이는 곳을 찾아 올라간 것이지."
예아가 그에게로 시선을 옮겼다. 그의 입술이 엷은 미소를 머금고 있는 것을 보니 사호가 제법 마음에 들었던 모양이다. 그녀도 방긋 웃었다. 사호에 대한 그녀의 애정과 자부심은 매우 컸다. 황자인 소하에게 사호가 좋은 인상을 남긴 것 같아 예아의 마음이 뿌듯해졌다.
신주국에 속해 있으나 지도로만 보아 왔던 사호였다. 자신의 백성이 살고 있는 곳임에도 관심을 기울이지 않은 것이 소하는 조금 미안했다. 나라의 관리를 제대로 받지 못하고 있음에도 사호는 아주 훌륭하게 자율적으로 운영되고 있었다. 마을을 다스리는 족장의 능력이 탁월하고 모두가 그를 믿고 따르니 그리되는 것이 아닐까 싶었다.

소하는 평화롭고 온화한 마을의 풍경을 바라보며 신주국의 백성 모두가 이리 행복하였으면 좋겠다는 생각을 했다. 자신이 꼭 그리 만들리라는 다짐도 했었다. 그러기 위해서는 신탁을 꼭 통과해야만 했다. 사호에서 잠시 머무는 동안 머릿속을 정리하고 계획을 면밀히 세워 심기일전하여 다시 일행들과 길을 나설 것이다.

그리 각오를 다지고 내려오는 길이었다. 해가 중천에 떴음에도 깨어날 줄 모르고 깊은 잠에 빠져 있던 예아가 자신의 방 창문에 서 있을 줄은 미처 몰랐다. 분명 소하가 지붕으로 올라가기 위해 그녀의 창틀을 밟았을 때만 해도 예아는 침상에 누워 있었는데 말이다.

그러고 보니 내려올 때는 닫혀 있던 그녀의 창이 열려 있었다. 일어나 창을 열었다면 제법 요란스러웠을 텐데 왜 듣지 못하였을까. 의아해하던 그의 머릿속에 떠오르는 것이 있었다. 마을의 우물 쪽에서 왁자지껄한 웃음소리가 나기에 일어나 살핀 때가 있었다. 그의 시선과 귀가 그쪽에 쏠려 있는 사이 그녀가 일어났던 모양이다.

소하가 그녀를 돌아보며 물었다.

"식사는 하였소?"

늦게 일어났으니 뭘 먹었을 리 만무했다. 그의 물음에 뜨끔한 듯 예아가 어색한 미소를 지으며 고개를 천천히 가로저었다. 힐끔 눈치를 보는 것을 보니 소하의 식사를 챙기지 못한 것 때문에 신경이 쓰이는 듯했다. 안 그래도 며칠을 탕약만 취했던 소하였기에 식사를 잘 챙겨 먹어야 했다.

"제가 조반을 챙기지 못했습니다. 송구합니다."

그런 것까지 챙겨야 하나 툴툴거리는 것이 아니라 진심으로 미안해하는 것이 예아의 표정과 꼼지락거리는 손을 통해 고스란히 전해졌다. 살리겠다고 입으로 탕약도 먹여 주었는데 끼니 하나 거른 게 뭐라고.

"그대를 잠에서 깨지 못할 정도로 곤하게 만든 건 내 탓이니 그리 미안해할 필요 없소."

그가 자리에서 일어났다. 덩달아 의자를 밀어내며 예아도 몸을 일으켰다.

"식사가 가능한 곳이 여럿 있는 것 같던데. 어디가 가장 맛이 좋소? 오늘은 밖으로 나가 배를 채워 보고 싶은데."

문으로 걸어가는 그의 뒤를 따르며 예아가 걱정스럽게 물었다.

"거동을 하셔도 괜찮으시겠습니까?"

"간병을 하는 이가 아주 잘 돌보아 주어 뛰어다녀도 될 만큼 가뿐하오."

"하지만……."

예아가 얼른 고개를 내밀어 그의 상처 부위를 살폈다. 옷을 입고 있어 제대로 볼 수 없음에도 이리저리 둘러보며 걱정하는 것이 꽤 귀여웠다. 소하의 몸이 그리 약한 편이 아닌데 며칠 정신을 차리지 못한 것 때문인지 예아는 그의 말을 영 못 미더워하는 눈치였다. 저러다 또 쓰러지면 안 되는데 하는 염려가 그녀의 눈빛에서 읽혔다.

"창문을 넘나드는 것을 보고서도 걱정이야."

혼잣말처럼 툭 뱉어 낸 소하의 말에 웃음기가 묻어났다. 문을 열고 나서는 그의 뒤에 바짝 붙어서며 예아가 그의 얼굴을 빤히 응시했다. 수시로 말끝을 올렸다 내렸다 참 제멋대로다 싶어서였다.

사호족의 족장은 신주국의 계급 제도에 맞춰 보면 성주와 같은 위치였다. 그 여식에 대한 예의를 갖추려면 황자라 해도 완전한 하대는 하지 않을 터. 그가 말을 낮춘 것은 그녀가 처음 함부로 대했던 것에 대한 반격과 같은 것이었다. 그 정도는 자신도 실수를 했기에 예아도 크게 신경 쓰지 않았다. 대놓고 하대를 한다고 해도 그것은 황자의 마음이라 수긍하고 받아들였을 것이다. 한데, 이랬다저랬다 하니 일부러 약을 올리려 저러는 것인가 하는 생각이 들었다.

고개를 갸웃하며 생각에 잠긴 그녀를 소하가 우뚝 걸음을 멈추고 돌아보았다. 그를 보지 못한 예아가 그대로 걷다가 그의 몸에 살짝 부딪쳤다. 한 걸음 뒤에 서 있던 터라 그가 돌아섬과 동시에 부딪친 것이다.

"아. 죄송합니다."

정신을 딴 곳에 팔고 있다 그런 것이라 예아가 얼른 사과를 했다. 그가 갑자기 그녀의 팔을 잡아끌었다. 앞으로 쏙 딸려 가며 예아가 의아한 눈으로 그를 쳐다보았다.

"나란히 걸었으면 부딪힐 일도 없었을 것을."

"그러면 아니 되는 것 아닙니까?"

"무엇이?"

그의 물음에 예아가 잠시 주변을 휘둘러보았다. 혹여 듣는 귀가 있을까 봐 그녀가 발을 돋우며 그의 귀 가까이 입을 가져갔다. 뭔가 할 말이 있는 듯하여 소하가 그녀 쪽으로 고개를 기울였다. 예아가 작게 그만 들을 수 있는 목소리로 속삭였다.

"황자님과 나란히 걷는 것은 불경죄에 해당하는 것이라 들었습니다."

"훗."

저도 모르게 웃음이 튀어나왔다. 그에 예아의 눈이 동그랗게 떠졌다. 분명 아는 그대로 말한 것인데 어찌 그리 웃는 것인가 싶어서였다.

소하가 손으로 입을 가렸다. 쉬이 웃음이 지워지지 않아서였다. 그가 고개를 돌렸다. 그의 볼에 제 입술이 닿자 예아가 놀라 반사적으로 뒤로 얼굴을 물렸다. 그녀의 턱으로 소하의 손이 뻗어 왔다. 살포시 턱을 잡아 돌리더니 예아의 귀에 입술을 가져다 댔다.

"그리 말하기엔 이미 너무 많이 불경했던 것 같은데."

"…아."

예아의 턱에서 그의 손이 거둬지고 귀에서 입술이 멀어졌다. 느릿하게 작은 탄성을 토해 낸 그녀가 멍하니 허공을 응시했다. 그녀의 머릿속으로 그에게 저질렀던 불경한 행동들이 주마등처럼 스쳐 지나갔다. 꽤 많긴 했다. 더불어 자신이 불경죄를 입에 올렸을 때 왜 그가 웃었는지도 충분히 이해할 수 있었다.

"하니 그런 것 신경 쓰지 말고 나란히 걸읍시다."

"예에."

한숨처럼 길게 답하며 예아가 그의 발걸음에 맞춰 걸음을 옮겼다. 짧은 사이에 참 많은 것을 하였다 싶었다. 그래도 나란히 걷는 것도 허하고 그녀의 말을 가볍게 웃어 넘겨 준 것을 보면 그가 예아의 불경했던 행동들을 들먹이며 벌하는 일은 없을 듯싶었다.

"밖에서 식사를 하고 올 것이니 아버님께 그리 전해 주게."

"예, 아가씨."

문지기가 예아와 함께 나서는 소하를 힐끔거리며 답했다.

그가 자신에게는 예의를 갖추면서 소하에겐 고개만 슬쩍 숙여 보이는 것으로 대신했다. 그가 누구인지를 모르니 그냥 평소 객에게 하듯이 행동한 것이다. 그것이 예아는 조금 신경이 쓰였다.

거리를 걸어가며 예아가 물었다.

"신분을 밝히면 곤란한 일이라도 생기는 것입니까?"

"그것은 왜 묻는 것이오."

"저는 아는 것을 다른 사람들은 모르니 행동하기가 조금 어색하여 그렇습니다."

말을 끊었다가 소리를 낮춰 그녀가 마저 말을 이었다.

"조심을 한다고는 하나 실수로 제가 황자님이라 부를까 염려가 되기도 하고 말입니다."

솔직하게 말했다. 제가 제 입을 완전히 믿을 수 없다는 것까지 모두.

뭔가를 숨기고 감추는 일에 익숙하지 못한 예아였다. 여태는 그럴 일도 없어 단 한 번도 그랬던 적이 없기에 모든 것이 어색했다. 둘만 있을 때는 괜찮았는데 사람들이 많은 곳으로 나오니 걱정이 되었다.

사호의 사람들이 보기에 소하를 대하는 그녀의 태도와 말이 모두 이상할 것을 알기에 더욱 그러했다. 궁금해할 것이다. 그녀가 존대를 하며 각별히 모시는 사내가 누구인지. 소하가 느끼기엔 그리 공손하지 못할지 모르나 사호의 누가 보아도 지금의 예아는 전에 없이 고분고분하고 차분한 상태였다.

"평소에 얼마나 설치고 다니기에."

마치 예아의 속내를 모두 읽어 낸 듯 그가 또 혼잣말을 하는 투로 중얼거렸다. 기가 막힌데 반박은 할 수가 없었다. 그의 말 그대로 평소에 사호를 마구 설치고 다닌 것이 사실이었으므로.

입만 허 벌리고 있는 그녀를 두고 그가 성큼성큼 걸음을 옮겨 앞서 나갔다. 그를 한껏 흘겨 주곤 예아가 콧대를 도도하게 세우고 냉큼 그의 곁에 섰다.

"어디로 가야 하는지도 모르면서 어찌 그리 막 걸어가십니까?"

"저기."

그가 손을 들어 한 곳을 가리켰다. 정확히 그녀가 가려던 곳이었다. 놀란 예아가 어찌 알았느냐는 눈으로 쳐다보자 그가 돌아보지도 않고 싱긋이 웃으며 말했다.

"사람이 가장 많이 북적거렸거든."

"눈썰미가 제법이십니다."

"칭찬인가?"

"욕은 아니니 그렇지 않겠습니까?"

꼬박꼬박 답하는 본새가 당돌했다. 그렇다고 막말을 하는 것은 아니고, 적당히 기어오르는 것을 보니 그의 성정을 어느 정도 파악한 모양이다. 꼭 필요한 경우가 아니고선 누굴 벌하고 해하는 일은 절대 하지 않는다는 것을.

"허."

헛웃음을 터트린 그의 입술이 미소를 머금고 있었다. 그녀의 당돌함이 싫지 않은 기색이다. 황제의 사랑을 받는 것이 죄라도 되는 듯 늘 기죽어 황후의 눈치만 보고 사는 제 어미 정비와 대조되는 예아의 모습이 보기 좋았던 것이 아닐까.

"아이고, 아가씨. 이게 얼마 만입니까."

식당으로 들어서는 그녀를 주인이 호들갑스럽게 반겼다. 기분 좋게 주인과 인사를 나누는 예아를 보며 소하가 한쪽 눈썹을 휘었다.

'거보라지. 온 마을을 매일 휘젓고 다니다 한 며칠 안 보이니 저런 말이 나오는 것이 아닌가 말이다.'

자신의 추측이 맞았음을 확신하며 소하가 피식 웃었다.

그가 그녀의 뒤를 이어 안으로 들어서자 식당 안 사람들의 시선이 일제히 그에게 쏠렸다. 처음 보는 얼굴이니 객이 틀림없을 것이고 예아와 동행을 하였으니 그녀가 백사에서 구한 자가 분명했다.

"일행이네."

그녀가 쓱 뒤를 돌아보며 주인에게 간단히 설명했다. 굳이 말을 하지 않아도 알 수 있었지만, 주인이 그녀의 말에 고개를 끄덕이며 소하를 같은 자리로 안내했다.

자리에 마주 앉자 예아가 그에게 무엇을 먹겠느냐 물었고, 소하는 알아서 시켜 달라 했다. 평소에 즐겨 먹는 것들로 주문을 하고 음식이 나오기를 기다렸다.

둘 사이에 정적이 감돌았다. 잘도 조잘거리던 예아의 입이 딱 닫힌 채로 좀체 벌어지지 않았다. 아까 소하가 했던 농이 영 마음에 들지 않는 모양이다. 예아는 그와 시선을 맞추지 않으려 일부러 고개를 밖으로 돌리고 새침한 표정을 짓고 있었다. 그리하고 있어도 소하에겐 다 보였다. 그녀의 신경이 온통 자신에게 쏠려 있는 것이.

소하의 입술 사이로 비식 웃음이 배어 나왔다. 그도 모른 척 시선을 거리로 던졌다.

힐끔, 힐끔. 예아가 곁눈질로 자신을 살피는 것이 느껴졌다. 화가 났음을 표는 내야겠는데 원래 뒤끝을 길게 끌고 가지 못하는 성격인 듯 제가 오히려 더 안절부절못하였다. 말이라도 걸어 주면 못 이긴 척 대화에 응할 터인데, 어찌 된 것이 소하 쪽에서도 입을 굳게 닫은 채 그녀를 외면하고 있었다.

"흐음."

길어지는 정적을 참지 못하고 그녀가 기침으로 목을 돋우었다. 그제야 그가 고개를 천천히 돌려 그녀를 응시했다. 그가 시선을 맞춰 오자 예아의 입이 삐죽 내밀어졌다가 이내 원래의 자리로 돌아갔다. 통하지도 않는 사람에게 툴툴거려

보아야 아무 소용 없다는 것을 알아 그런 것이다.

"궁금한 것이 있는데 여쭈어도 되겠습니까?"

"언제는 허락을 받고 물었던가."

"그럼 그냥 묻겠습니다."

또 삐죽거릴 줄 알았더니 예아가 냉큼 그의 말을 받아 삼켰다. 그러곤 말갛게 입술을 끌어 올려 웃었다. 또 무엇을 알고 싶어 저럴까. 그녀의 미소를 담아내며 소하가 눈썹을 살짝 꿈틀거렸다.

"무엇을 하던 중이셨습니까?"

대뜸 묻는 말에 앞뒤가 잘려 있었다. 그럼에도 불구하고 소하가 그녀가 듣고 싶은 말이 무엇인지 가늠이 되었다. 백사에서 그 몰골로 발견되기 전에 그가 무엇을 하고 있었던 것인지 그게 궁금한 것이다. 황자라는 자가 죽을 지경에 이를 정도의 깊은 상처를 입고 혼자 백사를 헤매는 것이 그리 흔한 일은 아니니 이상하기도 할 것이다.

"뭘 좀 찾는 중이었소."

"무엇을 찾으시기에 그리 험한 꼴까지 당하셨답니까?"

순수한 호기심으로 묻는 것이나, 때와 장소 혹은 상대에 따라 그것은 위험한 행동이 될 수도 있었다. 그가 사는 세상에선 특히나 더 그러했다. 하지만 그녀가 있는 이곳 사호에선 그럴 일은 없을 것이다. 저리 말간 눈으로 사람을 빤히 쳐다보며 묻는 게 예아라면, 특히 그 묻는 입술에 미소까지 덧붙어 있다면 원하는 것을 기꺼이 내어 줄 테지.

소하의 입술이 달싹거렸다.

"나를 살려 줄 물건."

그가 알 수 없는 말을 읊조렸다. 가만히 그의 얼굴을 바라보던 예아가 고개를 갸웃하며 되물었다.

"물건? 아니면 사람? 어느 쪽입니까? 귀하가 찾고 있다는 귀하를 살려 줄 수 있는 그것은?"

황자라 부르지 못하니 달리 그를 칭하며 예아가 물었다. 말에 장난기가 다분했다. 죽어 가던 소하를 살린 것이 자신이니 사람이면 제가 맞지 않느냐 짓궂게 묻는 것이었다. 이미 그가 물건이라고 했음에도 굳이 사람은 아니냐 덧붙인 것은 감사하다는 말을 듣기 위함일 터.

그가 지그시 예아를 응시하며 입을 열었다.

"가지고 가야 하는데."

"네?"

"나를 살릴 수 있는 그것 말이오. 궁으로 가지고 돌아가야 하는데, 그것이 사람이라면 어찌해야 할까?"

장난삼아 한 말인데 오히려 이리 진지하게 되물어 오면 어찌하란 말인지. 그리 필요한 것이면 가져가라 할 수도 없는 노릇이었다. 그것이 사람이면 저를 가리키는 것이니 예아의 입으로는 절대 할 수 없는 말이었다. 그러니 당연히 그를 살릴 수 있는 것은 물건이어야만 했다. 그런 이유로 예아는 지금 소하에게서 감사의 말을 듣기는 어렵게 되었다.

'약았어.'

때마침 기다리던 음식이 나왔다. 예아는 즐겨 먹던 닭 요리와 함께 나온 마주를 들어 잔에 따랐다. 혼자 홀짝거리며 마주를 들이켜는 예아를 소하가 물끄러미 응시했다. 자신을 향한 시선을 느낀 예아가 잔을 내리고 수저를 들어 닭 요리를 먹기 좋게 분리시켰다.

늘 다른 사람이 해 주던 것을 자신이 하려니 어딘가 어색했다. 그릇에 적당량을 덜어 소하의 앞으로 밀어 주었다. 그가 소담하게 담긴 닭 요리를 내려다보았다.

"드시지요."

권하는 예아의 말에 소하가 수저를 들어 올렸다.

"이렇게까지 하지 않아도 되는데."

한 수저 떠서 입으로 가져가는 그의 입가에 엷은 미소가 머금어져 있었다.

"그저 마시는 것이 무엇인지 궁금하여 본 것뿐이오."

그리 말하곤 소하가 맛나게 닭 요리를 입에 넣어 맛보았다. 그 모습을 멀뚱히 쳐다보던 예아가 다시 마주를 벌컥 들이켰다. 하도 수발을 들어 챙겨 주는 것이 몸에 익은 모양이다. 게다가, 소하는 황자이니 옆에서 시중도 들어 줘야 한다고 생각했다.

하지 않아도 되면 좀 일찍 말해 주든가. 그랬으면 이렇게 사람들의 이목을 집중시키는 일은 없었을 텐데 말이다.

마주를 들이켜며 예아는 주변에 있던 사람들의 뜨악한 표정을 보고 말았다. 거의 경악에 가까운 얼굴로 그녀를 뚫어져라 쳐다보고 있었다. 그도 그럴 것이, 그녀가 이리 살뜰히 남을 챙겨 주는 것을 단 한 번도 본 적이 없기 때문이었다.

오늘은 아무래도 해가 다른 쪽에서 솟아올랐나 보다.

예아가 두 번째 잔을 채워 입으로 가져가려는 것을 소하가 막았다. 제 손목을 붙잡은 소하의 손을 예아가 못마땅하게 쏘아보았다. 그의 손을 떨쳐 내려 제 손을 겹쳤다. 그런데 생각대로 그의 손이 쉬이 거둬지지 않았다. 그녀의 미간이 불만을 담아 찌푸려졌다.

"지금 뭐 하시는 겁니까?"

"내가 이것을 다 먹기도 전에 그대가 주병을 다 비울 것 같아서 제지하는 중이오."

"예?"

"나도 이곳의 술은 한번 맛을 보아야 하지 않겠소. 언제 다시 올지 모르는 곳인데."

말도 안 되는 이유로 그녀의 손목을 잡고 놓지 않고 있었다. 마주야 다 비우면 다시 시키면 되는 것이었다. 그것 하나 맛보겠다고 자신이 다 먹을 때까지 예아까지 못 마시게 하는 건 너무 고약한 심보였다.

"더 시켜 드릴 테니 염려 마십시오."

그리 말하는데도 손을 거두지 않는다. 이건 누가 봐도 그저 예아가 술을 마시지 못하게 하려는 속셈임이 분명했다.

"이곳에 마주가 이것 한 병뿐인 것도 아닌데 진정 왜 이러시는지 모르겠습니다."

"그대도 빈속일 테니 나와 같이 이것부터 들고 그 후에 천천히 같이 마시면 아니 되겠소."

소하가 닭 요리를 눈짓으로 가리키며 말했다. 그녀의 시선이 아직 비어 있는 자신의 그릇과 닭 요리에 번갈아 닿았다. 그러고 보니 빈속에 너무 급히 마주를 들이켜 취기가 살짝 오르는 듯했다. 여기서 더 마시게 되면 평소의 술버릇이 나오게 될지도 몰랐다. 그의 말대로 속부터 채우는 게 좋을 듯싶었다. 예아가 고개를 끄덕이며 수긍하자 그가 그제야 손목을 놓았다.

예아가 자신의 그릇에 닭 요리를 덜어 내는 것을 보며 그가 수저를 놀렸다. 한 잔을 비우니 그녀의 귓불과 옷깃에 드러나는 목덜미가 살짝 붉어져 있는 것이 보였다. 그것을 보니 예아의 주량을 단박에 눈치챌 수 있었다. 거기서 더 마셨다가는 완전히 취해 버릴지도 몰랐다. 그래서 만류한 것이다. 그녀를 자신이 들쳐 업고 돌아갈 수는 없으니 말이다.

닭 요리는 제법 맛이 있었다. 마주도 괜찮았다. 감칠맛이 좋아 계속 마시고 싶을 정도였다. 문제는 그것이었다. 이 맛에 예아가 자꾸만 술을 마시려 드는구나 싶었다. 식사를 마친 예아가 속도 채웠으니 본격적으로 마주를 마셔 볼까 하며 주병을 들었다.

"더 마시면 안 될 것 같은데."

그가 이번엔 주병을 뺏어 들었다. 단박에 그녀가 눈을 부릅뜨며 손을 내밀었다.

"속도 다 채웠는데 그건 또 대체 왜 뺏어 가시는 겁니까?"
"내게 업히고 싶은 것이면 그냥 말을 하시오."

뜬금없이 이건 무슨 소린가 싶었다. 예아가 미간을 좁히는 사이 소하가 주병을 입으로 가져가 기울였다.

"혼자 다 마시고 싶었던 거면 그냥 말을 하시지 그러셨습니까?"

그의 말을 예아가 고스란히 되돌려주었다.

"이게 다 그대를 위해 그런 것임을 어찌 모르시오."
"마주를 혼자 다 드신 것이 절 위해서였단 말입니까?"

기가 찬 투로 예아가 물었다. 그에 소하가 빈 주병을 탁자 위에 내려놓으며 고개를 끄덕였다. 어찌 이리도 뻔뻔한 것인지. 그렇다고 술을 못 마실 것도 없지 하며, 예아가 주인장을 돌아보며 막 손을 올려 부르려 할 때였다.

"나야 못 업고 갈 것도 없으나 사람들이 볼 터인데 괜찮겠소? 여기서 한 잔 더 마시면 취해 잠이 들 것 같아 하는 말이오. 아니면 상관없고."

그의 말에 올라갔던 예아의 손이 스르르 내려왔다. 같이 술을 마셔 본 적도 없으면서 어찌 저리 잘 아는 것인지. 아까 올라온 취기가 아직 채 가시지 않은 터라 더 마시면 그의 말대로 엎어져 잠들지도 몰랐다. 아니면 흥이 올라 혼자 떠들어 대거나 둘 중 하나일 것이 분명했다.

"오늘은 여기까지만."

자리에서 일어나며 아무 일 없었다는 듯 그녀가 말했다. 자신에게 업혀 가는 건 그래도 싫은 모양이라 생각하며 소하도 따라 일어섰다.

나란히 왔던 길을 걸어 예아의 집으로 향했다. 사호는 그가 사는 도성과는 모든 것이 달랐다. 사막 지대의 특성에 맞게 건물들이 지어졌다. 신주국에 속한 곳이라는 생각이 들지 않을 정도로 이색적인 풍경이었다.

정겨운 사람들의 모습도 보기 좋았다. 마을 모두가 한 가족 같은 분위기였다. 그런 곳에 외지인인 소하가 끼어들었으니 사람들의 관심이 집중되는 것은 당연한 이치였다. 게다가, 예아가 전에 없이 매우 다소곳한지라 의아했다. 물론 소하의 눈엔 전혀 그렇지 않았으나 늘 천방지축인 모습만 보아 오던 마을 사람들에겐 그리 비쳐졌다.

"황궁에 있을 때보다 어찌 더 많은 시선을 받는 것 같소. 이게 다 그대 때문인 듯하오만."

"딱히 부정은 하지 않겠습니다. 제가 워낙 미모가 출중한지라 어딜 가나 이목을 집중시킨답니다."

예아가 다소 뻔뻔스럽다 할 말을 참 아무렇지도 않게 했다. 바로 토를 달며 빈정거릴 줄 알았는데 소하가 아무 말이 없자 그녀가 그를 돌아봤다. 그는 무심히 앞만 보고 걷고 있었다. 괜스레 무안해져 예아가 얼른 덧붙였다.

"농이었습니다."

"진심 같았는데."

어쩌 이번엔 바로 소하가 입을 열었다.

"아닙니다."

그녀가 발끈하자 소하의 입가에 미소가 떠올랐다. 그게 더 예아를 약 오르게 했다. 왜 자꾸 이자의 말에 말려드는지 모르겠다. 말로는 여태 져 본 적이 없는 예아였는데 소하에게는 제가 지는 기분이었다.

"파타는 대체 언제 오는 거야."

얼른 황자 일행을 찾아와 모두 떠나보냈으면 좋겠다고 구시렁거리며 예아가 성큼성큼 걸음을 옮겼다.

앞서 걷는 예아를 기분 좋게 바라보다 소하가 하늘로 시선을 옮겼다. 이우가 말했던 별은 어디쯤에 떠 있을까. 돌산 너머 어디라고 했었던 것 같은데 혹여 이쪽 방향은 아닌지. 백사와 그리 멀지 않은 곳에 있으면 어쩌나 하는 생각이 들었다.

그 별이 떠 있는 곳엔 마물들이 나타날 확률이 높으니 될 수 있으면 백사와는 아주 먼 곳이어야 했다. 사호의 사람들에게 화가 미치지 않도록.

"안 오시고 거기서 뭐 하십니까?"

저를 부르는 예아의 목소리에 소하의 시선이 그녀에게로 향했다. 예아가 저렇게 티 없이 해맑을 수 있는 것은 모두가 사리사욕에 찌든 세상과 단절된 이곳에서 나고 자라 그런 것일 터. 소하는 이곳을 이대로 지켜 주고 싶었다.

⌘

가까스로 돌산을 벗어난 현은 곧장 일행들을 찾았다. 함께 움직였던 이우와 소하를 제외하고 살아남은 자가 일곱 정도였다. 나머지는 돌산에 갇힌 채 마물들에게 희생된 듯했다. 이우와는 하루 정도의 시간을 두고 재회할 수 있었다. 하지만 소하는 그와 함께 있지 않았다. 운무 속을 벗어나기 직전 둘은 각기 다른 방향으로 헤어졌고, 첫 번째 마을에 집결하라는 명을 소하가 마지막으로 남겼다고 했다.

그 후로 나흘이나 돌산 주변을 샅샅이 뒤졌다. 가까운 거리에 인가가 있는 마을은 없었다. 한참 떨어진 거리에 백사라 불리는 사막이 있었으나 그리로 갔을 거란 생각은 하지 않았다. 백사는 길잡이를 대동하지 않고서는 들어서면 안 되는 곳이었다. 그걸 알고 있는 소하가 그쪽으로 접어들었을 리 없다고 생각했다. 백사의 외곽에서 자신들을 찾아온 사람들을 만나기 전까지는 말이다.

소하를 찾아 헤맨 지 십여 일이 되던 날이었다. 구릿빛 피부의 사내는 사호족으로 백사에서 구조된 자에게서 자신의 일행을 찾아와 달라는 부탁을 받았다고 했다. 선뜻 말을 믿을 수 없어 의심을 품긴 하였으나 가서 확인해 본다고 손해 될 것은 없다 판단했다. 마물이 아닌 사람을 상대하는 것은 그리 어렵지 않았다. 현 일행의 수가 적기는 했지만 죽기 살기로 싸우면 충분히 이길 자신이 있었다. 해서 이것이 혹여 함정이라 해도 두렵지는 않았다.

"왜 직접 오지 않고 사람을 보낸 것이오."

현의 질문에 파타가 그를 돌아보았다.

"자세한 건 전해 듣지 못해서 알지 못하오. 구조된 이후 외부로 나오지 않았던 것을 보면 외상을 입어 운신이 어려운 것이 아닌가 싶소만."

소하를 직접 보지 못한 것이 분명했다. 외상을 입었다면 어느 정도인지 몹시 궁금하였으나 파타에게서 더 알아낼 수 있는 것은 없었다. 그는 단지 자신의 족장의 명을 이행할 뿐이라고 했다.

"돌산에서 무슨 일이 있었던 것이오?"

생각에 잠겨 있던 현의 귀에 파타의 목소리가 들려왔다. 돌아본 파타의 얼굴에 궁금증이 가득했다. 백사의 사호족이라 외부의 일에 대해선 일체 모르는 것인가? 아니면 돌산이 그들도 알지 못하는 사이 갑자기 생겨난 것이거나.

"흉악한 괴물들을 만났지. 짐승도 인간도 아닌."

마물이라 말한들 알아들을 리 없다 생각한 현이 그것을 달리 표현했다. 현의 말에 파타의 미간이 꿈틀거렸다. 운무 가까이 가지 말라 했던 후륵의 말이 그것들 때문인 모양이다.

파타가 뒤따르고 있는 일행들을 살펴보았다. 몰골이나 행색이 그리 좋지 못했다. 눈에 띄게 어두운 표정이나 혈색은 오랜 여정으로 지쳐 있어서라기보단 정신적으로 힘든 일을 겪어 그런 것으로 보였다.

"거기서 일행을 잃은 모양이오."

현이 무겁게 고개를 끄덕였다. 대체 거기에 있는 것들이 어떤 놈들이기에 무장의 기운이 물씬 풍기는 자들을 죽인 것일까? 파타는 현의 말을 곱씹어 보았다. 흉악한 괴물. 짐승도 인간도 아니라는 그것은 대체 어디에서 왔으며 어찌 생겨 먹은 것들일까?

돌산의 운무 속에만 존재하는 것인지, 아니면 외부로 나올 수도 있는 것인지. 얼마나 강하고 잔악무도한 힘을 가지고 있는 것인지 알고 싶었다. 그럴 일은 없다 생각하지만 혹여 그것들이 백사로 들어서는 일이 생기면 사호족이 나서 싸워야 할 테니.

"지도상에는 없던데. 언제부터 그곳에 돌산이 있었는지 혹시 아시오?"

운무와 마물은 그렇다 치고 돌산의 생성에 대해서는 아는 바가 있는지 궁금하여 물었다. 파타는 활을 소지하고 있었다. 궁술을 익혔고 사호족 족장의 명을 받아 움직이는 자들이라면 수비대나 그와 비슷한 역할을 하는 자들임이 틀림없다. 하면 백사와 그 외곽에서 일어나는 일들에 대해 어느 정도는 알고 있을 것이다. 수시로 정찰을 나설 테니. 해서 물은 것이다. 돌산이 근래에 생긴 것이라면 이는 마물 때문일 가능성이 컸다.

"수개월 전에 왔을 때는 보지 못했소. 저리 크고 험악한 돌산이 단시간에 생겨났다는 게 믿기지 않지만, 확실히 그전에는 없었소."

예상이 맞았다. 갑자기 생겨난 돌산과 마물. 그렇다면 이것은 분명 신탁과 관련하여 일어난 변화다. 요산의 하늘에 떠 있던 별. 그것이 근처 하늘에서 빛나고 있다면 백사와 그 일대가 불괴와 연관성이 있다는 결론에 이른다.

화검이 가까운 곳에 있을 가능성이 높다.

"돌산이 맞는 것인가."

마물의 등장이 화검을 지키기 위함이라면 돌산 안에 그것이 있을 터.

다시 들어가야 하는가.

현의 고민이 깊어졌다. 운무가 시야를 가려 그 속에서는 제대로 볼 수 있는 것이 없었다. 마물들의 움직임을 따라 운무가 이동하는 것을 보면 마물들을 모두 처단하면 운무가 없어질지도 모른다.

"하아, 그게 쉽지가 않으니 문제란 말이지."

짙은 한숨과 함께 내뱉은 현의 혼잣말에 파타가 의아한 시선을 던졌다. 무슨 생각을 저리 골똘히 하는 것일까? 자신의 일행이 다쳐 사호에서 치료 중이고 그를 만나러 가는 길인데, 정작 현의 머릿속에는 돌산에 대한 것만 가득한 듯했다. 떠나면 그뿐인 것을 굳이 왜. 일행을 잃은 것이 분해 혹여 복수라도 할 생각인 것인가?

하지만 현에게선 분노가 느껴지지 않았다. 그의 머릿속에 가득한 것이 복수는 아닌 것이 확실했다.

파타가 고개를 절레절레 흔들었다. 당최 속을 알 수 없는 사람이었다. 몇 날 며칠을 떠나지 못하고 주변을 배회하며 찾고 있었음은 물론이고, 일행을 이리 오라 가라 할 정도면 사호에 있는 자가 이들보다 훨씬 더 높은 지위를 가지고 있을 것이다. 한데 그에 대한 걱정보다 돌산에 대한 생각만 하는 것이 파타는 좀체 이해가 되지 않았다.

그토록 애타게 찾아 헤맨 자를 만나게 되었다는데 기뻐하지 않는 게 정상인 것인가? 따르는 발걸음에는 다급함이 묻어나는데 어째 영 표정은 그렇지 못한 것이 파타로서는 요상하기 그지없었다.

"저기요."

반나절 가까이를 꼬박 달려온 길이었다. 파타가 멀리 보이는 성곽으로 둘러싸인 제법 큰 마을 하나를 가리켰다. 저곳이 말로만 듣던 백사의 수호자 사호족이 산다는 그 마을인 모양이다.

현의 걸음이 빨라졌다. 사호를 직접 눈으로 보기 전에는 긴가민가했었는데 막상 눈앞에 보이니 마음이 급해졌다. 겉으로 보이는 마을의 정경은 무척 평화로웠다. 백사에서 사람이 살 수 있는 곳은 사호가 유일했다. 사호의 사람들은 유하며 정이 많고 정의롭다. 말투가 투박한 것은 사막이라는 지리적 특성 때문일 것이다.

이제는 저곳에 소하가 있다는 것을 확실히 믿을 수 있었다.

파타의 안내를 받아 현이 먼저 족장을 만나러 들어갔다. 남은 일행들은 족장의 집 밖에서 대기하며 휴식을 취하기로 했다. 이우도 따라가고 싶은 눈치였으나 현이 기다리고 있으라 했다. 소하를 만나게 되면 당장 울음부터 터트리며 대성통곡을 할 것 같아 말린 것이다. 보름 가까이 이우의 눈물과 사죄와 후회에 시달려 온 현은 그 모습을 이곳 사람들에게 보이고 싶지 않았다. 추해도 너무 추했다.

현이 파타와 들어서는 것을 본 후륵이 자리에서 일어나 공손히 예를 갖춰 인사를 했다.

"사호의 족장 후륵이라 합니다."

"현이라 하오."

역시 현 또한 자신의 신분은 확실히 밝히지 않았다. 황자를 가장 가까이에서 지키는 호위무사라면 후륵보다는 위쪽이었다. 함께 고개를 숙여 보이는 것은 현 또한 최대한의 예를 갖춰 준 것이었다.

옆에서 그를 지켜보던 파타의 미간이 꿈틀거렸다. 대체 이 자가 누구이기에 이름만 밝혔을 뿐인데 족장인 후륵이 저리 대하는 것인지 의아했다. 후륵은 이미 현이 밝히지 않은 뭔가를 알고 있는 눈치였다.

"고생했네. 이만 물러가 쉬도록 하게."

파타가 알아서는 안 되는 것이 있는 듯 후륵이 그에게 나가 달라는 말을 돌려 했다. 나중에 이들이 떠나고 나면 자세한 설명을 해 줄 거라 믿고 파타가 묵례를 하고 그대로 그곳을 벗어났다.

족장의 집무실을 나서 복도를 걷던 파타의 시야에 반대편에서 걸어오고 있는 예아의 모습이 보였다. 반색하며 손을 들어 인사를 하려던 파타의 얼굴에서 미소가 서서히 사라졌다. 예아의 옆에 낯선 사내가 함께였다.

"아팠다더니."

달거리를 하기에 외출을 삼가고 있다던 예아는 전과 다름없이 생기발랄했다. 달라진 것이 있다면 그녀의 곁에 자신이 아닌 다른 사내가 나란히 걷고 있다는 것이었다. 멀리서 보아도 사내는 확연히 눈에 띄었다. 외지인이라서가 아니었다.

하늘인 듯 바다인 듯 그 어떤 것을 닮은 푸른빛의 머리와 빼어난 용모, 몸으로부터 우러나오는 기품과 고아함이 그를 빛나게 했다. 시선이 절로 갈 수밖에 없었다. 그런 사내의 옆에 선 예아 또한 전혀 위화감이 없었다.

푸른 하늘 위 새하얀 구름처럼, 혹은 수면 위에 비친 은은한 달빛처럼 묘하게 어울렸다. 그것이 왜 그리 신경에 거슬리는지. 올린 손을 꽉 그러쥐며 천천히 아래로 내린 파타가 다가오는 그들을 직시하며 굳은 듯 서 있었다.

"혼자 잘만 다니시더니 꼭 이런 때만 절 찾으십니까?"

볼멘소리를 하며 예아가 새침하게 눈을 흘겼다. 예아의 말투가 익숙한 듯 소하가 아무렇지 않게 답했다.

"이쪽으로는 처음이라."

"곧장 가시면 되는데 굳이 절 대동하실 필요가 있느냐 말입니다."

"달리 할 일도 없지 않소."

"왜 없습니까? 황자님께 매여 있어 그렇지, 저 아주 바쁜 사람입니다."

둘만 있다 생각해 그런지 그녀가 소하를 서슴없이 황자라 불렀다. 하지만 버릇이 되었는지 그 부분에선 둘만 들을 수 있는 정도로 목소리를 낮췄다. 그러면서 몸이 살짝 소하 쪽으로 기울었다. 티격태격하며 걷는데 그게 이상하게 다정하게 보였다.

파타가 보기에 소하가 움직이는 데에 크게 지장은 없는 듯했다. 처음은 어떠했는지 모르나 지금은 충분히 혼자 다니기에 아무런 문제가 없었다. 둘을 보며 파타는 어쩌면 예아가 밖으로 나오지 못한 것이 다른 이유 때문이 아니라 소하 때문일지도 모른다는 생각을 했다. 아니, 확신했다. 그렇지 않고서야 생전 모르던 둘이 만나 이리 친근할 수는 없기에.

"아무도 찾는 이가 없던데?"

하대인 듯 아닌 듯 모호한 말을 자연스럽게 하며 소하는 참 잘도 살살 예아를 약올려 댔다. 그러곤 발끈해 저를 흘기는 예아를 귀엽다는 시선으로 바라보았다. 비록 고개를 반대로 획 돌려 버린 예아는 보지 못했지만 그들을 지켜보고 있던 파타는 똑똑히 목도했다.

소하를 향한 파타의 눈빛이 경계심을 담아 차게 식은 것은 어쩌면 당연한 일이었다. 파타는 단 한 번도 예아가 누군가에게 저런 말투와 표정을 짓는 것을 보지 못했다. 감히 누가 있어 그녀를 저리 놀릴 수 있을까.

어릴 때부터 친구처럼 함께 자라 격 없이 지내는 파타조차 그녀를 저리 대놓고 놀려 댄 적이 없었다. 자신도 못 하는 것을 낯선 외지인 사내가 스스럼없이 하고 있었다. 그것이 파타의 배알을 뒤틀리게 만들었다.

파타의 신경을 거슬리게 만드는 것은 비단 그것뿐만이 아니었다. 예아가 경어를 쓰며 조심하는 사람은 사호에서 족장이자 그녀의 아비인 후륵밖에 없었다. 한데 달랐다. 후륵에게 쓰는 경어와 소하에게 쓰는 경어가 다른 것은 툴툴거리며 볼멘소리를 해도 소하가 잘 받아 주어 그런 것임을 파타는 알 수 있었다.

자신이 없던 그 시간 동안 대체 둘 사이에 무슨 일이 있었기에 저리 친근해진 것일까. 백사를 벗어나 자신의 일행을 파타가 대신 찾아오는 동안 소하는 예아와 여기서 꽤 즐거운 나날을 보낸 듯했다.

빠드득. 저도 모르게 파타가 이를 갈았다. 자신의 것을 빼앗긴 양 속에서 분노가 치밀었다. 이러면 곤란하다. 욱해서 후륵의 명이고 뭐고 괜히 백사에 다녀왔다는 후회가 드니 말이다.

"어? 파타."

거의 다 가까워졌을 때에야 예아가 파타의 존재를 눈치채고 그를 불렀다. 환한 미소를 지으며 제게 달려오는 예아를 보고서야 그의 마음이 조금 진정되었다. 움켜쥐었던 주먹을 펴고 그가 예아를 향해 마주 미소를 지어 보였다.

"그리 뛰다 넘어지면 어쩌려고 그러십니까."

제 앞에 멈춰 선 예아를 내려다보며 파타가 뒤늦은 주의를 주었다. 매번 말해도 소용이 없음을 알면서 또 하게 되는 말이었다. 언제 어디서든 자신만 보면 이리 달려와 주는 그녀였다. 한데 두 번은 보지 못했다. 백사에서 돌아온 날 그리고 다시 떠난 그날. 평소 같으면 두 번 다 그를 마중하고 배웅했을 예아였다.

아무래도 그 이유가 달거리가 아니라 둘에게로 다가서고 있는 소하 때문일 거란 생각을 파타는 떨쳐 버릴 수가 없었다. 해서 예아와 달리 소하에게로 향한 시선에는 적의가 담길 수밖에 없었다.

"아버님께 다녀가는 길이야?"

"예."

둘만 있었다면 편히 말했겠지만 다른 이가 있어 격식을 갖춰 말을 높였다. 소하를 직시하던 시선을 내려 파타가 그녀를 바라보았다. 그녀의 말간 눈에 자신의 얼굴이 고스란히 담겨 있었다. 그 반짝이는 눈동자를 보는 것이 파타는 무척 좋았다.

"찾았어?"

"응?"

뜬금없는 질문에 파타가 저도 모르게 반사적으로 말을 낮췄다. 의아해 바라보는 그를 해맑게 올려다보며 예아가 이번엔 제대로 다시 물었다.

"아버님이 시키신 것 말이야. 그 사람들 찾았어?"

파타의 미간이 꿈틀거렸다. 그녀가 한 질문이 지금 자신들의 앞에 당도한 소하와 관련된 것이어서였다. 백사의 모래가 들어간 듯 입 안이 서걱거렸다. 떨어지지 않는 입을 그가 뒤늦게 열었다.

"…네."

"거보십시오. 우리 파타는 못 하는 것이 없다 했지 않습니까."

그녀가 소하를 돌아보며 자신의 말이 맞지 않느냐 마치 내기에서 이긴 사람처럼 의기양양하게 말했다. 소하가 훗 하고 낮게 웃으며 고개를 끄덕였다. 그의 시선이 파타를 향했다.

"고생하셨소."

"별말씀을."

격식을 갖춰 말을 해야 한다는 걸 모르는 바는 아니었다. 예아도 그렇고 후륵도 마찬가지로 정체 모를 외지인들을 깍듯하게 대했다. 그것만 봐도 그들이 신주국에서 무시 못 할 위치에 있는 자들임을 짐작할 수 있었다. 파타 같은 천민 출신은 감히 상대조차 하지 못할 그런 사람들일 것이다.

그 모든 것을 인지하고서도 파타는 모른 척 말꼬리를 잘라먹었다. 예아가 의아해 쳐다보았으나 파타는 시치미를 뚝 떼고 얼굴에 철판을 깔았다. 이상하게 지금은 자신을 낮추기가 싫었다. 눈앞의 사내에게만큼은 꿀리고 싶지 않았다.

다소 도발적이기까지 한 파타의 말과 눈빛을 소하는 보지 못한 듯 오히려 엷은 미소를 머금었다. 그가 아무 동요 없이 자신의 옆을 지나가자 파타가 미간을 찌푸렸다. 어쩐지 기싸움에서 자신이 진 것 같은 기분이 들어서였다.

독기가 바짝 오른 짐승 같은 자신과 달리 그는 무척 여유롭고 평온한 태도로 일관했다. 마치 그것이 파타에게는 너 같은 건 딱히 상대할 가치를 느끼지 못한다는 것처럼 받아들여졌다.

"그쪽 문으로 들어가시면 됩니다."

예아가 파타를 사이에 두고 고개만 빠끔히 내민 채로 말했다. 더 이상은 함께 가지 않겠다는 뜻이었다. 소하가 그녀를 돌아보고 고개를 끄덕였다. 그렇게 해도 좋다는 뜻이었다.

소하가 직접 문을 열고 들어서는 것을 보곤 예아가 급히 파타의 손목을 잡아끌었다. 왔던 방향을 되짚어 돌아가는 그녀의 발걸음이 빨랐다. 덩달아 파타의 발도 바빠졌다.

"왜 뛰어?"

도망치듯 뛰는 것이 이상해 그가 물었다. 예아가 출입문 쪽으로 방향을 틀며 말했다.

"또 붙들릴까 봐."

"왜?"

누군지는 묻지 않아도 예측이 가능했다. 그가 궁금한 것은 그자가 왜 무슨 이유로 천방지축 자유분방한 예아를 제멋대로 다룰 수 있느냐 하는 것이었다. 그자가 대체 누구이기에 그 누구의 말도 고분고분 듣지 않던 예아를 말 한마디로 붙잡아 둘 수 있는 것인지 알고 싶었다.

"내가 구했잖아. 내가 책임지고 보살피기로 했거든."

그게 합당한 이유는 되지 못한다는 걸 예아도 알고 파타도 알고 있었다. 그녀가 처음으로 백사에서 구한 사람이니 책임감을 느낄 수도 있었다. 하지만 그녀는 이렇게 오래, 그것도 낯선 사내의 곁에서 온갖 비위를 맞춰 가며 옆에서 수발을 들 성격은 되지 못했다.

평소였으면 도저히 못 해 먹겠다며 몇 번을 뒤집어엎고 탈출을 감행했을 것이다. 집 안에만 머무르라는 것은 그녀에겐 움직이지 말라고 손발을 묶어 놓겠다는 것과 진배없는 말이었다.

소하를 구한 날로부터 나흘을 두문불출했다. 그의 곁에서 그를 돌보고 있었으리라. 나흘째 되는 날 백사에서 돌아온 파타가 다시 나가 지금 돌아왔을 때의 시간 동안 내내 둘은 함께였을 것이다.

병수발을 계속 들지는 않았을지 모르나 곁에서 그를 보필한 것은 맞을 터. 왜 그랬을까. 그리고 지금도 그에게 잡혀 다시 옆에 붙어 있어야 할지 모른다는 불안감에 도망치듯 밖으로 나서는 예아의 모습을 파타는 이해할 수 없었다.

반대로 잠시 보았음에도 유유자적 초지일관 차분하고 고혹적인 자세로 일관하던 소하의 태도가 파타는 마음에 들지 않았다.

수긍이 가지 않는 예아의 말이었으나 파타는 더 이상 묻지 않았다. 물어봤자 그녀에게서 솔직한 말을 듣지 못할 것이란 걸 알아서였다. 뭔가 숨기고 있었다. 후륵도, 예아도.

그것이 뭔지는 몰라도 소하가 허락지 않는 이상 발설하는 일은 없을 것이다.

늘 가던 식당으로 예아가 파타를 이끌었다. 둘이 들어서자 주인장이 의아해하며 입구를 쳐다봤다. 자리에 앉는 둘에게로 다가온 주인이 예아에게 물었다.

"오늘은 그분이랑 안 오셨네요? 아가씨?"

주인의 말에 파타의 미간이 와락 구겨졌다. 그가 전에 없이 주인을 사납게 돌아봤다. 그 눈빛에 주인이 움찔하며 눈을 부릅떴다. 제가 실수를 한 것도 아닌데 파타가 왜 서슬 퍼런 눈으로 쏘아보는 것인지 주인은 당최 영문을 알 수 없었다.

"아버님이랑 얘기 중이라."

예아가 짧게 답하며 얼른 마주와 음식을 가져오라 재촉했다. 타는 목과 갑갑한 심사를 마주로 달랠 셈이었다. 주인이 이때다 싶어 얼른 자리를 떴다. 괜히 죄지은 것도 없는데 파타가 살벌하게 쏘아보니 더 무슨 말을 할 수가 없었다.

"누구. 아까 그자?"

파타가 치밀어 오르는 화를 억누르며 될 수 있는 한 평소와 다름없는 목소리로 말하려 애썼다. 그것을 아는지 모르는지 예아가 별일 아니라는 듯 심드렁하게 말했다.

"어."

"여긴 왜 왔는데?"

예아가 자신이 아닌 다른 사내와 여기 왔다는 것이 이렇게 기분 나쁠 줄은 몰랐다. 단 한 번도 예아가 제 것이라는 생각을 해 본 적이 없었다. 거기에는 둘의 신분 차이도 아주 많이 작용을 하고 있었다. 그녀에 대한 마음을 비워야 한다는 것을 인지하고 파타 나름 어느 정도 노력은 하고 있었다.

하지만 막상 그녀가 자신과 즐겨 찾던 곳에 다른 사내와 왔었다는 말을 듣자 기분이 몹시 나빴다. 다른 건 몰라도 이곳만은 오롯이 자신과의 추억의 장소로 남기를 바랐던 모양이다.

"끼니를 놓쳐서 식사하러 왔었어."

별일 아니라는 투로 또 답한다. 그녀에겐 별스럽지 않은 일이 파타에게 무척 중요한 일이 되고 있음을 예아는 모른다. 거기에 또 파타는 서운해졌다. 파타에게 그러하듯 예아에게도 자신이 소중한 사람이었으면 하고 바랐었다. 늘 그렇다 여겼는데 지금은 아닌 것 같아 마음이 쓰라렸다.

"집에서 먹으면 될걸."

그가 시무룩하게 말하는 것을 눈치채지 못한 듯 그녀가 무심하게 또 입을 열었다.

"나가서 먹자기에. 여기도 그 사람이 먼저 들어와서 앉은 거야. 제일 분주하게 사람이 드나드는 게 맛있어서 그런 거라나?"

"그 사람?"

"어. 아까 그 사람."

별다른 애칭을 붙인 것도 아니었다. 한데 그 사람이란 말이 왜 파타에게는 단순하게 들리지 않았을까. 이유 모를 불안감 때문이리라. 자신 외에 다른 사내를 곁에 둔 예아와 그런 그녀를 다정히 대하며 바라보던 사내의 모습이 파타에게 불안함을 느끼게 했다.

자신과는 격이 다른 우월함과 고귀함. 거기에서 느껴지는 범접할 수 없는 어마어마한 신분의 차이. 파타는 그 사내가 언제든 마음만 먹으면 예아를 자신의 것으로 만들 수 있는 자라는 것을 직감적으로 알아챘다.

이것은 수컷의 직감이다. 서열에 밀려 자신이 좋아하는 암컷을 두 눈 버젓이 뜨고 빼앗길 수밖에 없는 비참한 수컷이 느끼는 불길한 직감.

"여기 마주 대령이오."

"오오!"

탁자 위에 내려앉는 마주를 보며 예아가 감탄사를 뱉어 냈다. 신이 나서 예아가 마주가 담긴 주병을 들어 올려 잔을 채웠다. 애주가는 아니었지만 그녀는 가끔씩 마시는 마주가 좋았다. 몇 모금만 마셔도 기분이 붕 뜨는 것이 많이 마시면 하늘을 둥둥 떠다닐 수 있을 것도 같았다. 란이랑 같이 자유롭게 백사의 하늘을 날아다니는 것이 예아의 꿈이었다. 그 꿈을 마주를 마시면 이룰 수 있을 듯도 했다.

"맛있겠다."

기분 좋게 술잔을 잡아들어 올리는 그녀의 손이 파타에 의해 저지되었다. 그가 잔 위를 손바닥으로 덮어 눌렀다. 잔이 다시 탁자 위로 내려앉았다. 예아의 미간이 좁혀졌다.

"왜 이래?"

방해자는 소하 하나로 충분했다. 간만에 만나 기분 좋게 술 좀 마시자는데 이번엔 또 파타가 제 잔을 막고 나섰다. 그녀가 어서 손을 치우라는 무언의 압력을 가하며 눈을 치켜떴다. 그보다 더 한껏 힘을 준 눈으로 파타가 물었다.

"그자, 하고도 술 마셨어?"

하마터면 그 자식이라고 할 뻔했다. 한숨 쉬고 다시 말을 잇지 않았다면 그렇게 말을 했을지도 몰랐다. 예아가 마주를 마신 건 손에 꼽을 정도였다. 그것도 거의가 파타와 함께 마셨다. 취기 오른 그녀의 모습을 마을 사람들이 보는 건 그래도 괜찮았다. 하지만 다른 사람에겐 보이고 싶지 않았다. 특히 방금 전에 본 외지인 사내에겐 더더욱 싫었다.

"응."

대답이 참 쉬웠다. 심각한 표정의 파타와 달리 그녀는 별일 아니라는 투로 말했다. 예아에겐 누구와 술을 마시느냐 하는 것보단 술을 마시는 것 자체가 중요한 듯 보였다.

"이것 좀 놓지? 너도 나 술 못 마시게 하려고 하면 가만 안 둘 거야."

그녀가 으름장을 놓았다. 이제 그만 좀 놓을 만도 한데 예아의 말에도 파타의 손은 꿈쩍도 하지 않았다.

"술을 못 마시게 했다고? 그자가?"

"빈속에 마시면 안 된다고 그런 거야."

답하는 말에 약간의 짜증이 묻어났다. 예아가 파타의 손등을 찰싹 때렸다. 그제야 파타의 손이 잔에서 치워졌다. 행여 또 술잔을 채어 갈까 그녀가 얼른 잔을 입으로 가져갔다.

파타가 고개를 갸웃하며 가만히 턱을 쓸었다. 곧이어 그가 미간을 좁히고 아랫입술을 살짝 깨물었다. 뭘 얼마나 친하다고 남의 빈속을 챙기고 그러실까.

하나가 마음에 안 드니 이것저것 모든 것들이 거슬렸다. 예아와 둘이 있는 모습을 보기 전에는 그다지 관심도 가지 않던 사내였다. 사람 마음이 뒤바뀌는 건 순간이었다. 이제 파타에게 소하는 천하에 둘도 없는 불청객으로 인식되었다. 어서 꺼졌으면 좋을 그런 불청객 말이다.

"못 보던 사람들이네? 저 사람들이 그분 일행인가?"

한 무리의 사람들이 식당 쪽으로 다가오고 있었다. 마을 사람들이 아니니 파타와 함께 온 소하의 일행일 거라 예아가 추측했다. 그들을 살피는 예아를 힐끔거렸다가 일행에게로 시선을 돌리며 파타가 가볍게 고개를 끄덕였다.

그동안 제대로 된 식사를 하지 못했을 것이다. 떠나기 전에 속을 좀 든든히 채우려는 모양이었다. 식당으로 들어서던 자들이 파타를 알아보고 묵례를 했다. 파타도 마주 고개를 숙여 보였다. 힘든 여정에 지쳤을 텐데 모두가 흐트러짐 없이 단정했다.

일행의 끝에는 걱정 가득한 얼굴로 이우가 있었다. 아직 소하를 만나지 못해 그의 상태가 어떠한지 몰라 걱정이 이만저만이 아니었다. 자신 때문에 그가 상처를 입고 일행과 떨어져 백사를 헤매게 되었다고 생각하니 마음이 가시방석이었다.

"여기 먹을 만한 것으로 좀 챙겨 주시오."

일행 중 하나가 주인에게 주문을 했다. 자리에 앉은 이우의 어깨가 한없이 축 처졌다. 음식이 나올 때까지 침묵이 이어졌다. 시시콜콜 이야기를 나눌 분위기가 아니었다. 소하와 현이 합류해야 비로소 모든 것이 정상적으로 돌아갈 수 있을 것이다.

"여긴 닭 요리가 일품인데."

이우의 어깨 위로 누군가의 손이 올려졌다. 익숙한 목소리에 모두의 고개가 동시에 소리가 들린 쪽으로 움직였다. 소하였다.

"전하!"

이우가 반갑고 놀란 목소리로 그를 부르며 덥석 어깨 위에 올려진 손을 붙잡았다. 다른 일행들이 자리에서 일어나 소하에게 허리를 숙여 예를 갖췄다.

"하하, 다들 맘고생이 많았나 보군. 죽어 살아 돌아온 사람 반기듯 요란을 떨어 대는 걸 보니 말일세."

"몸은 괜찮으신 겁니까?"

울먹이는 목소리로 이우가 소하의 몸 여기저기를 살피며 물었다. 현이 곧 눈물을 터트릴 것 같은 이우를 소하에게서 떼어 냈다.

"왜 이렇게 호들갑이야."

그나마 다른 자들은 차분하게 소하를 맞이했는데 초행인 이우가 문제였다. 현이 주변을 쓱 살폈다. 식사 때는 아니라 식당에는 사람들이 많지 않았다. 주인은 주방으로 간 것인지 보이지 않았고 조금 떨어진 곳에 파타와 예아가 앉아 있었다. 혹여 그들이 이우가 소하를 전하라고 칭하는 것을 들은 것은 아닌지 모를 일이었다.

"여인은 걱정할 필요 없다. 이미 알고 있으니."

소하가 모두 자리에 앉으라 손짓하며 예아 쪽을 돌아봤다. 그녀와 눈이 마주치자 그가 부드럽게 미소 지어 보였다.

"어찌 아는 것입니까?"

이우를 앉히고 소하의 곁에 자리하며 현이 물었.

"족장 후륵의 여식이고 날 구해 준 은인이기도 하지. 그동안 날 혼자 보살피느라 수고가 많았다."

"아, 그럼 가서 인사를……."

"그냥 있게."

"예?"

"갔다가 괜한 눈총만 받을 것 같아 하는 말일세."

현이 영문을 모르겠다는 눈으로 소하를 쳐다봤다. 감사 인사를 하겠다는 것인데 눈총이라니 이게 무슨 말인가 싶었다. 주인이 음식과 함께 마주를 가져왔다. 내어 온 음식이 탁자를 가득 채웠다. 소하가 마주를 따랐다.

"식사들 하시게. 난 이걸로 되었으니."

잔을 들어 보이며 소하가 말했다. 아직 의문이 해소되지 않은 현을 제외하고 모두들 음식을 먹기 시작했다. 소하가 잔을 입으로 가져가며 혼잣말인 듯 아닌 듯 모호한 말을 흘려 냈다.

"자네들과 함께 온 사내가 날 몹시 싫어하는 것 같거든."

그럴 리가, 하며 돌아본 현의 눈에 불쾌함이 가득한 시선으로 소하를 쏘아보고 있는 파타의 얼굴이 들어왔다.

"어어."

현의 시선이 파타에게서 그와 마주 앉은 예아 그리고 소하에게로 차례대로 옮겨 갔다. 한동안 셋을 번갈아 살피던 그의 입가에 야릇한 미소가 떠올랐다. 그가 뭔가 알겠다는 듯 고개를 끄덕이며 젓가락을 집어 들었다.

먹을 만하다 소하가 추천한 닭 요리를 집어 입으로 가져가며 현이 말했다.

"거참, 기묘한 분위기로고."

히죽거리며 음식을 먹는 현을 소하가 못마땅하게 쳐다봤다. 소하의 시선은 아랑곳하지 않고 현이 또다시 나불거렸다.

"여인은 하나인데 사내는 둘이라."

어쩐지 현이 몹시 신이 나 보였다. 반쯤 비운 잔을 탁자 위에 내려놓으며 소하가 현의 뒷덜미를 꽉 움켜잡았다. 그에 현이 움찔하며 동작을 멈췄다.

"재회의 농지거리는 딱 거기까지. 더 했다간 자네가 그 닭 대신 탁자 위에 올라가게 될지도 모르네."

"아휴, 닭 요리가 진짜 일품입니다."

아무 일 없었다는 듯 현이 능청스레 너스레를 떨며 닭 요리로 손을 뻗었다. 탁탁. 가볍게 그의 뒷목을 두드린 후 소하가 손을 거뒀다. 그가 다시 잔을 들어 올렸다. 그 와중에도 소하를 향한 파타의 시선은 거둬지지 않고 있었다. 옆얼굴로 날아드는 시선에 얼굴이 뚫릴 지경이었다.

"적당히 하는 것이 좋을 터인데."

그가 잔을 기울였다. 입 안으로 달짝지근한 마주가 스며들었다. 목으로 마주를 삼킨 소하가 혀로 입술을 핥았다.

"자꾸 그런 시선으로 보면 곤란해질지도 모른단 말이지."

소하의 입술이 야릇한 호선을 그리며 말려 올라갔다. 그가 고개를 돌려 자신을 노려보는 시선을 마주했다. 적의를 숨기기 힘든 파타의 불손한 눈빛이 여전히 그를 향하고 있었다. 분명 이우의 입에서 나온 전하라는 말을 들었을 것이다. 그럼에도 전혀 꿀림이 없다.

"자네의 소중한 것을 내가 가지고 싶어질지 모르니."

반은 농이었고 반은 진심이었다. 자신을 향한 적개심을 소하는 단 한 번도 그냥 묵과한 적이 없었다. 그게 누구든 소하의 잘못이 아님에도 불구하고 무조건적인 적의로 그를 위험에 빠트리려는 자들은 용서치 않았다.

"그러니 적당히. 알아서 그 불쾌한 눈빛을 치워 줬으면 좋겠단 말이지."

소하의 시선이 예아에게로 넘어갔다. 그가 마주가 든 주병을 들어 흔들었다. 그러자 예아가 제 앞에 있는 잔을 들어 보였다. 그녀가 입 모양으로 감축이라고 말했다. 일행과의 재회를 축하한다는 뜻인 듯했다. 그리고 더불어 자신의 해방도.

"쿡."

절로 웃음이 났다. 그의 미소가 짙어졌다. 발랄하게 잔을 입으로 가져가는 그녀의 모습이 몹시도 어여뻤다.

살랑살랑 백사에 흔치 않은 바람이 불었다. 바람이 그녀의 새하얀 머리카락을 가벼이 흩날렸다. 그것이 봄날의 눈꽃 같기도 하고, 겨울 한 날 소리 없이 내리는 눈송이 같기도 했다.

그의 마음에도 알지 못할 바람이 불고 있었다.

6. 살아 움직이는 별

青海

"거보십시오. 그곳에 따라 들어가지 않길 잘하지 않았습니까."

소하 일행들을 뒤쫓던 서여는 신관의 만류로 돌산으로 직행하지 않았다. 그쪽에서 느껴지는 기운이 요사스러우니 피하는 것이 좋을 듯하다 말했다. 차라리 조금 시일이 걸리더라도 길을 돌아가는 편이 낫다 하여 그리 따른 것이다.

험준한 산새와 짙은 운무에서 느껴지는 스산함에 안 그래도 소름이 끼치던 참이었다. 방향을 틀었을 때 들려오던 비명이 그들의 발길을 더 멀리 돌려놓았다.

그렇게 돌아 돌산 너머에 도착했을 때는 소하 일행이 분주히 뭔가를 찾아 헤매고 있을 시기였다. 일행의 수도 줄어 있고 몰골도 말이 아니었다. 돌산 안에서 사투가 벌어졌던 것이 확실했다. 그리고 무엇보다 소하의 모습이 보이지 않고 있었다. 해서 그들이 찾고 있는 것이 무엇인지 단번에 알아챌 수 있었다.

"죽지는 않은 모양인데."

"돌산을 벗어나면서 흩어졌다 아직 만나지 못한 듯합니다."

"우리가 먼저 찾으면 처치하기 더 쉬울 것 같은데 말이야."

"주변을 샅샅이 뒤져 보라 하였으니 곧 소식이 올 것입니다."

그렇게 또 며칠이 흘렀다. 소하 일행이 찾아 헤매는 범주 이상을 찾아보았으나 아무리 수색을 하여도 소하는 보이지 않았다. 하여 돌산 안에서 죽은 것은 아닌가 싶었다. 포기를 모르는 소하 일행을 보면 또 살아 있는 건가 싶기도 하고.

"시체라도 보아야 안심을 할 것인데."

이대로 저들을 두고 돌아가자니 뭔가 개운치가 않았다. 그때 신관이 백사를 거론했다. 혹여 길을 잘못 들어 백사로 들어간 것이 아닐까 하였다. 처음엔 소하같이 치밀한 성격에 그랬을 리 없다고 생각했으나, 어쩌면 뭔가에 쫓겨 그리되었을 수도 있지 않나 하는 의심이 들었다.

"백사에서 길을 잃었으면 벌써 불귀의 객이 되지 않았을까?"

직접 죽이지 못한 아쉬움은 남겠으나 그 또한 소하의 운명이라면 어쩔 수 없는 일이 아닌가. 생각만으로도 즐거워 서여는 한참을 웃었다.

"길잡이를 수소문해서 함께 가는 것이 좋을 듯합니다."

호위무사의 의견을 들어 잠시 길잡이를 찾아 시간을 지체하는 사이 현에게 파타가 찾아왔다. 그렇게 현이 사호를 향해 길을 떠난 지 한참 후에야 서여 일행이 백사로 들어섰다.

재정비를 위해 소하와 그의 일행이 며칠간 더 사호에 머무르기로 했다. 돌산에서 잃어버린 것들이 많아 다시 채워야 할 것들이 제법 있었다. 더불어 이우가 말했던 별의 위치도 조금 더 명확히 짚어 볼 겸. 필요한 음식과 물건들도 보충하려면 당장은 떠나기가 어려웠다.

"사막 안에 이런 곳이 있다는 게 아직도 믿기지가 않습니다."

경이로운 시선으로 창밖을 내다보며 이우가 말했다. 세상이 자신이 알고 있는 것보다 훨씬 크고 신비롭다는 것은 알고 있었으나, 그것을 직접 경험하니 절로 흥분이 되고 기분이 들떴다. 언제 우울했나 싶게 그의 표정이 한결 밝아져 있었다. 사호가 무척 마음에 드는 모양이었다.

"그만 떠들고 이리 와서 앉지."

조금만 더 있으면 창을 통해 밖으로 날아갈 듯하여 현이 투박하게 말하며 그의 감성을 차단했다.

"아, 죄송합니다."

잠시 창을 열어 환기를 시킨다는 게 보이는 풍경이 너무 아름다워 저도 모르게 한껏 젖어 들고 말았다. 냉큼 자리로 돌아온 이우를 현이 못마땅하게 쳐다보며 고개를 절레절레 흔들었다. 지금이 어떤 상황인데 저리 엉뚱한 곳에 정신을 팔고 있는지 참으로 한심해 보였다.

"그래서 그 별이 지금 어디쯤에 있다는 건데."

현이 툴툴거리며 지도를 손끝으로 탁탁 쳤다.

"음, 그게 그러니까."

지도를 훑으며 이우가 머리를 긁적였다. 돌산 이전에 서북쪽이라 하였고, 돌산 너머 어딘가라 하여 그것도 지났다. 우여곡절 끝에 사호까지 오긴 했으나 방향만 잘 잡으면 위치를 못 찾을 것도 없을 듯싶었다. 한데 기대와 달리 이우는 영 갈피를 못 잡고 있었다.

"보라고. 여기가 우리가 원래 있던 곳이고, 이쪽이 돌산이 있던 곳. 그리고 지금 우리가 있는 게 백사의 사호. 뻔히 보이는데 대체 뭐가 문제야. 왜 못 찾는 거냐고."

갑갑함에 현이 지도를 콕콕 짚어 가며 버럭거렸다. 이우가 움찔하며 어깨를 움츠렸다. 현의 윽박지름에 주눅이 들어 버렸다.

"지도에 익숙한 우리와는 달라 그런 것이니 시간을 좀 더 줘야 하지 않겠나."

 그렇게 몰아붙이면 더 어려워 제대로 할 수 없을 거란 말을 소하가 돌려 했다. 현이 깊은숨을 몰아쉬며 끓어오른 화를 삭였다. 자신들과 달리 이우는 마음이 여린 자였다. 게다가 아직 견습 딱지도 떼지 못한 어리숙한 신관이었다. 닦달한다고 되는 것이 아니란 걸 알면서도 마음이 급한 나머지 현이 화를 참지 못하고 폭발하고 말았다.

 그러면 안 되는 거였는데.

 고개를 푹 숙인 채 무릎 위에 올린 손을 꼼지락거리고 있는 이우를 보자니 더 울화가 치밀었지만, 연장자답게 현이 심호흡을 하며 마음을 가라앉혔다. 이우가 부하들이었으면 정말 주먹이 먼저 나갔을 것이다. 사내자식이 이게 뭐 하는 짓이냐면서 말이다.

 "돌산이 있던 곳 가까이에서 별을 보았다 하니 이 어디쯤으로 잡으면 될 것 같은데."

 소하가 지도 위 한 부분을 가리켰다. 힐끔 그의 손끝이 향한 곳을 확인한 이우가 고개를 저었다. 곁눈질로 현의 눈치를 살피는가 싶더니, 그가 묵묵히 팔짱을 끼고 입을 꾹 다문 것을 보곤 조심스럽게 말문을 열었다.

 "거긴 사호로 오기 전에 머물렀던 곳인데 별은 없었습니다."

 "별이 없어?"

"별에 발이 달렸답니다."

잘 참고 있다 싶었더니 현이 또 끼어들었다.

"발이 달렸다니. 별이 어디 달아나기라도 했단 말인가."

"그렇답니다. 분명히 돌산 근처에 떠 있던 별이 감쪽같이 사라졌다 합니다."

기가 막히다는 듯 현이 말하자 이우가 얼른 손을 내저었다.

"사라진 것이 아니라 옮겨 간 것입니다."

이우의 말에 현의 얼굴이 단박에 구겨졌다.

"그거나 이거나."

"거참, 아니라니까요. 사라진 것은 완전히 없어졌다는 것이고, 제가 말한 것은 어딘가로 이동했다는 뜻이니 완전히 다른 겁니다."

언제 주눅이 들었느냐 싶게 이우가 이번엔 조목조목 따지고 들었다. 어디로 옮긴 것인지 찾지 못하고 있는 것은 제 능력이 아직 부족하여 그런 것이지만, 별의 존재 유무에 대해 부정하는 것은 받아들일 수 없었다.

현이 사라졌다 말하는 것이 애초에 잘못 찾은 것이 아닌지 의심하는 것 같아 억울했다. 견습생이라 믿지 못할 수도 있지만 별의 존재는 확실했다. 그것을 이우가 찾은 것은 정말 천운이었다.

"그러니까, 그게 어디로 이동했냐고. 그걸 찾으라잖아."

"찾을 겁니다."

"언제. 대체 언제 찾을 건데."

"고, 곧이요."

티격태격 눈앞에서 유치한 말싸움을 하고 있는 둘을 보며 소하가 낮은 한숨을 내쉬었다. 자신이 없는 사이 고생도 하고 해서 둘 사이가 돈독해지고 믿음도 깊어졌나 했더니 아니었다. 오히려 정신 연령만 더 낮아진 듯했다. 이우는 그렇다 치고 사리 분별 명확하던 현까지 저 모양이니. 이래서야 앞으로 남은 험난한 여정을 계속 이어 갈 수 있을지 걱정이었다.

소하가 이마를 짚으며 자리에서 일어났다. 열어 놓은 창으로 걸어가 밖을 내다보았다. 뒤쪽에선 여전히 현과 이우가 옥신각신하는 소리가 들려왔다. 저러다 뭐라도 하나 건지면 다행이다 싶었다.

그가 머물고 있는 창밖에는 이것저것 물건들을 챙기는 일행들과 그들을 돕는 족장의 수족들이 분주하게 움직이고 있었다. 살가운 사호족 사람들 덕분에 일행들의 표정도 한층 밝아져 있었다.

팔짱을 끼고 느긋이 그들의 모습을 지켜보던 소하의 귀에 낯익은 목소리가 들려왔다. 그의 시선이 자연스레 소리가 들린 쪽으로 옮겨졌다.

모퉁이를 돌아 예아가 걸어 나오고 있었다. 화사하게 웃고 있는 예아의 얼굴을 보자 소하의 입가에도 엷은 미소가 번졌다. 그녀의 옆에서 나란히 걷고 있는 파타를 보기 전까지는 그랬다.

"곧 있으면 해도 질 텐데 왜 굳이 지금 가려는 겁니까?"

"그러니까 지금 가겠다는 거지."

"네?"

무슨 말이냐는 듯 파타가 묻자 예아가 씨익 웃었다.

"밤에 보는 백사가 얼마나 아름다운지 입에 침이 마르도록 자랑을 했던 게 누구더라?"

"여기도 백사야."

마음이 급해 말이 짧게 나왔다. 두건을 머리에 쓰며 신나게 발걸음을 옮기는 예아를 파타가 붙잡아 세웠다. 예아가 눈을 동그랗게 뜨고 그를 올려다봤다. 파타가 그녀의 머리에서 두건을 거둬 갔다. 예아가 잽싸게 두건을 붙잡았다.

"왜 이래?"

두건을 잡아당기며 예아가 눈을 부라렸다. 그에 지지 않고 파타가 단호하게 말했다.

"여기서도 충분히 볼 수 있는 거잖아."

"난 백사에서 보고 싶어. 란이랑 함께."

도리질을 치며 예아가 란을 거론했다. 란을 마을로 부를 수가 없으니 제가 나가겠다는 말이었다. 란에 대한 예아의 애정을 알기는 했지만 그녀를 혼자 백사로 보낼 수는 없었다. 자신이 동행을 한다면 말이 달라지겠지만, 지금은 따로 해야 할 일이 있었다.

"다른 날 나랑 같이 가자."

"싫어."

"예아."

"난 애가 아니야. 보호자 따윈 필요 없다고, 파타."

예아는 누구에게든 더 이상 어린애 취급을 받고 싶지 않았다. 그동안은 마을에서 가까운 거리에 있는 백사만 몰래몰래 나갈 수 있었다. 그래서 란을 만날 수 있었고 제 손으로 거둬 키웠다. 지금은 언제든 마음만 먹으면 백사에 나갈 수 있었다. 뭐든 혼자서 결정하고 행동할 수 있는 어른이 되었으니까. 그런데 아직도 파타를 비롯해 그녀의 언니인 모아나 유모는 예아를 돌보아야 할 아이로 생각하고 있었다. 그게 예아는 싫었다.

사호족답게 백사에서 사람도 구했다. 그리고 책임을 다해 그를 보살폈다. 후륵은 그녀의 그런 수고로움을 인정해 주고 칭찬도 해 주었다. 너무 멀리만 나가지 않는다면 언제든 백사를 돌아보아도 좋다는 허락도 받아 냈다. 소하에게서 벗어나 홀가분한 마음으로 이제야 마음껏 하고 싶었던 것들을 하겠다는데 파타가 만류하고 나선 것이다. 가장 많이 가장 멀리 백사를 자유롭게 돌아다니는 그가 말이다.

갑자기 예아가 발을 돋워 파타의 얼굴 가까이 제 얼굴을 디밀었다. 코앞으로 다가온 예아의 얼굴에 파타의 눈이 커졌다. 얼어붙은 듯 꼼짝도 않던 그의 동공이 흔들리고 목으로 마른침이 삼켜졌다.

예아가 두건을 잡고 있는 그의 손에 제 손을 겹치며 눈을 가늘게 늘였다.

"좋은 말로 할 때 놓지."

협박인지 명령인지 모를 말을 그녀가 읊조렸다. 숨결이 느껴질 정도로 가까운 거리에 머문 그녀의 입술이 달싹거리자 파타가 저도 모르게 숨을 멈췄다. 예아가 그의 손안으로 손가락을 넣어 꼬물거리며 두건을 빼냈다. 손안에서 빠져나가는 두건을 파타는 그대로 둘 수밖에 없었다.

"넌 네 일이나 잘해. 난 내가 알아서 할 테니까."

더 끼어들지 말라는 투로 쏘아 주며 예아가 파타의 코끝을 톡톡 두드렸다. 그녀의 손이 닿을 때마다 파타의 눈이 깜빡거렸다. 훗. 가벼운 웃음까지 날려 주고 나서야 예아가 발을 내리고 한 걸음 물러나 빙글 몸을 돌렸다.

두건을 보란 듯 흔들어 보이며 그녀가 당당하게 걸어 나갔다. 그 모습을 가만히 지켜보고 있던 파타가 뒤늦게 막힌 숨을 내쉬었다.

"후우."

이마를 빡빡 문지르던 파타의 손이 코끝으로 내려갔다. 찌르르거리던 감각이 아직도 남아 있었다. 그가 크게 숨을 들이켰다가 천천히 내뱉었다. 심장이 이상하게 평소와 다르게 뛰어 대고 있었다. 혹여 자신을 이상하게 보는 사람들이 있을까 싶어 주변을 휘둘러보며 파타가 아무렇지 않은 척 성큼성큼 걸음을 옮겼다.

몇 걸음 가다 멈춰 그녀가 뛰어간 방향을 보았다. 두건을 머리에 두르고 쪼르르 달려가는 뒷모습을 보다 한숨을 푹 내쉬며 고개를 절레절레 흔들었다. 말린다고 말을 들을 예아가 아님을 알면서 괜한 짓을 했다.

아니, 괜한 건 아니었나? 제 얼굴 앞에 다가왔던 그녀의 얼굴과 제 손을 잡고 꼬물거리며 코끝을 두드렸던 그녀의 가늘고 고운 손이 떠올랐다. 뒷덜미가 후끈거리는 게 느껴졌다. 그가 흠흠 헛기침을 하곤 고개를 돌려 아무 일도 없었던 것처럼 태연히 자리를 떴다.

빨리 일을 처리하고 예아에게 갈 생각이었다.

모든 것을 지켜보고 있던 소하가 느른하게 턱을 쓸었다. 파타가 예아를 대하는 것이 묘하다 여겼더니 다 이유가 있었다. 사람들이 지켜보는 앞에선 깍듯이 존대를 하던 그가 둘이 있을 때는 편하게 말을 놓았다. 늘 그래 왔던 것처럼 그것이 무척 자연스러웠다.

예아에겐 파타가 벗인 듯 보였으나, 사내인 소하가 보기에 파타는 예아를 그렇게만 생각하지 않는 것 같았다. 자신을 보는 눈빛에 적의가 담겼던 이유가 좀 더 명확해졌다. 파타에게 예아는 여인이었다. 처음엔 그도 예아를 벗으로 생각했을 것이다. 그러다 어느 순간부터 달라졌겠지. 보통의 여인과도 다르다. 그는 그녀를 은애하고 있음이 틀림없었다.

"잠시 바람 좀 쐬고 오겠네."

소하가 팔짱을 풀고 돌아서며 말했다. 아직도 둘은 지도를 두드리며 갑론을박을 펼치고 있었다. 문으로 걸어가는 그에게 신경을 쓰는 이는 아무도 없었다. 둘에게 소하의 말은 들리지 않는 모양이었다. 뭐든 결론을 내리고 나면 찾겠지.

문을 열고 나선 소하가 곧장 복도를 걸어 외부로 나가는 출입구로 향했다. 파타의 말대로 얼마 있지 않아 해가 질 것이다. 밤의 백사는 어떠한 모습인지 소하도 아직 제대로 본적이 없었다. 한동안은 정신을 차리지 못해 누워만 있었고, 지금은 떠날 채비를 하느라 바빠 그런 것을 생각할 틈이 없었다.

잠깐의 여유가 생겼겠다. 이참에 그 아름답다는 백사의 별 구경이나 한번 해 보는 것도 좋을 성싶었다. 또 언제 백사에 올지 알 수 없으니.

"이우가 보았다는 그 별도 보이려나."

자신이 굳이 마을을 벗어나 백사까지 나가 밤하늘을 살피는 이유를 덧붙이며 예아가 지나갔던 길을 그가 그대로 따라 걸었다. 멀찍이 그녀가 마을의 출입문을 나서는 것이 보였다. 뭐가 저리도 좋을까. 그녀의 뒷모습에서 즐거움과 벅찬 기대감이 한껏 느껴졌다. 덩달아 그녀를 바라보는 소하의 기분도 좋아졌다. 백사로 나서는 그의 입가에 엷은 미소가 떠올랐다.

모든 것을 태워 버릴 듯 작렬하게 퍼붓던 해가 백사의 지평선 너머로 사라질 준비를 서두르고 있었다. 백사의 낮이 밤으로 바뀌는 신비로운 순간이 찾아오고 있었다. 지평선과 가까운 곳의 새하얀 백사가 붉고 노란 오묘한 빛깔로 물들었다. 작별을 고하는 해가 하늘에 남긴 흔적이 백사에 반사되어 그런 것이다.

소리 없이 발아래 모래를 밟아 나가던 예아가 하늘을 올려다보며 길게 뿔피리를 불었다. 오래지 않아 먼 하늘에서 란이 모습을 드러냈다. 순식간에 다가온 란이 예아의 머리 위를 맴돌았다. 잘 모르는 이가 봤다면 사나운 맹금류가 먹잇감을 노리며 사냥의 기회를 엿보는 것이라 오해를 할 만한 움직임이었다.

둘의 관계를 아는 소하의 눈엔 란이 그녀의 부름에 반가워 춤을 추고 있는 것으로 보였다. 그 아래 예아가 팔을 활짝 펼치고 란을 올려다보며 같은 속도로 맴을 돌았다. 까르르 즐거워 웃는 소리가 듣는 이의 기분도 좋게 만들었다.

소하는 그들을 방해하지 않으려 조금 떨어진 곳에서 멈춰 섰다. 예아는 눈치채지 못했을지 모르나 하늘 위의 란은 소하의 모습을 보았을 것이다. 그럼에도 란이 별다른 반응을 보이지 않는 것은 소하가 위해를 가하지 않을 거라는 것을 알기 때문일 것이다.

 어둠이 내려앉기 시작했다. 밤하늘에 별이 하나둘 보이기 시작했다. 달이 떠오르기 시작한 하늘이 은은히 빛을 흘려냈다. 그녀가 보고 싶어 했던 백사의 밤하늘이 서서히 제 모습을 드러내려 하고 있었다.

 예아가 멈춰 하늘의 별들을 우러러보았다. 그의 시선이 그녀가 보고 있는 그 어디쯤의 하늘을 담아냈다. 어둠이 짙어질수록 별은 더욱 선명해졌다. 란이 그 하늘 위에서 우아하게 선회하며 춤을 추고 있었다.

"예쁘다."

 감격에 겨운 그녀의 목소리가 들려왔다. 소하가 시선을 내려 그녀를 보았다. 그의 눈에 비친 예아의 모습은 달빛보다 더 아름답고 별빛보다 더 고왔다. 살랑살랑 불어오는 바람에 예아의 옷자락이 우아하게 너풀거렸다. 마치 나비 한 마리가 달빛 아래에서 고운 날갯짓을 하고 있는 것처럼 보였다.

 그녀가 갑갑한 듯 두건을 벗어 냈다. 눈처럼 새하얀 머리카락이 사라락 어깨를 타고 등 뒤로 흘러내렸다. 뿔피리를 다시 입에 물고 불자 란이 선회하며 아래로 내려왔다. 소리 없이 부드럽게 소하를 낚아챘을 때와 같은 모습으로 란이 모래 위로 안착했다.

 예아가 익숙한 듯 란의 목덜미를 잡고 등에 올라탔다. 그 모습을 지켜보던 소하의 미간이 살짝 찌푸려졌다. 설마 란을 타고 하늘로 올라갈 생각은 아니겠지 싶었지만, 예아라면 충분히 그러고도 남음이 있었다.

"저건 그냥 한두 번 해 본 솜씨가 아니란 말이지."

예아가 백사에 자주 나간 적이 없다는 건 거짓말이다. 제 몸의 몇 배는 족히 되는 독수리였다. 그걸 저리 능숙하게 다루어 타려면 과연 얼마나 많이 연습을 해야 했을까? 소하는 어쩌면 그녀가 밤에 마을을 벗어난 것도 이번이 처음이 아닐지도 모른다는 생각을 했다.

어찌 아닌 말이다. 모두를 속이고 그들이 잠든 밤에 몰래 나와 란과 함께 밤하늘을 유영하며 날아다녔을지.

저가 손닿을 수 없는 높이로 멀리 날아갈 것만 같은 예아의 모습에 그답지 않게 불쑥 심통이 돋아났다. 기껏 여기까지 나왔더니 같은 곳에서 같은 높이로 하늘을 보는 것이 아니라는 사실에 한껏 실망이 되었던 모양이다.

"후우."

저도 모르게 소하가 짙은 한숨을 내쉬었다. 다치지 말아야 할 텐데 하는 괜한 걱정을 하며 소하가 한 발을 더 내딛던 참이었다. 조금 더 나아가 그녀의 모습을 지켜볼 생각이었다. 그의 앞으로 다가오는 거대한 몸체에 소하가 우뚝 걸음을 멈췄다.

란이었다. 그가 시선을 들어 적당한 거리를 두고 선 란을 의아하게 바라보았다. 소하를 불청객이라 여겨 위협을 가하려는 의도로 다가온 것은 아닌 듯했다.

하면 무엇 때문에?

"어어?"

날아올라야 할 란이 모래 위를 걸어 앞으로 나아가자 위에 타고 있던 예아가 어리둥절해했다. 무슨 영문인지 몰라 란을 봤다가 멈춘 지점에서 고개를 들었다.

"어. 여긴 왜."

그제야 소하를 발견한 예아가 놀란 듯 눈을 동그랗게 떴다. 분명히 자신의 부하들과 함께 방에서 이야기를 나누고 있다고 들었는데 그가 난데없이 왜 여기 있는 것인지. 그녀가 그의 주변을 휘둘러 살폈다. 혹여 그에게 일행이 있는 건가 싶어서였다.

"혼자요."

소하가 그녀의 생각을 읽은 듯 입을 열었다. 그녀의 시선이 그에게 닿았다.

"예서 혼자 무얼 하십니까?"

"그러는 그대는 무얼 하려는 게요. 거기서."

란을 쭉 훑어 올라 자신을 향한 소하의 시선에 예아가 꿀꺽하고 마른침을 삼켰다. 들키면 안 될 모습을 들켰다는 게 그녀의 표정에서 고스란히 드러났다. 자세히 보이지는 않으나 그녀가 이리저리 눈동자를 굴리고 있을 거라는 짐작은 할 수 있었다. 뭘 어떻게 둘러대야 어색하지 않게 이 상황을 넘어갈 수 있을지 고심하는 중이리라.

해서 무슨 말을 늘어놓으려는지 어디 한번 들어나 볼까 하는 심산으로 그가 가만히 그녀의 입술을 응시했다. 금방 조잘거리며 입을 열 것처럼 보이던 예아의 입은 좀처럼 열리지 않았다. 란을 올라타고 있는 상황에서 별일 아니라 둘러댈 적당한 말이 쉬이 떠오르지 않는 눈치였다.

"어디를 가려던 참인가 보오."

그가 먼저 운을 띄웠다. 예아가 눈을 말똥거리며 어색하게 입술 끝을 올렸다. 그와 반대로 그의 입가에는 느긋한 미소가 머금어졌다.

"이동 수단이 란인 것을 보면 혹여……."

우아하게 들어 올린 그의 손끝이 곧게 하늘로 뻗어 올랐다. 그 손끝을 따라 예아의 고개가 들렸다. 그녀의 시야에 까만 하늘을 수놓은 쏟아질 듯 무수히 많은 별들이 들어왔다. 반짝반짝 빛을 발하는 별들이 그녀의 눈동자에 담겼다. 감탄에 겨워 입을 벌리던 예아의 귀에 소하의 목소리가 들렸다.

"저 위로 올라갈 생각인 것인가?"

말끝이 단조로웠다. 묻는 말임이 분명한데 꼭 혼잣말을 중얼거린 것처럼 끝을 맺었다. 그녀가 시선을 내려 그를 보았다. 말의 의도가 무엇인지 가늠이 되지 않아 그의 표정을 살피기 위함이었다. 매끄럽게 올라간 그의 입술 끝이 그녀의 시야에 들어왔다.

'약점이라도 잡았다 여기는 것인가? 이 일을 빌미로 또 부려먹을 생각이라도 하고 있는 건 아니겠지?'

그러지 말라 그럼 정말 은혜도 모르는 인간이 되고 마는 거다. 속으로 주문처럼 꿍얼거리며 예아가 눈에 한껏 힘을 줬다. 덧붙여 그녀는 소하가 제발 모른 척 그냥 이대로 몸을 돌려 마을로 돌아가 주기를 바랐다.

"같이 동석할 수 있겠소?"

딴생각에 열중하고 있던 그녀가 뒤늦게 그의 말을 알아듣고 눈을 멀뚱거리며 되물었다.

"네?"

"마침 나도 별을 자세히 살펴보러 나온 길이라."

그가 태연히 말했다. 그의 시선은 정확히 예아의 뒤쪽을 가리키고 있었다. 예아의 미간이 좁아졌다. 동석이라니? 소하의 말을 곱씹다 고개를 갸웃했다. 지금 상황에 저 말이 어울리는 것인가 해서였다. 아니다. 평범히 나올 말은 절대 아니었다. 저를 놀리고자 하는 말이라는 결론을 내리고 예아가 가늘게 눈을 늘였다. 나오는 말이 곱지 않았다.

"아니 되겠습니다."

"어째서?"

곧장 그의 물음이 날아들었다.

"란은 저 말고 다른 자는 태우지 않습니다."

새침한 어조로 당연하다는 듯 말하며 예아가 란의 목을 부드럽게 쏠었다. 이제 그만 자리를 벗어나자는 뜻이 내포되어 있는 손길이었다. 평소라면 말로 하지 않아도 잘 알아듣던 란이 오늘따라 그녀의 마음처럼 움직여 주지 않았다.

란은 오히려 한 발 더 소하에게 다가서며 머리까지 조아렸다. 그런 란의 태도에 소하의 미소가 더 짙어졌다. 란이 무엇을 바라고 있는지 알 것 같아서였다.

"아닌 듯한데?"

"예?"

"나는 태워 줄 것 같은데?"

그가 손을 뻗어 란의 머리를 쓰다듬었다. 그의 손길을 얌전히 받아들이는 란을 보자 예아가 입을 쩍 벌렸다. 거짓이 아니었다. 란은 여태 예아 말고는 그 누구의 손길도 허락한 적이 없었다. 가끔 먹잇감을 챙겨 주는 파타에게조차도 곁을 내어 준 적이 없던 란이었다.

"란."

예아가 다급하게 란의 눈을 들여다보며 불렀다. 란의 까만 눈동자가 슬쩍 그녀를 향하는 듯하다가 이내 돌려졌다. 란이 그녀의 뜻을 외면하고 있었다.

"그럼 어디 별 구경 좀 제대로 해 볼까."

어느새 다가선 그가 훌쩍 란의 등에 올라탔다. 그녀의 등 뒤로 소하의 탄탄한 가슴이 닿았다. 그가 팔을 뻗어 란의 목 뒤쪽 깃털 안쪽을 붙잡았다. 그러느라 자연스레 예아의 몸이 그의 두 팔 안에 가두어졌다. 예아의 두 눈이 동그랗게 커졌다.

"가자, 란."

다정하게 란에게 말하는 소하의 목소리가 예아의 귀 바로 곁에서 들려왔다. 정확히 자신의 귀 위쪽에 그의 입술이 자리했다. 직접적으로 입술이 닿은 것도 아닌데 귀가 간질거렸다. 귀를 만져 간지러움을 덜어 내고 싶었으나 쉬이 손을 움직일 수가 없었다. 그러면 그의 팔과 등 뒤에 있는 가슴에 그녀의 몸이 닿을 테니 그냥 참는 수밖에 없었다.

"아."

란이 푸드덕푸드덕 크게 날갯짓을 하는 바람에 예아의 몸이 뒤쪽으로 기울었다. 예아가 란의 등에 올라탄 것은 이번이 세 번째였다. 익숙한 듯 보였지만 올라타는 것만 길을 들이느라 여러 번 해 봤지 타고 하늘을 날아다닌 것은 총 두 번. 지금이 세 번째 시도였다.

"그러다 떨어지면 어쩌려고."

그리 말하며 소하가 한쪽 팔로 예아의 허리를 휘감았다. 흠칫 놀란 예아가 몸을 굳혔다가 시선을 내려 단단하게 자신을 붙잡고 있는 그의 팔을 보았다. 이것이 왜 제 허리에 감겨 있는 것인지 좀체 이해가 안 된다는 듯 그녀의 눈이 깜빡거렸다.

"괜찮……."

되었으니 손을 치워 달라 말하려 했다. 하나 그 순간, 란이 우회하며 위로 치솟았고 그녀의 상체가 반동으로 휘청거렸다. 그가 잡고 있지 않았다면 정말 떨어졌을지도 모를 일이었다. 덥석 본능적으로 예아가 소하의 팔을 붙잡았다.

"단단히 잡는 게 좋겠소. 전혀 괜찮아 보이지 않으니."

훗. 말끝에 흘려 낸 그의 옅은 웃음소리가 예아의 귓속으로 스며들었다. 간지러움이 이젠 귓바퀴를 돌아 그 안까지 침범해 들어왔다. 예아가 얼굴을 기울여 어깨에 귀를 댔다. 손 대신 귀를 긁으려 한 행동이었다. 갑작스런 그녀의 행동에 그가 슬쩍 얼굴을 뒤로 물렸다. 예아가 귀를 어깨에 문지르는 통에 그녀의 머리가 그의 얼굴에 닿아서였다.

그의 시야로 그녀의 반대편 귀와 볼이 들어왔다. 살짝 붉어진 귓불과 달빛을 받아 곱게 빛나는 볼이 귀엽고 어여뻤다. 아무것도 모를 것 같더니 이리 사내의 품에 안긴 것이 부끄럽고 이상한 모양이다.

"가까이서 보니 확실히 더 아름답군."

나직하게 흘려 낸 그의 목소리가 감미로웠다. 그녀가 동작을 멈추고 고개를 돌렸다. 소하의 얼굴 아래 그녀의 얼굴이 자리했다. 반쪽이 아닌 거의 온전한 얼굴이 자신을 빤히 올려다보고 있었다. 시선이 마주치자 백옥처럼 새하얀 예아의 볼이 사르르 홍조로 물들었다.

제가 하는 말인 줄 알고 고개를 돌렸다가 아차 싶었던 모양이다. 즉시 그녀의 고개가 다시 제자리로 돌아갔다. 예아가 한 손을 제 볼에 가져다 대며 숨을 깊게 들이켰다. 왜 그런 착각을 했을까? 마치 그의 말이 저를 보고 하는 말인 줄 알고 놀라 돌아보고 말았다. 별을 보고 한 말일 터인데. 민망함에 예아는 차마 고개를 들 수가 없었다.

"어떠하오."

다정한 그의 목소리에 예아가 흠칫 몸을 떨었다. 그러다 제가 너무 이상하게 반응하고 있다 싶어 아무렇지 않은 척 입을 열었다.

"뭐, 뭐가 말입니까?"

제 더듬는 말에 예아가 질끈 눈을 감았다. 그녀답지 않게 실수를 연발하고 말았다.

"밤하늘 말이오. 너무 아름답지 않소?"

그의 말에 예아가 눈을 떴다. 고개를 들어 올리자 눈앞에 별의 바다가 펼쳐졌다. 가까이서 바라본 백사의 밤하늘은 파타가 말한 것보다 더 황홀하고 찬란했다. 눈이 부셨다. 수를 헤아릴 수 없는 별들이 보석처럼 촘촘히 하늘에 박혀 빛을 뿜어내고 있었다.

"아름답습니다."

그의 말에 동의하며 예아가 고개를 끄덕였다. 별 중에도 존재감을 나타내며 더욱 빛나는 것들이 있었다. 그 별들을 사람들은 하늘의 길잡이라 불렀다. 어두운 밤 지도가 없을 때 사람들을 옳은 길로 인도하는 별자리였다.

"이우 신관이 찾는 별은 어떤 것입니까?"

그녀가 문득 궁금하여 물었다.

"그건 또 어찌 아는 것인지."

외부인 없이 현과 이우만 동석하여 나눈 대화를 예아가 어찌 알고 있느냐 묻는 것이었다. 예아가 어깨를 들썩이며 제 잘못이 아니라는 듯 말했다.

"방문 앞을 지나가다 들었습니다. 그 무관 되시는 분 목소리가 하도 커서 문밖까지 다 들린 것뿐입니다. 일부러 엿들은 건 아닙니다."

거짓은 아니었다. 소하 일행이 언제 떠날 것인지 궁금하여 그 앞을 서성이다가 우연히, 아주 우연히 방에서 흘러나오는 소리를 들은 것일 뿐, 문에 귀를 대고 촉을 세워 염탐한 것은 절대 아니었다.

그녀의 말을 들은 소하의 미간이 살짝 찌푸려졌다. 화통을 삶아 먹은 것 같은 현의 목소리라면 충분히 문턱을 넘어가고도 남음이 있었다. 더군다나, 욱하여 소리칠 때는 더더욱 목소리가 컸다. 그녀가 들었다는 별에 대한 것도 이우 때문에 답답하여 현이 내지른 소리임이 분명했다.

"우리도 잘 알지는 못하오. 그저 고서에 등장하는 별이라는 것밖에는."

"알지 못하는 것을 어찌 찾으십니까?"

"신탁 때문에."

"신탁? 그것은 또 무엇입니까?"

예아의 호기심이 발동했다. 자신이 알지 못하는 것들에 대한 말이 소하의 입에서 흘러나오자 예아가 눈을 반짝 빛내며 귀를 쫑긋 세웠다. 백사 이외의 땅에서 일어나는 일들에 대한 것은 언제나 그녀의 호기심을 자극했다. 장사치들이 들려주는 이야기에 항상 귀를 기울이던 그녀였다. 하지만 그것도 여러 번 같은 것을 들으니 식상해졌다.

한데 이번엔 전혀 다른 이야기였다. 그것도 모든 것이 비밀에 휩싸인 황자와 관련된 것이니 또 얼마나 신비롭고 흥미로울 것인지. 벌써부터 기대감에 예아의 기분이 들뜨기 시작했다.

"우리가 찾는 별이 품고 있을 비밀."

의미를 알 수 없는 모호한 말을 하며 소하가 엷은 미소를 입가에 머금었다. 뜬금없는 말에 고개를 갸웃거린 예아가 그를 불쑥 돌아봤다. 갑작스럽게 고개를 돌려 미처 대처할 틈이 없었다.

소하는 내내 그녀를 내려다보며 말을 이어 가고 있었다. 그녀는 그를 바라보려 고개를 약간 들어 올린 터였다. 서로의 코끝이 어긋났고, 입술의 인중 아래 도톰한 부위가 살짝 닿았다. 순간 모든 것이 멈춘 듯 정적에 휩싸였다.

말을 하려 벌렸던 입술을 그녀가 닫느라 움직였다. 생각 없이 한 행동이었다. 그로 인해 자신의 아랫입술이 그의 아랫입술을 쓿어 올리는 형태가 될 거라곤 전혀 생각지 못했다.

꿀꺽. 예아의 목으로 마른침이 삼켜졌다. 그녀의 눈동자가 흔들렸다. 심장이 멈춘 듯 미동을 않더니 이어 콩닥콩닥 평소보다 빨리 크게 뛰어 댔다. 요상하게 뛰어 대는 제 심장 소리에 예아가 화들짝 놀라 얼굴을 돌렸다.

이번엔 그의 입술 반을 제 입술이 쓿었다. 화르륵. 그녀의 얼굴에 불이 일었다.

'실수입니다. 실수.'

소리 없는 변명이 그녀의 닫힌 입 속에서 아우성을 쳐 댔다.

미동도 없던 소하의 눈이 부끄러움에 푹 수그러진 예아의 뒷머리에 닿았다. 묘한 감촉의 여운이 아직 가시지 않은 그의 입술이 호선을 그리며 부드럽게 말려 올라갔다. 스치고 지나간 것이 다인데, 별일이 있었던 것도 아닌데 마치 큰일이 있었던 것처럼 그들을 에워싼 공기가 달라졌다.

그녀의 등이 빠르게 들썩이고 체온이 조금 높아졌다. 그것으로 소하는 지금 예아가 난생처음 이런 일을 겪어 무척 당혹스러워하며 부끄러움에 몸 둘 바를 몰라 하고 있다는 걸 알아챌 수 있었다.

'이러면 곤란한데.'

그의 눈 속에 담긴 예아의 모습이 소중하고 어여뻤다. 마냥 귀엽고 철없는 누이동생쯤으로 여겨 넘기려던 때와는 사뭇 다른 것이었다. 떠나야 하기에 마음의 여지를 두어서는 아니 된다고 예아를 볼 때마다 마음을 다잡았었다.

한데, 그게 잘 되지 않고 있었다. 아마 파타가 돌아왔을 때부터였던 것 같다. 그가 예아를 누이가 아닌 여인으로 생각하게 된 계기가. 적당히 선을 그어 그저 생명의 은인으로 남겨 두려던 것을 파타가 전혀 다른 방향으로 틀어 놓은 것이다.

"입으로 탕약을 먹여 줄 때는 언제고 이제 와 부끄럼을 타는 것이오?"

입술을 완전히 겹쳐 입 안에 머금고 있던 탕약을 먹여 줄 때는 아무렇지 않은 척 행동하더니, 살짝 스친 것만으로 불에 덴 듯 놀라 고개도 들지 못하니. 분위기라도 바꿔 보려 그가 일부러 농을 던졌다.

"그것은 목숨을 살리려고 한 것이지 다른 의도가 있었던 것은 아닙니다."

역시 발끈하여 그녀가 번쩍 고개를 들고 말을 쏟아 냈다. 그를 돌아보려 고개를 돌리다 움찔 멈춘 것은 조금 전의 상황이 떠올라서였을 것이다.

"하면, 지금은 다른 의도가 있었던 것이오?"

슬그머니 그의 입꼬리가 휘어 올랐다. 그녀의 대답을 기다리는 사이 점점 더 소하의 미소가 짙어졌다.

"아닙니다. 사곱니다. 사고."

예아가 고개를 세차게 흔들며 부정했다.

"사고라면서 어찌 이리 얼굴이며 목이며 귀가 붉게 달아오르는 것인지. 참 묘하구려."

짓궂은 농이 이어졌다. 손을 움직일 수 없어 그를 대신해 그의 시선이 그녀의 볼과 목과 귀를 차례로 담아냈다. 그의 말에 예민해진 것인지 그의 시선이 닿는 족족 그녀가 흠칫하며 몸을 떨었다. 그 모습마저 어찌 그리 어여쁘게 보이는지.

이 무슨 달빛의 조화인가.

백사의 밤하늘은 확실히 다른 곳에서 보는 하늘과는 달랐다. 모든 것이 황홀하고 아름다웠으며 신비로웠다. 함께 바라보는 이가 그와 동화되어 더욱 그런 것인지도 모를 일이었다. 새하얀 눈처럼 곱고 눈부시게 아름다운 백사의 사막여우가 그와 함께 있었다.

한시도 눈을 뗄 수 없게 그를 현혹시켜 버렸다.

보석처럼 찬란하게 빛나는 별빛도 은은하고 고고한 달빛도 그녀를 능가하지는 못했다. 그의 모든 감각은 오롯이 그녀에게만 반응하고 있었다.

이런 순간이 오지 않기를 바랐다.

처음 죽음의 문턱에서 그녀를 보았을 때부터 소하는 그녀를 끊임없이 밀어내고 있었다. 나에게 중요한 것은 신탁뿐이다. 그 말을 주문처럼 무수히 속으로 뱉어 내며 마음을 다

잡으려 애썼다. 제법 단단하다 믿었던 벽에 금이 생겨 버렸다. 쩍쩍 갈라지는 마음의 벽을 소하는 속수무책으로 바라보고만 있었다.

어쩌면 신탁을 통과하고 다시 이곳으로 오게 될지도 모르겠다. 신탁보다 더 중요한 것을 찾기 위해서.

"란."

그녀가 란의 목을 두드리며 재촉했다. 이제 그만 내려 달라는 뜻이었다. 그와 몸이 맞닿은 채로 있는 것이 부담스러웠다. 땅이라면 모를까 하늘 위에서는 그를 피할 수 있는 방도가 없었다. 등 뒤로 쏟아지는 그의 시선에 온몸이 불타오를 것만 같았다. 한시라도 빨리 그에게서 벗어나지 않으면 곧 다 타 버려 재가 되어 버릴지도 몰랐다.

이런 기분은 난생처음이었다.

란이 하강하기 시작하자 소하가 그녀의 몸을 더 꽉 껴안았다. 벗어나고 싶었지만 도리가 없었다. 조금만 잘못 움직이면 아래로 떨어질 수도 있었다. 그저 어서 빨리 란이 땅에 내려서기만을 바랄 뿐이었다.

란의 발이 사뿐히 모래를 밟았다. 내리기 편하게 란이 자세를 낮췄다. 소하가 그녀의 허리춤에서 팔을 풀었다. 팔이 느슨해진 틈을 타 예아가 그에게서 얼른 떨어졌다.

"조심."

미처 그의 말이 끝나기도 전에 그녀가 먼저 후다닥 모래 위로 뛰어내렸다. 나비처럼 옷자락을 나풀거리며 예아가 마을을 향해 달려갔다. 뒤이어 바닥으로 내려선 소하가 그녀의 모습을 보며 싱긋이 미소를 머금었다.

 탁탁. 소하가 란의 목을 가벼이 두드렸다.

 "수고했다, 란."

 소하의 말에 란이 고개를 주억거렸다. 그가 몇 발 물러서자 란이 날개를 움직여 다시 하늘로 날아올랐다. 멀어지는 란의 모습을 소하가 멈춰 선 채로 잠시 바라보았다. 란이 그를 태운 이유는 하나였다. 혹여 이 밤에 예아가 저를 타다 아래로 떨어질까 그게 염려되어 보호 차원에서 소하를 동행시킨 것이다. 그것을 소하가 모를 리 없었다.

 "영악한 놈이로고."

 황자를 제 주인의 보호 장비로 쓰는 것은 세상천지에 란 하나뿐일 것이다. 란에게는 황자인 소하보다 저를 살리고 키워준 예아가 더 소중한 것이니 당연한 일이었다. 해서 알고 당하면서도 그리 기분이 나쁘지는 않았다.

 "덕분에 별 구경도 하고 다른 구경도 실컷 했으니 내 특별히 용서하마."

 예아가 만들어 놓은 흔적을 따라 그가 걸음을 옮겼다. 달과 별이 만들어 낸 빛이 꽤 밝아 길을 걷는 것이 그리 어렵지 않았다. 어둠이 내려앉은 마을에도 등불과 횃불이 곳곳에 밝혀졌다. 마을로 향해 내달리던 예아의 걸음이 멈췄다. 누군가 그녀를 붙잡아 세워 그런 것이다. 파타였다.

일을 마치고 예아를 찾아 나선 길에 그녀와 딱 마주친 듯했다. 별을 구경하는 데에는 그리 오랜 시간이 걸리지 않았다. 별보다는 다른 것을 더 많이 보았다. 그녀는 어땠는지 모르겠으나 소하는 그러했다.

왜 이리 일찍 돌아왔느냐 묻는 듯하던 파타의 시선이 그녀가 달려온 곳으로 향했다. 그리고 보았다. 느긋이 달빛을 벗 삼아 밤길을 밟아 걸어오고 있는 소하의 모습을. 예아가 파타의 손을 떨치고 마을로 들어서는데도 그는 꼼짝도 하지 않았다. 파타가 기다리는 사람이 바뀌었다.

예아에서 소하에게로.

변한 것은 비단 대상만이 아니었다. 눈빛도 따스함에서 차가움으로 순식간에 돌변해 있었다. 파타는 소하를 향한 적의를 숨기지 않았다.

그런 파타를 향해 소하는 멈춤 없이 여유롭게 다가갔다. 거리가 가까워질수록 소하의 입가에 머문 미소가 짙어졌고, 파타의 눈가는 불쾌하게 찌푸려졌다.

감히, 황자인 소하를 향해 저런 불손한 태도와 눈빛을 보일 수 있는 자는 없었다. 적어도 소하보다 서열이 높은 황가의 사람들 외에는 할 수 없는 짓이었다. 소하의 발끝에도 미치지 못하는 비천한 신분으로 저리한다는 건 죽기를 바라고 목숨을 내놓은 것이라 봐야 했다.

"어딜 다녀오시는 길이십니까?"

물어보지는 않았으나 파타의 눈빛에서 소하는 이미 그가 자신의 정체를 알고 있음을 짐작할 수 있었다. 그럼에도 불구하고 저리 불손한 말투로 묻는 것은 다분히 의도적인 도발이라고밖에 여겨지지 않는다. 화를 돋우어 어찌하려고.

"별 구경을 좀 하였지."

"지키는 자도 없이 그 몸으로 나돌아 다니시다 큰일이라도 당하시면 어쩌려고 그러십니까. 어떻게 살린 목숨인데."

파타가 말끝을 흐렸다. 말에 담긴 비웃음을 소하가 모를 리 없었다. 제 몸 하나 건사하지 못하는 자가 어딜 함부로 돌아다니느냐, 괜히 여러 사람 고생시키는 어리석은 짓은 하지 말라 그리 말하고 있었다.

"혼자 간 것이 아닌데."

소하가 웃음 띤 얼굴로 말했다. 그에 파타의 미간이 꿈틀거렸다.

"내 생명의 은인과 함께하였지. 보았을 터인데. 좀 전에 이 앞을 지나가지 않던가?"

묻는 말에 선뜻 답하지 못하고 파타가 아랫입술을 지그시 깨물었다. 그를 도발하려다 도리어 제 속만 부글부글 타올랐다.

열 발짝. 아홉. 여덟. 일곱.

점점 거리가 가까워지고 있었다. 절대 꺾일 것 같지 않던 파타의 고개가 돌려 내려지고 그의 시선이 아래로 향했다. 주먹 쥔 손이 분한 듯 부들거리고 있었다. 세상이 불공평하다 싶겠지. 저에게만 모질다 생각하겠지.

하나 그것만큼 어리석은 생각은 없다. 삶이 힘든 건 누구나 마찬가지다. 그것에 예외는 있을 수 없다.

모든 것을 다 가진 듯 보이는 소하가 오히려 저보다 더 많은 위협을 받고 시기와 질투 속에서 수없이 죽을 고비를 넘겨 왔음을 파타는 짐작조차 하지 못할 것이다. 그러니 저리 억울하고 분한 표정으로 치를 떨 수 있는 것이 아니겠는가.

소하가 온갖 수모를 억눌러 견디며 여기까지 온 것은 그 모든 것들로부터 벗어나 저를 향해 칼을 겨눴던 자들을 밟고 그 위에 자리하기 위함이다. 해서 다른 것들은 포기하며 살아왔었다. 훗날을 기약하며.

"그렇다고 아무나 기어오르게 할 수는 없지 않은가."

혼잣말인 듯 작게 읊조리며 소하가 파타의 앞을 스쳐 지나갔다. 꿀꺽. 파타의 목으로 마른침이 넘어갔다. 조금 전과는 다른 의미로 그의 몸이 파르르 떨렸다. 아무 일도 없는 듯 평온히 마을로 들어서는 소하와 달리 파타는 손끝 하나 움직일 수가 없었다. 얼어붙은 듯 그의 다리가 모래 위에 박혀 미동조차 하지 않았다.

소하와 어느 정도 거리가 벌어지고 나서야 파타의 막혔던 숨통이 터졌다.

"하아."

거친 숨을 토해 낸 파타가 천천히 손을 들어 올렸다. 꽉 쥐어진 손을 펼치자 손가락 끝까지 부들부들 떨림이 이어졌다. 생전 처음 느껴 보는 무시무시한 살기였다. 살갗을 꿰뚫고 들어온 살기가 온몸의 뼈를 산산조각 내고 있는 듯한 생생한 느낌이 파타를 충격에 빠트렸다.

자신이 살아 있다는 것이 믿어지지 않을 정도로 소하가 드러낸 살기는 강렬했다. 소하의 살기가 거둬진 지금까지 파타의 몸은 여전히 떨리고 있었다. 그 이유는 간단했다. 소하가 보여 준 것이 그가 가진 힘의 아주 일부분일 뿐이라는 사실을 파타가 깨달았기 때문이었다.

태생적인 것 말고도 파타가 소하를 넘어설 수 없는 것은 차고 넘쳤다. 어리석게 감정을 주체하지 못하고 적의를 내보인 파타에게 소하는 조용하고 고고하게 경고를 남겼다. 그리하여 파타 스스로 자신이 소하가 상대할 가치조차 없는 존재라는 걸 깨닫게 만들었다.

털썩. 파타의 무릎이 꺾였다. 모래 위에 꿇어앉은 파타의 얼굴에 어두운 그림자가 드리웠다. 그의 입가에 씁쓸함이 맴돌았다. 이길 수 없는 상대를 두고 부질없는 짓을 한 자신이 한심해 견딜 수가 없었다.

가질 수 없는 것에 대한 절망감을 엉뚱한 곳에 분출한 꼴이었다. 신분을 망각하고 저지른 타파의 행동은 죽어 마땅한 것이었다. 비루하기 그지없는 천민의 신분으로 감히 누구에게 어깃장을 놓았단 말인가.

"진정 미쳤구나. 감히 뉘에게······."

사호에 거하며 사람다운 취급을 받다 보니 하늘 무서운 줄 모르고 함부로 날뛰었다. 어쩌면 소하가 자신의 부하나 사호 사람들에게 격 없이 따스하게 대하는 것을 보고 겁을 상실했는지도 모를 일이다.

당장에 목을 쳐도 할 말이 없음인데 그냥 두었다. 성품 자체도 저와는 비교도 할 수 없이 고아함을 파타는 절실히 느꼈다. 해서 더 비참했다. 앞으로도 자신은 결코 그를 이길 수 없다는 것을 파타는 통감했다.

제대로 된 대접을 하지 못한 것이 마음에 걸린다 하며 후륵이 아침을 함께 먹는 자리를 마련했다. 족장의 식구들과 소하와 그의 부하들이 모두 한자리에 모였다. 소하가 상석에 자리하고 그 아래로 현과 후륵이 마주 보는 위치에 앉았다.

현의 옆으로는 그의 일행들이, 후륵의 옆으로는 모아와 예아가 차례로 착석했다. 시중들이 내어 오는 음식들이 상 위에 올려졌다. 그리 화려한 식단은 아니었으나 정성을 다해 준비한 것들이었다.

"워낙 외떨어진 곳이라 다양한 식재료를 구하기가 쉽지 않사옵니다. 하여 부족한 것이 많사오나 너그러운 마음으로 받아 주시길 간청드리옵니다."

후륵이 조심스럽게 입을 열었다. 사막이라는 위치적 특성으로 인해 구할 수 있는 것이 한정적이었다. 육류는 어렵지 않게 접할 수 있으나 어류는 거의 구경하기 어려웠다. 말려 장사치가 가져온 어포가 취할 수 있는 전부였다.

"항상 넘치게 받아 감사한 마음만 가득하오."

소하가 고개를 가로저었다. 그가 온화한 미소를 띠며 오늘은 물론 그동안 자신을 위해 신경 써 준 것에 대한 감사의 마음을 전했다.

"그리 생각해 주시니 감읍할 따름이옵니다."

"진심이오. 살려 주고 보살펴 준 은혜 잊지 않겠소."

"그 마음 가슴 깊이 새겨 두시고 이젠 배도 좀 채우면 아니 되겠습니까."

길어지는 인사치레에 참지 못하고 현이 끼어들었다. 음식을 앞에 두고 먹지 못하는 것밖에 곤욕스러운 것은 없었다. 자리가 자리이니만큼 상전인 소하가 먼저 수저를 들고 허락을 해야 다른 이들도 식사를 시작할 수 있었다.

"옳지. 음식을 앞에 두고 먹지 않는 것은 예의가 아니니 어서 들어야지."

소하가 고개를 끄덕이며 수저를 들었다. 그에 모두가 반색하며 입맛을 다셨다.

"듭시다. 잘 먹겠소."

허락이 떨어지자 너 나 할 것 없이 수저를 들어 앞에 놓인 음식을 취했다. 곧 왁자지껄하게 떠드는 소리가 식당을 가득 메웠다. 황자와의 식사라 숙연할 줄 알았더니 아니었다. 평소에도 이러했던 듯 모든 이의 모습이 자연스러웠다. 웃고 떠들며 저마다 즐겁게 식사를 했다.

 이런 자리가 익숙지 않은 모아는 어색한 모습으로 조신하게 앉아 있었다. 한마디 말없이 시선은 오롯이 제 앞에 놓인 음식에 고정되어 있었다. 원래도 차분하고 말이 없는 성격이라 평소와 별반 다를 것은 없었다.

 하나, 정반대의 성격을 지닌 예아가 그와 비슷한 모습을 보이는 것은 의외였다. 호기심이 많아 함께한 이들의 면면을 살펴보기 바빠야 정상인데, 그녀답지 않게 시선을 아래로 둔 채 젓가락만 놀렸다.

 "어디가 안 좋아?"

 곁에 앉은 모아가 가장 먼저 그녀의 행동이 이상하다 여겨 걱정스럽게 물었다. 예아가 시선도 맞추지 않고 고개를 절레절레 흔들었다.

 "아니."

 누가 들을세라 목소리를 한껏 낮추어 답하는 게 더 묘했다. 예아의 행동에 모아가 오해를 했다. 아무래도 몸이 좋지 않은데 분위기를 망칠까 하여 아닌 척 참고 있는 것 같았다.

 "간밤에 뭘 잘못 먹은 건 아니고?"

좀 더 상세히 물어 오는 모아를 예아가 할 수 없이 돌아보았다. 정확하게 말을 해 주지 않으면 더 파고들 것을 알기에 그런 것이다. 모아에게 예아는 아직도 제 손이 필요한, 보살펴 주어야 할 어린 동생이었다.

"아무것도 안 먹었어. 아픈 곳도 없고. 봐. 멀쩡하잖아."

예아가 젓가락으로 음식을 집어 입에 넣고 오물거리며 직접 확인을 시켜 주었다. 제 식욕에는 아무런 문제가 없다는 것을. 아무래도 평소답지 않게 잘 먹지 않고 젓가락으로 깨작거린 것이 문제인 것 같아 그런 것이다.

한 번에 그치지 않고 다른 음식도 입에 넣어 함께 먹는 것을 보여 주자 그제야 모아가 안심한 듯 고개를 끄덕였다. 모아가 자신에 대한 관심을 거둔 것은 좋으나 그 탓에 예아의 볼이 빵빵해졌다.

한숨을 내쉬며 입을 오물거리다 저를 향한 시선을 느끼고 고개를 돌렸다. 무심코 돌린 시선 끝에 소하가 들어왔다. 시선이 마주치자 그가 부드럽게 입매를 끌어 올렸다. 터질 듯 부풀어 오른 그녀의 볼이 우스웠던 모양이다.

예아의 양 볼에 복사꽃이 피었다.

하필이면 이럴 때 딱 마주칠 게 뭐람.

이번엔 정말 다른 의미로 속이 상했다. 냉큼 고개를 돌리고 입에 든 것을 씹어 삼켰다. 목이 메는 느낌이 꼭 목구멍에 음식이 걸려 넘어가지 않는 것 같았다.

예아가 젓가락을 내려놓았다. 다시 입에 뭔가를 넣고 싶은 마음이 들지 않았다. 여전히 그의 시선이 느껴졌다. 소하가 저를 어찌 보고 있을지 그것만 신경 쓰여 아무것도 할 수가 없었다.

모두가 예아가 복스럽게 먹는 것이 보기 좋다 했었다. 뭐든 가림 없이 잘 먹는 게 그녀도 최고인 줄 알았다. 한데 지금은 그게 그리 좋게만 생각되지 않았다. 저보다는 차분히 조신하게 식사를 하는 모아가 더 어여쁘게 보였다. 왜 자신은 저리 먹으면 아프냐고 묻는 것인지. 괜스레 마음이 울적해져 깊은 한숨을 내쉬었다.

그런 예아를 바라보는 소하의 시선은 그녀가 걱정하는 것과 사뭇 달랐다. 그녀를 담아낸 눈동자는 따스했고 그 끝은 부드럽게 휘었으며, 입가에 머금은 미소는 몹시 달고 달았다. 그의 눈에 비친 예아는 다른 누구와 비교할 수 없을 만큼 어여뻤다.

두고 어찌 갈까 걱정스러우리만큼.

⌘

"분명 어젯밤에 보았습니다."

식사를 마치고 나오는 길에 이우가 억울하다는 듯 현에게 말했다. 성의 없이 고개를 끄덕이는 현의 모습이 꼭 제 말을 믿지 않는 것 같아 그의 목소리가 높아졌다.

"보긴 뭘 봐. 또 바람 쐰다고 창문에 기대 있었던 거 둘러대느라 그러는 건 줄 누가 모를까 봐?"

이우의 예상이 맞았다. 현은 그의 말을 전혀 신뢰하지 않고 있었다.

어제 현과 갑론을박을 펼치던 이우가 창으로 걸어갔던 건 머리가 아파서였다. 열을 식히려고 그랬던 것도 맞았다. 하지만 정말 보았다. 무심히 올려다본 하늘에서 그토록 간절히 찾고자 했던 별을 분명히 다시 발견했었다.

감격에 겨워 울컥한 나머지 눈물까지 그렁그렁 맺혔었다. 여러 번 확인하고 또 확인한 끝에 자신이 찾은 것을 말하려 뒤를 돌아봤었다. 그러나 조금 전까지 현이 앉아 있던 자리에 그는 없었다.

문을 여닫는 소리는 듣지 못했는데 그사이 어딜 간 것인지 의아했다.

어리둥절한 눈으로 이우가 이리저리 그를 찾아 방 안을 돌아다녔다. 그러다 바닥에 널브러진 현의 몸에 발이 걸려 하마터면 넘어질 뻔한 것을 가까스로 탁자를 잡아 무사할 수 있었다.

그 잠깐 사이에 어찌 그리 깊이 잠들 수가 있는 것인지. 아무리 흔들어 깨워도 일어날 생각을 하지 않았다. 말을 해야 하는데, 자신이 해냈다는 것을 알려야만 하는데 좀체 현은 반응을 보이지 않고 코를 골며 잠에 빠져 있었다.

무작정 기다리고 있으려니 애간장이 다 타들어 갈 것만 같았다.

이우가 붓과 종이를 들고 다시 창으로 뛰어갔다. 별의 위치를 정확하게 기록하기 위해서였다. 마을과 아주 가까운 하늘에 별이 떠 있었다. 백사의 어디쯤.

이우의 고개가 갸웃 기울었다. 저것이 여기 있어 될 일인가 싶어서였다. 요산의 별이다. 저 별이 떠 있다는 것은 백사가 고대의 요산이었다는 의미로 해석될 수 있었다. 하나, 백사는 요사스러운 기운이라고는 전혀 느껴지지 않는 곳이었다.

아무리 보아도 아닌 듯한데 어찌 저 별이 저곳에 떠 있는 것인지 의문이었다. 차라리 돌산 위에 떠 있는 것이 더 맞을 듯했다. 그때 보았던 위치와 달라진 것 또한 이상했다.

"흐음, 별이 움직이는 것도 아닐진대 어찌 저기에 다시 떴단 말인지."

의문이 꼬리에 꼬리를 물었으나 기록을 멈추지는 않았다. 그가 별의 위치를 잡고 탁자로 돌아왔을 때 바닥에 널브러져 있던 현이 갑자기 몸을 벌떡 일으켰다. 화들짝 놀란 이우가 눈을 부릅뜨고 가슴을 부여잡고 있는 것을 보지 못한 듯 그가 성큼성큼 문을 열고 밖으로 나섰다.

뒤늦게 정신을 차린 이우가 종이를 들고 복도로 나섰으나 이미 현의 모습은 온데간데없었다. 잠이 덜 깬 채로 본능적으로 자신의 임시 거처를 찾아 돌아간 듯했다. 더 깊이 편한 잠을 자기 위해서.

내일은 꼭 별을 찾았다는 것을 알려야지, 하며 그도 자신의 방으로 갔다.

눈을 뜨자마자 현을 찾아 종이를 펼쳐 보이며 설명을 했건만 그의 반응은 기대와 달리 시큰둥했다. 갑자기 식사 초대를 받아 모두가 동석한 자리에서도 이우의 시선은 온통 현에게 쏠려 있었다.

어찌해서 소하보다는 현의 인정을 받으려 기를 쓰고 있는지 이우 본인도 모르고 있었다.

"이전엔 돌산 근처에 있다 하더니 이젠 백사 하늘 위에서 봤다고 하니 어디 믿음이 가느냐 말이지."

"참입니다. 신기하게도 그 별이 어젯밤 떡하니 백사 하늘에 떠 있었단 말입니다. 이 두 눈으로 똑똑히 보았습니다."

"꿈을 꾼 게지."

"아닙니다."

복도를 걸어 나오면서도 여전히 옥신각신이다. 앞서 걷던 소하의 귀에도 그들의 투덕거리는 말소리가 다 들렸다. 이우의 말이 맞는 것이라면 그것 또한 문제였다. 여태 찾아 헤맨 것이 백사의 하늘 위에 떴다면 이후 소하 일행의 목적지는 이곳 백사가 되어야 하기 때문이다.

여전히 백사에 머물러야 했다. 하나, 무엇을 더 찾아야 하는지는 알지 못한다. 별 아래에 고대의 요산이 존재하고 있을 거라는 생각만으로 움직였기에 그곳에 가 봐야 다음을 기약할 수 있었다.

돌산처럼 마물이 존재할 수도 있었고, 그 이상의 위험이 도사리고 있을 수도 있었다. 한데, 고요한 정적만이 가득한 백사의 하늘 위에 별이 떴다니. 소하 역시 이우의 말을 곧이곧대로 믿기 어려웠다.

삐이이, 삐이.

생각에 빠져 있던 소하가 창공을 가득 울리는 낯선 울음소리에 고개를 들었다. 날것의 울음소리였다. 마을과 가까운 하늘을 날아다니며 울어 대는 소리가 무척이나 위급해 보였다. 그의 옆으로 누군가 다급하게 달려 나갔다. 소하의 시선이 그를 따라 움직였다.

예아였다.

출입문을 향해 달려가는 그녀의 모습에서 소하는 지금 울부짖는 것이 란이라는 것을 확신했다. 일이 벌어졌다. 생명의 위협을 당할 정도의 아주 위급한 상황이 도래한 것이 분명했다. 무엇이 백사의 제왕이나 다름없는 란을 위협할 수 있단 말인가.

"검."

소하가 걸음을 빨리하며 손을 내밀었다. 현이 재빨리 다가와 제 검을 그의 손에 건네주었다. 검을 쥔 채로 소하가 예아의 뒤를 따라 족장의 거처를 나섰다. 현이 뒤쪽을 향해 손짓을 하자 부하 중 하나가 소하가 머물고 있던 방으로 달려갔다. 소하의 검을 가져오기 위함이었다.

"무슨 일입니까?"

이우가 놀란 눈을 하고 물었다. 그런 이우의 등을 떠밀며 현이 심각한 투로 말했다.

"들어가 있어. 부를 때까지 절대 밖으로 나오지 말고."

"예?"

부하가 가져온 소하의 검을 챙겨 들고 현이 곧장 밖으로 뛰어나갔다. 그를 이우가 멍하니 지켜보고 섰다. 어느새 복도에는 이우만 덩그러니 남겨졌다. 대체 무슨 일이 벌어지고 있는 것인지 알 수가 없었다.

삐이이이, 삐익.

잠깐 끊긴 듯했던 기이한 울음소리가 연이어 들려왔다. 어떤 동물의 소리인지는 모르나 듣고 있으니 절로 오소소 소름이 돋아났다. 몸을 부르르 떤 이우가 팔을 문지르며 자신의 거처를 향해 걸음을 옮겼다. 현의 말대로 방에 들어가 꼼짝도 않고 기다릴 생각이었다. 이런 때에는 자신같이 나약한 인간은 눈에 띄지 않는 것이 돕는 것이라는 걸 깨달은 탓이었다.

미친 듯이 마을의 출입문을 향해 뛰어가는 예아의 모습이 하늘을 올려다보고 있던 파타의 눈에 들어왔다. 심상치 않은 소리가 들린다 싶더니 역시 란에게 무슨 일이 생긴 모양이었다. 그가 활을 챙겨 드는 사이 검을 든 소하가 예아가 지나간 길을 쏜살같이 달려 나갔다.

"젠장."

거친 말을 내뱉으며 그 뒤를 쫓았다. 파타의 뒤로 현이 곧장 따라붙었다.

휘이잉, 휘잉.

백사의 하늘로 활이 날아들었다. 쏘아올린 활의 목적지는 란인 듯했다. 제게로 쏟아지는 활을 피해 란이 어지럽게 날갯짓을 하고 있었다. 백사에서 여태 그 무엇도 란을 공격하는 것은 없었다. 갑작스런 공격에 당황한 란이 정신을 차리지 못하고 있었다.

예아가 뿔피리를 꺼내 입에 물었다. 길게 피리를 불자 란이 공중을 선회해 그녀가 있는 곳을 향해 날아왔다. 빠르게 달려 나가던 예아의 시선이 활이 날아온 방향을 향해 분주히 움직였다.

뿔피리 소리를 들은 것인지 무수하게 당겨지던 활시위가 멈췄다. 그것을 보고 예아가 다시 뿔피리를 불었다. 이번엔 조금 더 길게 소리가 이어졌다. 그녀에게 다가오던 란이 머리 위를 한 바퀴 돌다 이내 방향을 틀어 마을 쪽으로 날아갔다.

예아의 발걸음은 그와 반대로 움직였다. 정확히 활을 쏘아

대던 무리가 있는 곳을 향해 발길을 옮겼다.

"하아, 하아."

채 가다듬지 못한 호흡이 그녀의 입술 사이를 비집고 흘러나왔다. 너무 급하게 나오는 바람에 두건도 챙기지 못했다. 그녀의 새하얀 머리카락이 발걸음을 따라 출렁거렸다.

"저것이 대체……."

예아를 발견한 서여 쪽의 신관이 놀란 눈을 하고 들어 올린 손을 떨었다. 보통의 독수리와는 다른 모습의 거대한 란이 평온하게 하늘을 유영하던 모습을 보았을 때와는 또 다른 놀라움이었다. 뼛가루를 뿌린 듯 새하얀 백사 위에서 그보다 더 새하얀 빛의 인형을 볼 거라고는 전혀 생각조차 하지 못했었다. 그것도 여인이었다. 한눈에 보기에도 무척 아름다운 미모의 신비로운 자태를 가지고 있는.

"천녀인가? 아니면 요물인가?"

서여가 혼잣말을 중얼거렸다. 그의 시선은 예아의 모습에 고정되어 있었다. 일찍이 저런 것을 본 적이 없었다. 평범한 여인의 모습이 아니었다.

란도 놀라웠으나 예아의 모습은 더 경이로웠다. 하늘에서 금방 내려온 천녀라고 해도 믿을 수 있을 것 같았다. 그도 아니면 사람을 홀리기 위해 둔갑한 요물일지도 몰랐다. 그게 아니라면 저 신비롭고 아름다운 것에 대해 달리 표현할 말이 없을 듯했다.

"족장의 여식입니다."

길잡이 노릇을 하기 위해 동행한 사내가 서여에게 귀띔해 주었다.

"누구?"

"사호족 족장의 차녀로 고대 사호의 모습을 빼닮아 새하얀 머리카락을 가지고 있는 것입니다."

"저 마을에 살고 있는 것들이 사호족이라 했던가?"

"예."

소하를 찾아 백사로 들어선 길이었다. 란을 발견하고 든 생각은 저것을 잡으면 궁으로 돌아갈 때 요긴하게 쓸 수 있겠다는 것이었다. 화검은 어떻게 만들어 낸다고 해도 그 과정에 대해 설명하기엔 뭔가 부족한 감이 있었다. 그래도 불괴가 쓰던 화검인데 마물 비슷한 것이라도 만났다 해야 어느 정도 믿음을 심어 줄 수 있지 않을까 싶었다. 그를 증명하기에 란이 딱 적당해 보였다. 그래서 죽여 목이라도 가져가려 했다. 하여 활을 쏜 것인데 그것이 더 좋은 결과를 가져올 줄은 몰랐다.

"꽤 구미가 당기는 물건이로구나."

"예?"

서여의 말을 미처 알아듣지 못한 사내가 되물었다. 그러자 서여가 비릿하게 입 끝을 비틀어 올리며 고갯짓으로 예아를 가리켰다.

"저것 말이다. 전리품으로 괜찮을 것 같지 않느냐? 불괴의 땅에서 빼앗은 고귀한 생명체. 곁에 두고 감상하기에 딱 좋을 듯싶은데. 도도해 보이는 저 고운 낯짝이 내 아래에서 숨을 헐떡이며 두려움에 일그러지는 것이 보고 싶기도 하고 말이다."

화가 단단히 난 얼굴로 저를 향해 다가서는 예아를 서여가 음험한 눈으로 바라보았다. 그가 혀로 입술을 핥아 내는 것을 보던 사내의 미간이 좁혀졌다. 사내가 고개를 돌렸다. 예아는 백사와도 같은 존재였다. 그녀를 마을에서 얼마나 신성시하고 귀히 여기는지 그는 잘 알고 있었다. 그런 예아를 향해 저리 더러운 마음을 품는다는 것이 같은 사내임에도 끔찍스러웠다.

황자만 아니었다면 그냥 두지 않았을 것이다.

"잡아라."

서여가 부하들을 향해 명령했다. 백사에 들어와 허락도 없이 활을 쏘는 것이냐 따지려 다가서던 예아의 걸음이 주춤거렸다. 검과 활을 든 자들이 저를 겨누며 걸음을 옮기는 것을 보아 그런 것이다.

"이제는 사람에게도 활을 쏘려는 것이야?"

화가 치밀었다. 남의 땅에서 어찌 저리도 무엄할 수가 있단 말인지. 우두머리가 누구인지 찾던 예아의 시선에 자신을 음탕하게 바라보고 있는 서여가 들어왔다. 그녀의 미간이 꿈틀거렸다. 서여의 적나라한 시선이 마치 뱀이 제 몸을 타고 오르며 똬리를 트는 것처럼 느껴졌다.

온몸에 소름이 돋는 것을 느끼며 예아가 본능적으로 한 발을 뒤로 물렸다.

그녀의 앞으로 누군가 다가와 시야를 차단하며 섰다. 예아의 시야에 익숙한 형체의 뒷모습이 들어왔다. 소하였다.

그가 그녀를 보호하며 앞에 버티고 섰다.

"멈추어라!"

소하의 명령에 다가서던 자들이 일제히 걸음을 멈췄다. 황자의 명이니 듣기는 하였으나 그들의 귀는 뒤쪽에 선 서여에게 기울어져 있었다. 이어질 명령을 기다리는 것이었다. 갑작스런 소하의 등장에 어찌 대처하여야 할지 갈피를 잡을 수가 없었다.

"이게 누구신가."

서여가 앞으로 나섰다. 이것이야말로 일석이조가 아닌가. 이참에 소하도 제거하고 원하는 것도 손에 넣고. 기회가 좋았다. 소하가 스스로 죽을 자리를 찾아 나타나자 이렇게 고마울 수가 없었다.

"형님께선 여기 어쩐 일이십니까."

소하의 입에서 나온 형님이란 말에 예아의 눈이 놀라움으로 커졌다. 소하는 황자였다. 그가 형님이라 부르는 자라면 같은 핏줄임이 틀림없을 터. 하면 자신을 소름 끼치는 눈빛으로 보던 자도 황자가 되는 것이다. 그 누구도 함부로 거역할 수 없는 자란 뜻이기도 했다.

예아가 저도 모르게 소하의 옷깃을 붙잡았다. 그녀에게 잡힌 등 부위의 옷자락이 가늘게 떨렸다.

"이런. 설마하니 백사에 있겠나 싶었더니, 내 사냥감이 정말 여기에 있을 줄이야."

묻는 말에 대한 답이 아니었다. 속내를 숨길 이유가 없다 생각한 것인지 서여는 소하를 사냥감에 비유하며 비웃음을 흘렸다. 백사가 왜 죽음의 땅으로 불리는지 소하를 보니 알 것도 같았다. 소하의 무덤 자리는 백사가 될 것이다.

"당장 꺼져!"

갑자기 들린 목소리에 모두의 시선이 파타에게 쏠렸다. 파타가 당긴 활시위의 끝이 가차 없이 서여에게 겨눠졌다. 함께 도착한 현이 사태를 파악하듯 빠르게 주변을 훑었다. 현이 소하에게 다가갔다.

"어찌할까요?"

현의 물음에 곧장 답하지 않고 소하가 파타를 돌아봤다. 자칫 파타가 이성의 끈을 놓을까 걱정스러웠다.

"물러서 있으라."

소하의 말에 파타가 미간을 좁히며 그를 보았다. 이해를 못 하겠다는 눈치였다. 백사를 침범한 자들이었다. 당장 내쫓아야 마땅했다. 그런데 소하는 오히려 파타를 만류하고 있었다. 소하의 의도를 파악한 현이 그를 대신하여 파타에게 다가갔다.

"기다리게."

현이 파타의 활을 잡아 내렸다. 그에 파타의 눈이 부릅떠졌다. 다시 활을 들어 올리려던 파타의 얼굴이 와락 구겨졌다. 뜻대로 활이 움직이지 않았다. 분노한 시선으로 현을 노려보자 현이 고개를 저었다.

"자네가 상대해서는 안 될 사람이야."

"무슨 말입니까?"

"함부로 나섰다간 마을에 큰 화가 미칠 수도 있다는 뜻이네."

"그게 무슨……."

이해가 가지 않는다는 듯 의문 가득한 시선으로 파타가 현을 쳐다보다 소하에게로 시선을 옮겼다. 그가 검을 들어 올리며 발검 자세를 잡는 것이 보였다. 직접 뭔가를 하려는 모양이었다.

"죽여라."

서여의 명이 떨어지기 무섭게 그의 부하들이 소하를 향해 달려들었다.

"뒤에 것은 털끝 하나 상하지 않게 데려오고."

예아를 두고 하는 말에 파타가 뿌드득 이를 갈았다. 활을 거머쥔 파타의 손이 부들부들 분노로 떨렸다. 한데 현은 어찌 된 것인지 태연히 팔짱을 끼고 마치 좋은 구경거리라도 만난 듯이 사태를 관망하고 있었다.

"혹여 도움이 필요하시면……."

챙챙. 현의 말이 끝나기도 전에 검과 검이 부딪치는 소리가 들렸다. 자신을 향해 달려드는 자들의 검을 쳐 냄과 동시에 소하가 그들을 베어 나갔다. 한 치의 망설임도 없었다. 소하는 흐트러짐 없는 자세로 빠르게 무사들의 숨통을 끊어 놓았다.

우습게 여기고 있던 서여의 표정이 일순간 굳어졌다. 덤벼들던 무사들의 절반이 바닥에 널브러졌다. 소하의 검술에 당황한 듯 무사들이 주춤하며 공격을 멈췄다.

"제 허락 없이는 여기서 그 무엇도 가져가실 수 없습니다, 서여 형님."

피 한 방울 묻지 않은 검을 우아하게 들어 올리며 소하가 말했다. 느른히 끌어 올린 소하의 입매에 전에 보지 못했던 살기가 드리워졌다. 자신감이 충만한 그의 미소가 매혹적인 빛으로 물들었다.

"눈."

서여에게 했던 것과 달리 부드러운 목소리로 소하가 속삭이듯 뒤쪽을 향해 말했다. 예아가 고개를 들어 그를 바라보았다. 싱긋이 말아 올린 그의 입꼬리가 예아의 시야에 들어왔다. 그의 입술이 달싹였다.

"감아."

 최면에 걸린 듯 사르르 예아의 눈이 감겼다. 그녀가 마지막으로 본 것은 그의 미소였다.

7. 불가피한 결정

青海

　순백의 모래로 가득한 백사 위로 검붉은 피가 흩뿌려졌다. 군더더기 없는 유려한 검술이었다. 소하의 검이 허공을 가르면 누군가 단말마의 비명을 지르며 쓰러졌다.
　원래 소하가 익힌 것은 검이 아닌 궁술이었다. 해서 그가 검을 들고 나타났을 때 서여와 그의 일행들은 그 어떠한 위협도 느끼지 못했다.
　하지만 단칼에 사람을 베어 나가는 현란한 검술에 눈이 휘둥그레질 수밖에 없었다. 이미 소하는 자신들이 알고 있던 실력의 범주를 훨씬 벗어나 있었다. 이러니 보내는 족족 살수들이 초주검이 되거나 죽어 돌아오지 못하는 것이다.
　"네놈이 감히!"

데려온 호위무사의 절반 이상이 소하의 검에 쓰러졌다. 분노한 서여가 버럭 고함을 내질렀다. 이어 황제의 명을 거역한 것이냐 호통을 치려던 것을 서여가 목 너머로 꿀꺽 삼켜 버렸다. 황자에게 내려졌던 무예 금지령은 소하가 마물과의 전쟁을 치르는 시점에 풀렸었다. 하니, 소하가 검술을 익힌 것은 아무런 문제가 되지 않았다.

"어찌하시겠습니까?"

소하가 검을 서여에게 겨누며 물었다. 그의 눈은 지독히 차고 견고했으며 손에 들린 검은 몹시도 냉혹했다. 그 누구를 막론하고 불의를 범한 자는 가차 없이 베어 버릴 것이란 확고한 의지가 검에 서려 있었다.

후궁의 자식 따위가 황후의 적자인 자신에게 검을 겨눈 것에 분노하던 것도 잠시, 소하의 기세에 눌린 서여가 저도 모르게 마른침을 꿀꺽 삼켰다.

주춤 뒤로 한 발 물러서던 서여가 인상을 구기며 주먹을 불끈 거머쥐었다. 서여의 시선에 소하의 뒤쪽에 숨어 있는 예아의 모습이 담겼다.

그의 마음에 탐욕이 들끓었다. 쉬이 보질 못할 순백의 아름다움을 지닌 여체였다. 이 세상의 것이 아닌 천상의 신비로움이 그녀의 온몸을 휘감고 있었다. 저것을 가져야 했다. 제 거처로 끌고 가 기어이 발가벗겨 실컷 탐하며 욕정을 풀어내어야만 속이 시원할 것 같았다.

서여가 갖고자 하여 여태 갖지 못한 것은 없었다. 여인은 더더욱 그러했다. 어느 집의 여식이든 상관없었다. 자신이 가진 권력과 지위를 이용해 모두 제 침상에 눕혔다. 실컷 가지고 놀다 싫증이 나면 버리고 또 다른 것을 취했다. 그 누구도 서여를 만류하지 않았다. 아니, 할 수 없었다. 그가 황태자가 되고 황제가 될 거라 믿는 자들은 오히려 앞다투어 제 여식을 바치려 했다.

"좋다. 네놈의 경거망동은 내 한 번 눈감아 주마. 대신."

입술을 비틀어 올리며 서여가 선심 쓴다는 투로 입을 열었다. 그에 소하의 눈이 가늘어졌다. 원하는 답이 아니었다. 또 무슨 헛소리를 지껄이려 저리 한껏 눈에 힘을 주고 있는지 한심하기 그지없었다. 그래 봐야 결국 쫓겨나듯 물러나는 것은 서여 쪽일 텐데. 갈 때 가더라도 끝까지 자존심은 세우고 싶은 모양이었다.

"적반하장도 유분수지. 누가 누구에게 경거망동하였다 하는지."

속말을 입 밖으로 툭 내뱉는 현을 파타가 빤히 쳐다보았다. 그는 여전히 여유롭게 팔짱을 끼고 구경꾼처럼 사태를 관망하고 있었다. 대체 누가 주군이고 누가 부하인지. 지금 보이는 모습만으로는 구분이 어려울 듯싶었다.

대체 이 급박한 상황 속에서 어찌 이리 느긋할 수 있는지. 이해를 할 수가 없었다. 파타는 당장이라도 놈들의 숨통을 끊어 놓고 예아를 데려오고 싶었으나, 돌아가는 상황이 자신이 끼어들어선 안 될 듯해서 참고 있는 것이었다.

황가의 사람들이다. 잘못 건드렸다가는 저는 물론이고 마을 사람들에게까지 화가 미칠 수 있었다. 예아의 일이라면 물불 가리지 않고 손부터 쓰던 파타였지만, 지금은 소하와 현의 말을 순순히 따르고 있었다. 그에게는 둘 또한 불청객이나 눈앞의 것들보다는 그래도 믿음이 갔다.

그 와중에도 파타는 여차하면 활을 들어 당길 준비는 계속하고 있었다.

"뒤에 있는 그것은 내가 가져가야겠다."

귀로 듣고도 믿지 못할 말을 서여가 아무렇지 않게 내뱉었다. 파타가 발끈해 활을 쥔 손에 힘을 주었다. 현이 워워 하며 진정하고 기다리라 만류하지 않았다면 당장에 서여의 입을 향해 활을 쏘았을 것이다.

현 또한 한 손으로는 파타를 저지시키면서도 다른 손은 검 위에 올려놓고 있었다. 아무리 황자라지만 함부로 나불거리는 입은 현도 참고 보아주기가 역겨운 모양이었다.

씨익. 소하의 입매가 매끄럽게 말려 올라갔다. 미소를 띠긴 하였는데 그것이 어쩐지 소름이 돋을 만큼 시리고 차가웠다. 서늘한 눈매 또한 보는 이로 하여금 오금이 저리게 만들었다.

소하가 뒤로 손을 뻗어 예아의 손목을 붙잡았다. 흠칫 예아가 몸을 떠는 것이 느껴졌다.

그가 저만 믿으라는 듯 예아의 손목을 잡은 손에 지그시 힘을 주었다. 그러곤 제 옆으로 그녀를 끌어당겨 답삭 한 팔로 품에 안았다. 질끈 감고 있던 예아의 눈이 스르르 떠졌다. 그녀가 고개를 들어 소하를 올려다보았다. 소하의 시선은 정면을 향해 있었다. 그의 입술이 움직였다.

"하도 경황이 없어 제대로 소개를 드리지 못해 오해를 산 듯합니다."

"뭐라?"

앞뒤 다 잘라 먹은 말에 서여가 인상을 찌푸렸다. 그런 서여를 직시하며 소하가 일부러 한 자 한 자 힘을 주어 말했다.

"이쪽은 저와 혼인을 약속한 사호족의 여인입니다."

소하의 말에 예아의 눈이 커졌다. 그녀가 뭐라 입을 열려는 것을 그가 고개를 돌려 내려다보며 눈빛으로 저지시켰다. 쉬이. 소리 없이 입 모양으로 그가 말했다. 예아의 입이 다물려졌다.

현이 낮게 휘파람을 불었고 파타가 죽일 듯이 소하를 노려보았다. 급작스런 전개에 모두가 놀라기는 마찬가지였다. 대체 무슨 생각으로 저런 말을 입에 담는 것인지 알 수가 없었다.

"어디서 거짓을 고하는 것이야!"

정적을 깨고 날아든 서여의 고함 소리에 소하의 고운 미간이 살짝 찌푸려졌다. 그가 다시 눈빛을 사납게 바꾸고 서여를 돌아보았다.

"거짓이라니요. 참입니다."

"네놈이 언제 여길 와 봤다고 그사이에 혼인을 약속한 여인을 두었단 말이더냐. 거짓으로 내 것을 빼앗을 작정인 모양인데, 어림도 없다."

"허허, 그사이에 귀가 많이 안 좋아지신 모양입니다. 왜 이리 말귀를 못 알아들으시는지."

"무어라?"

"이 여인은 저와 혼인할 사이라 하지 않았습니까. 진실을 말하는데 믿지를 않으시니 답답하여 하는 말입니다. 참입니다."

소하가 서여를 향한 시선을 거두지 않은 채 고개를 숙여 예아의 반듯한 이마에 살포시 입술을 눌렀다. 지그시 닿았다가 떨어져 나가는 그의 입술을 예아가 멍한 눈으로 바라보았다.

"이리 아름다운 여인이 제 생명까지 구해 주었는데 어찌 반하지 않을 수 있겠습니까. 하여 제가 먼저 혼인을 하자 하였지 뭡니까. 혹여 누가 채어 갈까 겁이 나서 참을 수가 있어야지 말입니다."

호탕한 말 속에 가시가 돋아 있었다. 함부로 예아에 대해 입을 나불거리지 말라는 경고였다.

"미쳤구나."

"예. 아무래도 제가 미친 듯합니다. 이 중요한 시국에 여인에게 마음을 빼앗기다니요. 미친 게 확실합니다. 한데 말입니다."

소하가 한 발을 앞으로 내디디며 예아를 더 가까이 껴안았다. 그러면서 몸을 옆으로 돌려 검을 든 팔을 곧게 뻗었다. 서여의 명치 앞에 검 끝이 자리했다. 당장이라도 달려들어 소하에게서 예아를 낚아챌 기세를 보이던 서여가 움찔하며 뒷걸음질을 쳤다.

"이, 무슨 짓이냐? 날 죽이기라도 하겠다는 것이냐."

"그러고 싶으나 제가 워낙 비열함과는 거리가 멀기도 하고 참을성이 강해 아직은 죽이지 않을 생각입니다. 형님께서 이대로 조용히 물러나 주시기만 한다면 말입니다."

"감히 네까짓 놈이 어찌!"

"신탁을 하다 보면 험한 일을 당하기도 하고, 간혹 목숨을 잃는 경우도 있다 하지 않습니까. 저도 꽤 여러 번 그런 일을 겪었는데, 형님이라고 예외일 수는 없을 터. 그러니 각별히 조심을 하시는 것이 좋겠다는 말을 하는 것입니다."

"증명을 하여야 할 것이다. 네 말이 거짓이라면 나를 능멸한 죄를 물어 가만히 두지 않을 것이니."

절대 소하의 검이 무서워 도망치는 것이 아니라는 듯 서여가 눈을 한껏 부라리며 말했다. 검에서 어느 정도 떨어지자 서여가 몸을 돌렸다. 독기를 품고 말을 하긴 했으나 알고 있었다. 소하가 마음만 먹으면 남은 부하들은 물론 자신까지도 죽일 수 있다는 것을. 이미 그의 검술이 증명했다. 여기서 더 객기를 부려 봤자 서여에게 좋을 것이 없었다.

"가자."

서여의 명에 남은 자들이 서둘러 그의 뒤를 따랐다. 원하는 것을 두고 떠나는 것은 마음에 들지 않으나 지금은 때가 아니었다. 후에 소하가 이곳을 떠나고 나면 다시 돌아와 갖고 싶은 것을 취하면 될 터였다. 서여는 소하의 말이 진심이 아니라고 여전히 믿고 있었다.

황자가 비루하기 짝이 없는 마을의 족장 딸과 혼인을 한다는 것 자체가 말이 되지 않는 일이었다. 마음에 들어 한두 번 품은 것이라면 모를까.

혹여 소하의 말이 사실이라 해도 상관없었다. 다시 기회를 엿보아 죽일 것이니. 혼인 따위는 할 수 없을 것이다.

서여의 눈에 독기가 서렸다.

"거참, 가려거든 이것들도 죄다 들고 갈 것이지."

현이 모래를 붉게 물들이고 있는 여러 구의 사체를 불만스레 쳐다보며 툴툴거렸다. 그런 현의 옆을 파타가 성난 발걸음으로 스쳐 지나갔다. 냉기를 풀풀 흘려 내는 파타의 모습에 현이 휘유 하며 낮게 휘파람을 불었다.

"제법 저돌적인데?"

빙긋이 웃는 입매에 은근한 즐거움이 담겼다.

"질투에 눈먼 사내를 보는 것이 얼마 만이던가. 아주 재미난 구경거리를 하게 생겼구만."

어슬렁어슬렁 일부러 발걸음을 느리게 하며 현이 소하가 있는 곳을 향해 걸음을 옮겼다.

그보다 앞서 다가선 파타가 소하의 품에 안겨 있는 예아의 손목을 덥석 움켜잡았다. 그러곤 제게로 끌어당기려 했다. 놀라 돌아보는 예아의 몸이 생각처럼 움직여 주지 않았다. 파타의 시선이 그녀의 허리 부위로 내려갔다. 소하의 손이 여전히 예아의 허리를 휘감고 있었다.

"파타?"

이제야 그의 존재를 알아챈 듯 예아가 의아한 표정으로 파타의 이름을 불렀다. 하나 그녀의 부름에도 파타는 반응을 보이지 않았다. 시선을 한 곳에 집중시킨 채 꼼짝도 않던 그의 시선이 위로 올라갔다. 파타의 시선이 향한 곳은 예아가 아닌 소하였다. 뚫어질 듯 차가운 시선으로 파타가 소하를 쳐다보았다.

"할 말이 있는 눈친데."

마주 바라보며 연 소하의 입술에 엷은 미소가 머금어져 있었다. 그것이 파타의 심기를 더 불편하게 만들었다.

"이제 그만 놓아주셔도 될 듯하여."

당장 예아에게서 그의 손을 떼어 내고 싶은 것을 억지로 참으며 최대한 공손하게 말한 것이 이 정도였다. 자신이 소하에 비해 얼마나 보잘것없는 존재인지 잘 알고 있음에도, 다시는 함부로 나서지 말아야 한다고 굳게 결심을 했었음에도 막상 이런 상황을 마주하고 보니 마음대로 잘 되질 않았다.

적어도 소하가 예아의 몸에 손을 대지 않았더라면, 제 것인 양 품에 안고 놓아주지 않는 것을 보지 않았다면 이리 마음이 격해지며 요동을 치는 일은 없었을 것이다.

"아."

파타의 말에 예아가 제 허리를 휘감은 소하의 팔을 내려다봤다. 그의 팔을 거둬야 품에서 벗어날 수 있을 듯한데 직접 손을 대려니 망설여졌다. 예전 같았으면 절대 머뭇거리지 않았을 것이다. 스스럼없이 손을 대고 아무렇지 않게 빠져나갔을 텐데, 지금은 도무지 그리할 수가 없었다. 대신에 그녀의 귓불에 붉은 열매가 맺혔다.

혼인을 약속한 사이라는 말이 자꾸만 귓전에 맴돌더니, 이제는 심장까지 고장이 난 것처럼 마구 두근거려 댔다.

위기를 모면하기 위해 임기응변으로 한 말임을 알면서도 이상하게 그 말이 머릿속을 떠나지 않고 있었다. 생각을 하면 할수록 귓불을 물들인 열기가 점점 더 넓은 부위로 번져 나갔다. 더는 참을 수 없다고 느낀 순간 다행스럽게도 그가 그녀의 몸을 놓아주었다.

"후우."

절로 긴 숨이 내쉬어졌다. 가슴 위에 손을 올리고 잠시 호흡을 가다듬던 예아의 몸이 이번엔 다른 쪽으로 기울었다. 파타가 잡고 있던 예아의 팔을 잡아끌어 그런 것이었다. 소하의 시선이 잠시 파타의 손에 닿았다가 떨어졌다.

"백사가 더 이상 더럽혀지는 일이 없어야 할 터인데."

발걸음을 옮기며 소하가 혼잣말처럼 중얼거렸다. 그 옆으로 현이 나란히 따라붙었다.

"당분간은 잠잠할 듯하오나 저희가 떠난 후가 문제이지 싶습니다."

현의 말에 소하가 고개를 끄덕였다. 안 그래도 그것이 걱정이었다. 위기를 모면하기 위해 혼인이라는 초강수를 두긴 하였으나, 마지막 서여의 말이 마음에 걸렸다. 소하가 신탁을 위해 이곳을 떠나면 바로 들이닥칠 수도 있었다. 남겨진 예아와 사호족에게 어떤 극악무도한 짓을 저지를 알 수 없었다.

파타가 이끄는 마을의 수비대로는 황군 소속의 호위무사들을 제대로 상대하기 어려울 것이다. 대책을 강구해야 한다. 자신으로 인해 사호 마을이 위험에 빠지는 것을 그냥 두고 볼 수는 없었다. 애초에 서여가 백사로 들어선 것도 소하를 찾기 위해서였을 테니, 이 모든 것의 원인은 결국 소하라고 할 수 있었다.

여색을 밝히는 서여의 눈에 예아가 띈 것이 가장 큰 비극이었다. 누구든 예아를 처음 보게 되면 그 신비로운 아름다움에 말을 잊게 된다. 털털한 성격과 달리 그녀의 외양은 모든 이를 현혹시켜 빠져들게 만들기에 충분했다. 해서 후륵은 마을을 벗어나 백사로 나갈 때는 필히 두건을 쓰고 얼굴을 가려야 한다고 어릴 때부터 단단히 교육을 시켰다. 혹시나 있을지 모를 사고를 방비하기 위함이었다.

실제로 그녀를 탐욕의 눈으로 담아낸 외부인이 몇 있었다. 장사치도 그중 하나였다. 신기한 것을 모으기 좋아하는 귀족들에게 팔아넘기면 엄청난 값을 치르게 할 수 있을 거라는 계산이 앞서서였다. 하나, 그들의 음흉한 계략은 언제나 표가 났고 마을 사람들에게 발각되어 모두 실패했다. 그리고 백사로부터 영원히 추방되었다.

그러나 이번에 그들이 상대해야 할 자는 완전히 급이 달랐다. 마을 하나쯤 소멸시키는 것은 일도 아닌 잔악한 인간이었다. 서여가 함부로 손을 댈 수 없게 백사를 보호해야 했다.

어찌해야 할까.

소하의 고민이 깊어졌다.

"아무래도 후륵과 상의를 해야 할 듯싶군."

"지금 바로 하셔야 할 것 같습니다."

"음."

고개를 끄덕이는 소하의 발걸음이 무거웠다.

자신의 거처로 이동하던 이우는 족장의 집 복도를 걷던 중

서가를 발견하게 되었다. 책이라면 환장을 하고 일단 집어 들고 읽는 것이 먼저였기에, 그의 발길이 홀린 듯 서가로 향했다. 서가에는 그리 많은 책들이 있지는 않았다.

사호의 역사가 오래된 만큼 고서가 많았고 대부분이 백사와 마을에 대해 기술한 것들이었다. 외부에서 들여 온 책은 책장 하나를 넘지 않았다. 이리저리 서가를 누비며 책들을 살피던 이우의 발걸음이 어느 한 곳에서 멈췄다.

낡은 책 한 권이 그의 시야를 붙들었다. 이우가 무심히 손을 뻗어 책을 꺼내 들었다. 동물의 가죽으로 만든 것인지 표지가 거칠고 두꺼웠다. 겉에 새겨진 제목은 세월의 흐름에 따라 일부가 지워져 읽어 내기 어려웠다.

"무슨 서라는 건지 알 수가 없네."

앞에 두 글자는 희미하게 바랬고 분간할 수 있는 것은 '서'라는 한 글자뿐이었다. 행여 보일까 싶어 탁탁 겉에 묻은 먼지를 털어 냈다.

"콜록콜록."

뿌옇게 일어나는 먼지에 기침이 났다. 몇 번의 기침을 하며 눈에 한껏 힘을 주었지만 글자를 읽어 낼 수는 없었다. 안쪽도 글이 날아간 것은 아닌가 걱정하며 이우가 조심스레 책장을 넘겼다. 생각했던 것보다는 상태가 양호했다.

"아, 백사에서 있었던 전쟁에 관한 기록이구나. 한데, 이곳에서 언제 전쟁이 있었던 것이지?"

금시초문이었다. 온갖 책들이 다 있는 황궁의 서고에서도 이런 내용의 글은 본 적이 없었다. 하긴, 서고를 다 뒤진다고 해도 백사에 대해 상세히 기록해 놓은 것을 찾아보긴 어려웠을 것이다. 버려진 황무지 근처에 위치한 죽음의 사막에 관심을 가질 자는 그다지 많지 않았다. 그러니 이런 곳의 역사 따위를 중히 여겨 써 놓을 리 만무했다.

이우의 고개가 모로 기울었다. 그러다 눈이 점점 커지기 시작했다. 전쟁은 책이 말해 주는 세월의 무게만큼이나 오래된 것이었다. 신주국이 세워지기 훨씬 이전에 있었던 일곱의 용과 마물들의 대전쟁에 대한 이야기였다.

"이, 이것은!"

놀람의 연속이었다. 이것이 진정 사실이라면 지금 이우는 엄청난 것을 접하고 있는 중이었다. 화검을 찾을 수 있는 가장 중요한 단서가 이 속에 있을지도 몰랐다. 이우의 눈이 반짝 빛을 발했다.

꿀꺽. 마른침을 삼킨 이우가 서둘러 책장을 넘겼다.

기록에 의하면 불괴를 상대하던 청룡을 고대에 존재했던 영물인 사호가 곁에서 도왔다. 수많은 생명이 불괴의 잔악한 손에 죽어 나갔고 그들이 흘린 피로 땅은 붉게 물들어 갔다. 청룡과 사호의 끈질긴 공격으로 불괴를 섬기던 마물들은 섬멸되었고, 불괴는 요산에서 최후를 맞이하게 된다.

생명의 위협을 느낀 불괴가 화검을 청룡의 심장을 향해 날렸다. 그 화검을 사호가 입으로 물어 몸으로 받아 냈다. 순백의 상징인 사호의 몸이 화검을 품고 불타올랐다. 붉은 불꽃에 집어삼켜지자 사호의 몸이 눈꽃처럼 새하얀 가루로 변하여 흩뿌려졌다. 화검과 함께.

화검을 잃어 힘을 쓰지 못하는 불괴는 청룡에 의해 숨통이 끊겼다. 불괴의 영혼은 완전히 소멸되었고, 사호가 죽어 간 땅은 후에 백사라 불리는 하얀 모래사막이 되었다.

이우의 눈동자가 흔들렸다. 부릅뜬 눈에 놀람과 경악이 담겼다. 이것이 진정 사실이라면 화검은 백사에 사호와 함께 묻힌 것이 된다. 백사의 모래가 화검을 삼킨 것이다. 추론을 하던 이우의 미간이 좁아졌다.

"그럼 화검은 어찌 찾는단 말인가. 모래 가루가 되었으면 형체가 없을 터인데."

책의 내용대로라면 바로 이곳 백사가 불괴가 살던 요산이 된다. 신탁대로 화검은 요산에 있는 것이 맞았다. 그런데 그 화검은 가루가 되어 찾을 수가 없다고 한다. 망할 신탁이 사람을 조롱하는 것도 아니고 이걸 어찌 해결을 하란 것인지.

"허, 참."

답답함에 헛웃음만 나왔다. 책을 다 읽었으나 얻은 것은 실망감뿐이었다. 한숨을 푹 내쉬며 이우가 책을 다시 책장에 꽂아 두었다. 몸을 돌린 이우의 눈에 넓은 창이 들어왔다. 밖이 제법 소란스러운 것을 보니 소하와 현이 돌아오고 있는 모양이다. 이우가 창으로 걸어갔다.

그들이 온 것이라면 굳이 자신의 방으로 갈 필요가 없어 확인차 밖을 내다보려 한 것이다. 창으로 다가선 그의 시야에 하늘이 먼저 들어왔다.

"어. 어."

대낮임에도 불구하고 하늘에 선명하게 보이는 별이 하나 있었다. 붉은빛을 가진 그것은 전날 이우가 보았던 요산의 그 별이었다. 이우의 상체가 창밖으로 기울었다.

"정말 이곳이 요산이 맞다는 것인가?"

아니었으면 하는 바람이 산산이 무너져 버렸다. 절망의 시선으로 별을 바라보던 이우의 미간이 꿈틀거렸다.

별이, 움직였다.

붉은빛을 반짝 흘려 내던 별이 순식간에 낙하하듯 아래로 떨어져 내렸다.

"별이 떨어져……?"

믿을 수 없다는 듯 이우가 눈을 부릅떴다. 섬광을 번뜩이며 떨어진 별은 마을로 들어서는 사람들에게로 향했다.

"안 돼. 피해야 돼."

다급한 목소리로 중얼거리던 이우가 막 창을 넘어서려던 찰나였다. 별이 곧장 누군가의 등으로 숨어들었다. 이우의 몸이 우뚝 멈췄다. 그의 눈이 느리게 깜빡거렸다. 도무지 자신이 눈으로 목도한 것을 현실이라 받아들일 수가 없었다.

이우의 눈동자가 어지럽게 굴러다녔다.

뭔가 이상했다. 저리 환하게 눈이 부실 정도로 섬광을 뿌려 대는데 그 누구도 별의 존재를 눈치채지 못했다. 유성이라면 엄청난 파괴력을 지녀 주변을 초토화시켰을 것인데 그것이 사람의 등을, 그것도 어깻죽지를 파고들었다. 그런데 그 누구도 그에 대해 반응을 보이지 않았다. 별이 스며든 사람조차도 말이다.

"이게 대체."

고개를 절레절레 흔들며 이우가 혼잣말을 중얼거렸다. 별이 등에 박힌 자의 얼굴이 이우의 시야에 들어왔다.

꿀꺽. 그가 또다시 긴장하여 마른침을 삼켰다. 예아였다. 모두가 사호의 현신이라고 부르는 존재. 별의 주인.

그것이 뜻하는 바는 단 하나였다.

이우의 입술이 절로 움직였다.

"화검을 삼킨 사호."

화검은 그녀의 몸 안에 깃들어 있을 것이다. 이우의 시선이 빠르게 소하에게로 이동했다. 이 사실을 빨리 그에게 알려야 했다. 정말 예아가 화검을 가지고 있는 거라면 다른 곳을 찾아 헤맬 필요가 없게 되는 것이다.

소하가 현과 함께 족장의 집으로 들어서는 찰나에 이우가 후다닥 그들을 향해 다가왔다. 갔던 일이 어찌 되었는지 궁금하여 부르지도 않았는데 달려온 것이라 생각한 현이 마뜩잖게 혀를 찼다. 허겁지겁 멈춰 서는 이우에게 핀잔을 던지는 것도 잊지 않았다.

"하여튼 촐랑거리는 데는 따라갈 사람이 없다니까. 점잖지 못하게 왜 이리 호들갑이야."

"하아, 하아. 그것이 급히 드릴 말씀이 있어서."

거친 숨을 몰아쉬며 이우가 말했다. 그의 시선이 자신을 빈정거린 현이 아닌 소하에게 집중되었다. 다른 때라면 당장에 발끈해 현의 말을 받아쳤을 터였다. 긴장한 듯 살짝 굳어 상기되어 있는 이우의 표정에 소하가 눈을 가늘게 내리떴다.

"나중에 해. 지금은 우리가 시급을 다투는 아주 중요한 일을 논의하러 가야 해서 시간이 없어."

현이 이우의 어깨를 잡아 슬쩍 밀어내며 말했다. 이우가 현의 손을 보지도 않고 쳐 냈다. 그에 현의 눈이 커졌다.

"뭐야."

기막혀 내뱉은 현의 말을 깔끔히 무시하고 이우가 소하를 향해 간절한 눈빛을 보냈다.

"화검에 대한 것입니다."

"화검?"

찾던 별에 대한 것도 아니고 화검을 직접 입에 올린 것은 이번이 처음이었다. 또 새로운 것을 찾은 모양이다. 소하가 잠시 망설이는 사이 이우가 바짝 다가서 작고 빠르게 말을 내뱉었다.

"화검을 지닌 자를 찾았습니다."

"무엇이라?"

소하의 미간이 꿈틀거렸다. 더불어 곁에서 듣고 있던 현의 표정도 심상찮게 변했다. 현이 이우의 팔을 잡아 제 쪽으로 돌리며 대신 물었다.

"그걸 가지고 있는 자를 봤단 말이야?"

믿기 어려운 이야기였다. 아침나절에는 요산에 떠 있던 별을 찾았다 그리 요란을 떨어 대더니, 이제 와서는 갑자기 또 화검 타령이었다. 그것도 어찌 생겼는지 아직 아무도 모르는 화검을 지닌 자를 봤다고 하니 쉬이 믿음이 가지 않는 것이다.

"예."

이우의 눈빛과 답이 무척 단호했다. 투닥거리며 논쟁을 벌이던 때와는 완전히 달라진 태도와 눈빛에 현의 표정 또한 심각해졌다. 그가 소하를 돌아봤다. 어찌할 것인지 그에게 눈으로 물었다. 소하가 고개를 끄덕였다.

"일단 그건 차차 정확하게 알아보기로 하고 잠시 내 방에서 기다리고 있게. 족장과 긴히 의논할 것이 있으니."

우선순위를 정한다면 지금은 신탁보다는 마을과 예아의 안전이 먼저였다. 이우가 뭔가를 알아낸 것 같기는 하니 후륵과의 만남 이후 자세히 들어 보면 될 듯하였다. 정확성의 유무도 그때 같이 알아보면 되는 것이다.

"저분입니다."

물러나 기다리라 말하는 소하에게 이우는 전혀 다른 답을 내놓았다. 이우가 소하의 뒤쪽을 향해 곧게 팔을 뻗어 올렸다. 이우의 손을 따라 소하와 현의 시선이 이동했다. 그들의 뒤로 예아와 파타가 나란히 집 안으로 들어서고 있었다. 소하의 입술이 달싹였다.

"누구? 수비대장 말인가?"

이우의 고개가 저어졌다.

"화검의 주인은 예아 아가씨입니다."

"뭐?"

놀란 외침은 현에게서 튀어나왔다. 화검의 주인이라 하여 당연히 사내라고 생각했다. 그래서 파타가 그것을 가지고 있는 것인가 했었는데, 이우는 예아를 입에 담았다.

그게 말이 돼?

현이 못미더운 시선으로 이우를 돌아봤다.

"어찌하여?"

현보다는 차분한 음성으로 소하가 물었다. 그에 이우가 흥분을 억누르며 숨을 깊게 들이켠 후 다음 말을 이었다.

"화검을 삼킨 사호, 그 현신이 바로 저분이십니다."

"뭐라는 것이야?"

당최 이해가 가지 않는다는 듯 현이 중얼거렸다.

이우가 가까이 다가서는 예아를 감격에 겨운 눈으로 바라보며 입을 열었다.

"족장의 서고에 꽂혀 있던 고서에서 발견한 것입니다. 마물과의 전쟁에서 청룡을 도와 맹렬히 싸운 태초의 사호에 대한 글을. 거기에 그런 내용이 있었습니다. 불괴가 청룡의 숨통을 끊어 놓기 위해 화검을 날렸는데, 그것을 중간에서 사호가 입으로 삼켜 몸에 품고 죽었다고 기록되어 있습니다. 그 사호가 죽어 만들어진 것이 백사라 합니다."

이우가 길게 늘어놓는 말들이 죄다 놀라웠다. 그가 일부러 거짓말을 지어내 급하다는 사람을 이리 붙잡고 늘어질 리 없었다.

소하의 머릿속이 빠르게 움직였다. 무언가를 생각하는 듯한 소하의 표정에 이우가 재빨리 덧붙였다.

"고대의 사호를 그대로 빼닮은 사호족의 여인이 이 시기에 태어나 있는 것은 결코 우연이 아닙니다. 붉은 별이 저분의 등에 박히는 것을 보았습니다. 이곳에."

팔을 돌려 제 오른쪽 어깨 아래를 짚어 보이며 이우가 말했다.

"눈을 뜨고 꿈을 꾸는 것처럼 믿기 어려운 일이었으나, 혹여 저분의 몸에 표식이 있음을 암시한 것은 아닐지……."

확신하지는 못한다는 듯 이우가 말끝을 흐렸다.

"흐음."

현의 입에서 낮은 신음이 새어 나왔다. 듣고 보니 그럴듯한 것이 어느 정도 신빙성이 있는 듯했다. 이우를 직시하던 소하의 고개가 천천히 옆으로 돌아갔다. 두어 걸음 떨어진 곳에 멈춘 발소리의 주인을 보려 한 것이다.

소하와 그의 부하들이 뭔가 중요한 이야기를 하는 듯 심각한 분위기로 작게 속달거리는 것을 보고 예아가 차마 그 옆을 지나가지 못하고 멈춰 선 것이다. 자신이 방해가 될까 싶어 그런 것인데, 소하가 고개를 돌리자 예아가 저도 모르게 흠칫거렸다.

소하가 그녀를 곧게 응시하며 몸을 완전히 돌렸을 때는 다시금 심장이 뜀박질을 해 댔다. 덩달아 얼굴로 열기가 올라오는 것이 느껴져 당혹스럽기까지 했다. 어찌 눈만 마주쳤는데 몸이 절로 이런 반응을 보이는 것인지.

그가 자신을 향해 한 발 다가서자 저도 모르게 예아가 주춤하며 뒷걸음질을 쳤다. 그러다 툭 하고 파타의 몸에 부딪쳤다.

"미안."

그녀가 파타를 돌아보며 말하는 사이 불쑥 다가선 소하가 손목을 덥석 붙잡았다. 예아가 아닌 소하를 주시하고 있던 파타가 그의 팔을 잡은 것은 순식간이었다. 자신을 저지하려는 의도가 분명한 파타의 손으로 시선을 내렸던 소하가 고개를 들어 그를 마주했다. 둘의 시선이 차갑게 얽혀들었다.

"놓아라."

"먼저 놓으십시오."

사리 분간 못 하고 행동부터 앞서는 파타의 모습에 현이 쯧 하고 혀를 찼다. 그가 어떤 심정으로 저리하는 것인지 알아서 그렇기도 하고 소하도 그냥 두고 보기에 두었으나 도가 지나친 경향이 있었다. 황자의 몸에 함부로 손을 대는 것은 죽고 싶어 발악하는 것과 다름이 없었다. 당장에 목이 달아난다고 해도 이상치 않을 터.

생명의 은인은 예아였다. 같은 마을 사람이라고는 하나 파타가 소하에게 보이는 행동과 눈빛에는 불손함이 있었다. 직접적으로 말을 하지는 않았으나 눈치란 것이 있으면 알고 있을 것이다. 소하가 황자라는 사실을. 그럼에도 불구하고 여자에게 눈이 뒤집혀 겁을 상실한 행동을 일삼으니 지켜보는 현의 마음이 불쾌해지기 시작했다.

더는 보아줄 수가 없어 그가 발을 움직였다. 그런 현을 소하가 보지도 않고 손을 들어 저지시켰다. 현의 발이 우뚝 멈췄다. 그가 파타를 사나운 눈빛으로 노려보았다.

소하가 아니더라도 예아는 파타에게 넘볼 수 없는 사람이었다. 갑자기 소하가 나타나 둘의 사이를 방해한 것이 아니란 말이다. 지금 그들의 시선이 향한 곳을 보더라도, 파타가 지닌 감정이 혼자만의 것이란 것은 충분히 알 수 있었다. 그는 지금 외사랑을 하고 있는 중이다.

파타는 예아를 데려가려는 소하를 막아섰으나, 정작 그녀의 시선은 소하를 담아내고 있었다. 살짝 홍조가 깃든 볼과 수줍은 눈빛이 예아의 감정이 변하고 있으며 그것이 누구를 향한 것인지를 알려 주고 있었다.

"예아 낭자와 따로 할 이야기가 있어 그러니 손을 거두시게."

차분하나 무게가 실린 진중한 목소리로 소하가 말했다.

"하면 정중히 청하실 일이지 이리 막무가내로 붙잡아 끌고 가려 하시면 아니 되지요."

끝까지 손을 거두지 않고 따져 묻는 파타를 소하가 묵묵히 바라보다 먼저 예아의 손을 놓았다. 그러자 파타가 힘주어 잡고 있던 소하의 팔에서 손을 거두었다. 파타를 향한 시선을 거둔 소하가 예아를 바라보며 입을 열었다.

"잠시 할 이야기가 있으니 나와 함께 가 주시겠소."

"…아, 예."

"여기서 하시지요."

둘의 대화에 파타가 끼어들었다. 예아를 소하와 단둘이 함께 있게 하는 것이 불안해 그런 것이다. 즉시 소하의 날카로운 시선이 파타에게로 날아들었다. 달라진 소하의 눈빛에 파타가 움찔하며 미간을 꿈틀거렸다.

"네게 물은 것이 아니다."

봐주는 것에도 한계라는 것이 있음을 그가 눈빛으로 말하고 있었다. 더 이상 선을 넘는 행동을 한다면 그냥 두고 보지 않을 것이라는 경고 또한 내포되어 있었다.

파타가 지그시 아랫입술을 깨물며 입을 닫았다. 알고 있었다. 소하가 지금 자신을 얼마나 많이 참고 봐주고 있는 것인지. 그를 알고도 경거망동을 일삼았다. 그러면 안 된다는 걸 알고는 있으나 예아와 관련해서는 좀체 제어가 되지 않고 있었다.

함부로 행동하지 말아야 한다고 수없이 다잡았던 마음이 흔들린 것은 어쩌면 예아에게서 느껴지는 불안한 예감 때문일 것이다. 그녀가 지금 보이고 있는 전에 없던 마음의 동요와 묘한 설렘이 담긴 눈빛이 모두 소하를 향한 것임을 직감해 그러면 안 된다는 걸 알면서도 자꾸만 둘 사이를 막아서고 있었다.

이대로 둘을 보내면 영영 예아를 잃을 것만 같았다.

"도를 넘는 행위는 위험을 초래한다는 것을 잊지 말거라."

마지막 경고였다.

고개를 떨어트린 파타가 질끈 눈을 감았다. 예아가 소하의 청에 그러겠다고 의사를 밝혔으니 파타가 끼어드는 것은 그야말로 오만 불손하기 그지없는 행동이었다. 소하는 감히 거스를 수 없는 하늘이었고, 예아는 자신의 상전이었다. 주제를 파악한다면 죄를 청하는 마음으로 그만 물러남이 옳았다.

소하가 손을 내밀었다. 그 손을 가만히 바라보던 예아가 조심스럽게 제 손을 그 위에 올려놓았다. 그 손을 잡고 소하가 보란 듯이 파타의 앞을 지나쳤다. 멀어지는 둘의 발소리를 들으며 파타가 울컥 치밀어 오르는 슬픔을 삼켰다.

그의 첫사랑이 제게서 등을 돌려 멀어져 가고 있었다.

부하들을 두고 성큼성큼 걸음을 옮긴 소하가 자신의 방으로 예아를 데리고 들어섰다. 문을 닫음과 동시에 그가 예아를 끌어당겼다. 그러곤 그녀의 몸을 돌려 뒤에서 그녀를 안았다.

"헛."

너무 갑작스러워 예아가 놀란 숨을 내뱉었다. 다음으로 이어진 소하의 행동에 눈이 커졌다. 그가 그녀의 옷고름을 풀어내고 있었다. 당황해 멍하니 있던 예아가 황급히 그의 손을 붙잡았다.

"이게 무슨 짓입니까."

"미안하오. 내 낭자에게 잠시 무례를 범해야겠소."

"예?"

예아에게 손이 잡힌 채로 그가 다시 팔을 움직였다. 빠른 손속에 그녀의 옷고름이 순식간에 풀어 헤쳐졌다. 이어 그가 예아의 상의를 등이 보이도록 날갯죽지 아래까지 벗겨 냈다. 예아의 숨이 멎고 부릅뜬 눈이 혼란스럽게 흔들렸다. 그녀의 속눈썹이 파르르 떨리고 있었다.

"이런."

그녀의 귓전으로 탄식 같은 소하의 말소리가 들려왔다. 그의 손이 피부에 닿는 것이 느껴졌다. 익히 아는 부위였다. 꿈에서 별을 본 날 그 별이 날아와 박혔던 곳이었다. 자신의 살갗을 태우고 낙인을 찍는 것처럼 엄청난 화기를 느끼게 했던 오른쪽 어깨 아래 말이다.

예아의 미간이 의문을 담고 꿈틀거렸다. 대체 소하가 그것을 어찌 알고 이리 정확하게 짚어 낼 수가 있는 것인지 의아했다.

"거기에 혹여 무엇이 있는 것입니까?"

예아의 물음에 그의 손가락 끝이 멈췄다. 설마 하며 확인차 그녀의 웃옷을 벗겼다. 그리고 보았다. 이우가 말했던 부위에 붉은 빛깔의 신이한 표식이 새겨져 있었다. 만졌을 때에는 아무런 이물감이 느껴지지 않았다. 그저 매끄럽고 보드라운 살결의 감촉만 손끝에 남았다. 마치 자신의 왼쪽 가슴 위에 있는 표식처럼.

"있소."

답하며 소하가 그녀의 몸에서 손을 거뒀다. 옷을 다시 입혀 주려 했는데 그녀가 손을 어깨 뒤로 내려 등을 더듬었다. 표식을 찾으려는 듯 보였다. 소하가 방황하는 예아의 손을 잡아 표식 위에 대어 주었다.

"여기."

"아무것도 만져지질 않아요."

제 살결을 이리저리 매만지며 예아가 고개를 저었다.

"어찌 생겼습니까?"

저리 묻는 것을 보니 그녀도 표식이 있는 것은 알고 있었던 듯싶다. 그가 그녀의 손을 부드럽게 어깨 너머로 돌려놓고 벗겼던 옷을 다시 걸쳐 주었다. 예아의 몸을 제게로 돌려 옷고름을 잡았다. 그것을 잡고 어찌해야 할지 몰라 머뭇거리는 소하의 손을 보다가 예아가 그의 손에서 옷고름을 가져갔다.

"풀 때는 쉽더니 다시 매는 건 어렵구려."

변명처럼 그가 말했다. 능숙하게 옷고름을 매고 옷매무새까지 단정히 가다듬은 예아가 그를 올려다보았다. 옷고름 깨나 풀어 본 모양이라고 놀려 주려 했는데 막상 그의 얼굴을 마주 보자 말이 나오지 않았다. 대신 얼굴이 화끈거렸다.

방금 무슨 일이 있었는지 떠올라 그런 것이다. 옷을 벗기고 살결을 어루만지고, 손이 겹쳐졌다. 몹시도 낯 뜨거운 일이 아닐 수 없었다. 그가 만졌던 부위에 아직도 묘한 여운이 남아 있었다.

예아가 달아오르는 볼을 두 손으로 가렸다. 후우. 낮게 흘려 낸 숨결이 그의 목 부위에 닿았다가 흩어졌다. 그녀를 내려다보던 소하의 입가에 옅은 미소가 머금어졌다. 서로 달리 할 말이 있었던 듯한데 그녀가 볼을 붉히며 수줍어하는 바람에 흐름이 끊겼다.

"흐음."

소하가 헛기침으로 목을 돋우었다. 입술을 혀로 살짝 축인 뒤 그가 먼저 입을 열었다.

"급한 마음에 그만. 용서하시오."

다시 한번 사죄의 말을 하며 그가 고개를 숙여 보였다. 저도 모르게 예아가 따라 고개를 조아렸다. 황자보다 높이 머리를 들고 있어서는 아니 된다고 들었던 것이 적시에 작용을 한 것이다.

"그, 음."

뭐라 말을 하긴 해야겠는데 적당한 말이 떠오르질 않아 예아가 웅얼거렸다. 그 모습에 살포시 미소를 짓던 소하가 궁금했던 것을 꺼내 물었다.

"표식에 대해 알고 있으셨던 것이오?"

"아, 그게……."

알고 있었다고 말하기는 애매했던지라 예아가 또 말끝을 흐렸다.

시선을 내리고 있던 예아의 턱밑으로 소하의 손이 닿았다. 그 손길에 예아의 턱이 들렸고 덩달아 시선도 위로 향했다. 그와 시선이 맞물리자 예아가 눈을 말똥거렸다.

"으응?"

이어질 답을 기다리듯 부드러운 눈길로 바라보는 그에게 이끌려 예아의 입이 절로 열렸다.

"꿈을 꾸었습니다."

"꿈이라."

"예. 밤하늘에 떠 있던 붉은 별이 갑자기 제 등 뒤로 날아와 박히는 묘한 꿈을 꾸었는데, 놀라 일어난 후에도 등에서 열기가 느껴졌습니다. 뜨겁게 달군 인두가 살에 닿은 듯한……. 얼마 안 가서 열기가 사라지기도 했고, 만져지는 것이 없기에 그저 악몽을 꾸었나 보다 했었는데."

그것이 표식으로 제 몸에 남아 있을 거라고는 생각지 못했다는 말을 그녀가 입 안으로 삼켰다. 아무리 생각해도 이상했다. 느닷없이 붉은 별이 꿈에 나온 것도 그러했고, 그것이 등에 박혀 표식으로 남겨졌다는 것도 믿어지지가 않았다. 그리고 무엇보다 소하가 그것을 알고 있다는 것이 제일 의문스러웠다.

소하를 올려다보던 예아의 고개가 갸웃 기울었다.

"한데, 어찌 제 몸에 표식이 있는 걸 알고 계셨습니까? 저도 몰랐던 사실인데. 황자님께서 어떻게 아셨는지 궁금합니다."

"그것이, 설명하려면 좀 긴데."

"듣고 싶습니다."

예아가 냉큼 그의 옷깃을 잡으며 말했다. 궁금한 것은 참지 못하는 급한 성미가 또 나왔다. 예아를 내려다보는 소하의 눈빛이 진중해졌다. 그녀의 등에 정말 표식이 있었다. 그것이 이우의 말대로 화검과 관련된 것이라면 신탁은 그녀를 통해야만 이룰 수 있는 것이 된다.

"어쩔 수 없이 그것을 하여야겠소."

기다리던 답과는 다른 엉뚱한 말이 그의 입에서 흘러나왔다. 그에 예아의 미간이 살짝 좁혀졌다.

"예? 무엇을 말입니까?"

"이리되었으니 후륵에게 상의가 아닌 통보를 해야 할 것 같소."

또 동문서답이다. 예아는 분명 제 몸에 있는 표식에 대해 물었는데, 그는 느닷없이 후륵을 입에 올렸다. 예아가 고개를 저으며 뭐라 입을 열려는 찰나, 그녀의 손을 그가 덥석 붙잡았다.

"같이 갑시다. 얘기 중에 그대의 궁금증도 함께 풀릴 것이니."

예아의 손을 잡은 채로 그가 몸을 돌렸다. 성큼성큼 문을 향해 다가간 그가 서슴없이 문을 열고 복도로 나섰다. 기다리고 있던 자들의 시선이 일제히 둘에게로 쏟아졌다.

떨어진 곳에서 뚫어져라 쳐다보던 파타의 시야에 소하에게 잡힌 예아의 손이 들어왔다. 그가 잘근 아랫입술을 깨물었다. 싫었으면 진즉에 예아가 그의 손을 뿌리쳤을 것이다. 그녀의 성격에 싫은 것을 억지로 참고 견딜 리 없었다. 그것을 알기에 더는 관여할 수가 없었다. 예아는 지금 소하에게 억지로 끌려다니는 것이 아니라 자신의 의지대로 움직이고 있는 것이다.

그녀의 얼굴에 깃든 홍조가 가슴 아프게 파타의 눈을 파고들었다. 차마 더 볼 수가 없어 그가 고개를 돌려 버렸다.

"현."

짧은 한마디로 소하가 현에게 같이 가자는 뜻을 전했다. 확인이 끝난 모양이다 생각하며 현이 이우에게 고개를 끄덕였다. 바짝 긴장해 초조한 기색으로 기다리고 있던 이우의 얼굴에 안도와 반색의 빛이 떠올랐다.

"가세."

"예."

현이 고갯짓으로 소하가 걸어가는 방향을 가리켰다. 답하는 이우의 목소리가 격양되어 있었다. 자신의 추측이 맞았다는 것에 적잖이 감정이 북받치고 있는 듯했다.

그도 그럴 것이 초짜나 다름없는 신입 신관이 큰일을 맡았고, 자신이 읽은 하늘 길을 따라 움직이던 일행 중 몇이 마물에게 목숨을 잃었다. 소하 또한 상처를 입고 일행과 헤어져 죽을 고비를 넘기기까지 했다. 그동안의 마음고생이 이만저만이 아니었다. 그것들이 한꺼번에 보상을 받는 것 같아 울컥하며 뜨거운 것이 속으로부터 용솟음쳤다.

"아직 아니야. 완전히 결론이 나려면 멀었다고. 미리 들떠서 질질 짜는 추한 짓은 하지 마."

곧 눈물을 쏟아 낼 것 같은 이우의 면상을 본 것인지 현이 조금은 야박한 목소리로 툭 내뱉었다. 곧장 왜 또 타박이냐 따져 물을 것 같았는데 의외로 이우가 조용했다. 진짜 우는 건 아닌가 싶어 현이 슬쩍 곁눈질로 쳐다보니 숨을 깊게 들이쉬며 마음을 다잡고 있었다. 그사이 철이 좀 든 것인지 싶어 피식하고 현이 가벼이 웃었다.

"제대로 맞는 거였으면 좋겠는데."

앞서 걷던 소하가 예아와 함께 족장의 집무실로 들어서는 것을 보며 현이 혼잣말을 중얼거렸다. 예아가 정말 신탁에서 말하는 화검을 가지고 있는 거라면 서여와의 일도 해결을 할 수 있고 신탁도 쉬이 통과할 수 있을 것이다.

그리되면 단순히 위기를 모면하기 위해 불가피하게 임기응변으로 꺼낸 혼인이 현실로 이뤄질 수도 있었다. 소하가 황태자가 되고 예아가 황태자비가 되면 백사의 사호는 황궁으로부터 보호를 받게 될 것이다. 서여가 손을 댈 수 없는 곳이 된다는 뜻이었다.

"어쩐 일이십니까?"

소하와 그 뒤에 그의 손에 이끌려 함께 집무실로 들어서는 예아를 번갈아 보며 후륵이 물었다. 안 그래도 백사에서 소란이 일어났단 보고를 받고 무슨 일인지 파타를 불러 자세히 알아보려던 참이었다. 파타도 함께 나갔다 하던데 집무실을 찾은 자는 현과 이우까지가 다였다.

"긴히 할 말이 있어 찾아왔네."

처음으로 소하가 후륵에게 하대를 했다. 황자로서 명을 내릴 것이 있음을 직감한 후륵이 정중히 고개를 조아린 후 자리를 청했다. 논의를 할 수 있게 마련된 원탁에 소하와 그의 일행과 예아가 착석했다.

란의 울음소리가 요란하게 울렸다 하더니, 역시 백사에서 일어난 소란에 예아가 관련이 되어 있었던 모양이다. 그리고 심각한 얼굴을 하고 있는 황자 일행과도 연관이 있을 듯했다. 그것도 꽤 심각하게.

"신주국의 제일 황자인 서여가 조금 전 백사에 들이닥쳐 소란을 일으켰네."

"예? 무슨."

"란을 잡아 가려 했네. 그리고……."

소하가 곁에 앉아 있는 예아를 돌아보았다. 시선이 느껴지자 예아가 몸을 움찔거렸다. 뒤에 이어질 말을 예감하며 그녀가 낮은 한숨을 내쉬었다. 시작은 란이었으나, 더 큰 문제는 서여의 관심이 예아를 향했다는 것이다. 그의 탐욕에 가득 찬 눈길이 떠올라 예아가 질끈 아랫입술을 깨물었다.

"자네의 여식도 함께 데려가려 하였네."

"어찌 그런."

이해를 할 수 없다는 듯 후륵이 미간을 좁히며 고개를 저었다. 더러 외지에서 오는 이들이 예아를 보고 흑심을 품는 경우가 있기는 하였다. 같은 마을 사람들도 그녀를 경이로워할 만큼 외양이 특별하기는 하였으나, 일국의 황자가 처음 본 여인을 탐하여 함부로 데려가려 했다는 것은 도저히 믿어지지가 않았다.

파렴치한 놈들이나 하는 짓을 어찌 황자가 저지른단 말인지. 그자가 눈앞에 있는 소하와 한 핏줄이라 하니 더욱 믿기지가 않았다. 자신이 본 소하는 예의와 도리를 알고 아랫사람이라 하여 함부로 대하지 않는 훌륭한 인품을 가진 황자였다.

"모태가 다르네. 성품이 나와 판이하게 다르기도 하고."
"여색을 아주 심히 밝히시는 터라."

소하의 말에 현이 덧붙였다. 웃전이라 막말을 하진 못하고 사실만 입에 담았다. 현의 말에 후륵과 예아의 표정이 순식간에 어두워졌다. 서여가 무슨 의도로 그녀를 데려가려 했는지 알 것 같았다.

예아의 속눈썹이 파르르 떨렸다. 그녀를 바라보던 후륵의 입에서 짙은 한숨이 새어 나왔다. 대충 분위기로 보아 중간에 소하가 끼어들어 일단 서여를 돌려보낸 듯하나 이후에 어찌 될지는 알 수 없는 노릇이었다. 여색을 밝히는 자가 한번 가지겠다고 마음먹은 여자를 쉽게 포기하는 법은 없다. 어떻게 해서든 예아를 손에 넣으려 할 것이다.

이 일을 어찌해야 할까. 다른 사람도 아니고 황자였다. 이로 인해 사호 전체에 참극이 발생할 수도 있는 일이었다. 후륵의 시름이 깊어졌다.

"내 위기를 모면코자 불가피하게 거짓 명분을 내세웠소."
"어떤 명분 말씀입니까?"

혹여 소하의 거짓 명분이 사태를 해결할 수 있는 방편이 되지는 않을까 하여 후륵이 조심스럽게 물었다. 다음번에도 쓸 수 있는 것이라면 좋을 것인데 하는 마음으로 후륵이 소하의 이어질 말을 기다렸다.

"예아 낭자와 내가 혼인을 약조한 사이라 하였네."

찰나였으나 후륵의 동공이 확장되며 심하게 흔들렸다. 생각지도 못한 말이었다. 다음에 쓸 수 있는 말도 아니었다. 그에 더해 거짓이 들통난다면 더 큰 화를 당하게 될지도 모를 일이었다.

"흐음."

적당한 말을 찾지 못하고 후륵이 입을 다문 채 신음만 흘려 냈다. 그것 외에 달리 오늘의 위기를 모면할 수 있는 적당한 말이 없었을 것이다. 제일 황자라 하니 소하보다는 먼저 낳았을 것이고, 명령이나 힘으로 제압이 불가하니 혼인이란 말로 돌아서게 만든 것이 분명했다.

"아무래도 그 혼인, 사실로 만들어야 할 것 같소."
"예?"

놀란 물음은 후륵이 아닌 바로 옆 예아에게서 튀어나왔다.

동그랗게 커진 눈 가득 소하를 담아내며 그녀가 믿을 수 없다는 표정을 짓고 있었다. 생각지도 못한 갑작스런 전개였다. 함께 후륵에게 가서 들어야 할 말이 이것일 줄은 예상도 못 했기에 그녀의 놀라움은 가히 컸다. 그와 더불어 그녀의 심장이 사부작사부작 뛰어 대기 시작했다.

혼인을 사실로 만들다니. 그게 무슨 의미인 줄 알고 하는 말일까? 하는 의문이 그녀의 머릿속을 맴돌았다.

"신탁이 내려진 것은 알고 있는가?"

잠시 예아에게 두었던 시선을 거둔 소하가 후륵에게 물었다. 생각에 잠겨 있던 후륵이 그를 돌아보며 작게 고개를 끄덕였다.

"예. 근래 들른 장사치를 통해 전해 들었습니다."

그 신탁의 내용 때문에 온 나라가 떠들썩하다고 호들갑을 떨어 대는 것을 지나가며 들은 기억이 났다. 저희와는 아무 상관이 없는 일이라 깊이 새겨듣지 않았었다. 한데 그 일이 지금 이 일과 무슨 연관이 있는 것인지.

의아해하던 후륵의 머릿속에 한 가지 떠오른 것은 그 신탁 때문에 황자들이 이리 외진 백사까지 찾아든 모양이다 하는 것이었다.

"신탁의 내용은?"

"자세히 알지는 못하옵니다."

"요산의 불괴에게서 화검을 가져오라."

소하의 입에서 나오는 말에 후륵의 미간이 꿈틀거렸다. 모두가 아는 말이나 작금에 이르러 거론될 것들은 아니었다. 대체 신탁에 왜 그런 것들이 들어가 있는 것인지 이해가 가지 않았다.

"신탁에 어찌 그런 것들이 나오는 것입니까? 불괴는 건국 신화에 나오는 마물일진대……."

"우리도 혼란스럽기는 했으나 신탁이 그리 내려졌으니 따를밖에 달리 도리가 없었지요."

현이 한숨과 함께 힘듦을 토로했다. 아무것도 없는 상태에서 화검을 찾으러 헤매고 다녀야 하는 것이 얼마나 어려운 일인지 여태까지 말을 안 했지만 무척이나 막막하였다. 언제 끝이 날지 모른다고 생각해서 더 그렇기도 했었다.

한데, 어쩌면 우연히 운명처럼 들르게 된 이곳에서 그 여정이 끝을 맺게 될지도 몰랐다. 이우의 말이 모두 사실이라면 말이다.

현이 뚫어져라 소하만 바라보고 있는 예아를 슬쩍 쳐다보았다. 그녀가 부디 화검을 품고 있는 사호의 현신이기를 마음속으로 간절히 빌었다. 그리만 된다면 모든 일이 순조롭게 풀릴 수 있을 터이니.

"혹여 그 불괴가 살던 요산이 이곳 백사라는 건 알고 있는가."

"…그것이 무슨 말씀이신지."

"모르고 계셨습니까? 이곳 서가에서 제가 그런 내용이 적힌 고서를 보았습니다. 청룡을 도와 불괴를 파멸시킨 고대 사호에 대한 이야기가 거기에 기록되어 있었습니다. 그 사호가 불괴의 화검을 삼켰다 합니다."

얌전히 듣고 있던 이우가 급한 마음에 자신이 읽었던 고서에 대해 쏟아 냈다.

"저희 서가에 그런 책이 있었습니까?"

금시초문이라는 듯 후륵이 되물었다. 오래전부터 전해져 내려오는 책들이 더러 서가에 보관되고 있기는 했으나 그것을 다 읽어 보지는 못했다. 그것들 가운데 고대 사호에 관한 것이 있었다니, 그것도 청룡과 함께 불괴를 상대했었다는 내용이 적혀 있었다니. 관리를 너무 소홀히 하였다. 책의 내용을 알아보는 자가 있을 거라는 생각은 하지 않았기에 딱히 숨겨야 할 필요성을 느끼지 못했었다.

천만다행인 것은, 그것을 알아챈 자가 악의를 가지지 않은 소하 일행이라는 것이다.

"있었습니다. 가져와 보여 드릴까요?"

믿지 못하겠다면 당장 가져올 수도 있다며 이우가 벌떡 자리에서 일어섰다. 후륵이 천천히 고개를 끄덕이자 이우가 냉큼 자리를 벗어나 문으로 향했다. 책의 내용은 이미 다들 알고 있는 듯하니 확인은 별도로 필요하지 않을 듯했다. 이우에게 가져다 달라 부탁한 것은 이후에 다른 자들이 발견하지 못하도록 그 책을 따로 숨겨 보관하기 위함이었다.

"화검을 삼킨 사호가 다시 현세에 나타났다면 믿으시겠는가?"

이우가 빠져나간 문을 바라보고 있던 후륵이 소하의 목소리에 그를 돌아보았다. 꿀꺽. 마른침이 후륵의 목으로 넘어갔다. 고대 사호를 그대로 빼닮은 자신의 딸이 바로 소하의 곁에 앉아 있었다. 후륵은 소하가 무엇을 말하기 위해 운을 띄운 것인지 알아챘다. 그의 숨이 깊어졌다.

"백사에서 돌아오는 길에 이우 신관이 내게 달려왔네. 급히 고할 것이 있다면서 말일세. 그중 하나가 바로 고서에 관한 것이고, 다른 하나는……."

그가 예아를 지그시 바라보았다. 소하를 따라 모두의 시선이 그녀에게 닿았다. 의아함이 가득한 예아와 시선을 마주한 채로 소하가 차분히 입을 열었다.

"고대 요산에 떠 있던 별을 따라오던 길에 돌산을 만났고 거기서 마물의 습격을 받았네. 그로 인해 나는 일행들과 떨어져 어찌하다 백사까지 흘러들었고, 운명처럼 거기서 내 생명의 은인을 만났지."

예아를 향한 그의 시선에 따스함이 담겼다. 온화하게 그녀를 내려다보던 그가 다시 말을 이었다.

"족장의 도움으로 일행들과 재회를 하였고 우리는 요 며칠 다시 신탁을 위해 길을 떠날 준비를 하고 있었지. 그 와중에 가장 중요한 요산의 별을 찾는 일도 병행하였고. 한데, 종적을 감춘 별을 찾는 일이 그리 쉽지가 않았네. 그러던 차에 어젯밤 내가 자리를 비운 사이 이우 신관이 하늘에서 그 별을 보았고, 조금 전에 그 별을 다시 목도하였는데 아주 희귀한 장면으로 이어졌다 하지 뭔가."

별이라는 말에 문득 예아의 머릿속에 떠오르는 것이 있었다. 자신의 등에 있다는 표식. 그것이 소하가 말하는 별과 연관되어 있음을 그녀는 직감했다.

"별이 예아 낭자의 등에 박혀 들더라는 믿기 어려운 말을 하지 뭔가."

"아."

짧은 탄성이 예아의 입에서 흘러나왔고, 후륵의 표정이 서서히 굳어 갔다.

예아가 태어났을 때부터 뭔가 심상치 않은 조짐이 일어날 것임을 후륵은 예감하고 있었다. 예아는 신기하게도 그림으로만 전해 내려오던 고대 사호의 모습을 고스란히 닮아 있었다. 어떤 일이 벌어질지는 알 수 없으나 예아를 지켜야겠다는 생각에 그녀가 마을을 벗어나는 것을 말려 왔다. 나갈 때에는 필시 두건을 착용하여 얼굴을 가리라는 명령을 내리기도 했었다.

운명이란 것이 결코 억지로 막는다고 막아지는 것이 아님을 알면서도 그리하였다.

"내 자네의 허락도 없이 그녀의 몸에 있는 표식을 확인하였네."

미안함을 담아 소하가 말했다.

"먼저 확인을 한 후에 일을 진행해야 하겠기에 그리하였네."

"…예."

예아의 몸에 표식이 있었기에 결론이 더 혼인으로 기울어진 것일 터였다. 표식이란 것이 화검을 뜻하는 것이라면 그것은 곧 신탁을 이루기 위해선 예아가 꼭 필요하다는 의미였다. 소하가 아니라 해도 누군가는 또다시 예아를 찾아올지도 모를 일이었다.

서여로부터 예아를 지키기 위해서라도 혼인은 필수불가결한 것이 되어 버렸다. 여식의 몸을 확인했다는 것에 불쾌함이 들기도 하였으나, 어쩔 수 없는 상황임을 감안해 얼굴을 붉히는 우를 범하지는 않았다. 감히 일개 족장이 황자에게 따져 죄를 물을 수도 없는 노릇이었다.

대신 후륵은 예아의 표정을 면밀히 살폈다. 소하가 혹여 그녀의 몸을 확인하기 위해 딸에게 치욕적인 짓을 했다면 그녀의 심기가 편하지는 않을 것이다. 예아의 볼이 조금 붉은빛을 띠기는 하였으나, 표정은 화가 난 것처럼 보이지는 않았다.

하면 저 홍조 띤 얼굴이 의미하는 것은 무엇이란 말인가.

후륵의 눈에 소하를 바라보는 예아의 눈빛이 들어왔다. 그녀에게서 보지 못하던 눈빛이었다. 그녀의 눈과 얼굴에 사내를 향한 설렘이 담겨 있었다.

"하아."

뜻밖의 상황에 후륵에게서 기막힌 한숨이 터져 나왔다. 성년이 되어서도 철부지 어린아이처럼 행동하는 것이, 사내라고는 전혀 모르고 사는 것 같더니 이제야 눈을 뜬 모양이다. 그리 붙어 다니는 파타에게도 전혀 보이지 않던 눈빛을 하고 소하를 보고 있는 예아가 후륵은 그저 어이없고 신기했다.

소하를 간호하며 단둘이 한방에서 지내는 동안 무슨 일이라도 생겼던 것일까.

그동안 사호를 찾았던 낯선 사내는 소하 말고도 제법 있었다. 그들에겐 관심조차 주지 않더니. 예아가 사내에게 마음을 준다면 파타가 아닐까 싶었는데, 전혀 다른 곳에서 연정의 마음이 생긴 듯하다. 진정 이것이 운명이란 말인가.

백사에서 처음 소하를 발견한 것은 예아였지만, 그녀를 그와 함께 둔 것은 후륵 본인이었다. 일이 이렇게 된 데에는 어느 정도 그에게도 책임이 있었다.

"신탁에서 말하는 화검이 예아 낭자의 오른쪽 어깨 뒤쪽에 표식으로 남아 있었네."

"아."

어깨라는 말에 후륵이 안심한 듯 낮은 숨을 내쉬었다. 현은 이우와 소하가 하는 말을 들어 알고는 있었으나 제가 끼어들 자리가 아니라 잠자코 있었다.

"그러한 이유로 예아 낭자를 황궁으로 데리고 가야만 하네."

"표식 때문에 황궁으로 가야 한다는 말씀입니까?"

단지 그것 때문에 자신을 황궁으로 데리고 가려는 것이냐는 듯 예아가 물었다. 혼인이라는 말에 들떴던 것도 잠시, 이야기가 전혀 다른 방향으로 흘러가는 것을 간파한 예아의 표정이 약간 어두워졌다.

"가장 중요한 이유 중 하나가 그것이오."

거짓말을 할 수는 없기에 소하가 솔직하게 말했다. 저도 모르게 예아는 무언가를 기대하고 있었던 모양이다. 혼인이란 말을 들었을 때부터 심장이 들썩이기 시작한 것 또한 생소한 감정에서 오는 묘한 기대감 때문이었을 것이다. 어쩌면 소하도 자신과 같을지 모른다고 생각했었던 듯하다. 해서 신탁 때문에 자신이 필요하다는 말에 이리 실망감이 드는 것이겠지.

마주한 예아의 눈동자가 흔들리고 있었다. 그것을 바라보는 소하의 마음이 묵직하게 짓눌러 왔다. 제 말에 그녀가 실망을 한 것이 분명했다. 그의 입이 절로 움직였다.

"백사의 사호와 예아 낭자를 지키기 위해서라도 혼인은 꼭 필요한 일이오."

덧붙인 말이 예아의 가슴을 아리게 했다. 무엇을 기대했던 것일까. 행여 그가 자신을 은애하는 마음을 가지고 있었으면 하는 헛된 바람을 가지고 있었던 것은 아닌지. 예아가 더 이상 그를 마주하지 못하고 시선을 내렸다.

그는 신탁 때문에, 자신을 구해 준 것에 대한 보답으로 예아와 혼인을 하려는 것이다. 거부할 수 없는 이유였다. 자신이 여기에 있으면 사호가 어떤 피해를 입을지 그녀 또한 모르지 않았다. 서여가 찾아와 백사를 피로 물들이기 전에 한시라도 빨리 황궁으로 가는 것이 가장 좋은 방법일 것이다.

소하와 혼인을 하면 따로 청하지 않아도 이곳은 보호를 받게 될 터이고, 그리되면 서여도 함부로 하지 못할 것이다. 그녀에겐 선택의 여지가 없었다. 아비인 후륵과 소하가 결정한 대로 따르는 수밖에.

"백사를 놀이터 삼아 살아온 아이입니다. 예법은 익힌 적이 없어 한참 모자랄 것입니다."

후륵의 말에 예아가 다리 위로 손을 모아 꼼지락거렸다. 틀린 말은 아니었으나 지금의 예아에게는 아프게 다가왔다. 다른 때였다면 아무렇지 않게 웃으며 흘려 넘겼을 것이다. 사사로운 것에 크게 신경을 쓰지 않기도 했고, 저도 자신을 잘 알아 그러했다.

"하오나, 제게는 더없이 소중한 여식입니다. 부디, 너그러운 마음으로 이해하시고 어여삐 아끼며 보살펴 주시길 부탁

드리옵니다."

이어진 후륵의 말에 예아의 가슴이 뭉클해졌다. 그녀의 눈가에 이슬이 촉촉이 맺혔다. 그리고 자신이 처한 현실이 어떠한 것인지 뒤늦게 훅 하고 다가왔다. 설레는 마음에 그저 소하와 혼인을 하게 된다는 것에 들떠 좋아하기만 했었다. 그것이 곧 백사를 떠나야 한다는 걸 귀로 듣고도 실감하지 못하고 있었다. 그러다 딸아이를 부탁하는 아비의 진심이 담긴 말에 가족과 이별을 해야 한다는 것을 깨달은 것이다.

예아의 눈시울이 붉어졌다. 그녀가 고개를 들어 제 아비인 후륵을 바라보았다. 담담한 후륵의 눈에 애절한 마음이 숨겨져 있었다. 언젠가는 혼인을 시켜야 했지만 그 시기가 이렇게 갑자기 올 줄은 후륵도, 예아도 알지 못했다.

게다가, 혼인을 해도 데릴사위를 들일 생각이었다. 예아는 백사를 지키는 수호자인 사호족답게 후에 족장에 올라 마을을 다스리게 될 터였다. 모든 것이 그리 정해져 있었고, 다들 그렇게 믿고 있었다.

마음이 아프기는 후륵도 마찬가지였다. 갑작스러운 상황에 당황스럽기도 하였으나 그는 예아의 아비이기 전에 마을의 족장이었다. 그녀로 하여금 마을에 위험이 닥치는 일은 막아야 했다. 타고난 운명이 그러하다면 어쩔 수 없는 일이다.

그녀가 성년을 맞이한 올해 신탁이 내려진 것도, 꾸었던 꿈이며 몸에 남은 표식이 모두 예아가 가야 할 길을 알려 주고 있었다. 소하가 이리로 온 것과 서여가 예아와 마주한 것도 모두 신탁 때문일 수 있었다. 청룡의 후예가 찾아야 할 화검이 사호족의 몸에 있으니 하늘이 그들을 이곳으로 인도하는 것이다.

신탁이 원하는 것이 예아가 맞는다면 소하는 황태자의 자리에 오를 것이다. 소하와 혼인을 하게 되면 예아는 황태자비가 되는 것이다. 어쩌면 청룡이 불괴를 파멸시키는 것을 도와 죽어 간 사호에게 은혜를 갚기 위해 그런 신탁을 내린 것인지도 모를 일이다.

"걱정하지 마시게. 생명의 은인이 아닌가. 내 온 마음을 다해 보살피며 귀히 여길 터이니 마음 놓으시게."

"감읍하옵니다."

소하의 대답에 후륵이 자리에서 일어나 정중히 허리를 숙이며 예를 갖췄다. 그에 소하 또한 고개를 숙여 보이며 진심을 내보였다. 두 사람의 모습을 번갈아 보던 예아의 눈에서 기어이 또르르 눈물이 흘러내렸다.

"저하."

후륵이 상체를 들지 않은 채로 소하를 불렀다. 처음으로 황자의 신분에 따라 소하를 저하라 부르고 있었다.

"말씀하시게."

제게 하고 싶은 말이 있는 것으로 받아들인 소하가 무엇이

든 듣겠다는 뜻으로 고개를 끄덕였다. 후륵이 잠시 마음을 가다듬는 듯 뜸을 들인 후, 진중하게 입을 열었다.

"청이 하나 있사옵니다."

"어떤 것이든 내가 할 수 있는 것이면 기꺼이 들어 주겠소."

"저희 첫째 여식이 저 아이를 어미처럼 보살피고 키웠습니다. 이대로 예아가 떠나게 된다면 그 아이의 가슴에 내내 한이 될 듯하여 염치 불구하고 간청을 드리려 합니다."

친자매 사이의 정이 남달리 돈독하다는 것은 소하도 지켜보아 잘 알고 있었다. 해서 후륵의 말이 이해가 되었다. 이리 갑자기 예아가 떠나게 된다면 모아의 상심이 클 것이다.

"떠나시기 전에 여기서 작게나마 혼인을 치르시면 아니 되겠습니까?"

"여기서 혼인을?"

"예. 모아 그 아이의 손으로 예아를 직접 단장시켜 혼인을 치르게 하고 싶사옵니다. 황궁에 들어가게 되면 그리할 수 없을 것이라······."

후륵은 말을 채 잇지 못했다. 아비의 말이 이어지는 내내 예아의 볼을 타고 눈물이 흘러내렸다. 그녀의 가녀린 어깨가 떨리는 것이 곁에 앉은 소하에게도 느껴졌다. 돕는 것이라, 은혜를 갚는 것이라는 명분을 내세우긴 하였으나, 이것 또한 그녀에게 제가 또다시 도움을 받는 것이며 생명의 은혜를 입는 것이었다.

황자가 되지 못하면 그에게 다가올 운명은 죽음밖에 없었다. 그러니 이번에도 어김없이 예아가 소하를 위해 자신을 희생하여 그를 살리는 것이다. 그럴진대 무엇인들 들어 주지 못할까. 후륵의 말대로 황궁에서 올리는 가례에는 모아가 달리 손을 보탤 것이 없었다. 황궁으로 초대를 받아 올 수는 있으나 다른 사람들처럼 정해진 자리에서 그저 지켜볼 수밖에 없었다.

"그리하겠소."

예아를 향한 시선을 거두지 않은 채 소하가 말했다. 그녀의 떨리던 어깨가 멈추었다. 숙였던 고개가 들리고 젖은 눈매로 그를 올려다보았다. 이리 쉽게 그가 허락을 해 줄 거란 생각은 하지 못했던 모양이다.

그도 그럴 것이, 신탁을 위해서라면 하루라도 빨리 황궁으로 돌아가야 했다. 지체할 시간이 그에겐 없으니 미안하나 들어 주지 못하겠다 답하지 않을까 예상했었다. 물기 어린 예아의 눈이 소하를 담아낸 채로 깜빡거렸다.

예아의 젖은 눈시울로 그가 손을 뻗었다. 다가오는 손을 흘깃 쳐다보던 예아가 닿아 오는 감촉에 흠칫 몸을 떨었다. 가만가만 다정히 그녀의 눈가를 손으로 쓸어 내며 그가 입술을 달싹였다.

"혼인을 하고 초야를 보낸 뒤에 떠나리다."

소하의 감미로운 목소리에 예아의 눈이 커졌다. 그런 예아를 향해 소하가 다정한 미소를 지어 보였다.

숙였던 상체를 들어 올리던 후륵의 시야에 그 모습이 잡혔다. 귀히 여기겠다는 소하의 말이 그저 하는 말이 아닌 듯하여 마음이 놓였다. 소하라면 예아를 믿고 맡겨도 괜찮을 듯싶었다.

"모아에게 말해 서두르라 이르겠습니다."

그리 말하고 후륵이 막 문을 향해 발을 내딛던 순간 문이 절로 벌컥 열렸다. 그 열린 문으로 이우가 후다닥 뛰어 들어왔다. 벅찬 숨을 토해 내며 이우가 손을 번쩍 들어 올리며 외쳤다.

"여기 이 책입니다!"

그의 외침을 반기는 자는 없고 실내엔 묘한 정적이 맴돌았다. 머쓱해진 이우가 손을 슬그머니 내리며 자신감 없는 목소리로 작게 중얼거렸다.

"이 책이 분명하온데……."

그런 이우의 곁을 스치며 후륵이 그의 어깨를 가벼이 두드렸다.

"고생하셨소."

그리 말하곤 그의 손에서 책을 받아 챙겼다. 문으로 걸어가는 후륵을 이우가 멍하니 바라보았다. 후륵이 열고 나간 문을 바라보던 이우가 고개를 갸웃하며 현을 돌아보았다. 현이 그를 보며 히죽 웃었다.

"우리도 준비를 해야 할 듯싶으니 저도 이만 나가 보겠습니다."

"무슨 준비 말입니까?"

자리에서 일어나 제 쪽으로 다가오는 현을 향해 이우가 물었다. 그런 이우의 어깨에 척하니 팔을 올린 현이 성큼성큼 문 쪽으로 걸음을 옮겼다.

"왜 이러십니까?"

"같이 가 보면 알게 될 테니, 그 입 좀 다물게."

문을 연 현이 밖으로 나서며 이우의 나불거리는 입을 막았다.

현과 이우까지 모두 나가자 집무실에는 소하와 예아 둘만 남겨졌다. 예아의 눈가를 쓸던 소하의 손이 그녀의 볼로 내려갔다. 눈물 자국을 따라 소하의 손길이 아래로 움직였다.

"답지 않게 울음은."

핀잔을 주는 듯한 말과 달리 다정한 목소리였다. 지그시 그녀를 바라보던 소하가 예아의 머리로 손을 옮겼다. 그가 예아의 머리를 제게 기대게 했다. 머리를 쓰다듬는 손길이 부드러웠다. 그 손길이 아무 걱정 하지 말라 다독이는 듯하여 예아의 마음이 한결 편안해졌다.

예아의 눈이 사르르 감겼다.

앞으로 자신에게 어떤 일이 펼쳐질지 알 수 없었다. 그저 소하만 믿고 그를 따르는 것이 그녀가 할 수 있는 전부였다. 남녀의 운우지정은 기대할 수 없을지 모르나, 그가 자신을 누이처럼 보살펴 주리라는 것은 알 수 있었다.
 '그것이면 되지 않을까. 더 욕심은 내지 말아야지.'
 사호를 위해서라면 그에 만족하며 살 수도 있을 것 같았다.

2권에 계속